D1926123

Atlas der Anatomie

Originaltitel: Atlas de Anatomía
Originalverlag: Parramón ediciones, S.A., Barcelona, España

© weltweit 1995 by Parramón ediciones, S.A. Barcelona
Autoren: Redaktion Parramón
Illustratoren: Redaktion Parramón
© der deutschen Ausgabe 1997 by Bechtermünz Verlag im Weltbild Verlag GmbH, Augsburg
Redaktionelle Bearbeitung: Univ.-Prof. Dr. K. U. Benner, München
Deutsche Übersetzung, Erstellung des deutsch-lateinischen Wörterbuchs und Satz:
Maasburg GmbH, München
Umschlaggestaltung: ARTelier, München
Printed in Spain
ISBN 3-86047-256-9

Ohne schriftliche Genehmigung des Verlags ist die ganze oder teilweise Wiedergabe dieses Werkes durch Druck, Fotokopie, Mikrofilm oder jedes andere System verboten.

Atlas der Anatomie

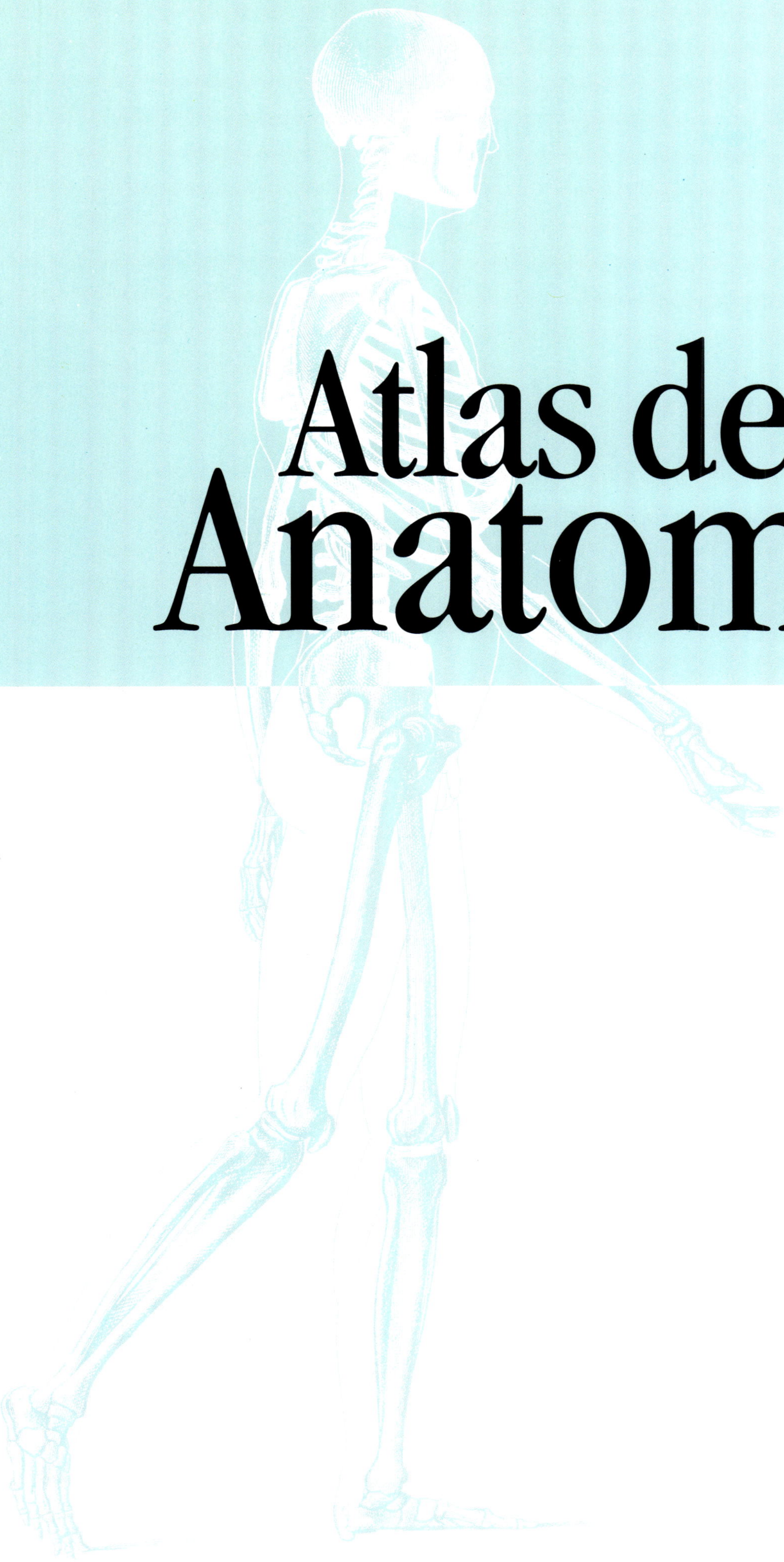

BECHTERMÜNZ VERLAG

Übersicht

Der Körper des Menschen 6

Die Zelle 10

Vorwort 5

Das knöcherne Skelett 12

Der Bewegungsapparat 24

Das Verdauungssystem 31

Das Atmungssystem 42

Das Kreislaufsystem 46

Das Blut und die Milz 52

Das Nervensystem 53

Die Sinnesorgane 59

Das Harnsystem 74

Das Fortpflanzungssystem 78

Register 91

Inhaltsverzeichnis 99

Deutsch-lateinisches Wörterbuch 101

Vorwort

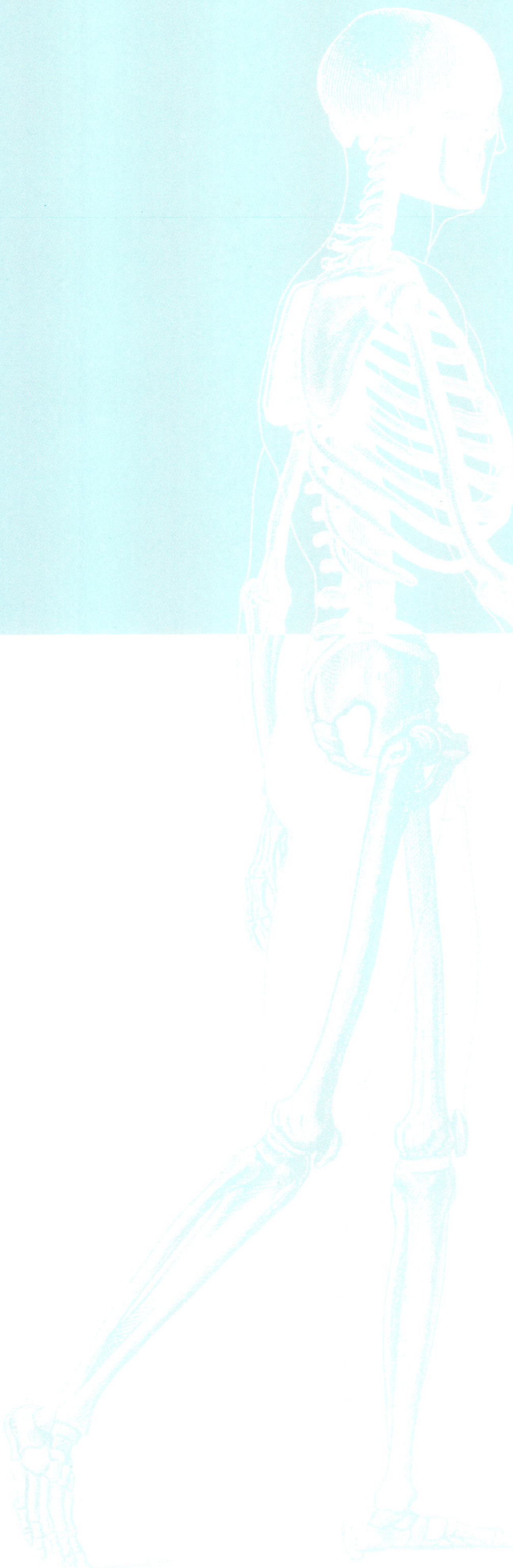

Der vorliegende *Atlas der Anatomie* stellt die Ergänzung zu dem bereits erschienenen Band *Der menschliche Körper* dar.

Nach demselben Konzept bringt er eine Zusammenstellung von Schaubildern, die den Aufbau und die Funktion des menschlichen Körpers beschreiben. Wie jeder Atlas enthält auch dieser *Atlas der Anatomie* eine große und sorgfältig ausgewählte Fülle von Abbildungen, in denen der Leser alle Organe mit exakter Lagebeschreibung und Bezeichnung findet.

Zwar gibt es derzeit zu diesem Thema viele Anatomie-Atlanten von hohem fachlichem Niveau und höchster Genauigkeit, die in erster Linie für Mediziner bestimmt sind. Es fehlt aber ein Werk auf mittlerer Ebene, das sich an ein breites Publikum wendet und ansprechend, leicht verständlich und einfach zu benutzen ist.

Diese Lücke zu schließen ist die Aufgabe, die wir uns mit dem *Atlas der Anatomie* gestellt haben. In anschaulicher Darstellung und mit leichtverständlichen Texten sucht er dem Informationsbedürfnis einer größtmöglichen Anzahl von Lesern gerecht zu werden. Daher enthalten die Bildbeschriftungen – soweit möglich – die eingedeutschten Bezeichnungen (z. B. *untere Hohlvene* anstelle von *Vena cava inferior*). Alle deutschen Bezeichnungen sind im *Deutsch-lateinischen Wörterbuch der anatomischen Begriffe* noch einmal mit dem lateinischen Fachbegriff zu finden (z. B. *Hohlvene, untere – Vena cava inferior*).

Der *Atlas der Anatomie* soll Schülern an Gymnasien und Fachschulen, medizinisch interessierten Laien sowie allen, die beruflich mit der Medizin zu tun haben, als wertvolle Arbeitsunterlage und Lernhilfe nützliche Dienste leisten. Außerdem soll er jedem helfen, der umfassende anatomische Kenntnisse erwerben oder einfach mehr über das Wunderwerk des menschlichen Körpers, seinen Aufbau und das Zusammenwirken seiner Teile erfahren möchte.

Der menschliche Körper

1. Oberflächenanatomie des Mannes

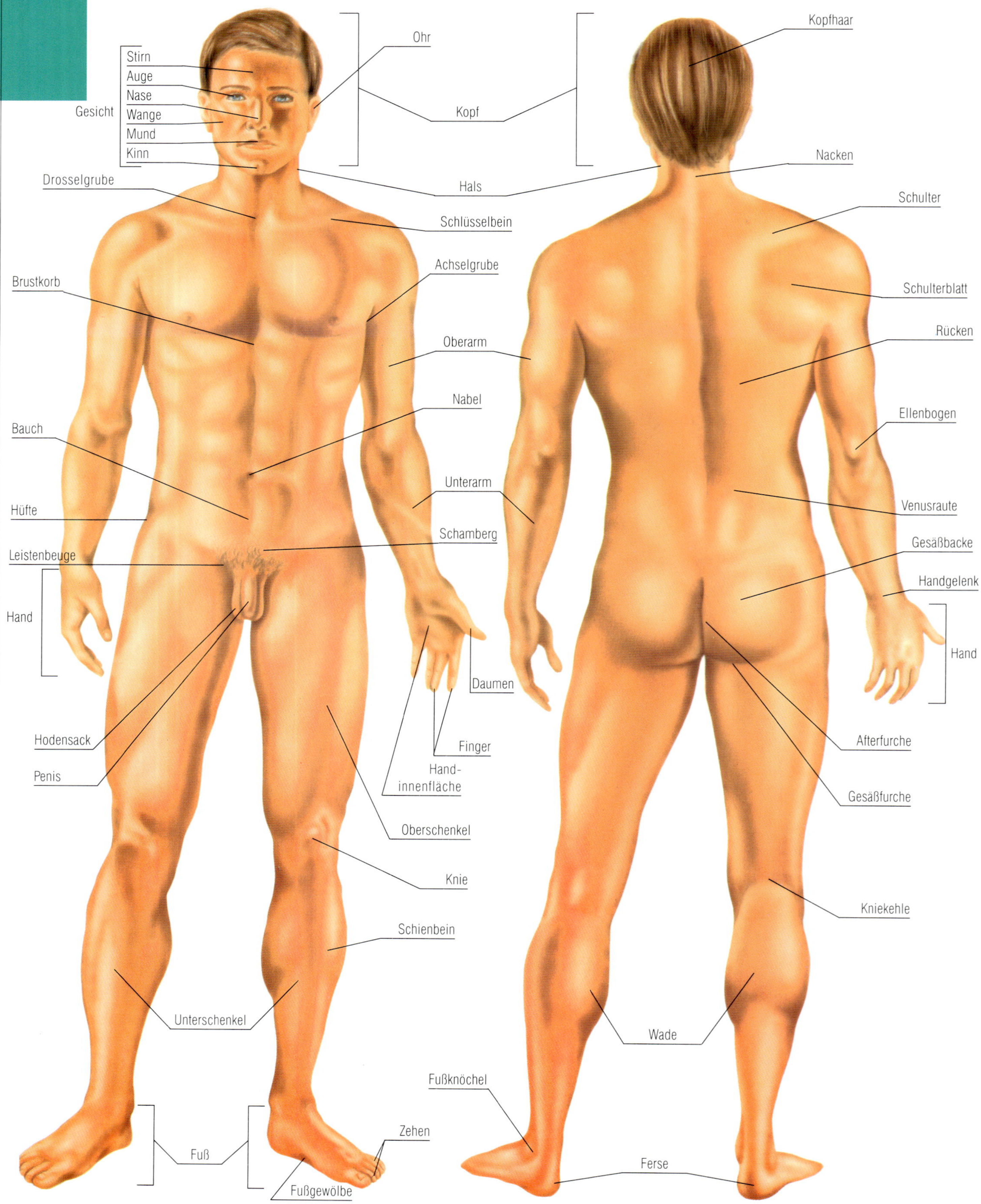

ANSICHT VON VENTRAL*

ANSICHT VON DORSAL*

* Erklärung der anatomischen Lagebezeichnungen siehe S. 91

2. Oberflächenanatomie der Frau

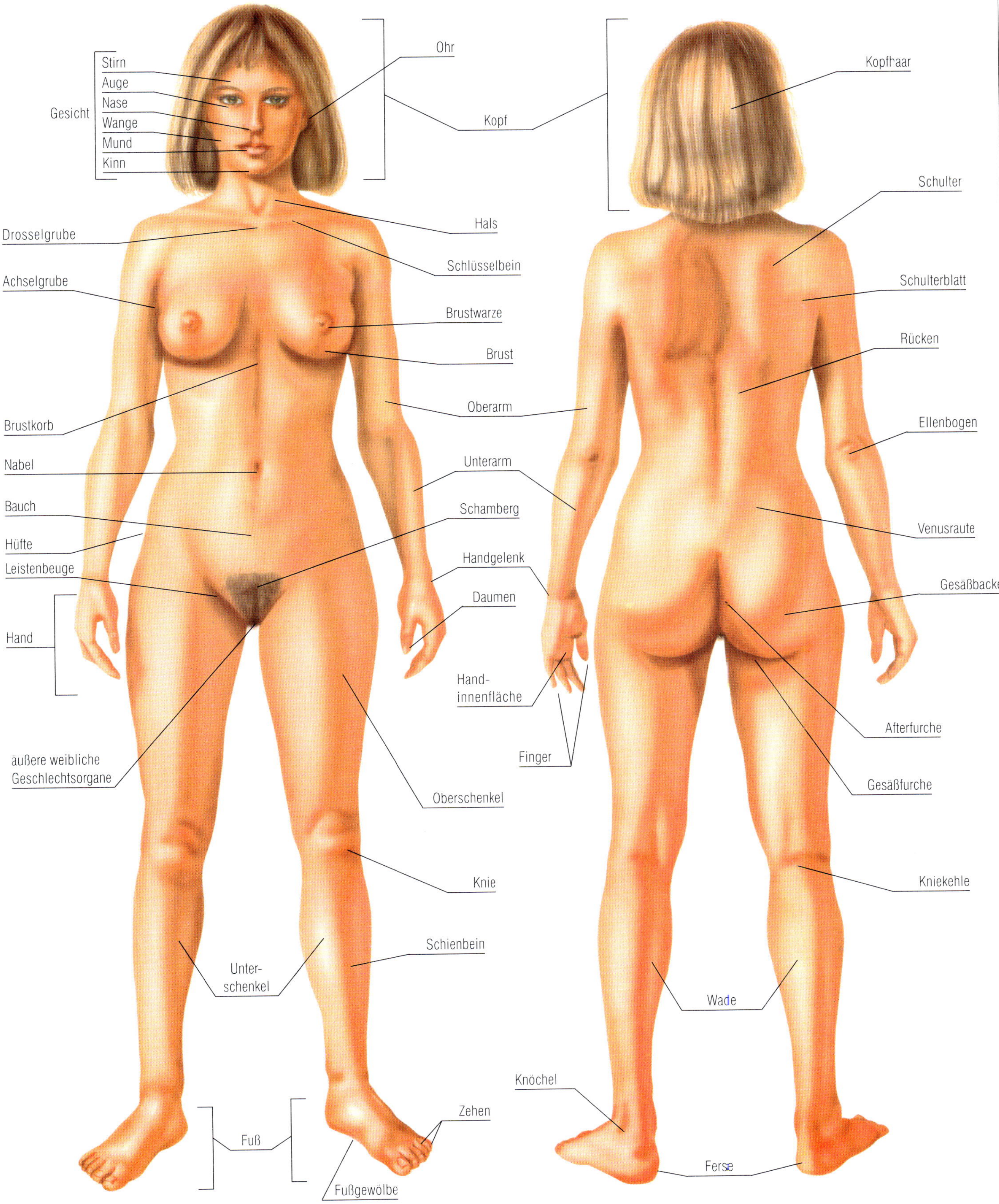

ANSICHT VON VENTRAL

ANSICHT VON DORSAL

3. Körperregionen. Ansicht von ventral

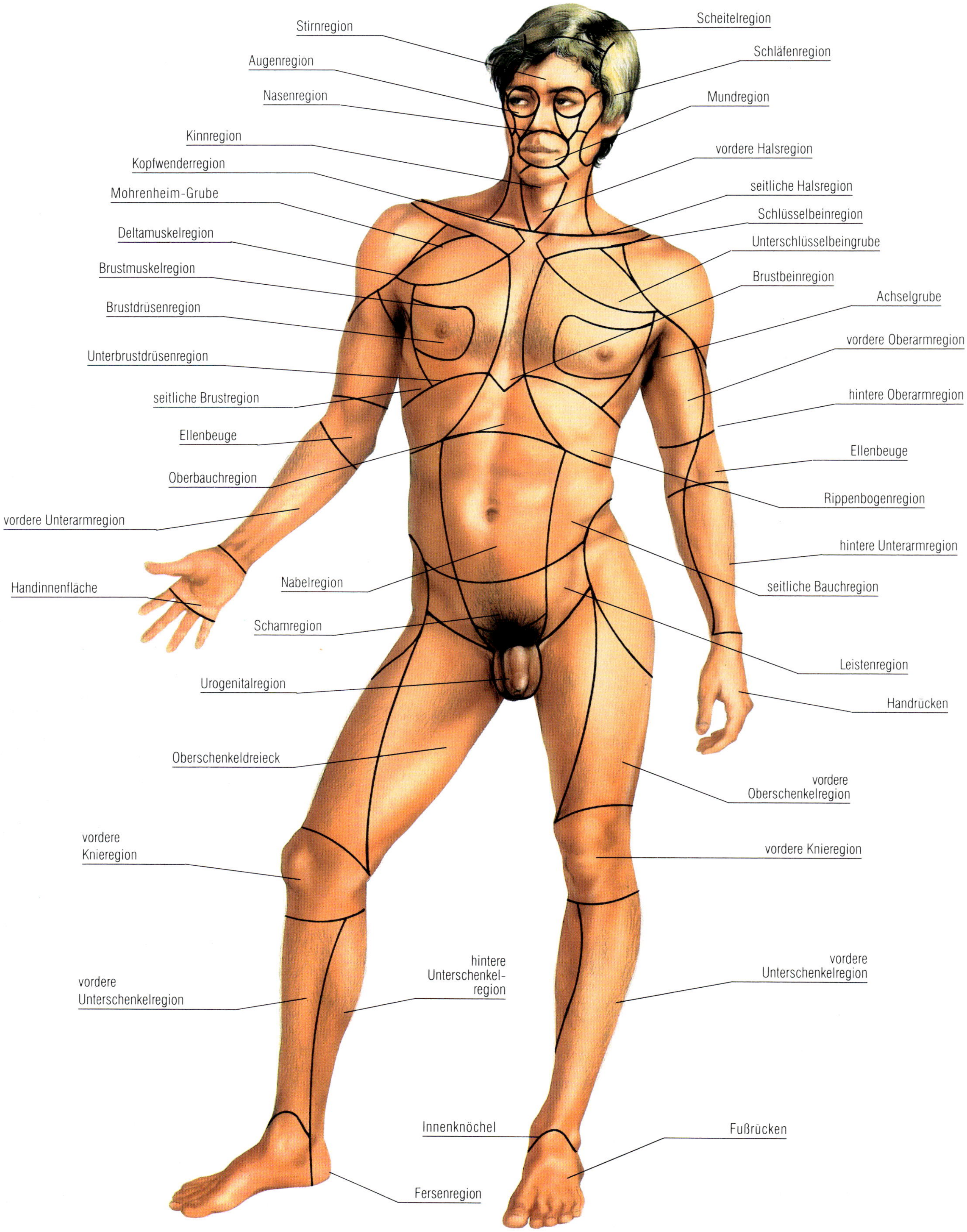

4. Körperregionen. Ansicht von dorsal

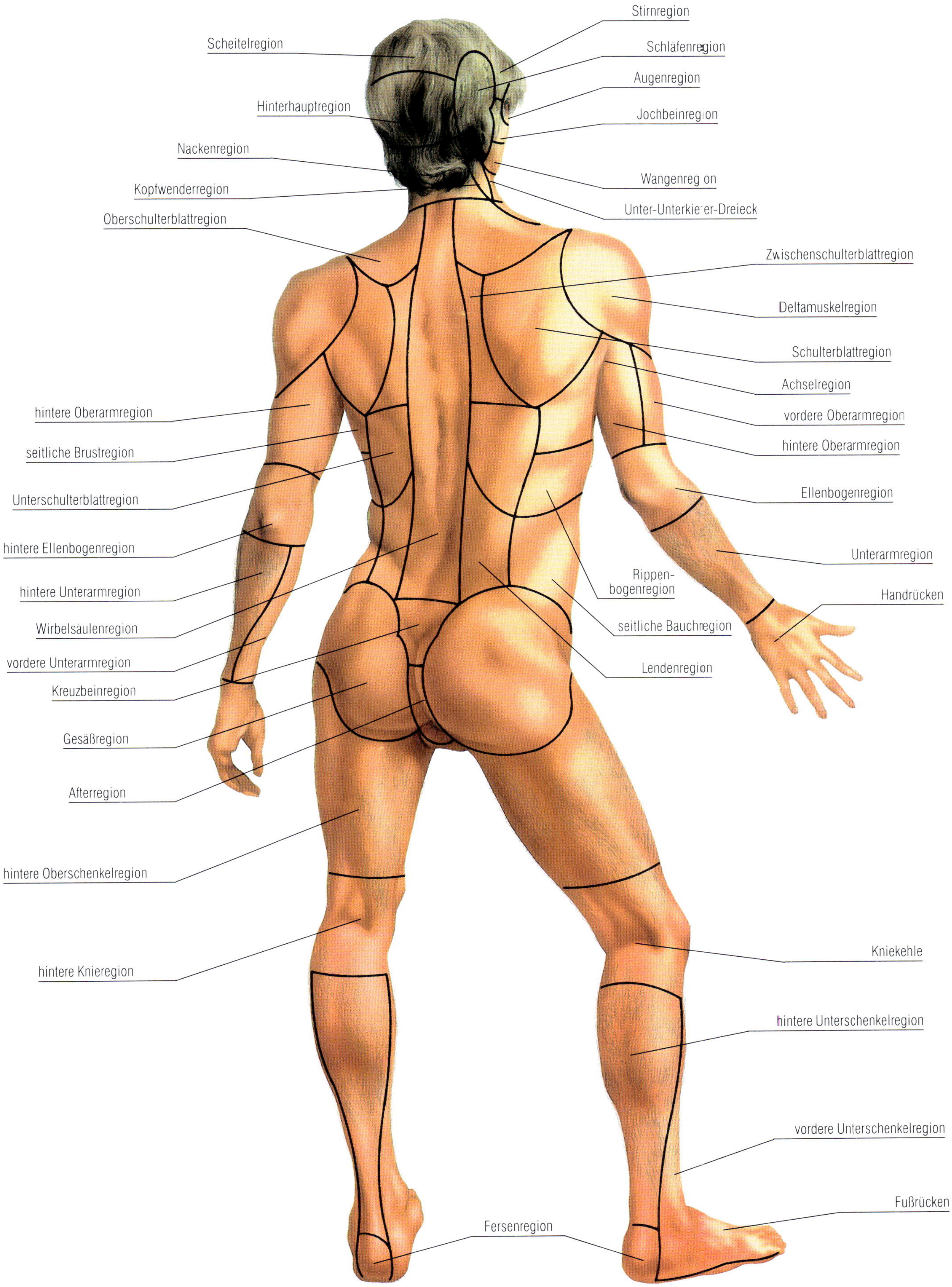

Die Zelle

1. Die menschliche Zelle

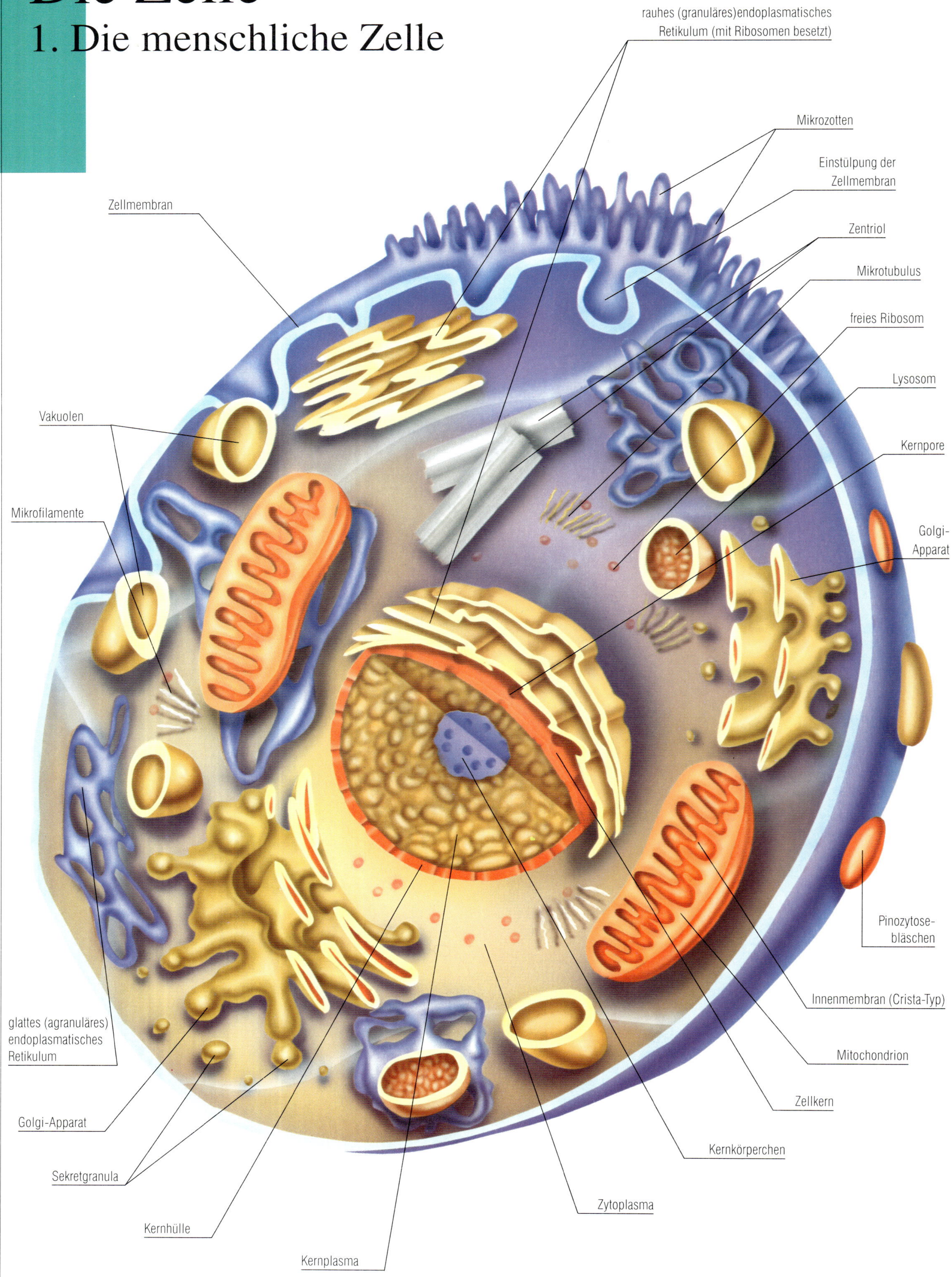

2. Zellkern, Chromosomen und DNS

SCHEMATISCHE DARSTELLUNG DES ZELLKERNS

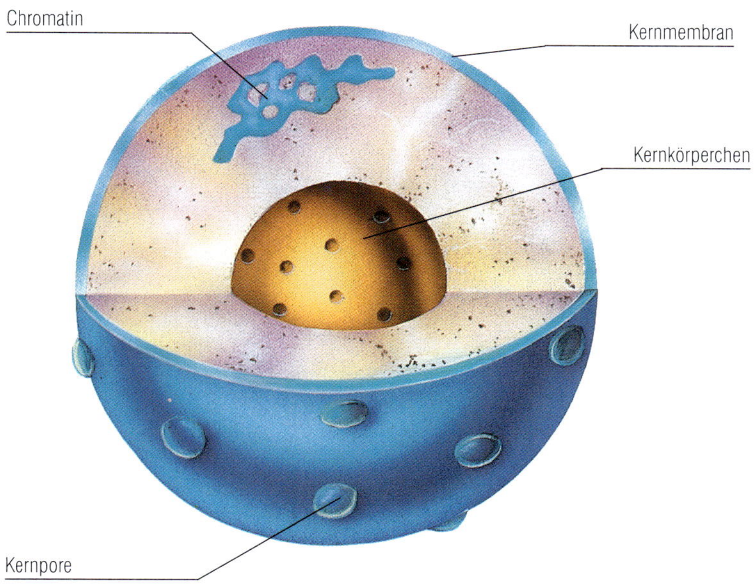

CHROMOSOMEN WÄHREND DER ZELLTEILUNG

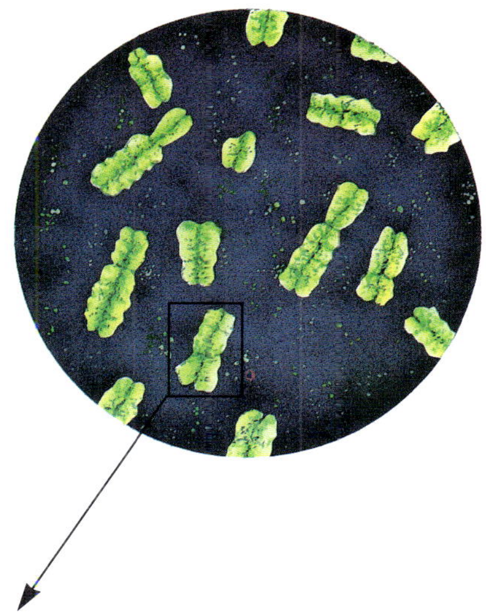

SCHEMATISCHE STRUKTUR EINES CHROMOSOMS

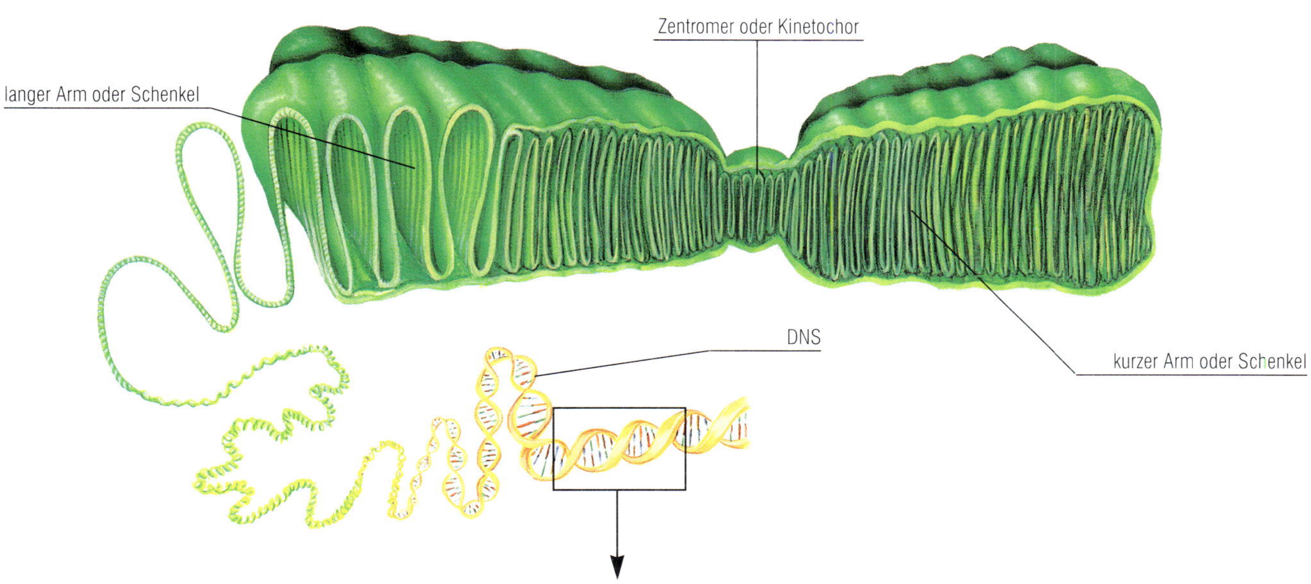

SCHEMATISCHE DARSTELLUNG DER DNS-KETTE

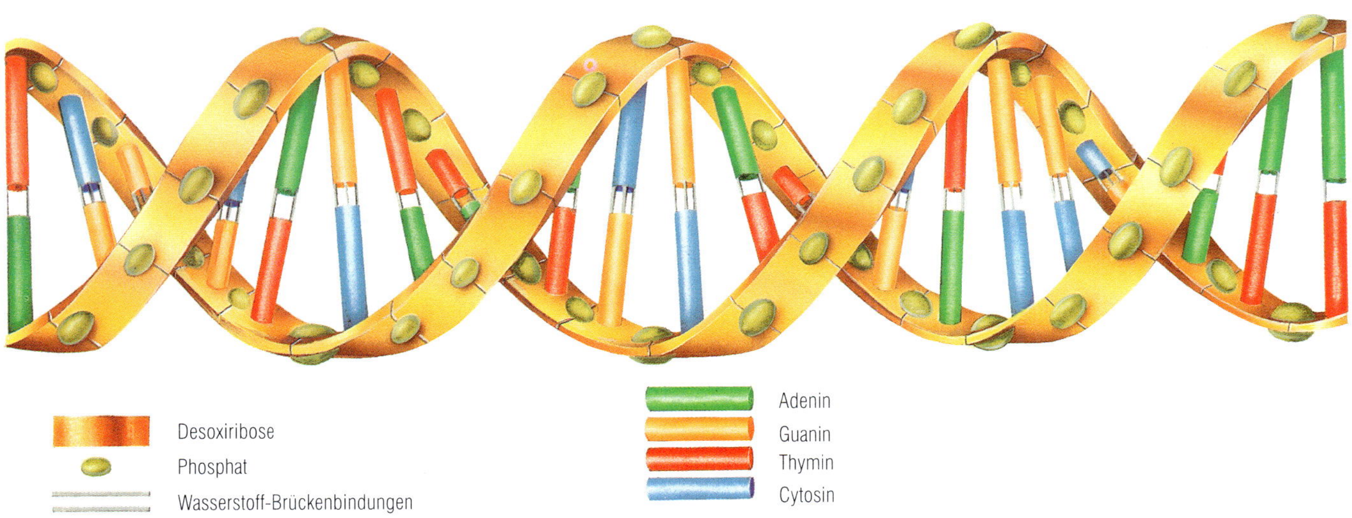

Das knöcherne Skelett

1. Knochen des Kopfes

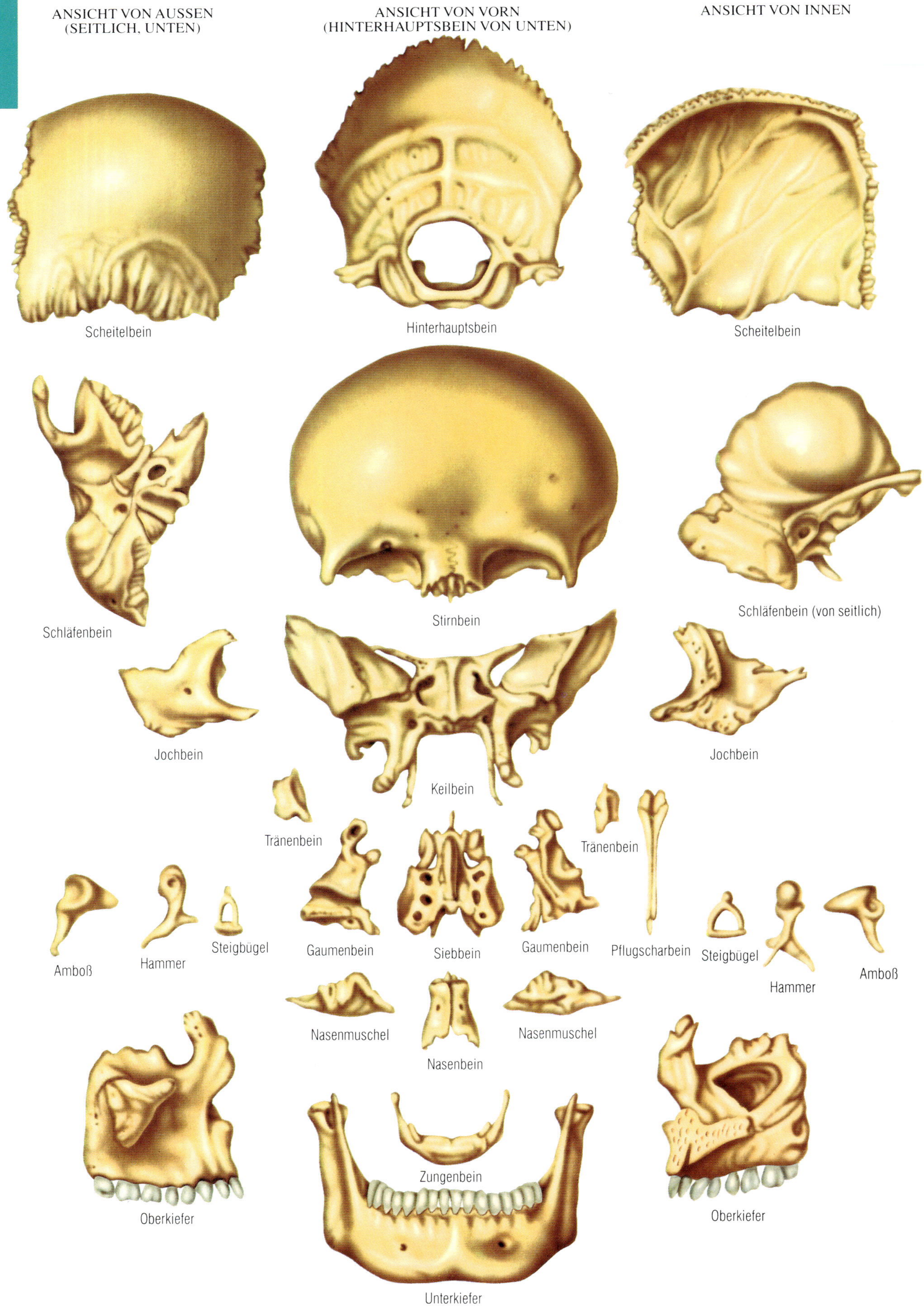

2. Knochen des Rumpfes und der Extremitäten

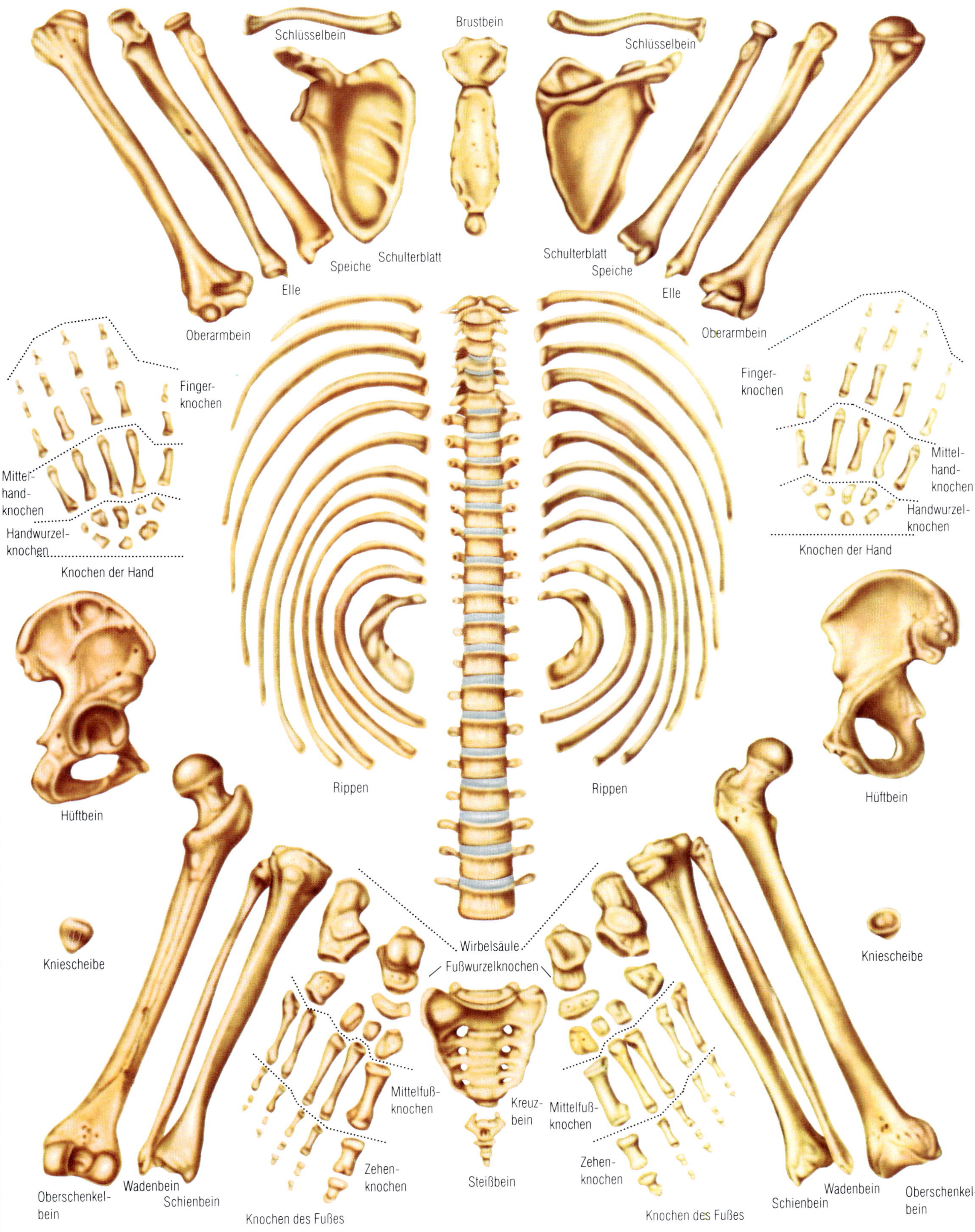

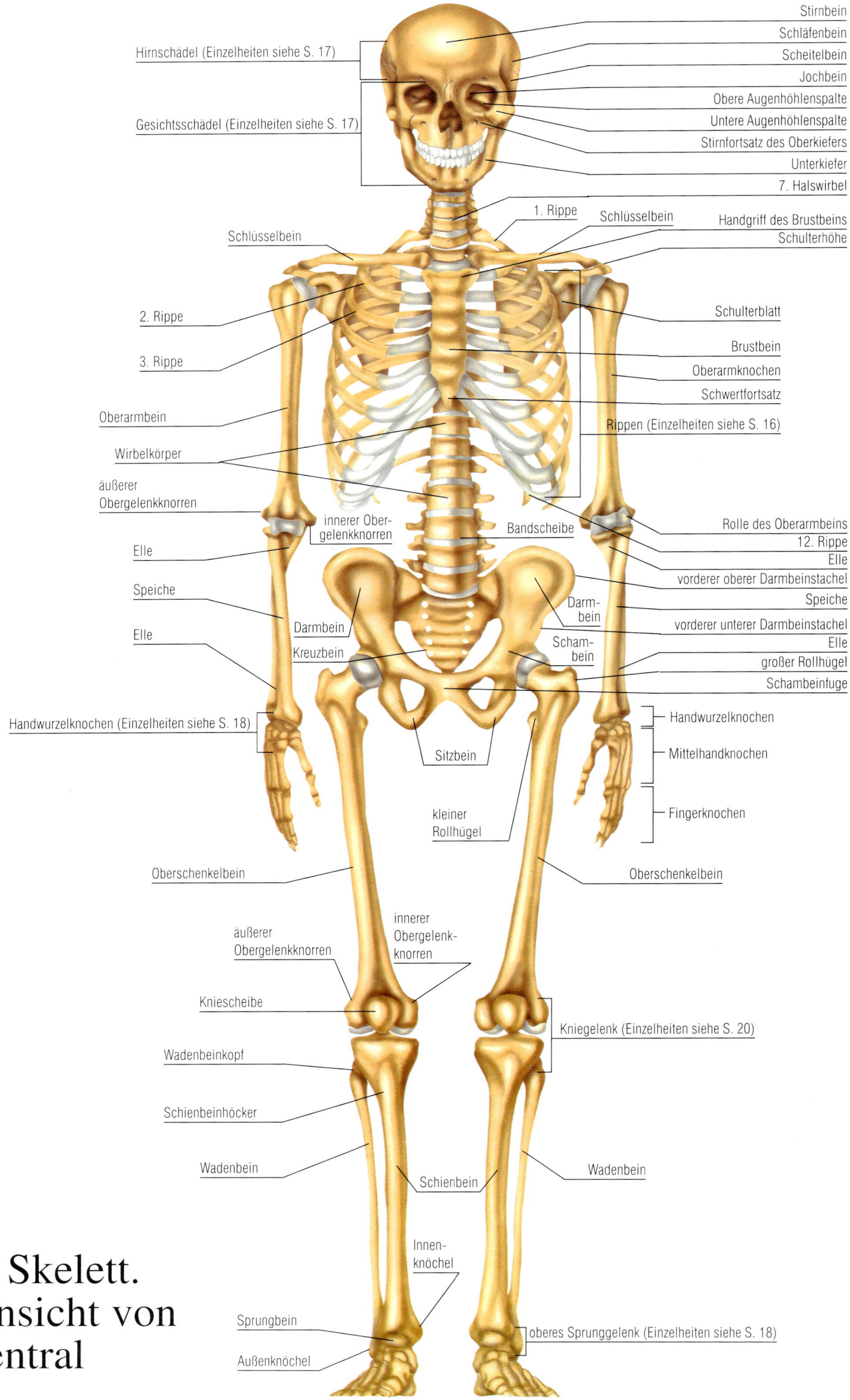

3. Skelett. Ansicht von ventral

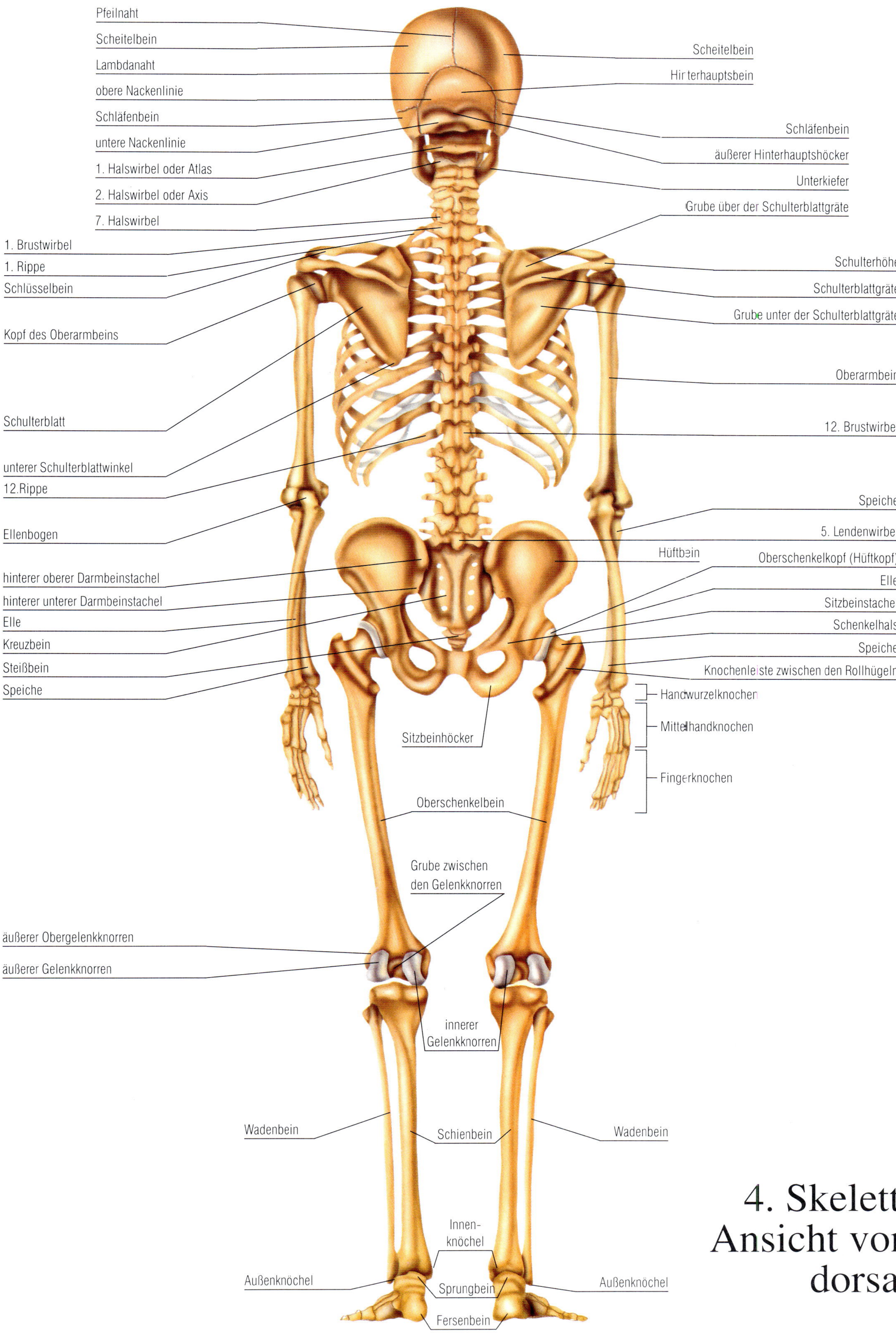

4. Skelett. Ansicht von dorsal

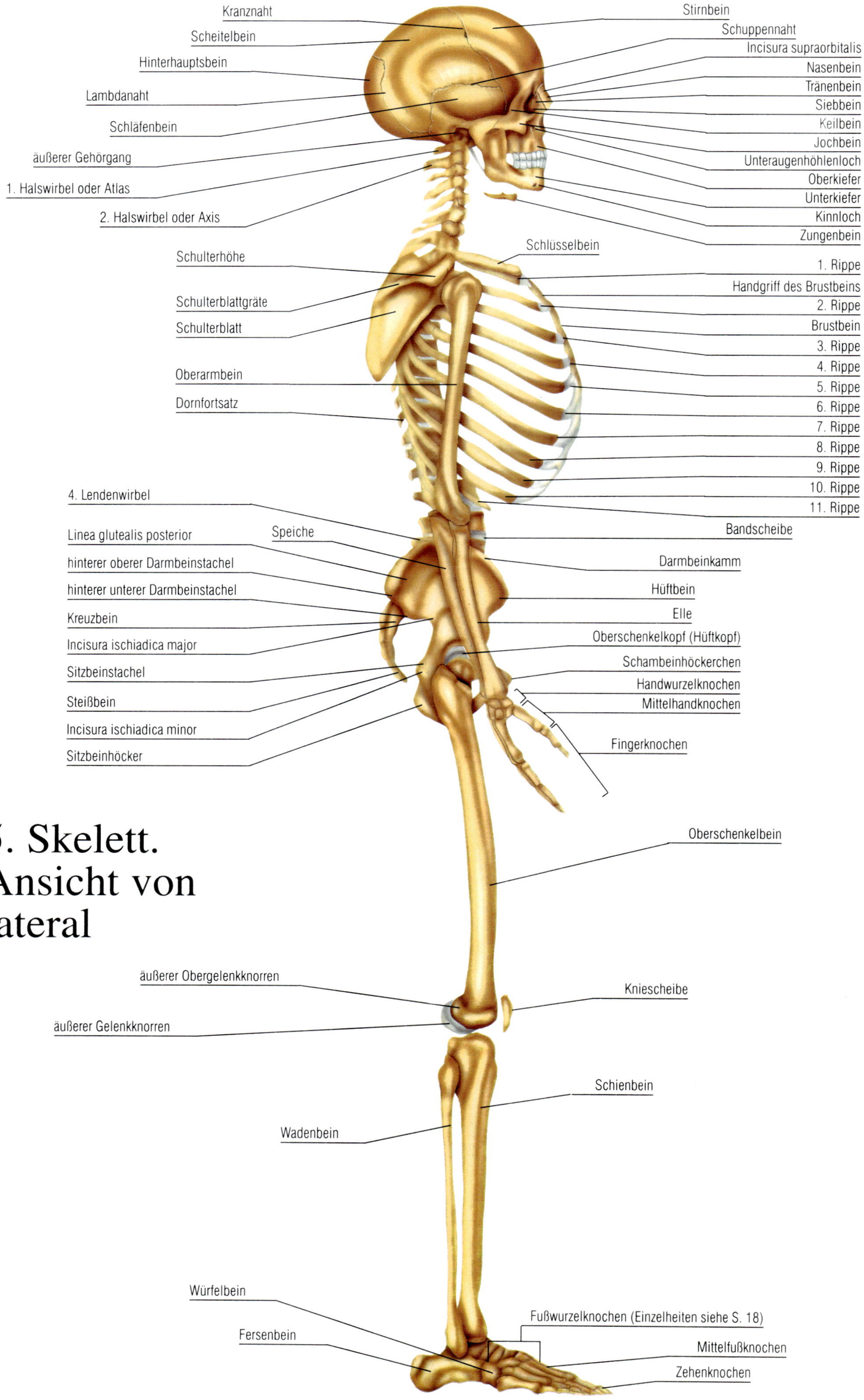

5. Skelett. Ansicht von lateral

6. Der Schädel

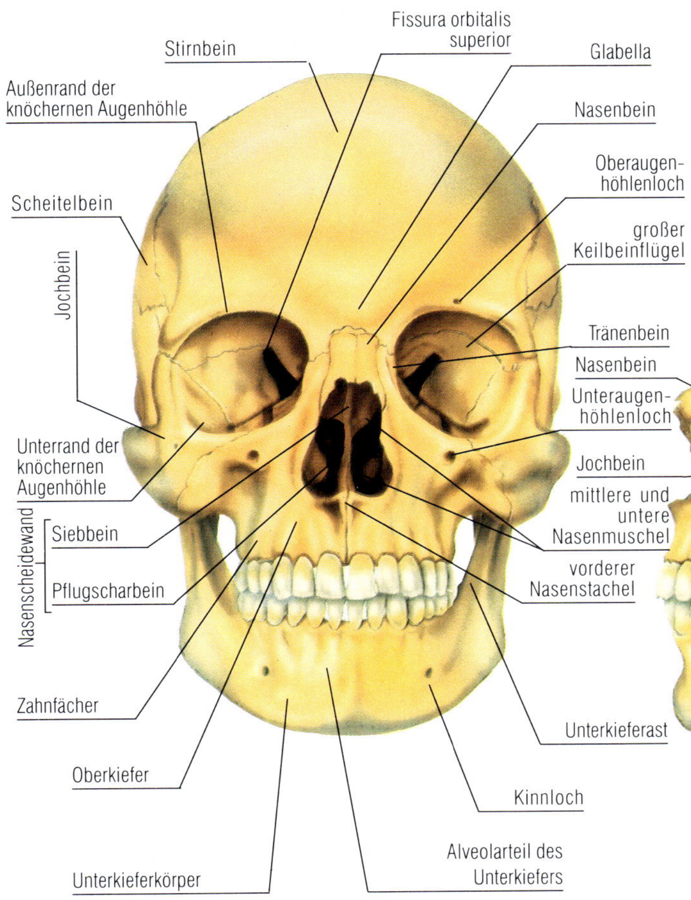

ANSICHT VON VENTRAL

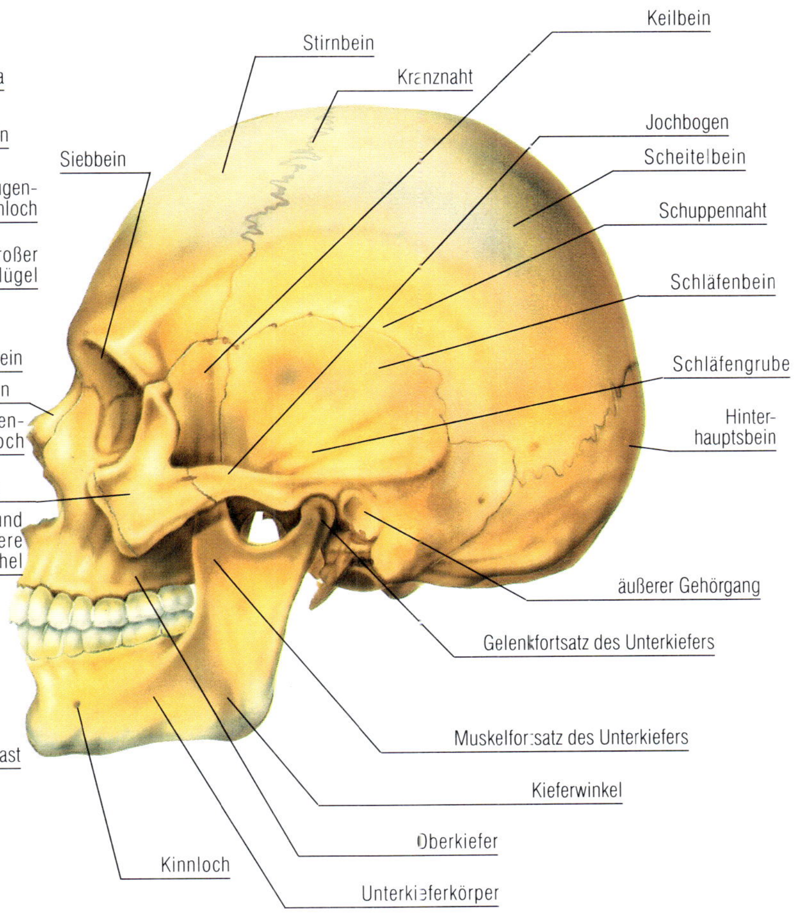

ANSICHT VON LATERAL

ANSICHT VON KRANIAL

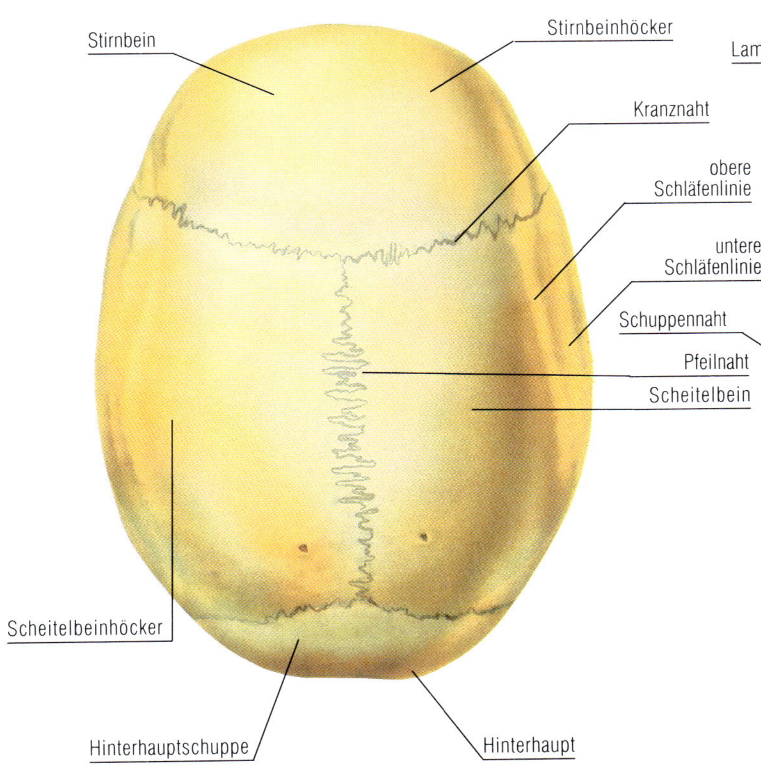

ANSICHT VON DORSAL

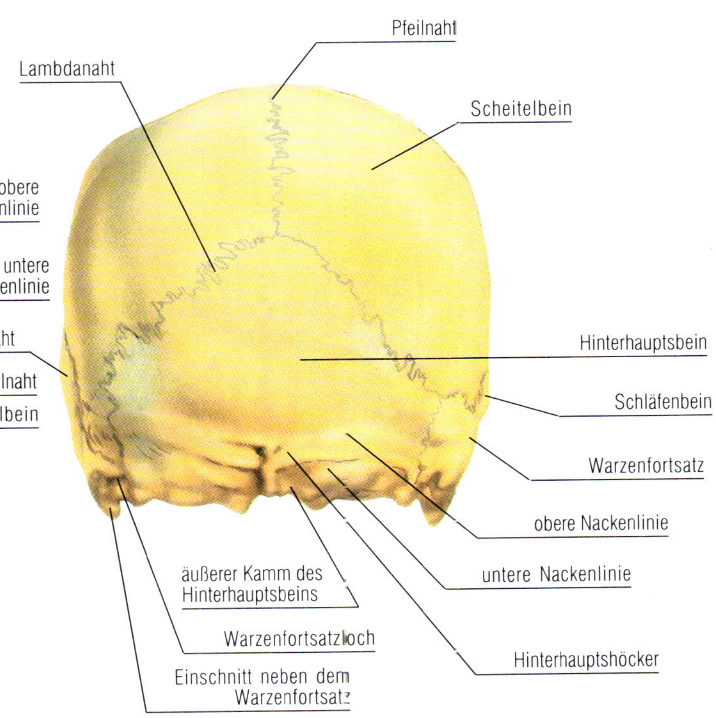

7. Hände und Füße

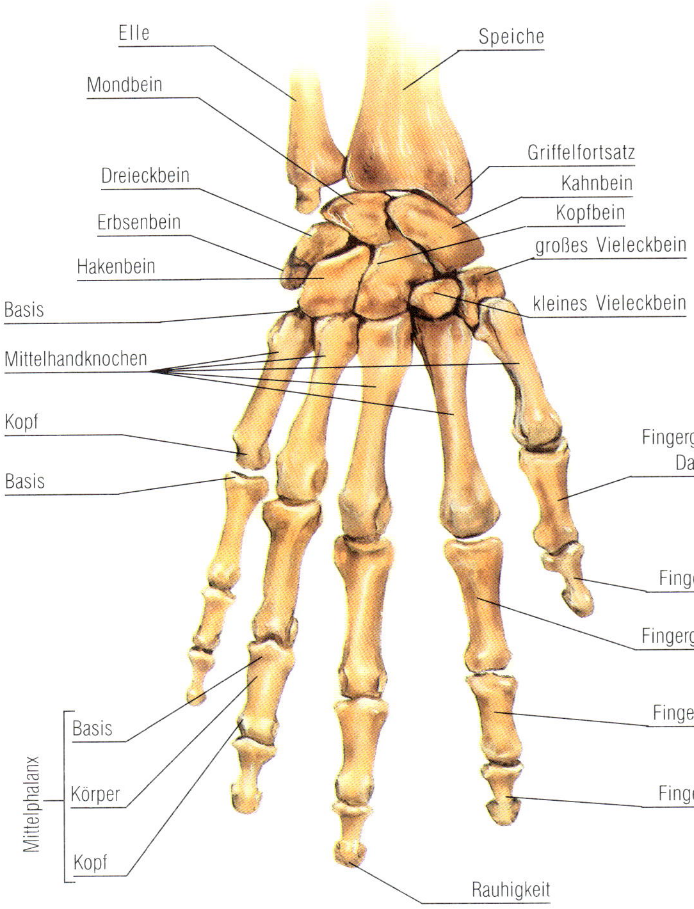

HAND, ANSICHT VON DORSAL

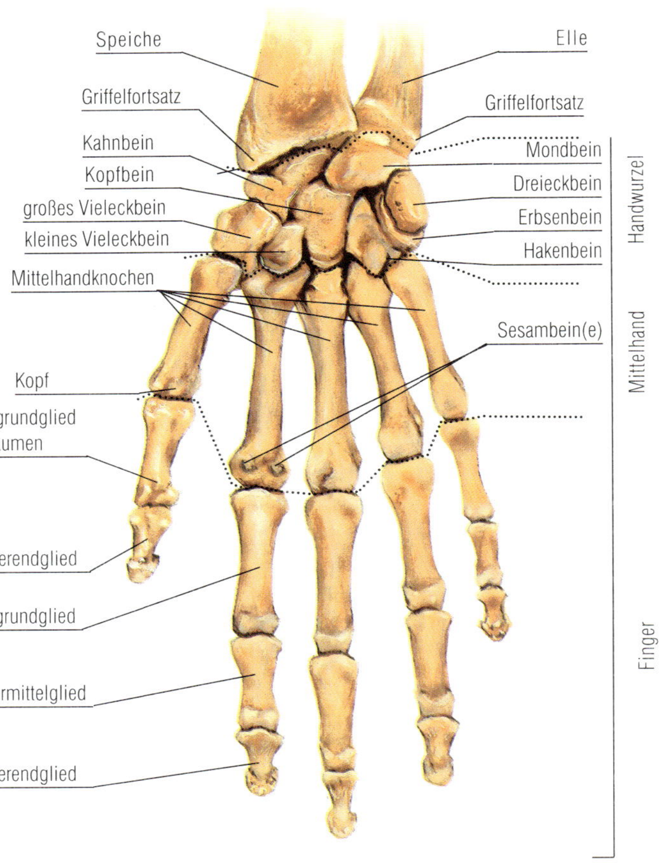

HAND, ANSICHT VON PALMAR

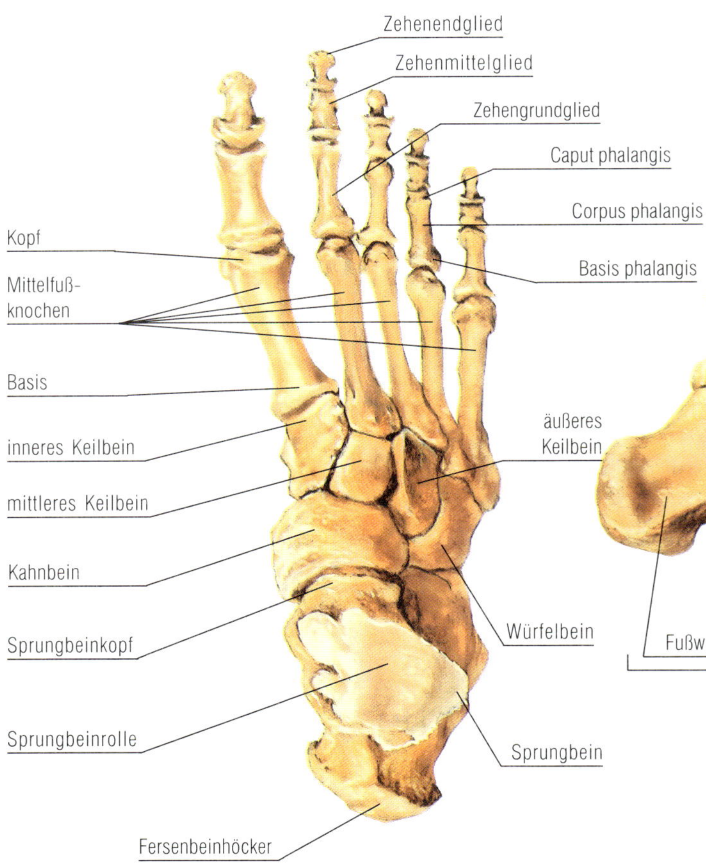

FUSS, ANSICHT VON DORSAL

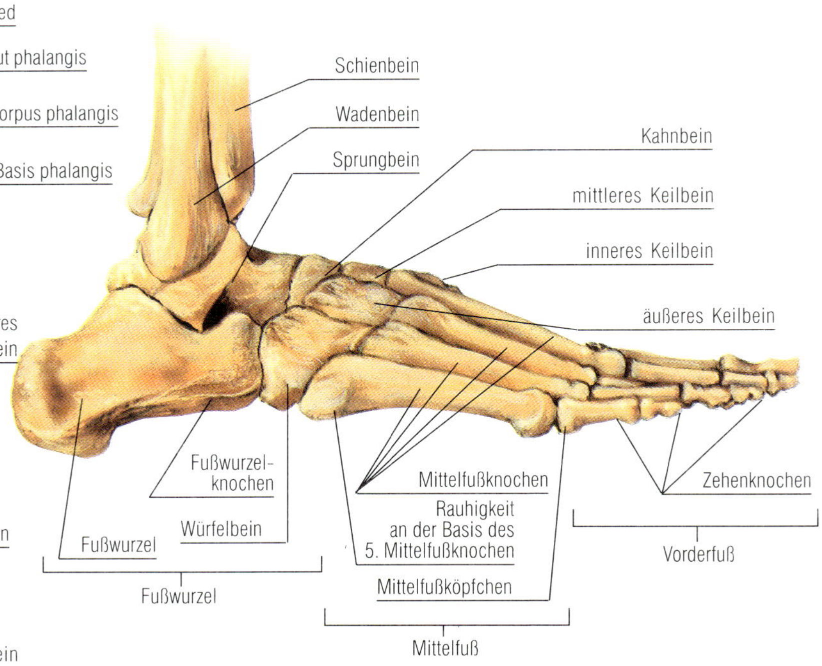

FUSS, ANSICHT VON LATERAL

8. Schultergürtel und Arm (obere Extremität)

SCHLÜSSELBEIN
ANSICHT VON UNTEN

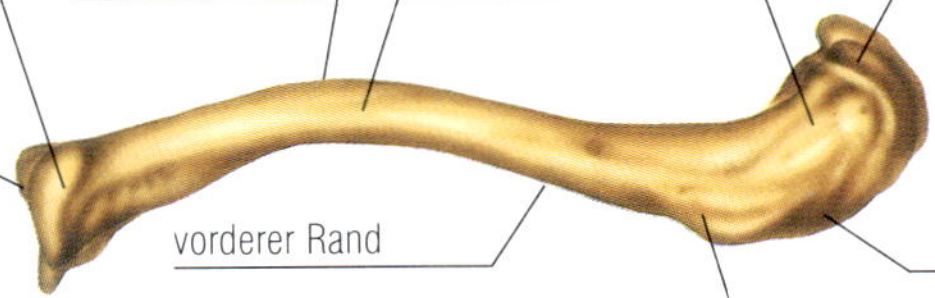

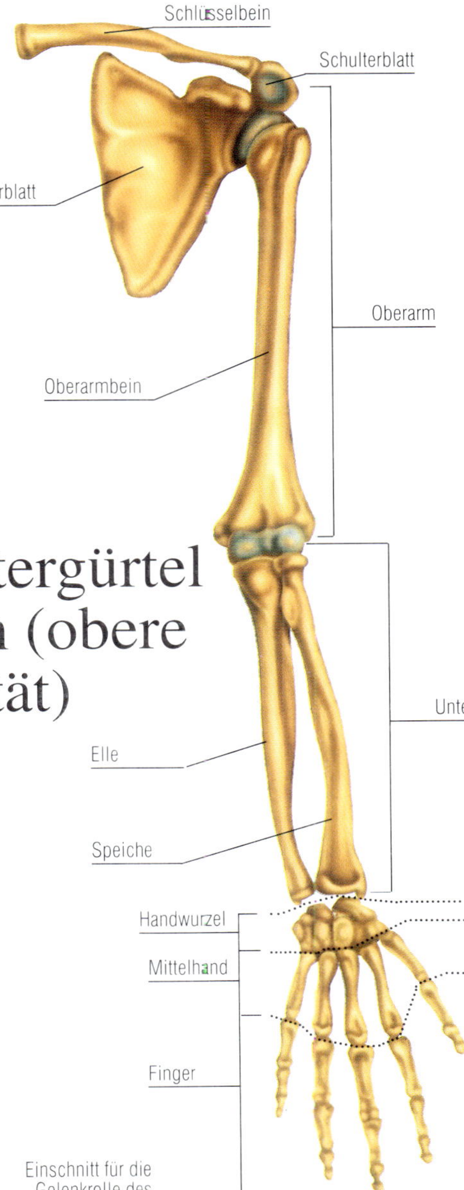

SCHULTERBLATT
ANSICHT VON VENTRAL

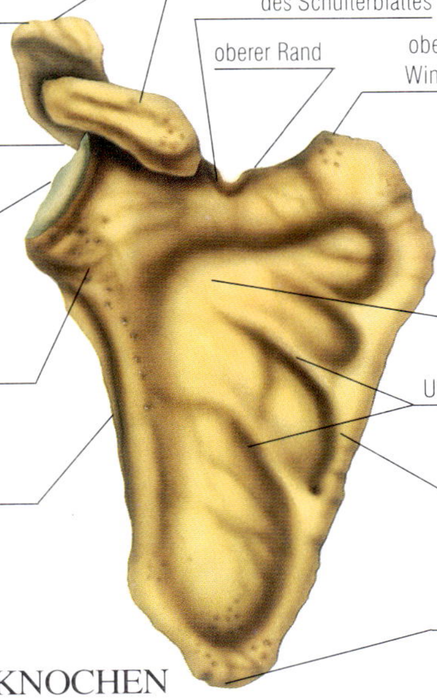

OBERARMKNOCHEN
ANSICHT VON VENTRAL

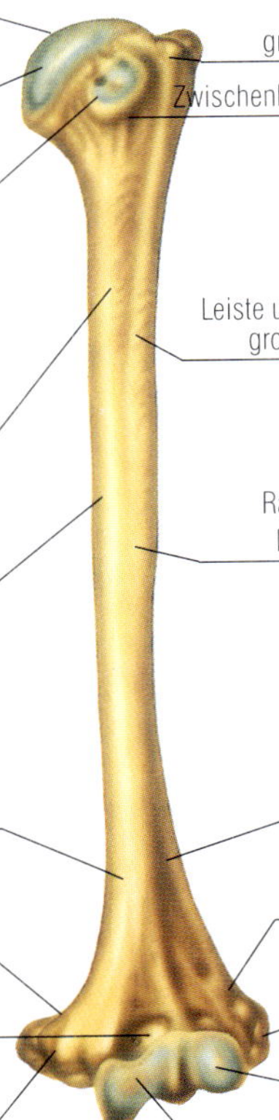

ELLE
ANSICHT VON VENTRAL

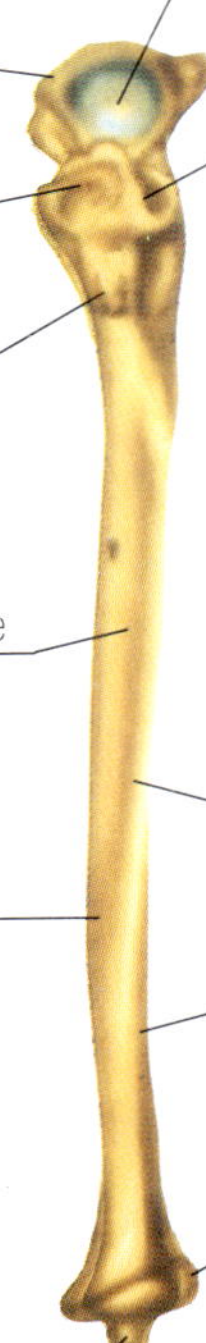

SPEICHE
ANSICHT VON VENTRAL

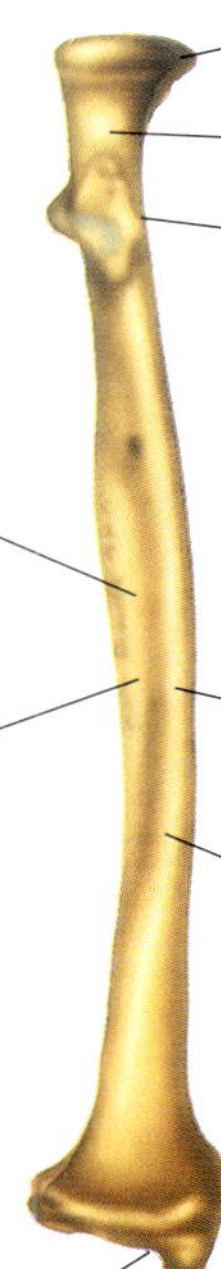

9. Hüfte und Bein (untere Extremität)

OBER-SCHENKEL-KNOCHEN
ANSICHT VON VENTRAL

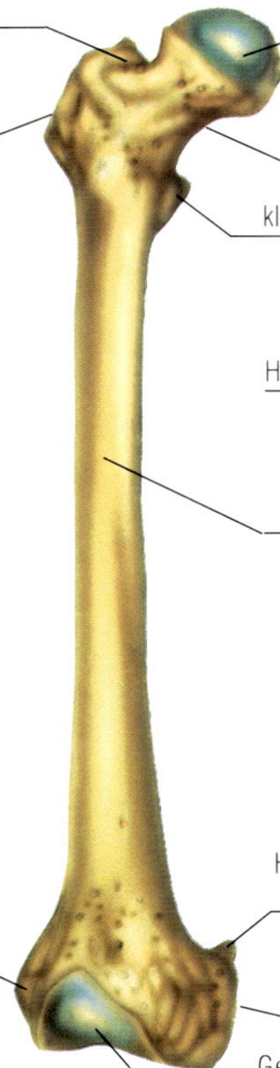

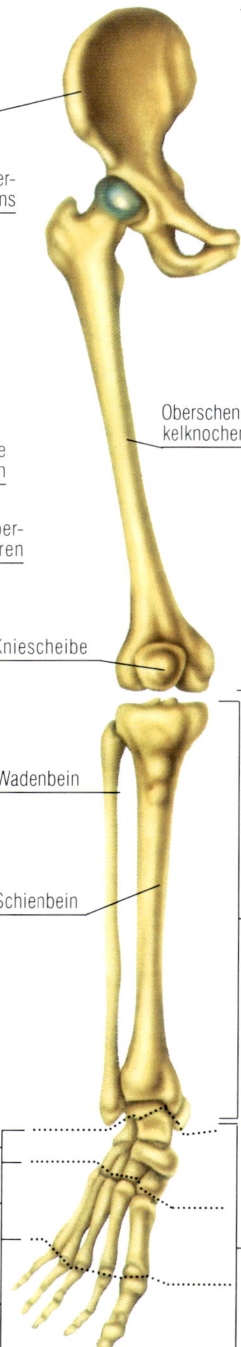

HÜFTBEIN
ANSICHT VON VENTRAL

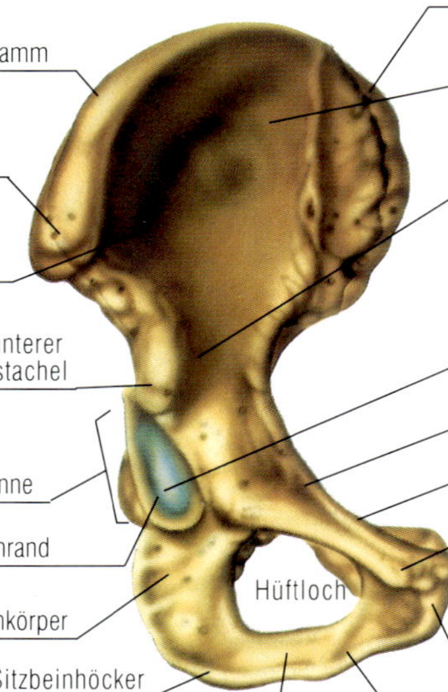

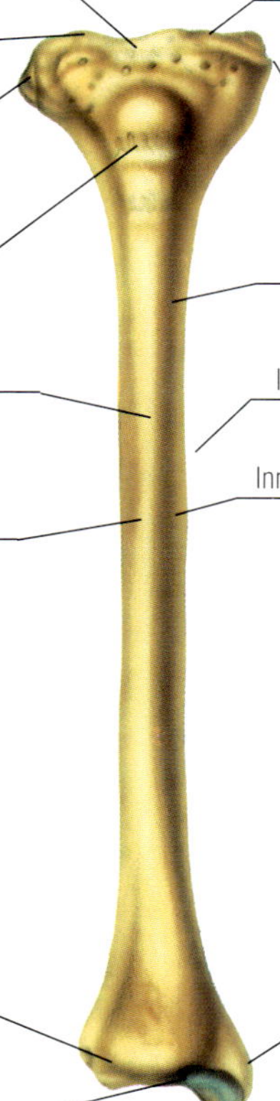

SCHIENBEIN
ANSICHT VON VENTRAL

WADENBEIN
ANSICHT VON LATERAL

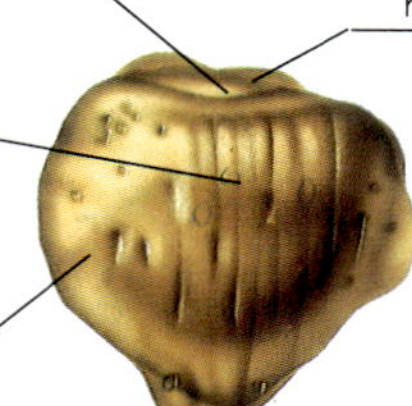

KNIESCHEIBE
ANSICHT VON VENTRAL

10. Die Wirbelsäule, Achsenskelett

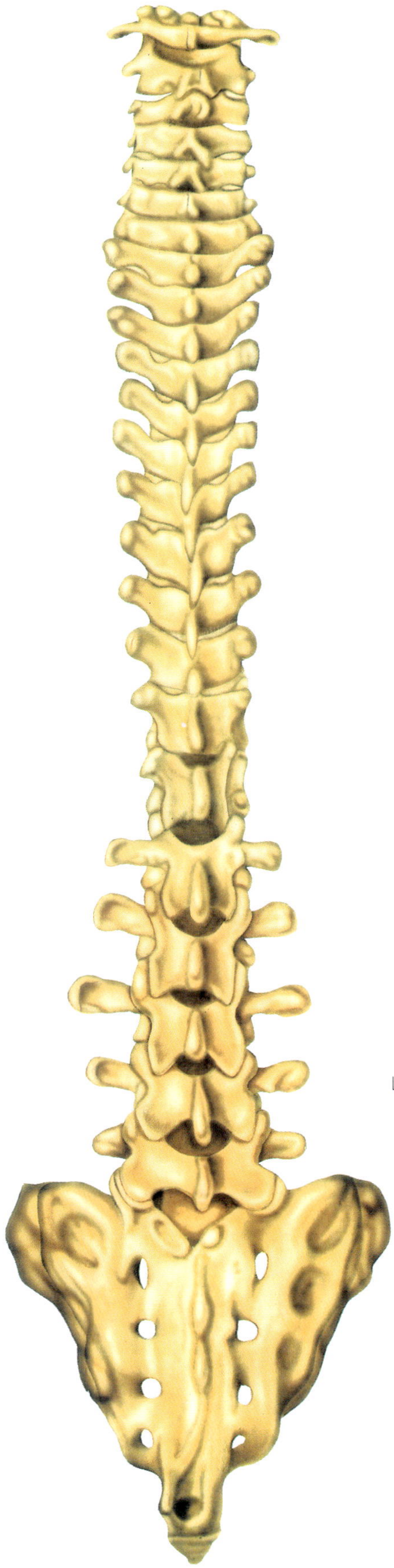

ANSICHT VON DORSAL

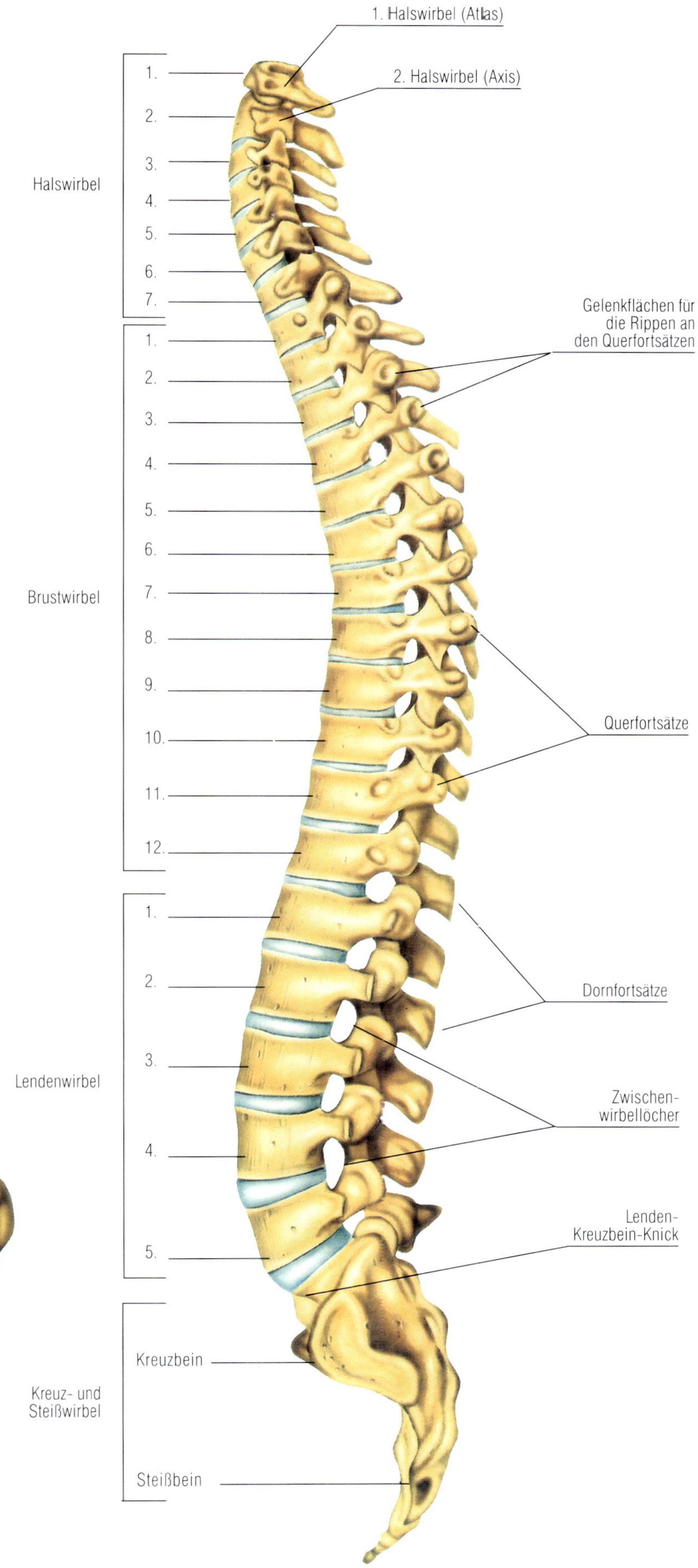

ANSICHT VON LATERAL

11. Wirbel

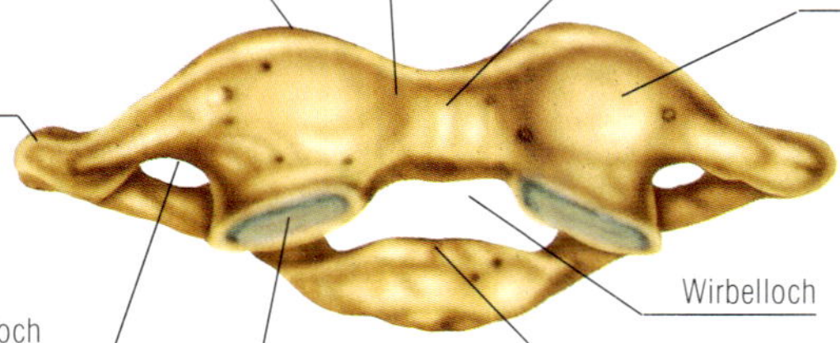

1. HALSWIRBEL (ATLAS)
ANSICHT VON VENTRAL

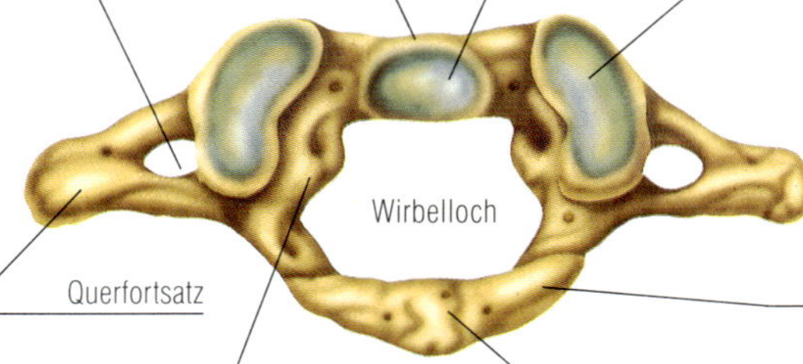

1. HALSWIRBEL (ATLAS)
ANSICHT VON KRANIAL

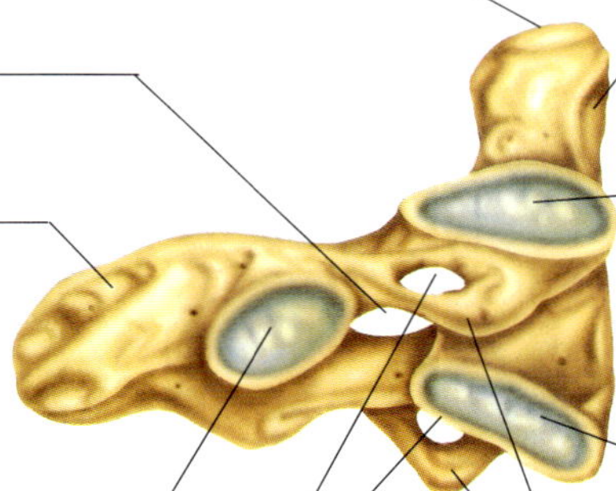

2. HALSWIRBEL (AXIS)
ANSICHT VON LATERAL

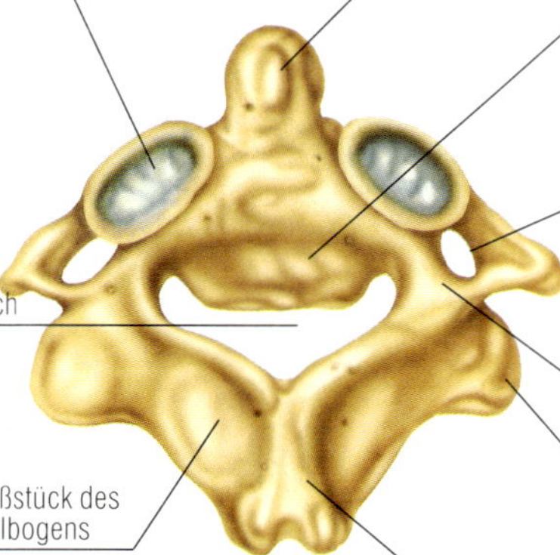

2. HALSWIRBEL (AXIS)
ANSICHT VON DORSAL

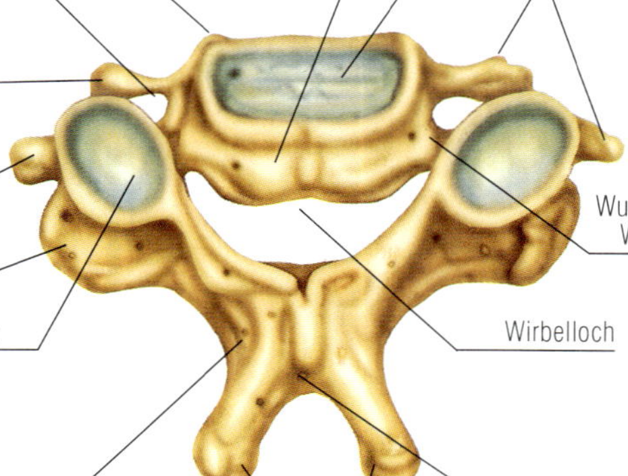

4. HALSWIRBEL
ANSICHT VON KRANIAL

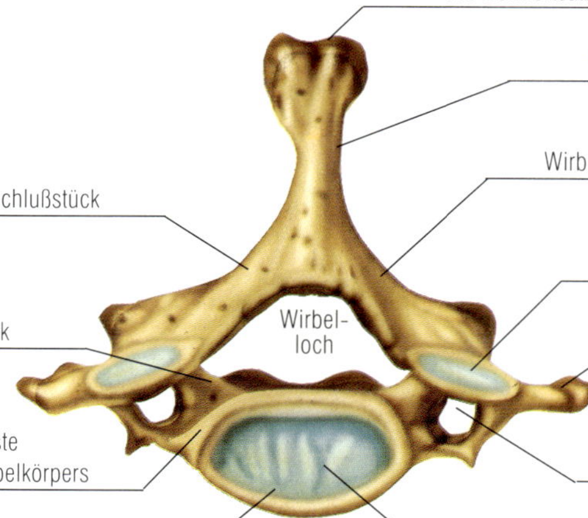

7. HALSWIRBEL
ANSICHT VON KRANIAL

12. Wirbel

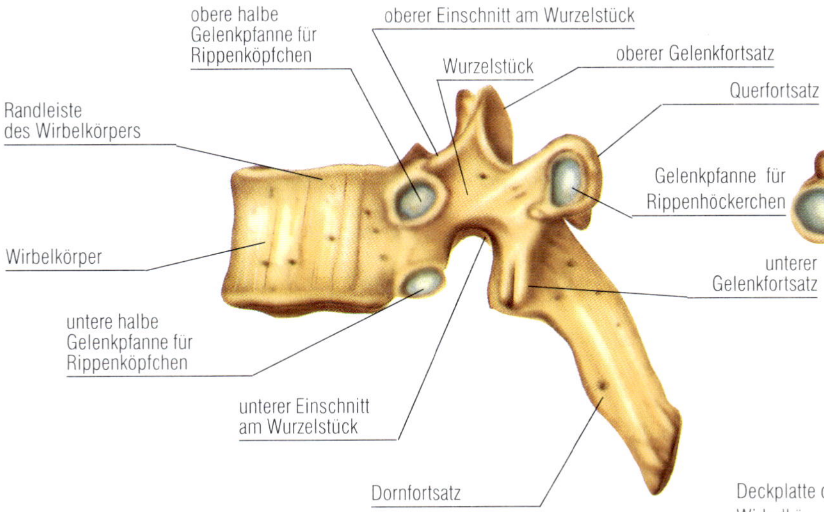

6. BRUSTWIRBEL
ANSICHT VON LINKS

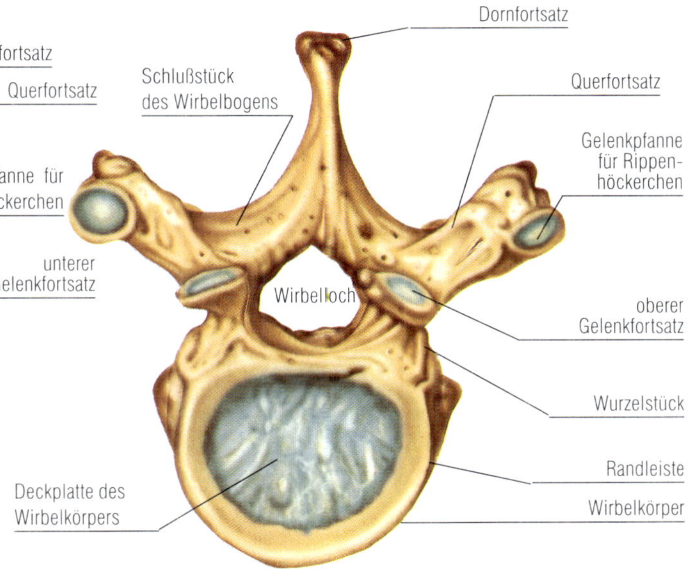

5. BRUSTWIRBEL
ANSICHT VON KRANIAL

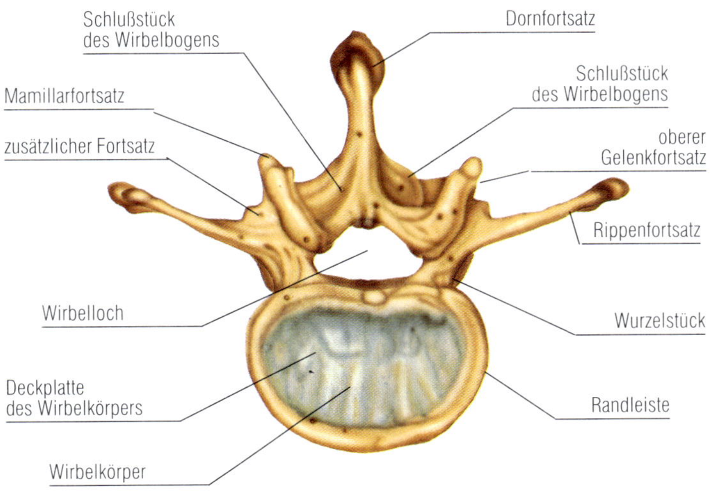

4. LENDENWIRBEL
ANSICHT VON KRANIAL

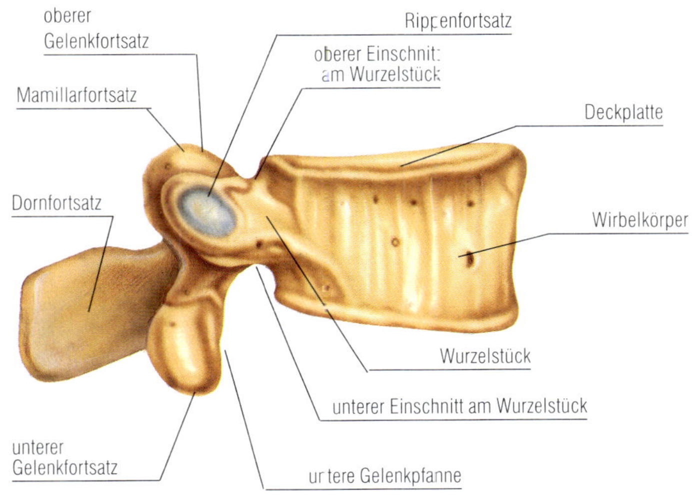

5. LENDENWIRBEL
ANSICHT VON RECHTS

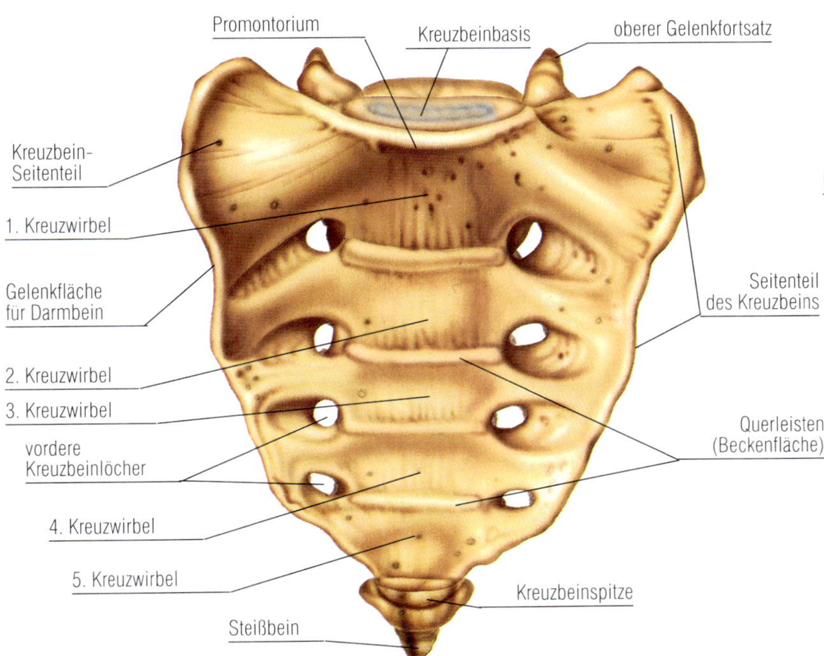

KREUZBEIN
ANSICHT VON VENTRAL

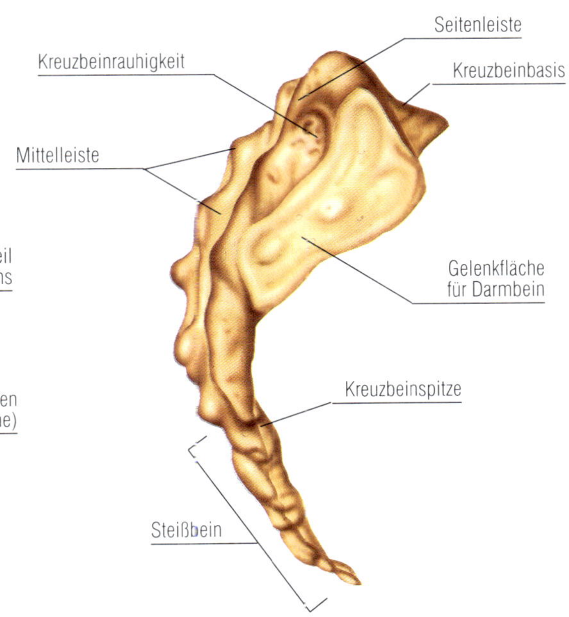

KREUZBEIN
ANSICHT VON RECHTS

Der Bewegungsapparat

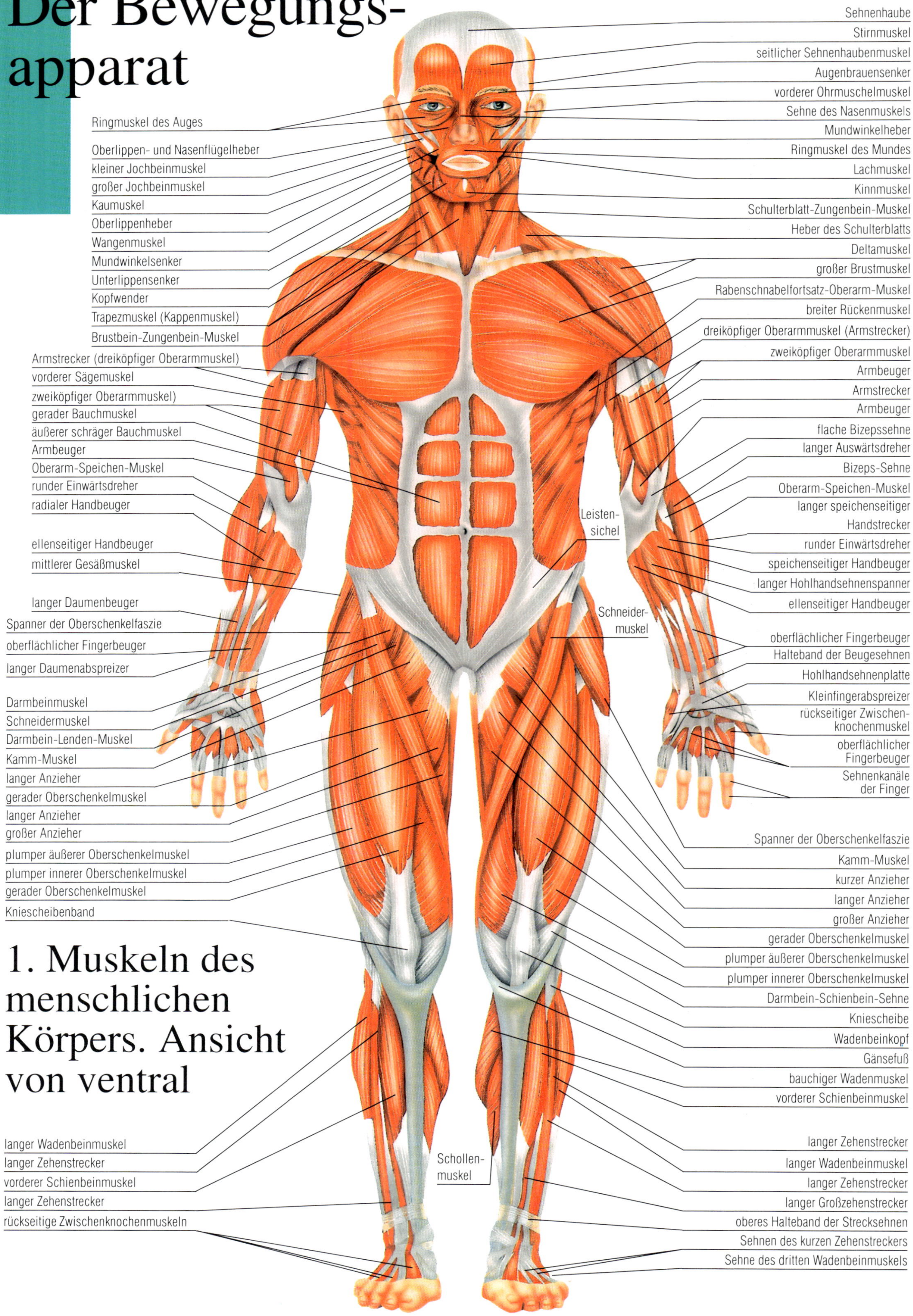

1. Muskeln des menschlichen Körpers. Ansicht von ventral

2. Die Muskeln des menschlichen Körpers. Ansicht von dorsal

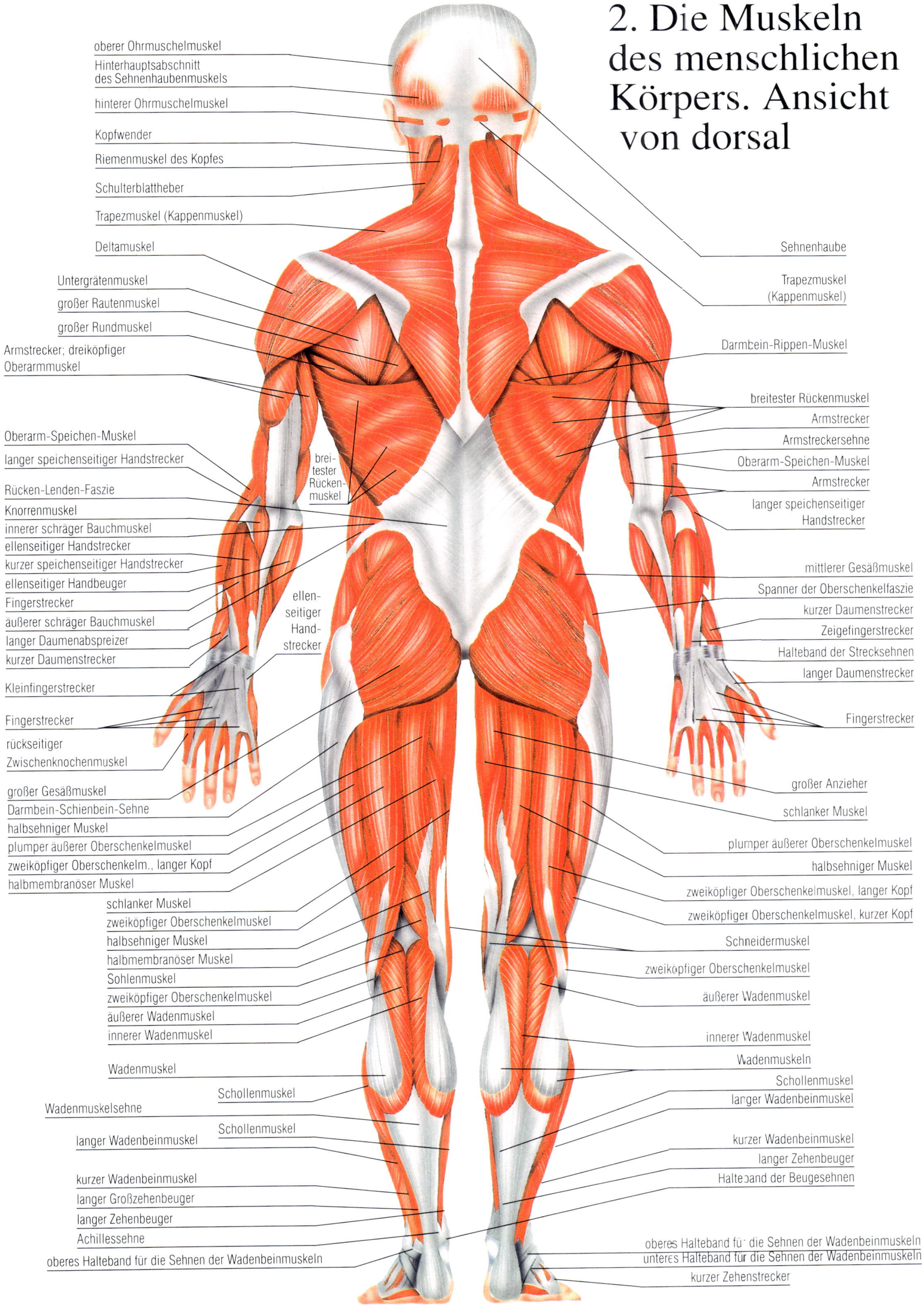

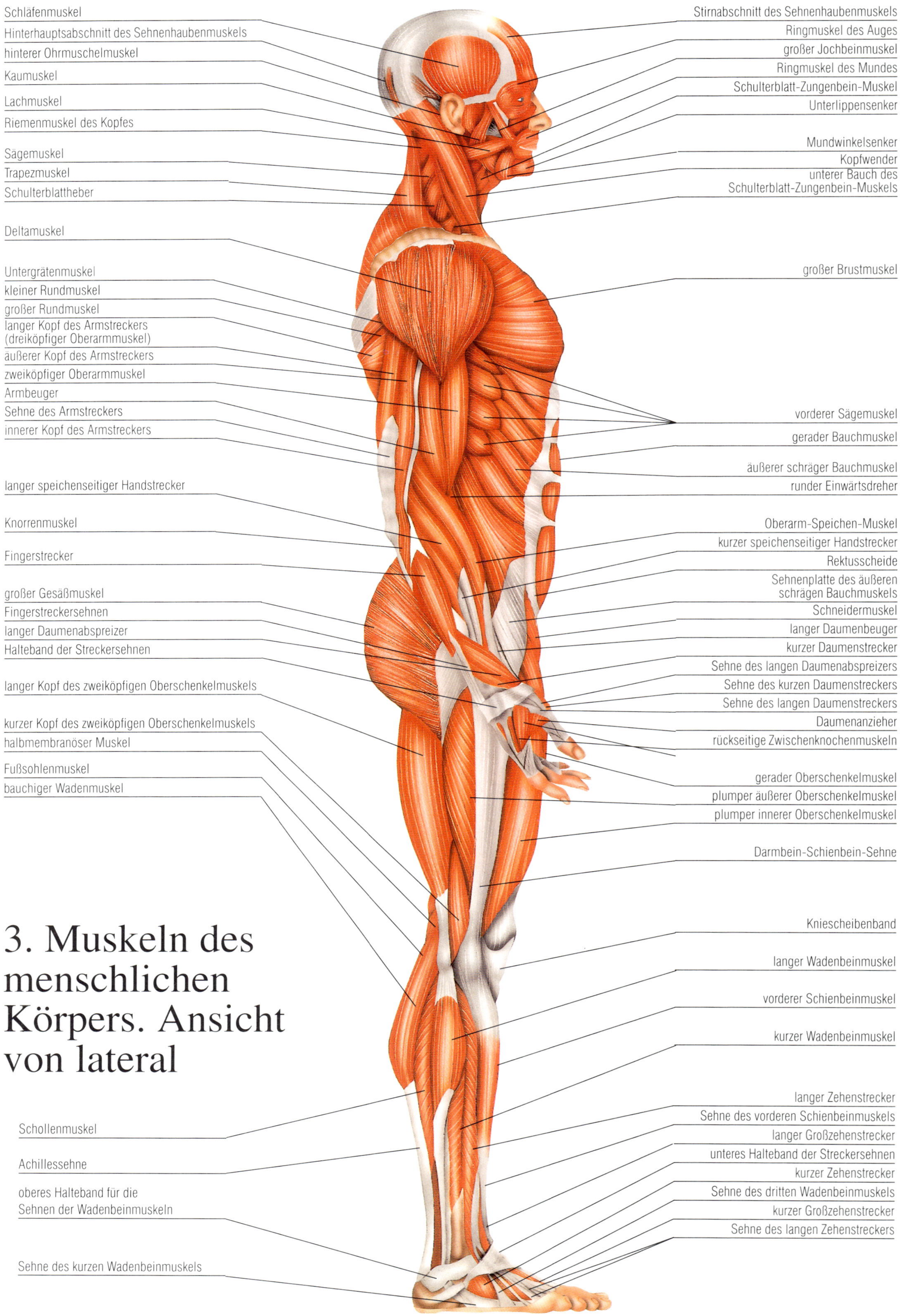

3. Muskeln des menschlichen Körpers. Ansicht von lateral

4. Kopfmuskeln

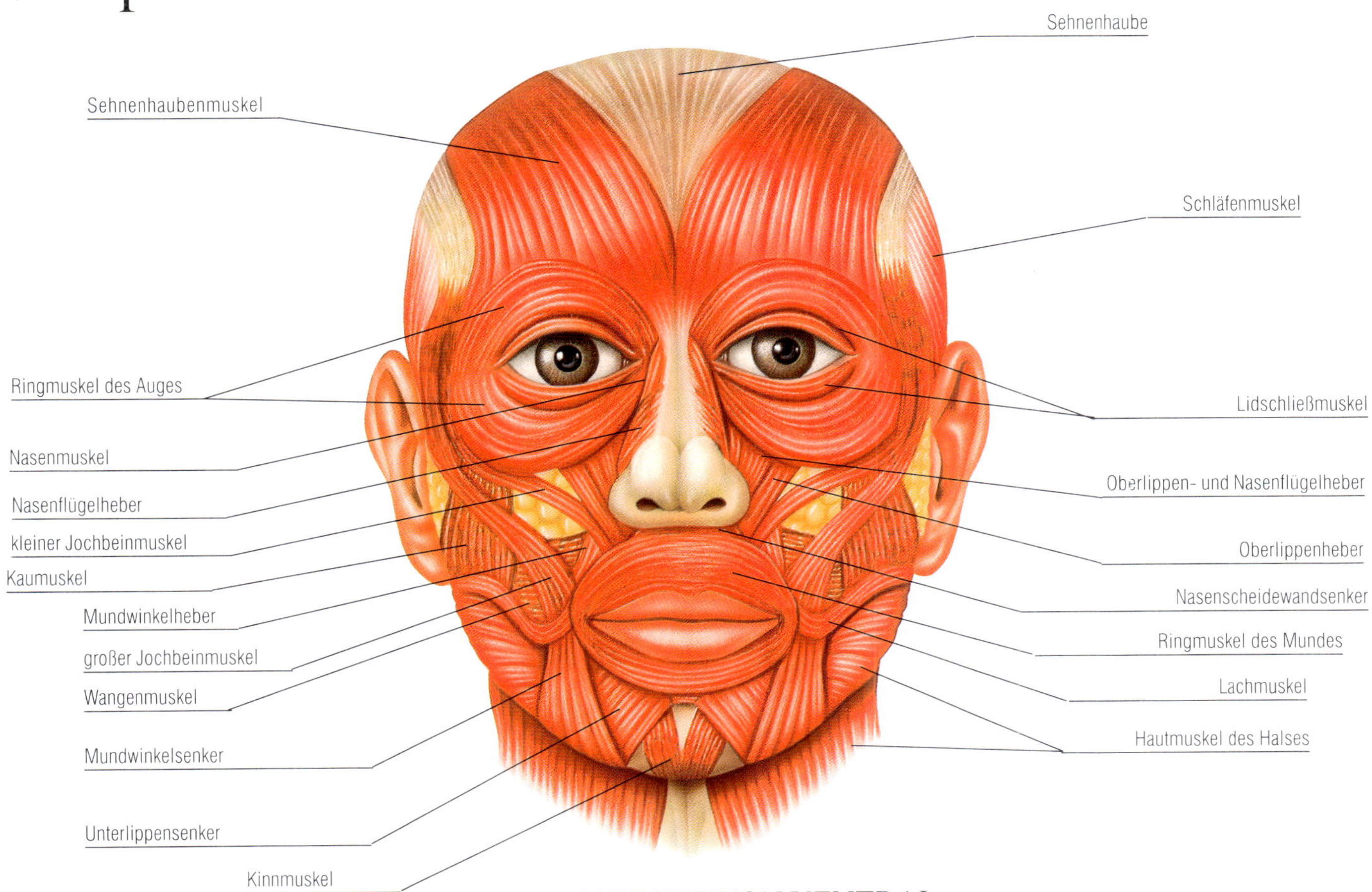

ANSICHT VON VENTRAL

ANSICHT VON LATERAL

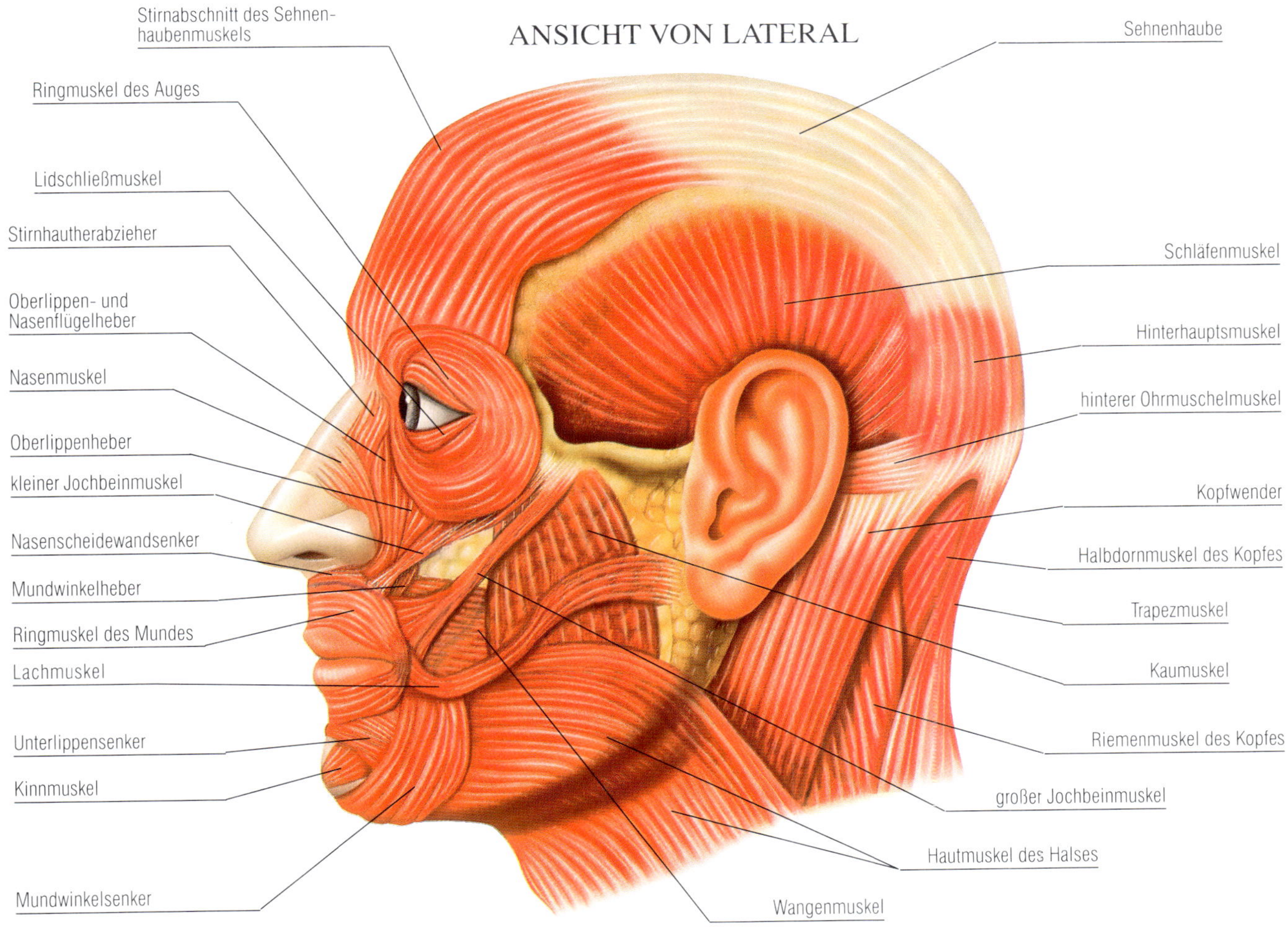

5. Hände und Füße. Muskeln, Sehnen und Bänder

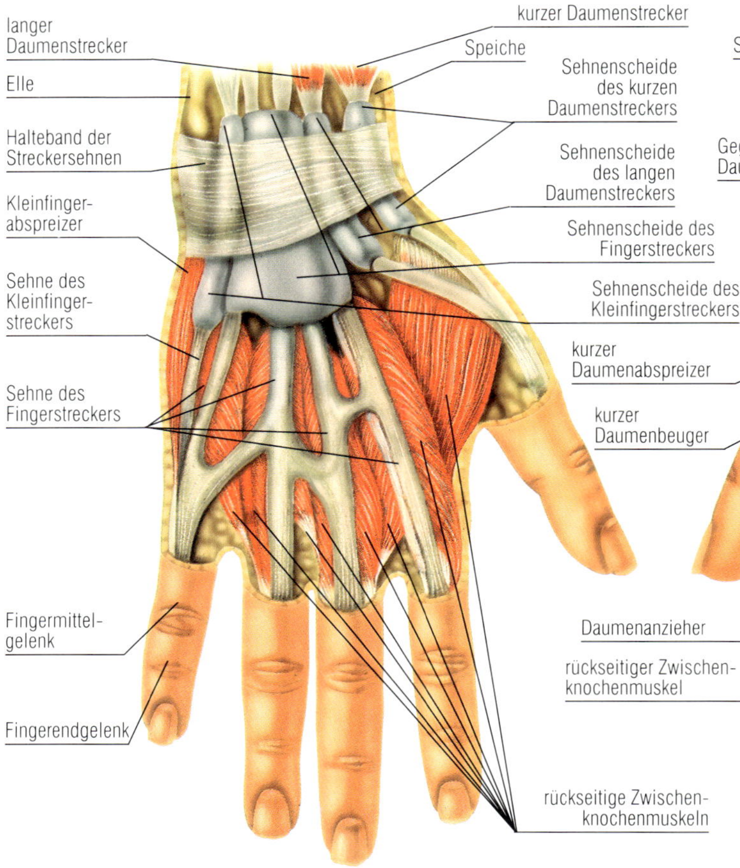

HAND, ANSICHT VON DORSAl

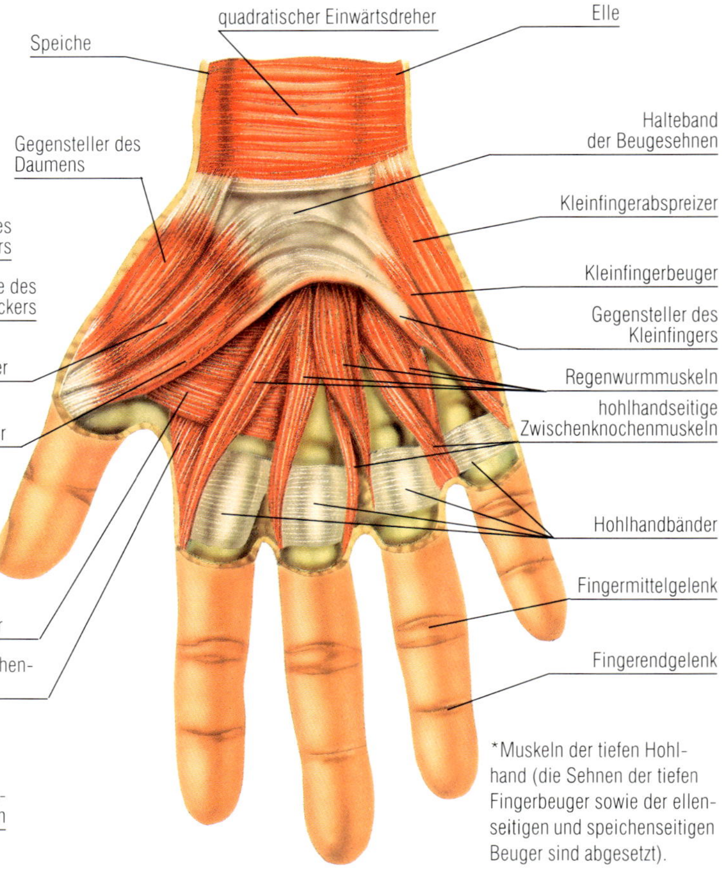

*Muskeln der tiefen Hohlhand (die Sehnen der tiefen Fingerbeuger sowie der ellenseitigen und speichenseitigen Beuger sind abgesetzt).

HAND, ANSICHT VON PALMAR*
(Sehnen und Sehnenscheiden entfernt)

FUSS, ANSICHT VON DORSAL

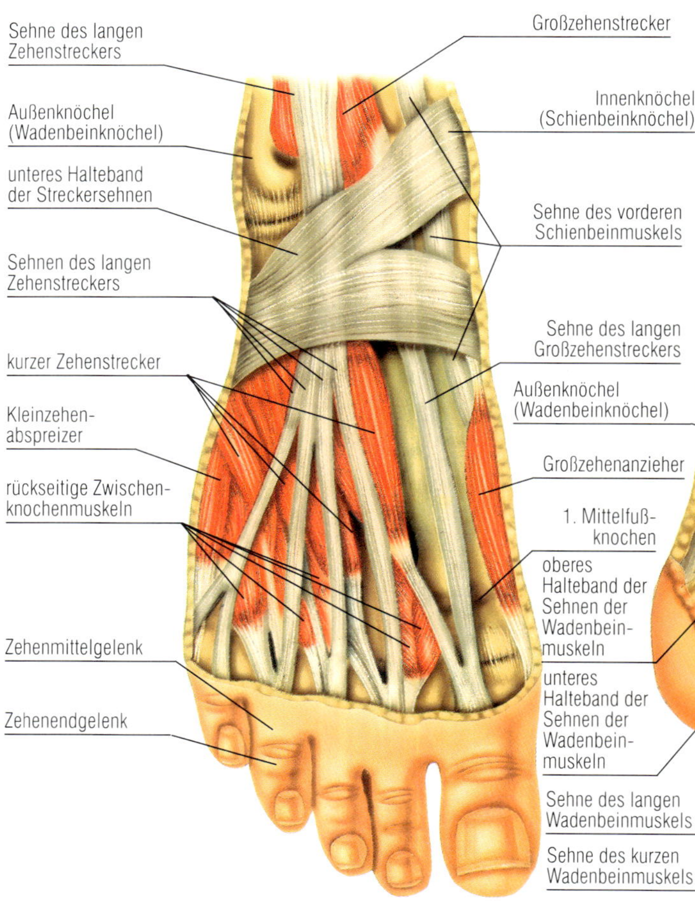

FUSS, ANSICHT VON LATERAL

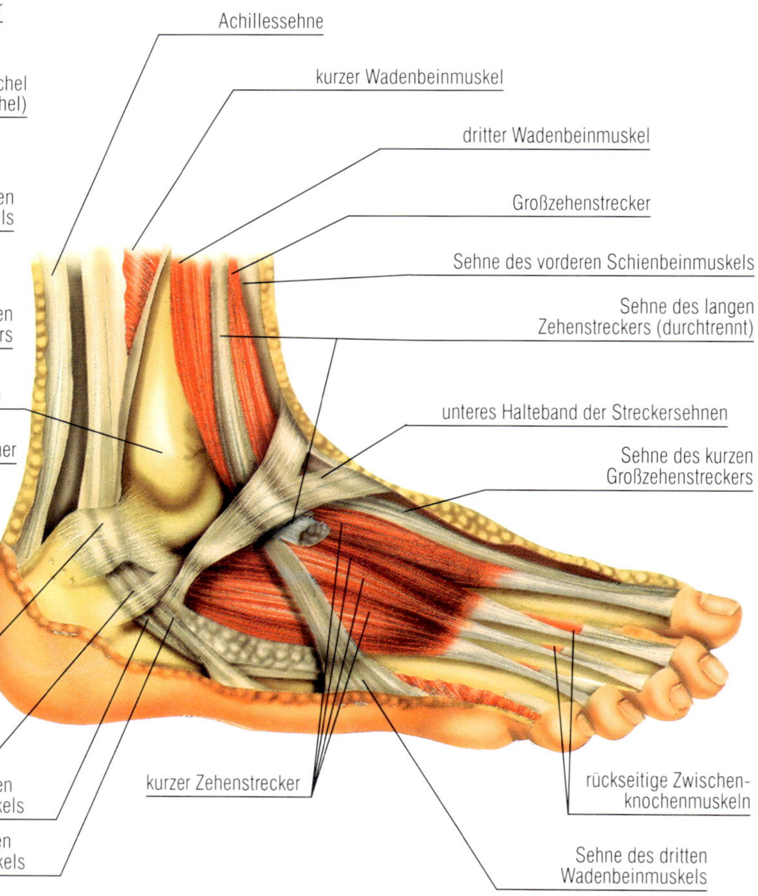

6. Muskel- und Muskelansatztypen

MUSKELFORMEN

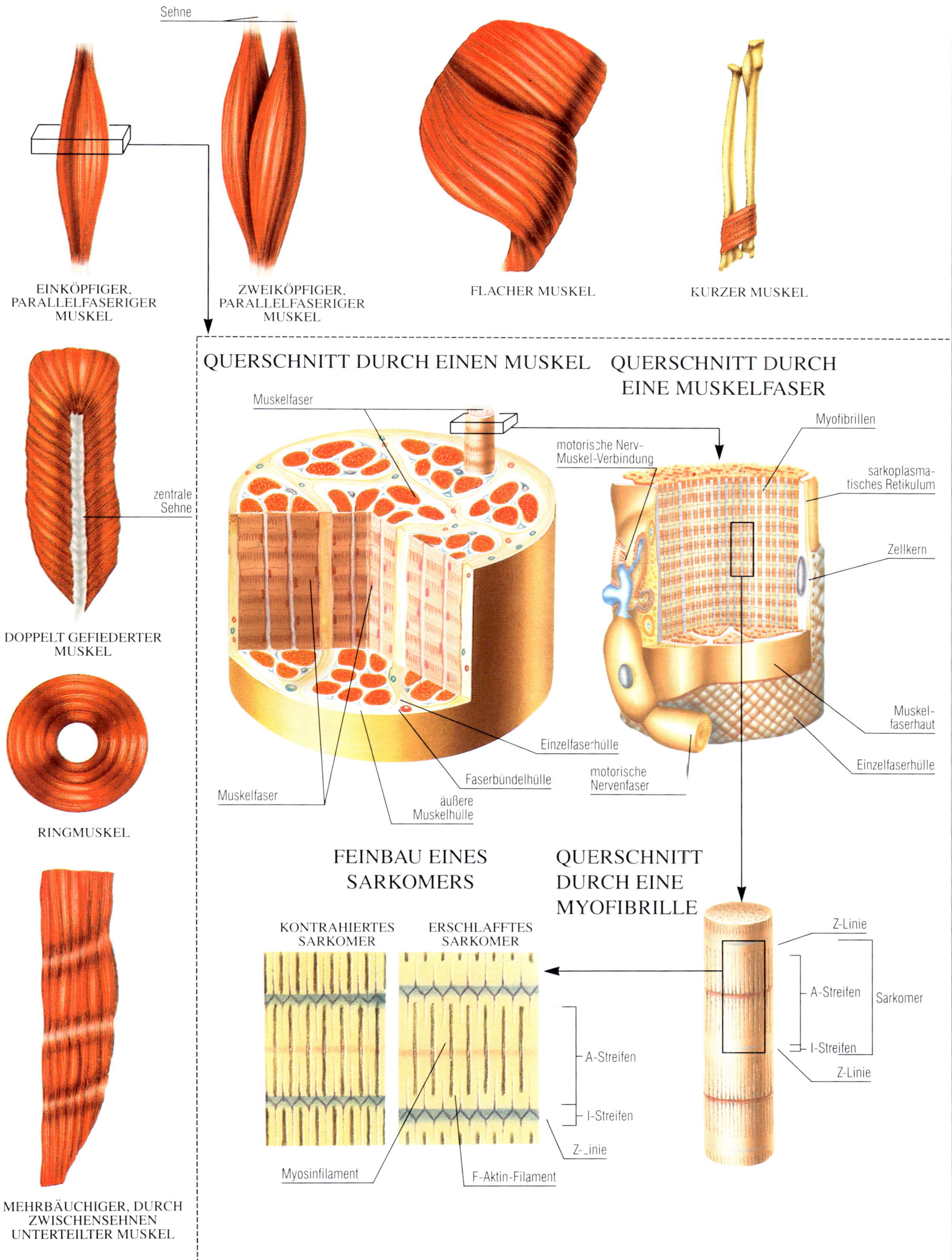

7. Bewegungen des Unterarms

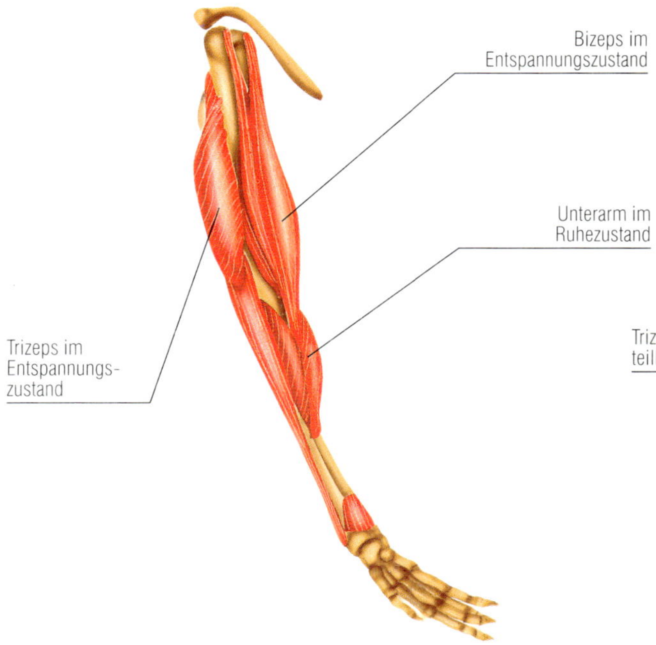

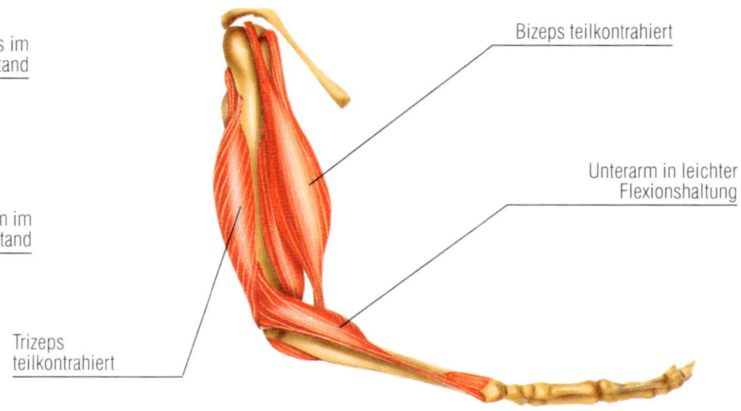

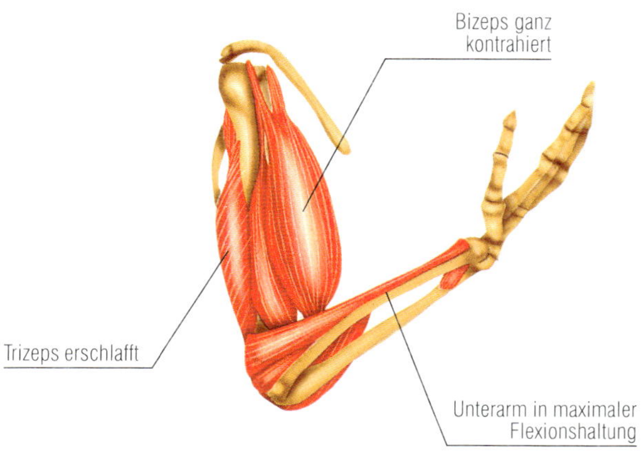

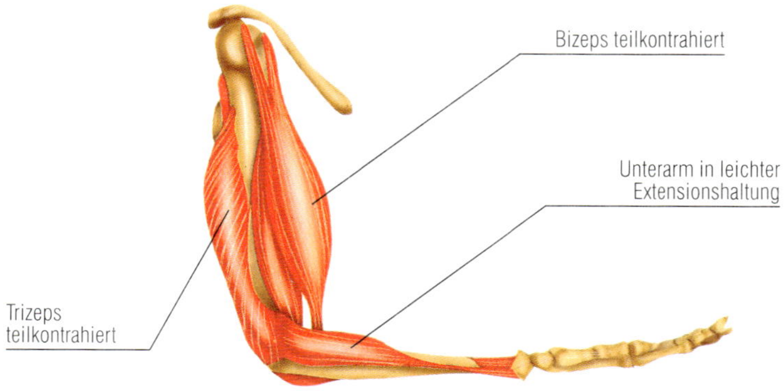

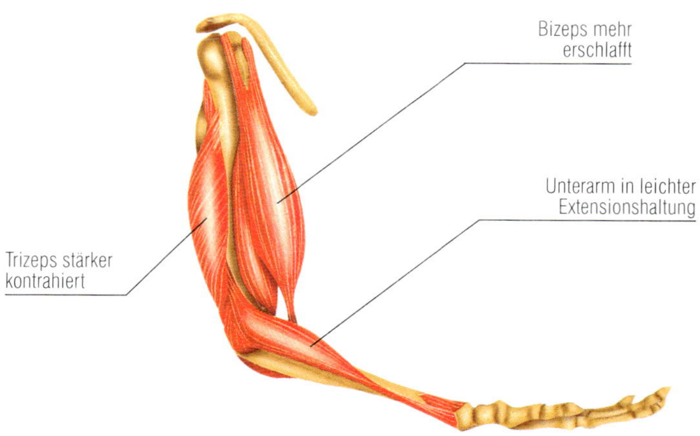

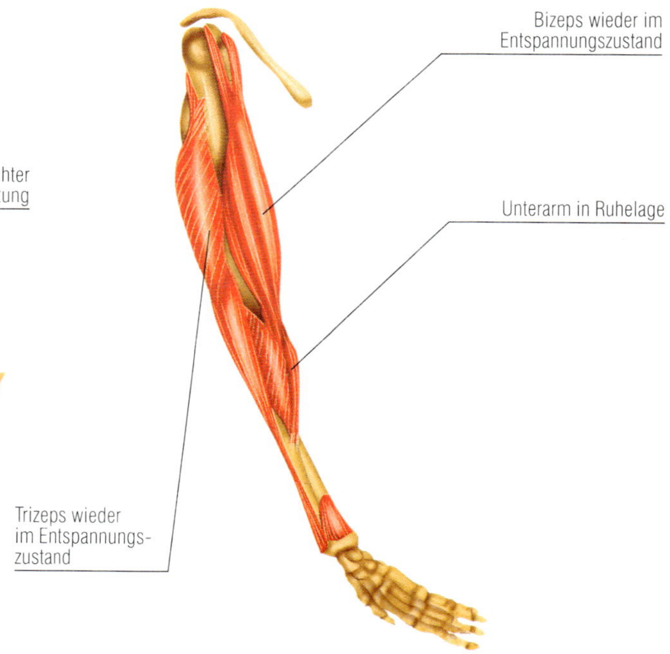

Das Verdauungssystem

1. Organe und Bestandteile des Verdauungssystems sowie Phasen des Verdauungsprozesses

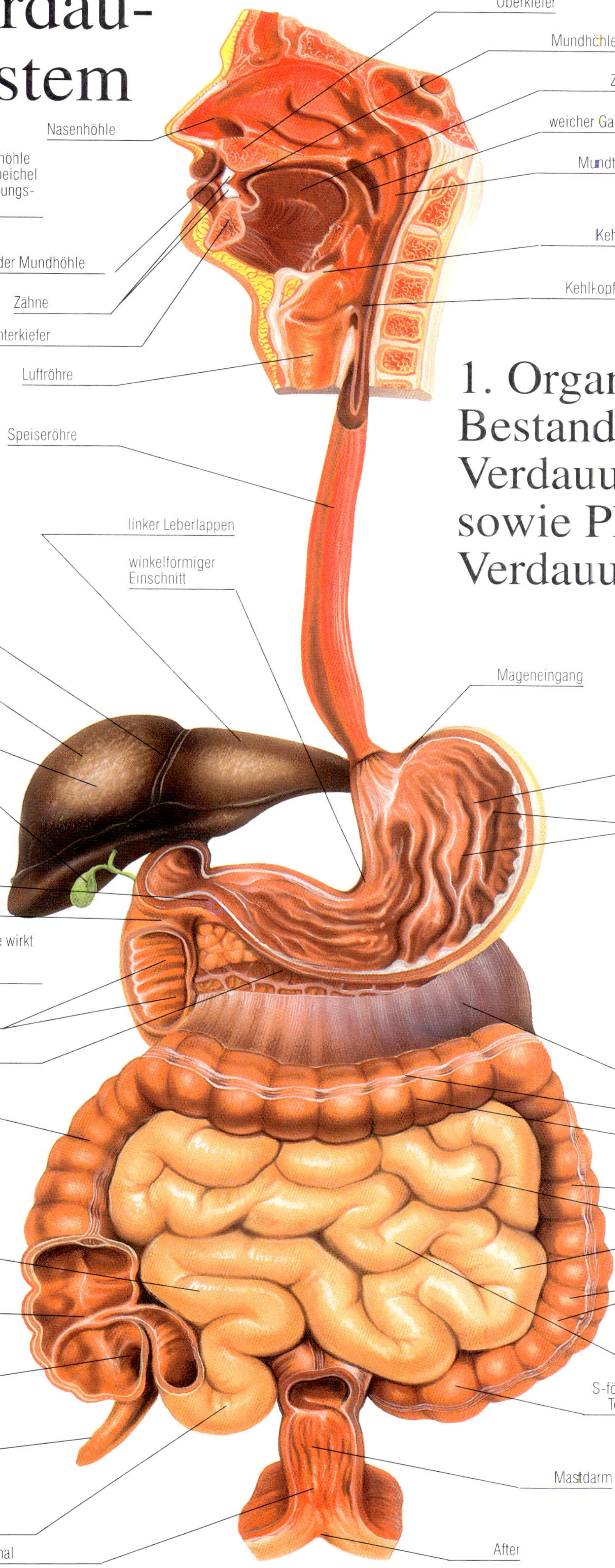

1 Der in die Mundhöhle abgesonderte Speichel leitet den Verdauungsprozeß ein.

2 Die Drüsen der Magenschleimhaut sondern den Magensaft ab.

3 Die Leber produziert die Galle, die zur Verdauung des Fetts benötigt wird, fungiert als Speicher für Vitamine, Eiweiße und Glykogen, ist am Fettstoffwechsel beteiligt, bildet Eiweiße und neutralisiert Giftstoffe.

4 Die Gallenblase speichert die Galle und schüttet sie bei Bedarf in den Zwölffingerdarm aus.

5 Der Saft der Bauchspeicheldrüse wirkt bei der Verdauung sämtlicher organischer Nährstoffe mit.

6 Im Zwölffingerdarm wird der Speisebrei durch den Pankreassaft, die Galle sowie Enzyme weiter zersetzt.

7 Blut- und Lymphgefäße in der Dünndarmschleimhaut nehmen die Nährstoffe auf.

8 Während der gesamten Dünndarmpassage werden die Nahrungsbestandteile verdaut und die Nährstoffe ins Blut aufgenommen.

9 Im Kolon endet der lange Weg des Speisebreis; hier bildet sich der Stuhl.

10 Über Rektum und After werden die Abfallprodukte des Verdauungsprozesses als Stuhl ausgeschieden.

2. Der Magen

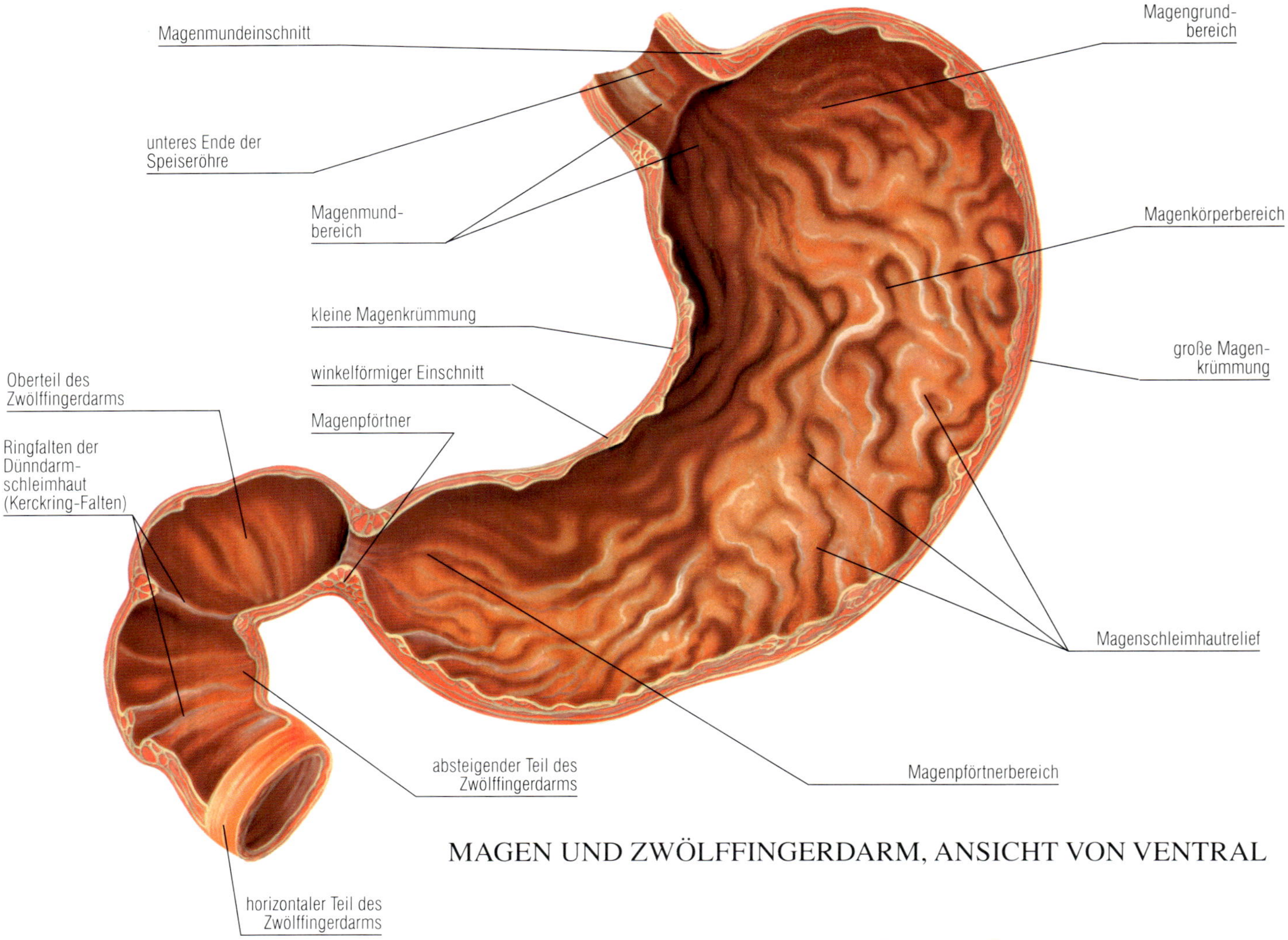

MAGEN UND ZWÖLFFINGERDARM, ANSICHT VON VENTRAL

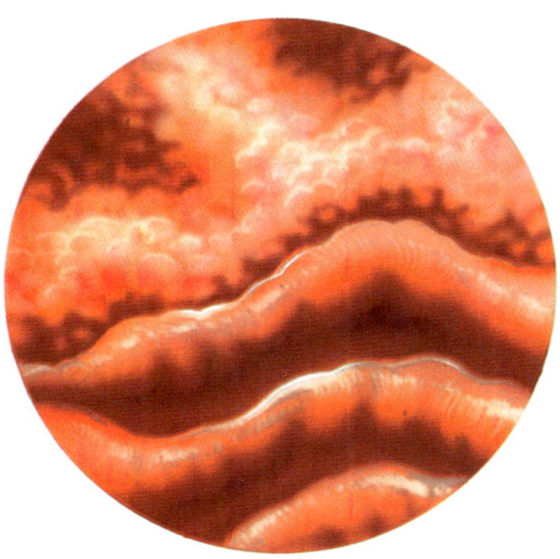

BILD DES MAGENSCHLEIMHAUT-RELIEFS UNTER LUPENVERGRÖSSERUNG

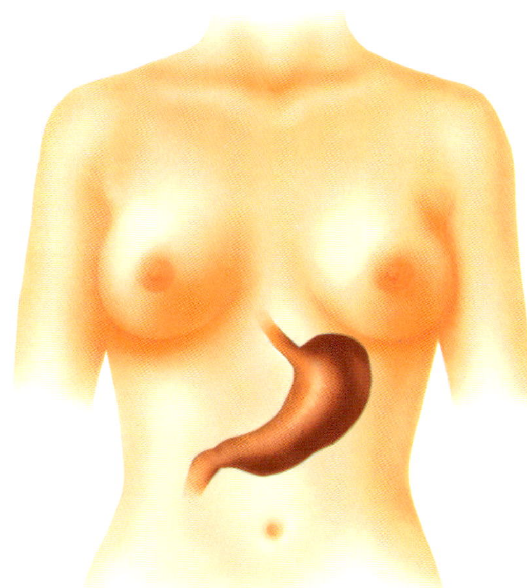

PROJEKTION DES MAGENS AUF DIE VORDERE BAUCHWAND

3. Der Magen

MUSKULATUR DES MAGENS

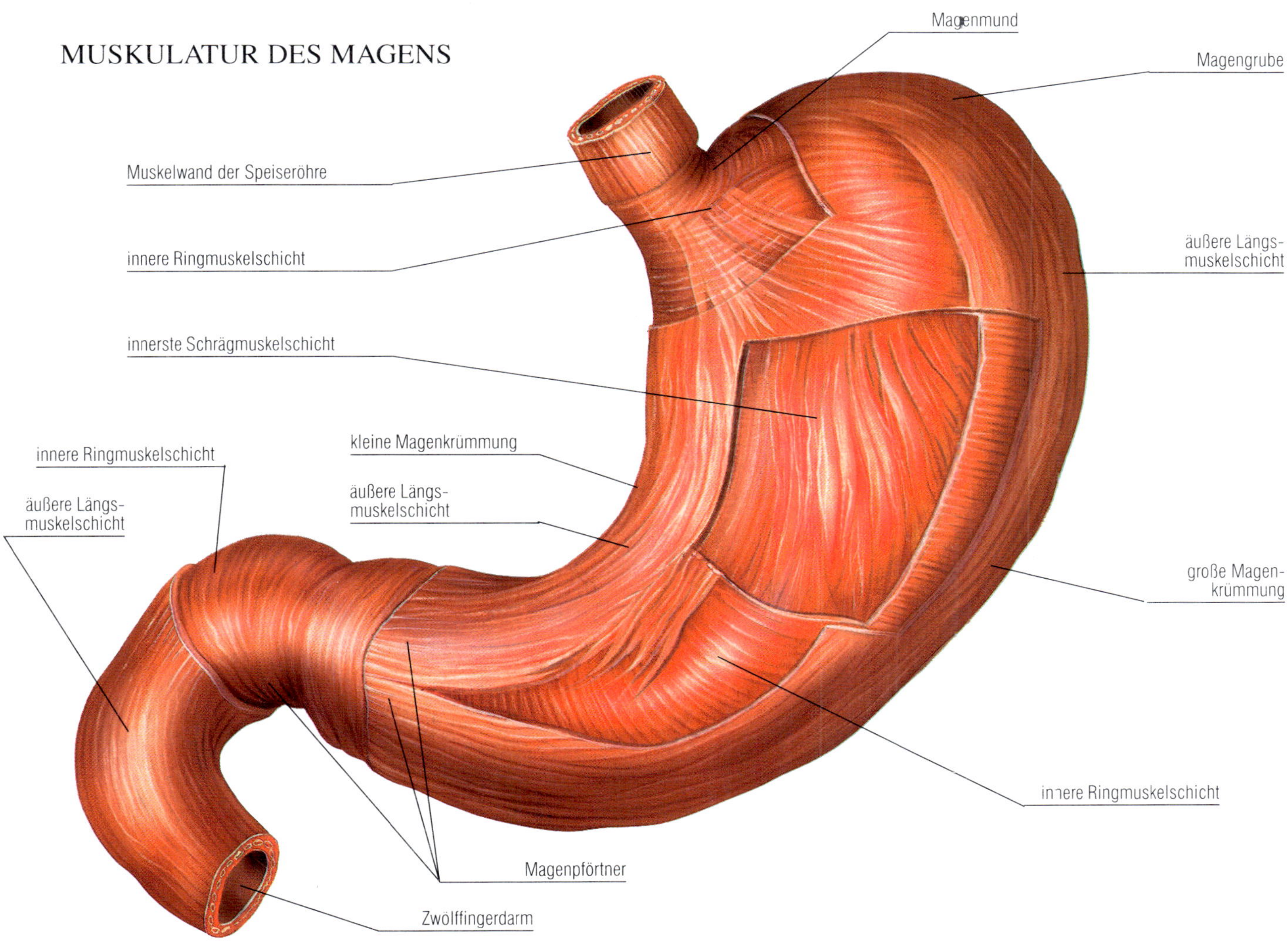

SCHEMATISCHE DARSTELLUNG DES FEINGEWEBLICHEN SCHICHTENBAUS DER MAGENWAND

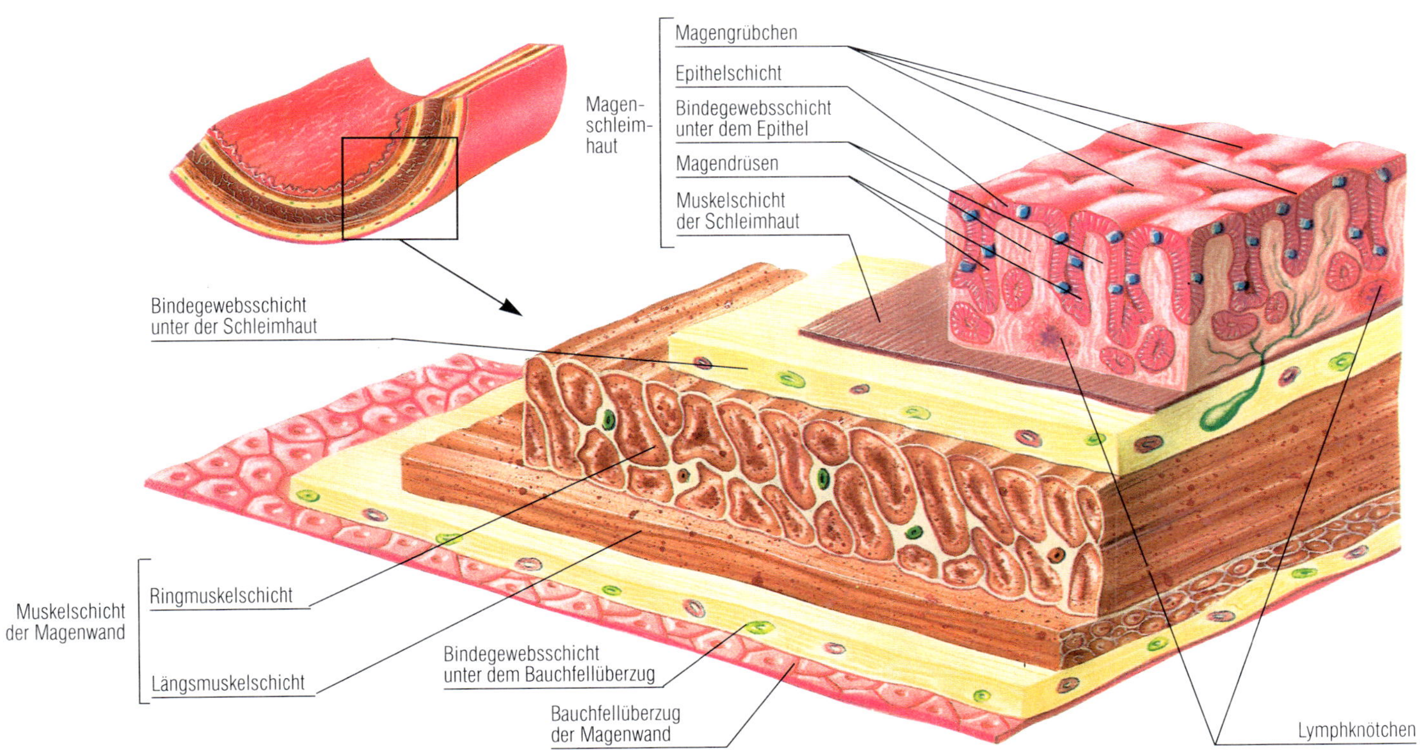

4. Zwölffingerdarm und Bauchspeicheldrüse

ZWÖLFFINGERDARM UND BAUCHSPEICHELDRÜSE ANSICHT VON VENTRAL

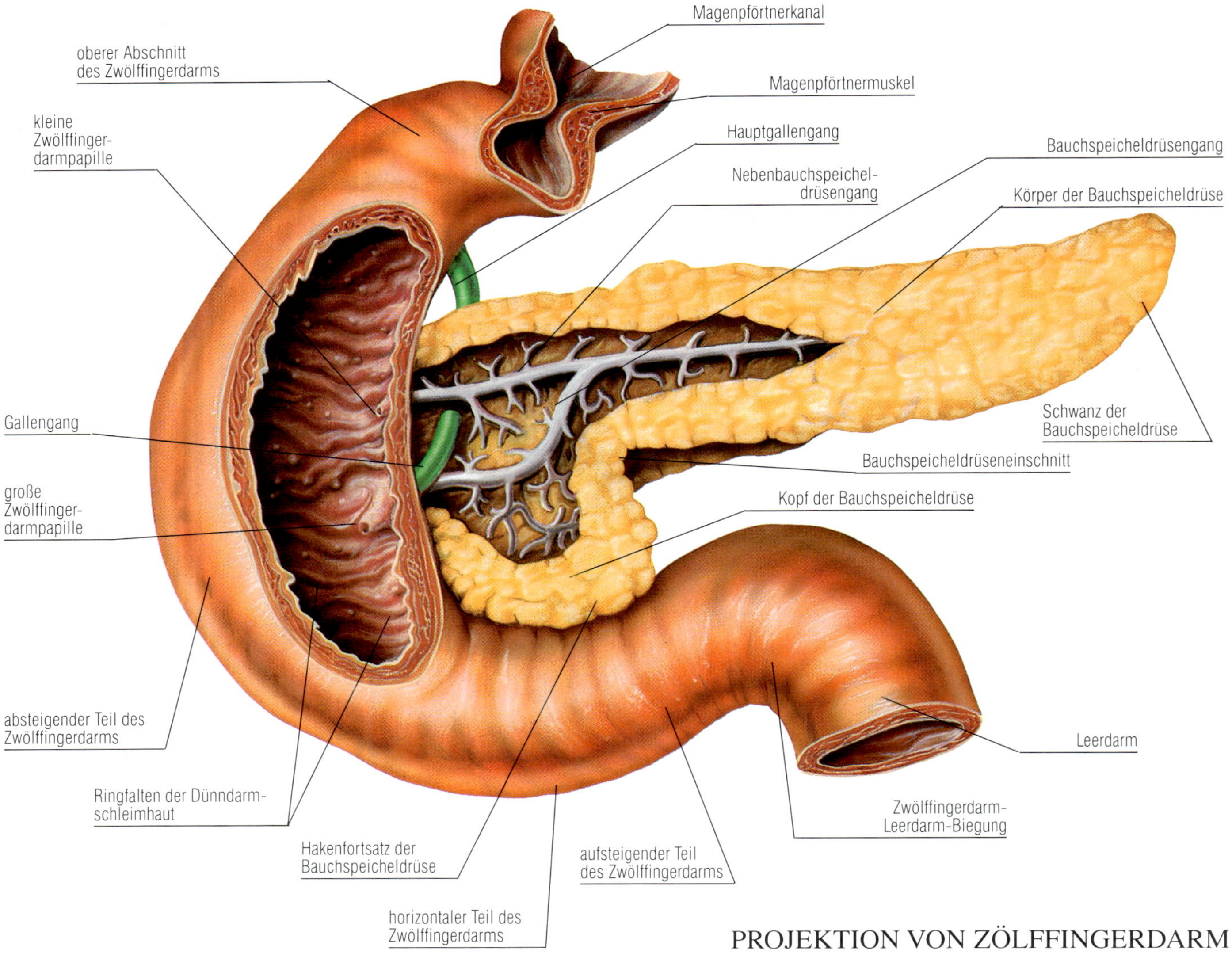

PROJEKTION VON ZÖLFFINGERDARM UND BAUCHSPEICHELDRÜSE AUF DIE VORDERE BAUCHWAND

FEINGEWEBLICHER SCHNITT DURCH DIE BAUCHSPEICHELDRÜSE

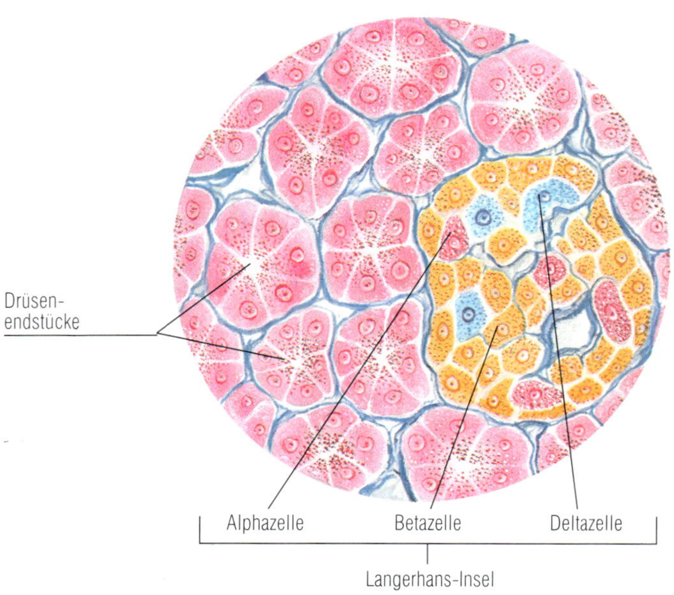

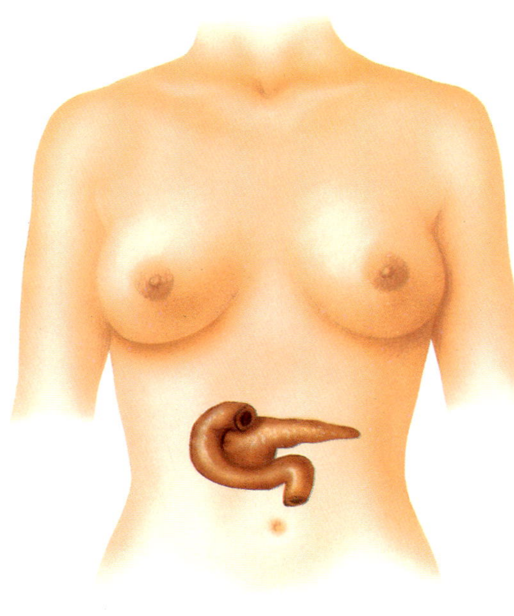

5. Zwölffingerdarm und Bauchspeicheldrüse

RETROPERITONEALE ORGANE UND BLUTGEFÄSSE DES OBERBAUCHS, ANSICHT VON VENTRAL

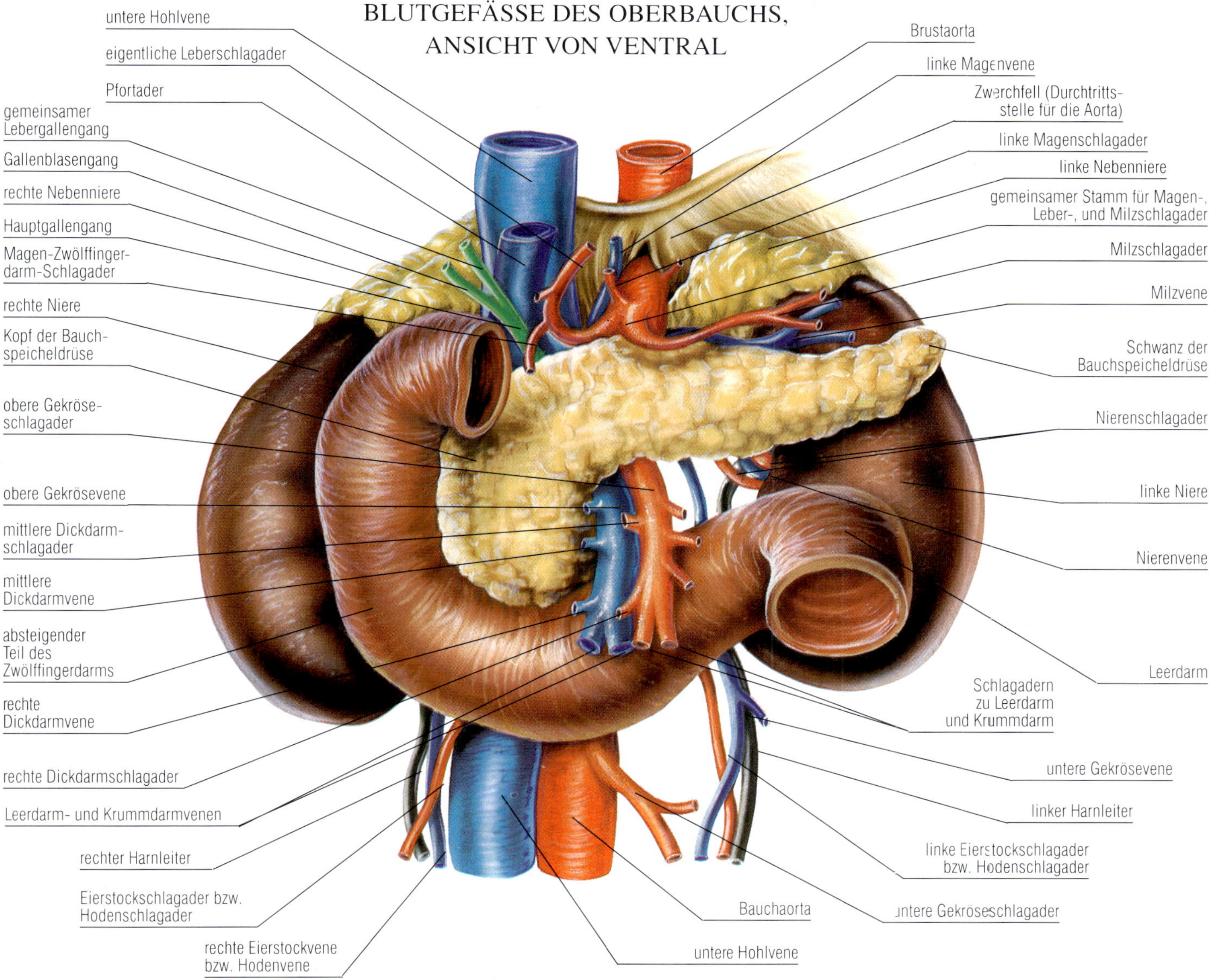

RETROPERITONEALE ORGANE UND BLUTGEFÄSSE DES OBERBAUCHS, ANSICHT VON DORSAL

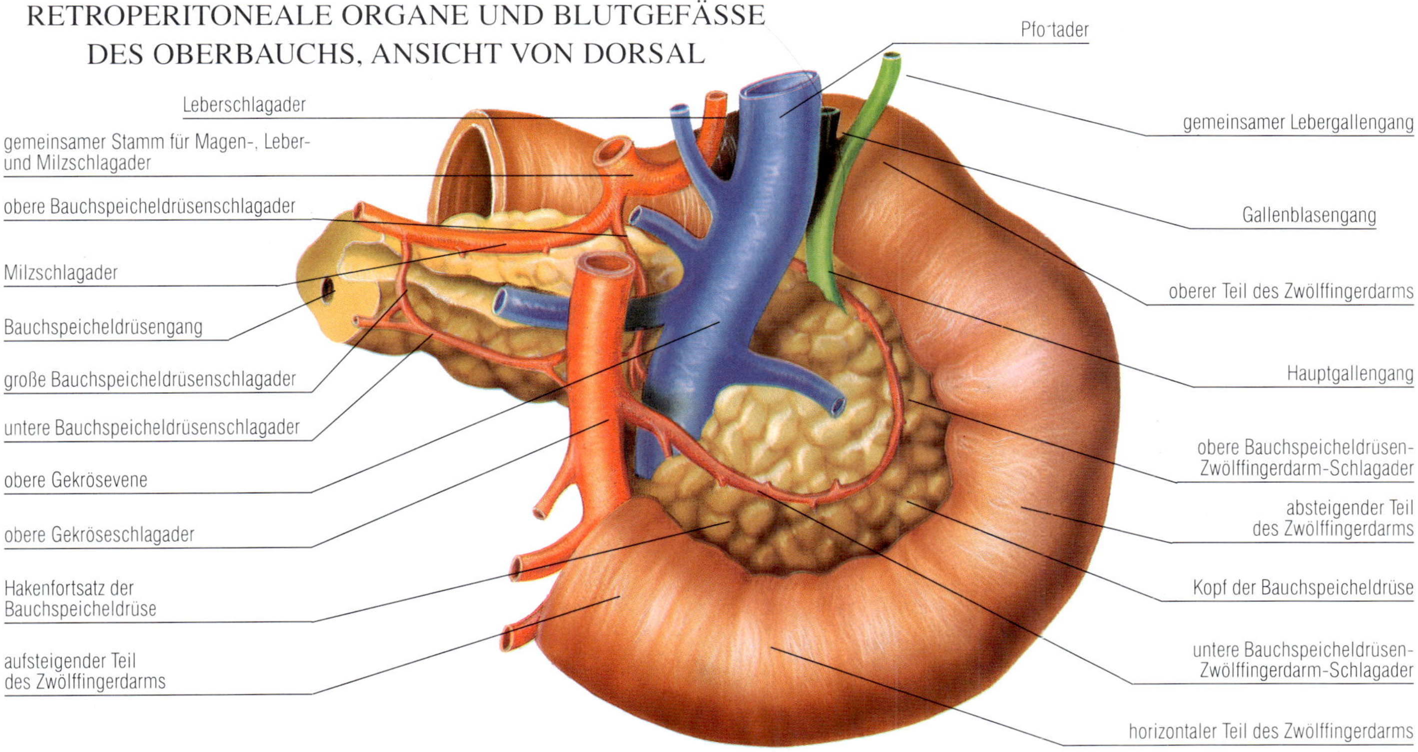

6. Die Leber

LEBER, ANSICHT VON VENTRAL

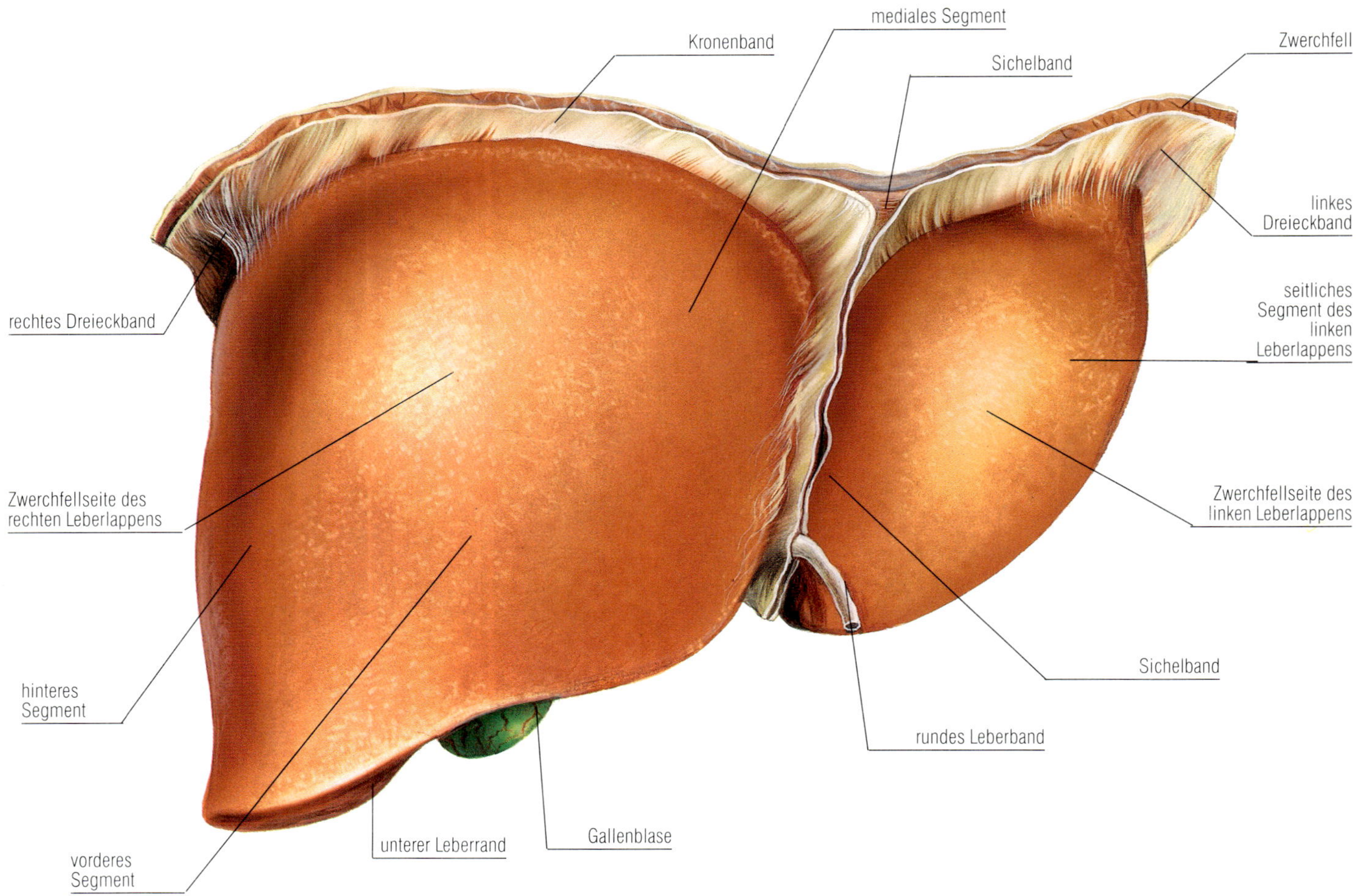

SCHEMATISCHE DARSTELLUNG DES FEINGEWEBLICHEN LEBERBAUS

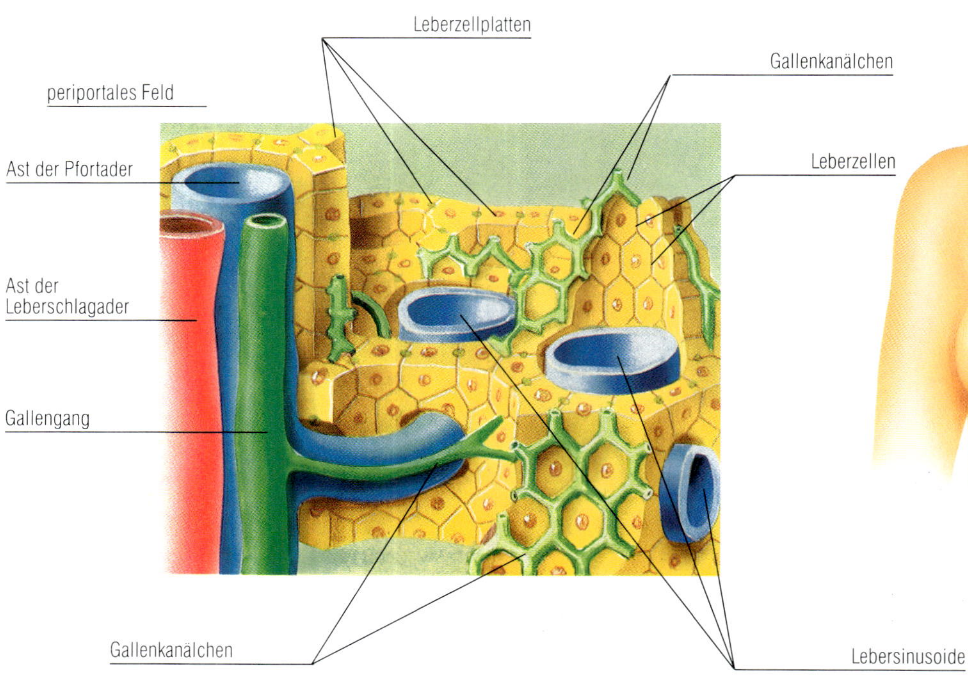

PROJEKTION DER LEBER AUF DIE VORDERE BAUCHWAND

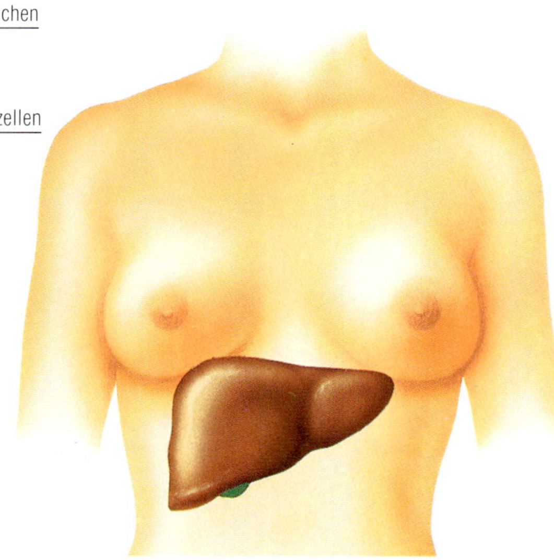

7. Leber und Gallenblase

EINGEWEIDEFLÄCHE DER LEBER
(Facies visceralis)

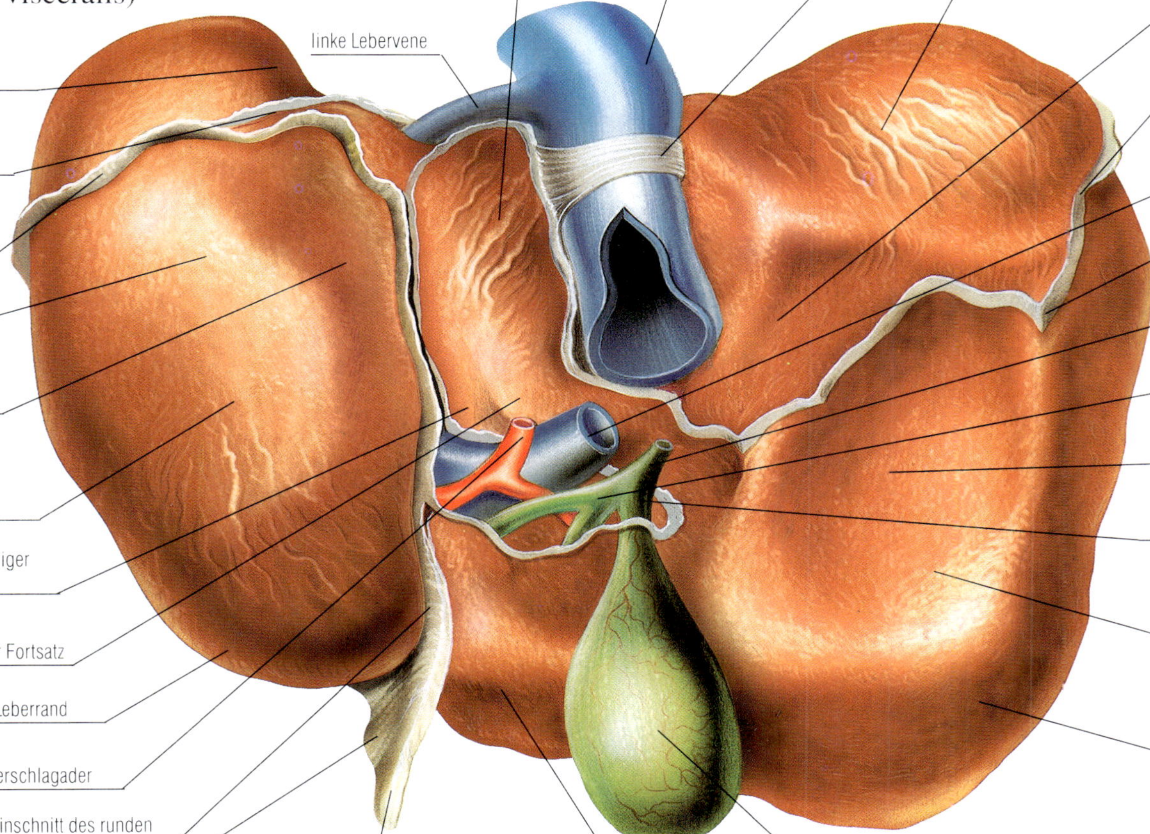

GALLENBLASE UND GALLENGÄNGE, TEILWEISE ERÖFFNET

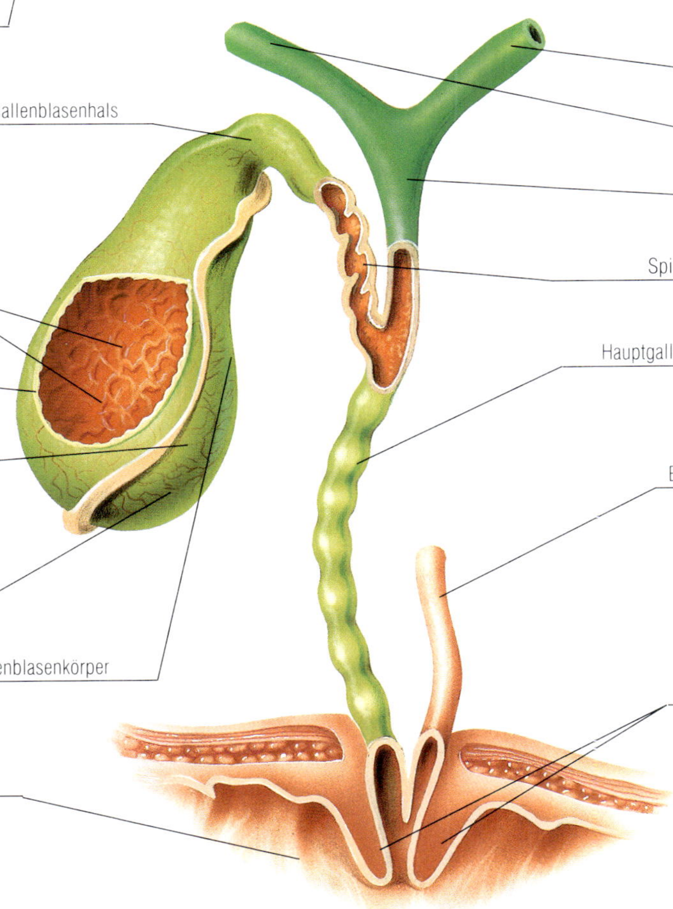

8. Der Dünndarm

DÜNNDARMSCHLINGEN, VOM DICKDARM EINGERAHMT. ANSICHT VON VENTRAL

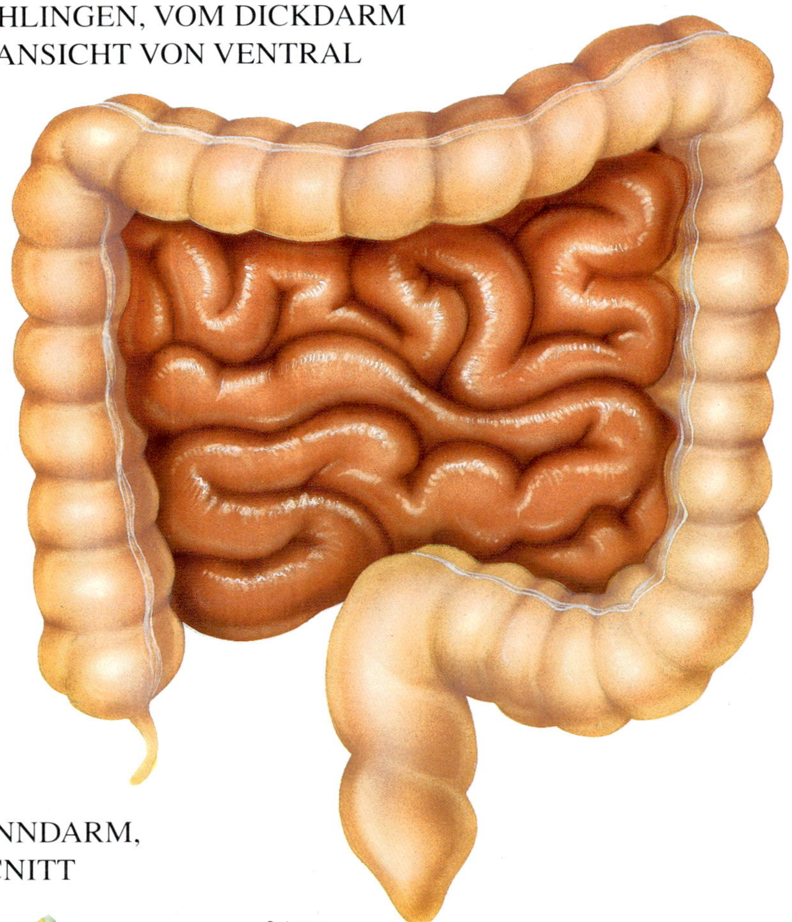

PROJEKTION DES DÜNNDARMS AUF DIE VORDERE BAUCHWAND

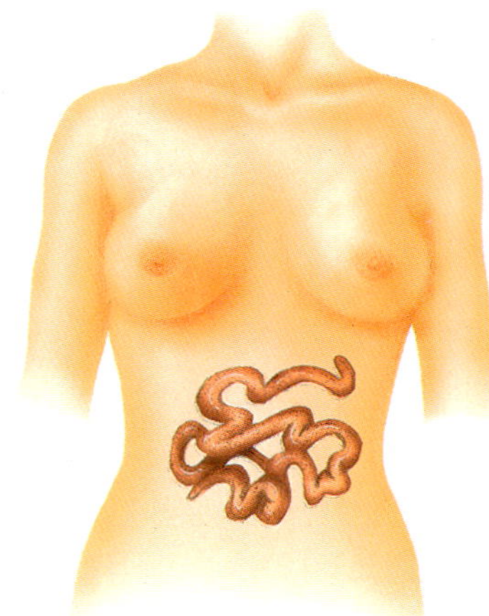

OBERER DÜNNDARM, QUERSCNITT

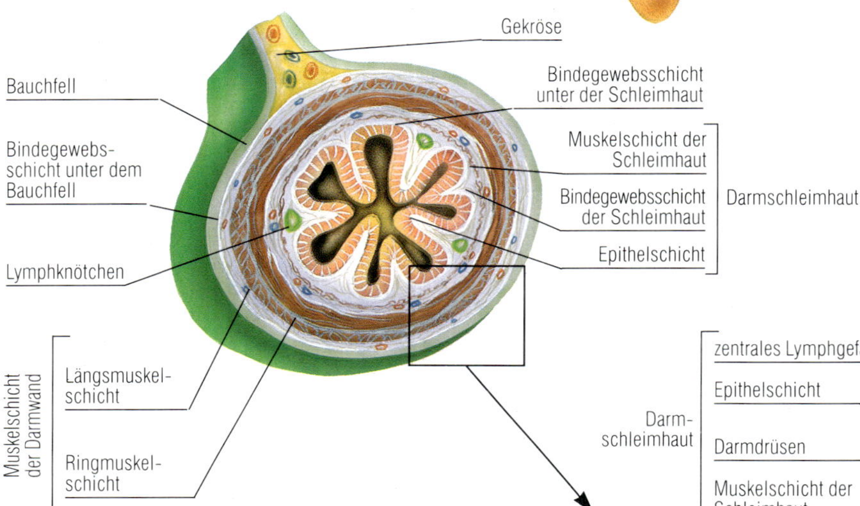

SCHEMATISCHE DARSTELLUNG DES FEINGEWEBLICHEN SCHICHTENBAUS DER DÜNNDARMWAND

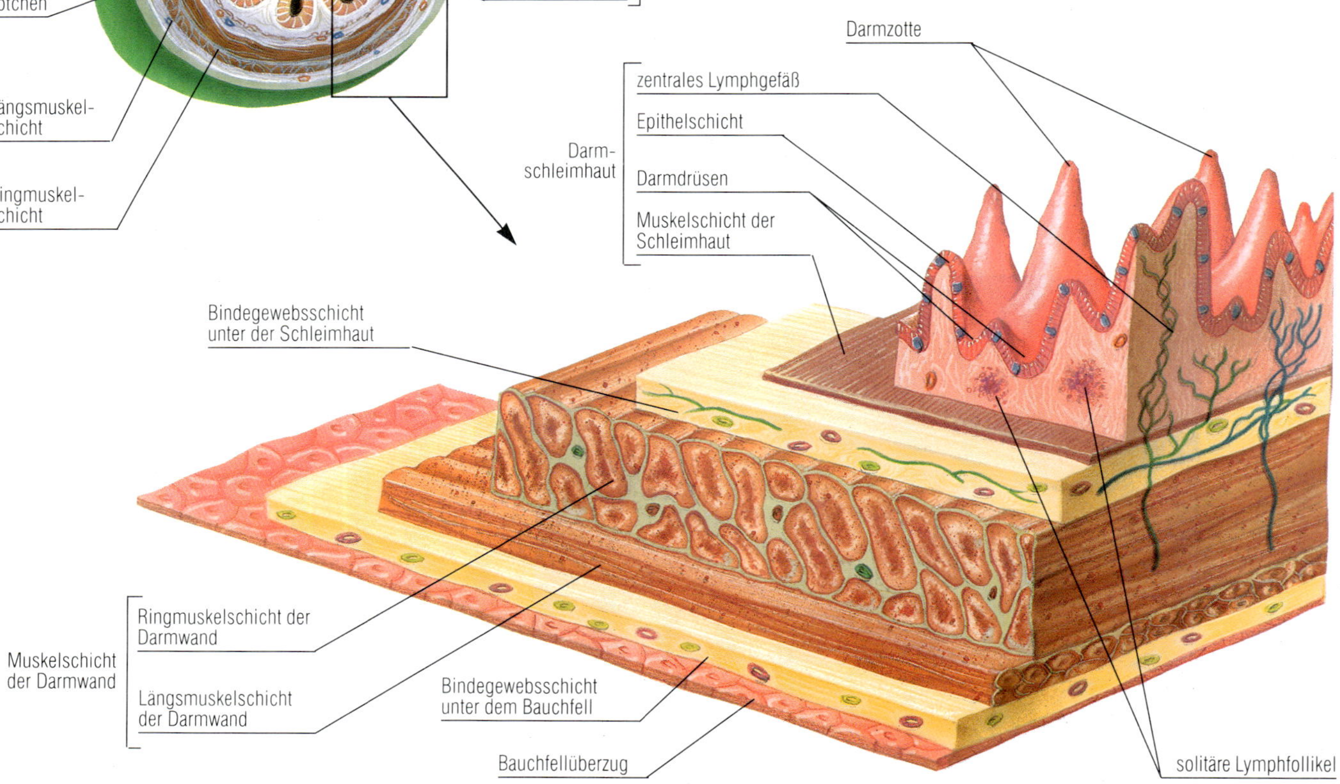

9. Der Dickdarm

VORDERANSICHT DES DICKDARMS

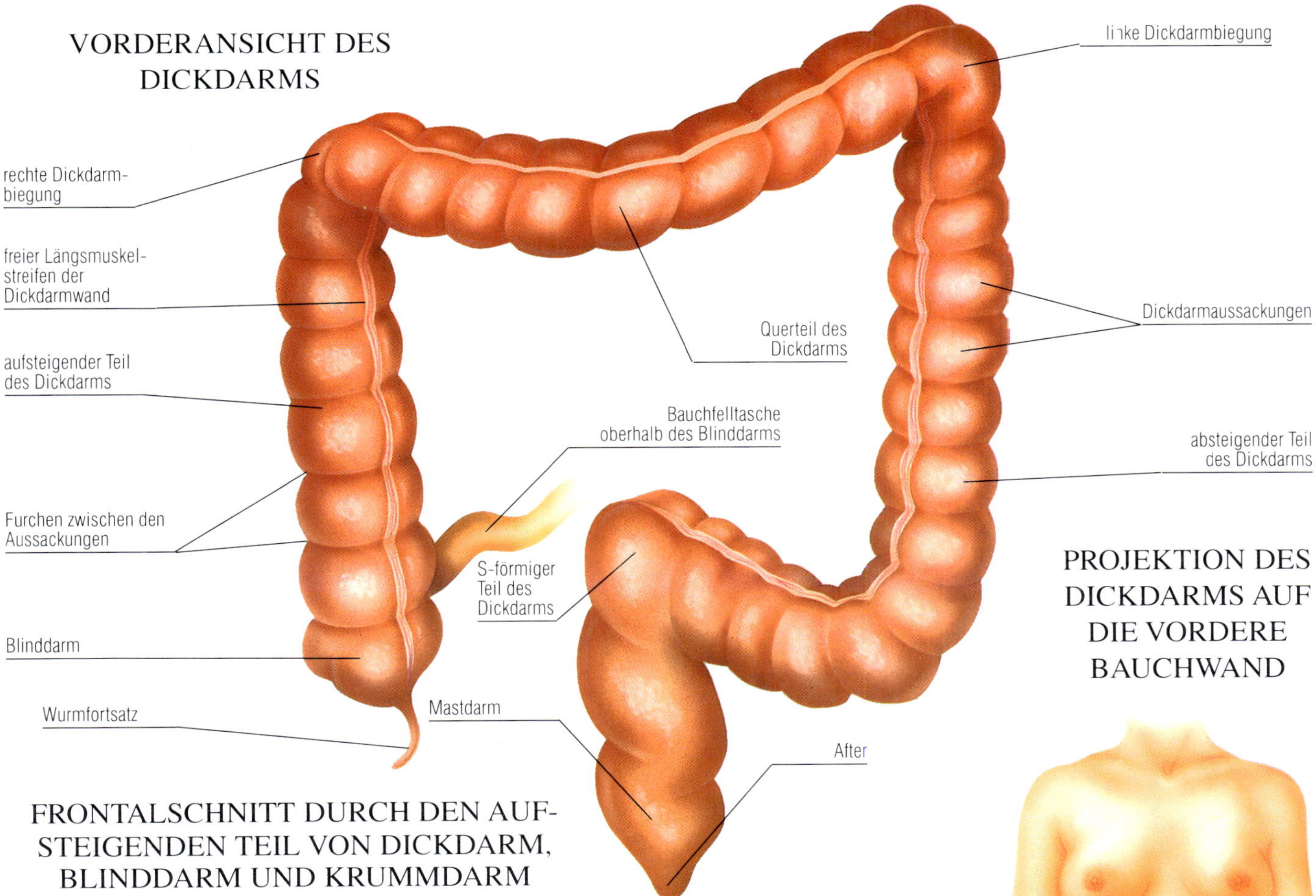

PROJEKTION DES DICKDARMS AUF DIE VORDERE BAUCHWAND

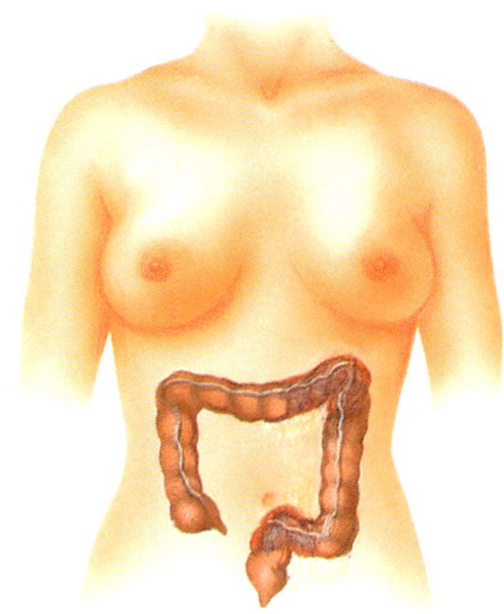

FRONTALSCHNITT DURCH DEN AUFSTEIGENDEN TEIL VON DICKDARM, BLINDDARM UND KRUMMDARM

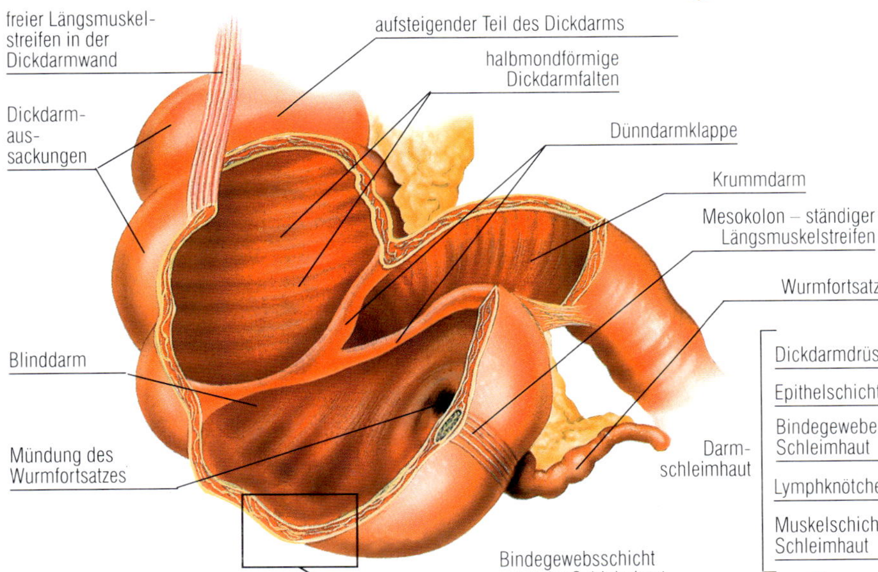

SCHEMATISCHE DARSTELLUNG DES FEINGEWEBLICHEN SCHICHTENBAUS DER DICKDARMWAND

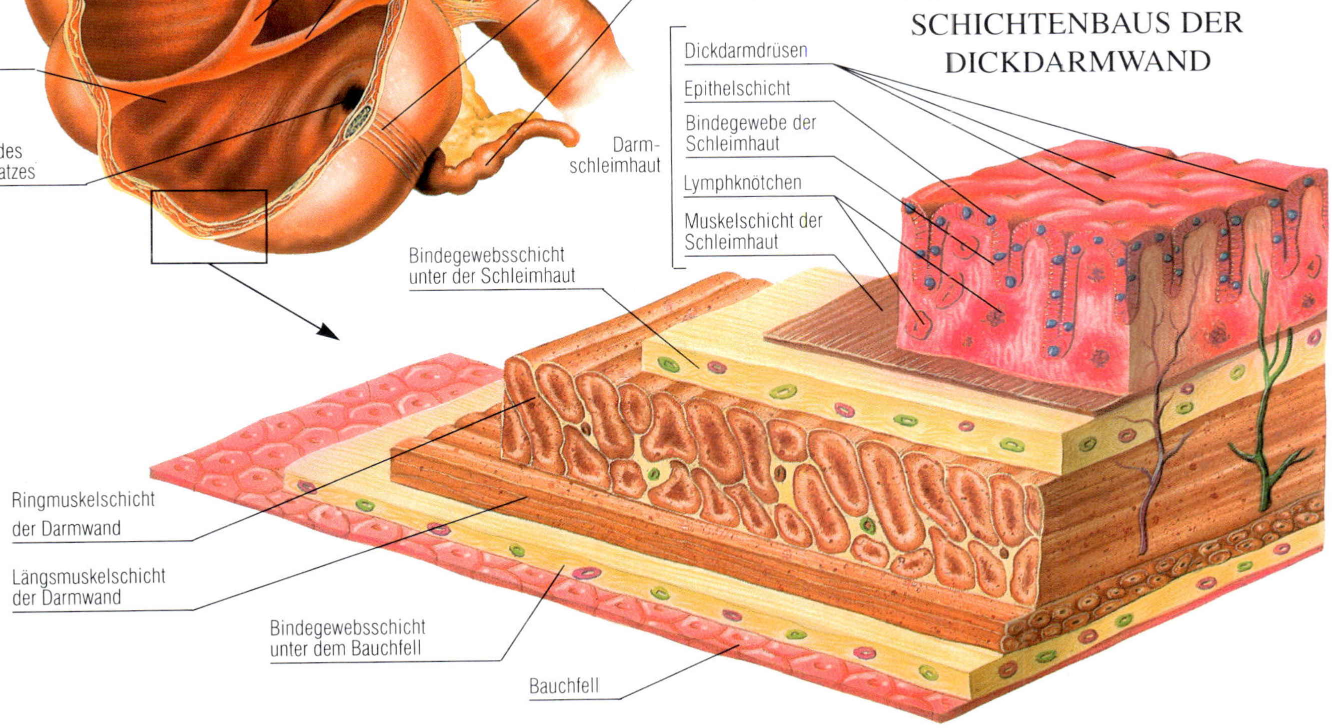

10. Die Zähne. Milchgebiß

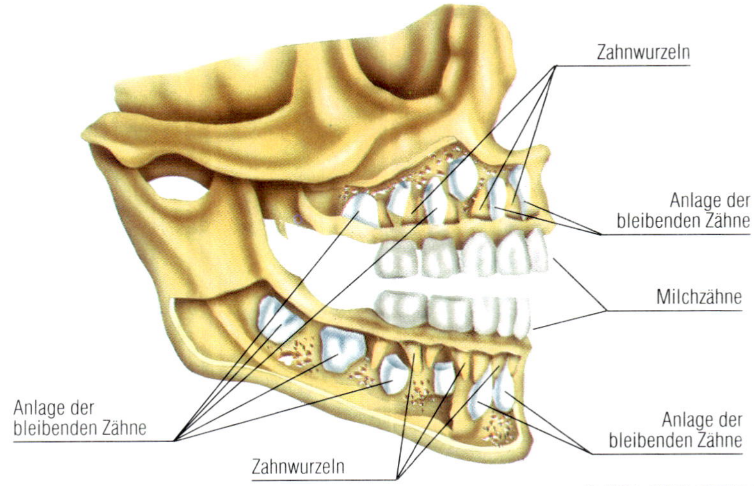

MITTLERE DURCHBRUCHZEITEN

OBERKIEFER

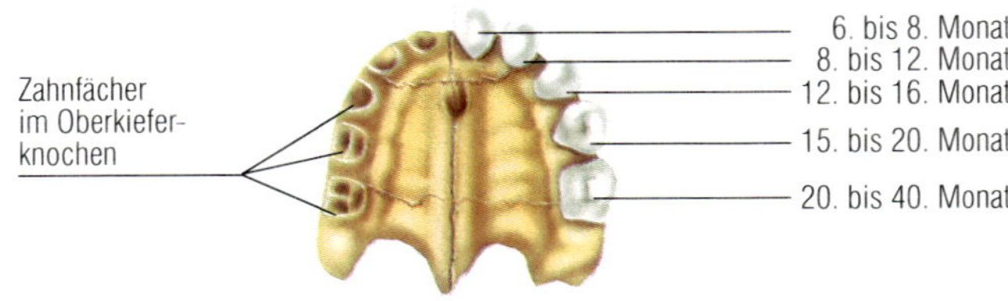

UNTERKIEFER

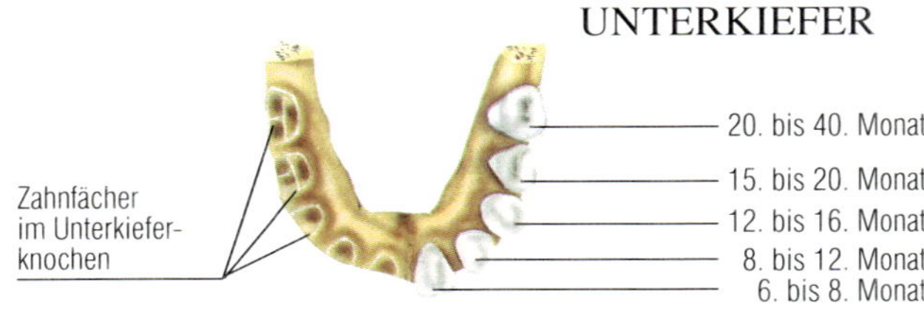

MILCHGEBISS

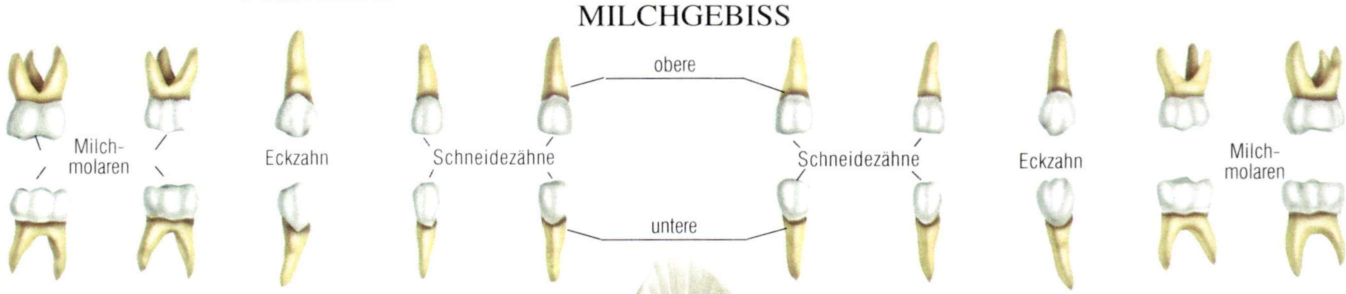

LÄNGSSCHNITT DURCH EINEN UNTEREN SCHNEIDEZAHN

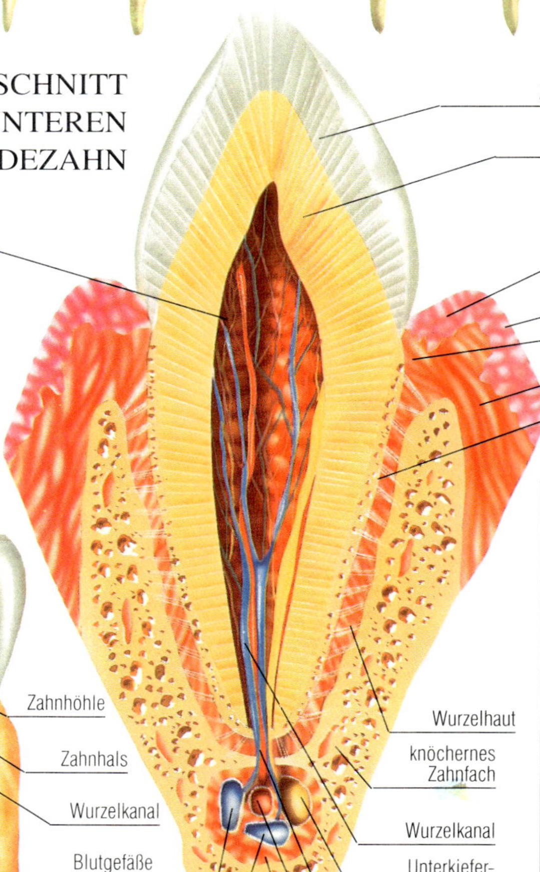

ABSCHNITT DES UNTERKIEFERS MIT MOLAREN

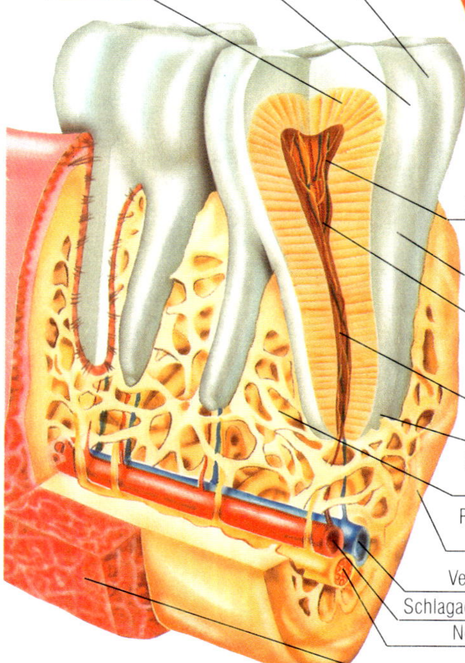

ZAHNBAU

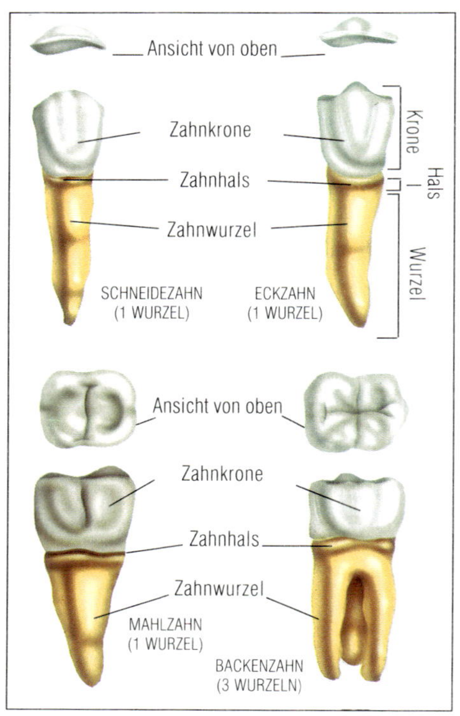

11. Die Zähne. Bleibendes Gebiß

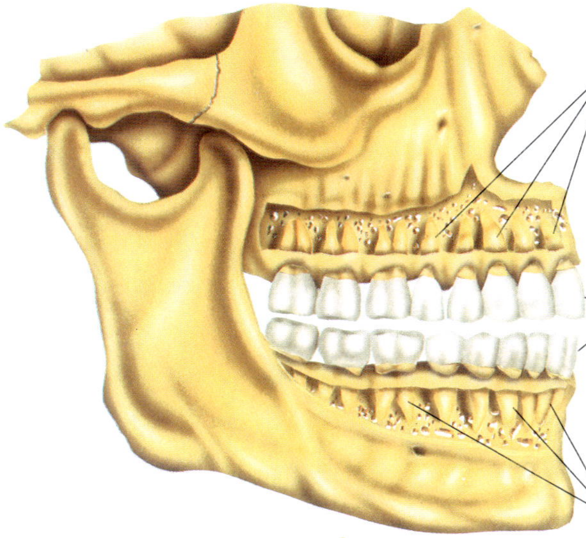

MITTLERE DURCHBRUCHZEITEN

OBERKIEFER

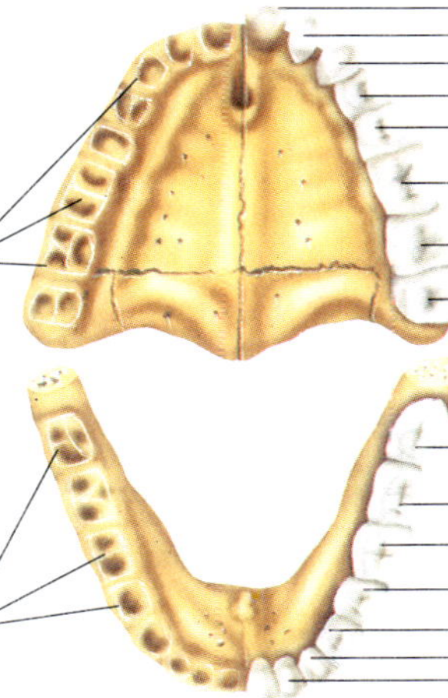

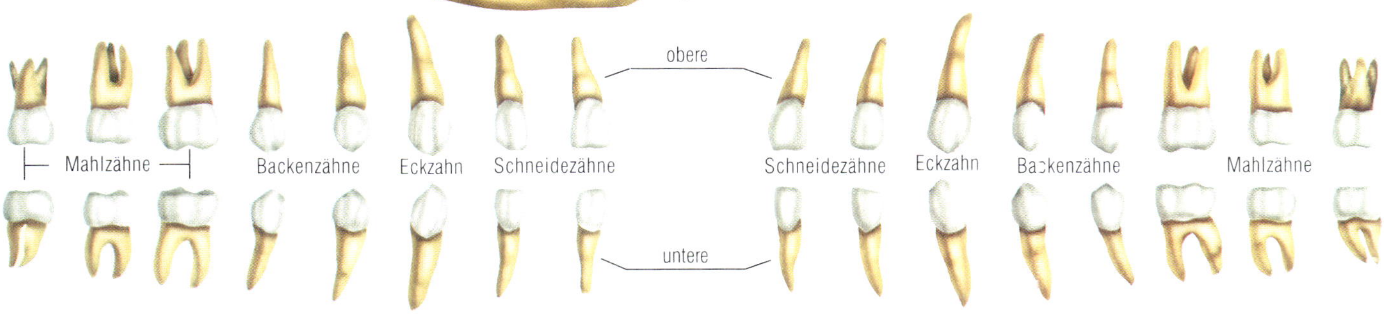

LÄNGSSCHNITT DURCH EINEN MAHLZAHN

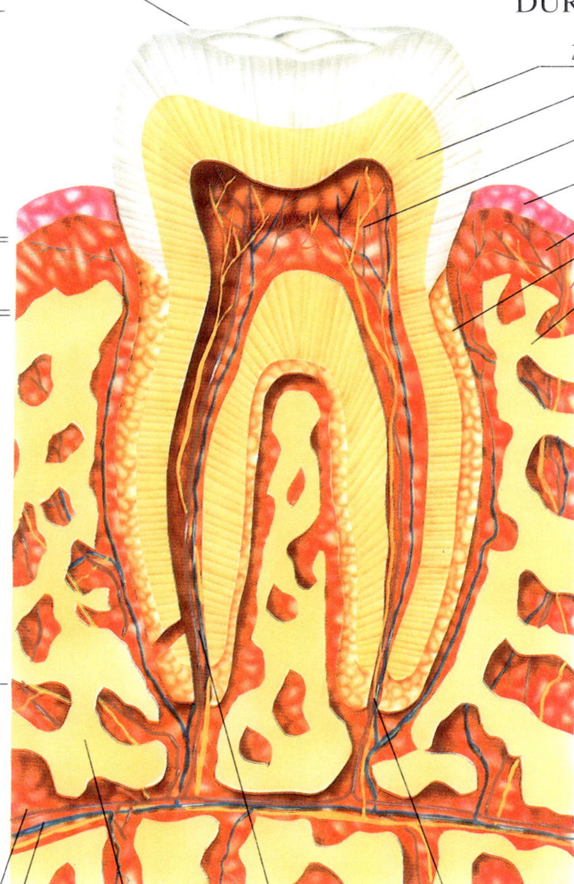

ANORDNUNG DER ZÄHNE IM MUND

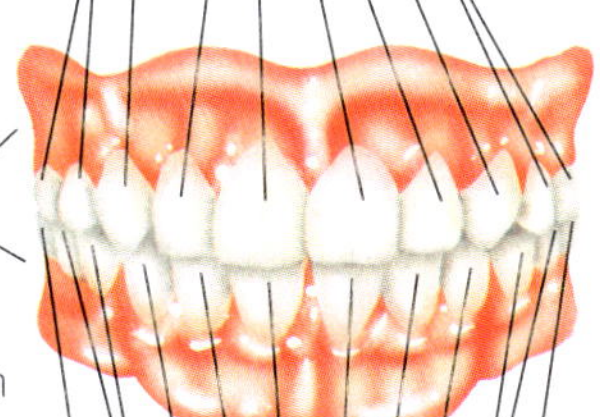

INNERVATION DER ZÄHNE

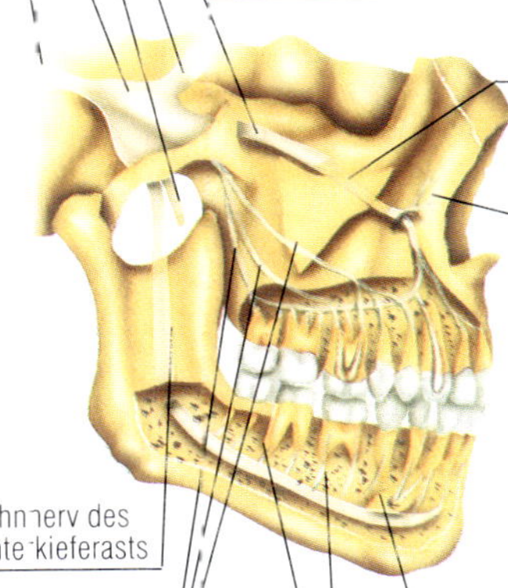

Das Atmungssystem
1. Obere Atemwege

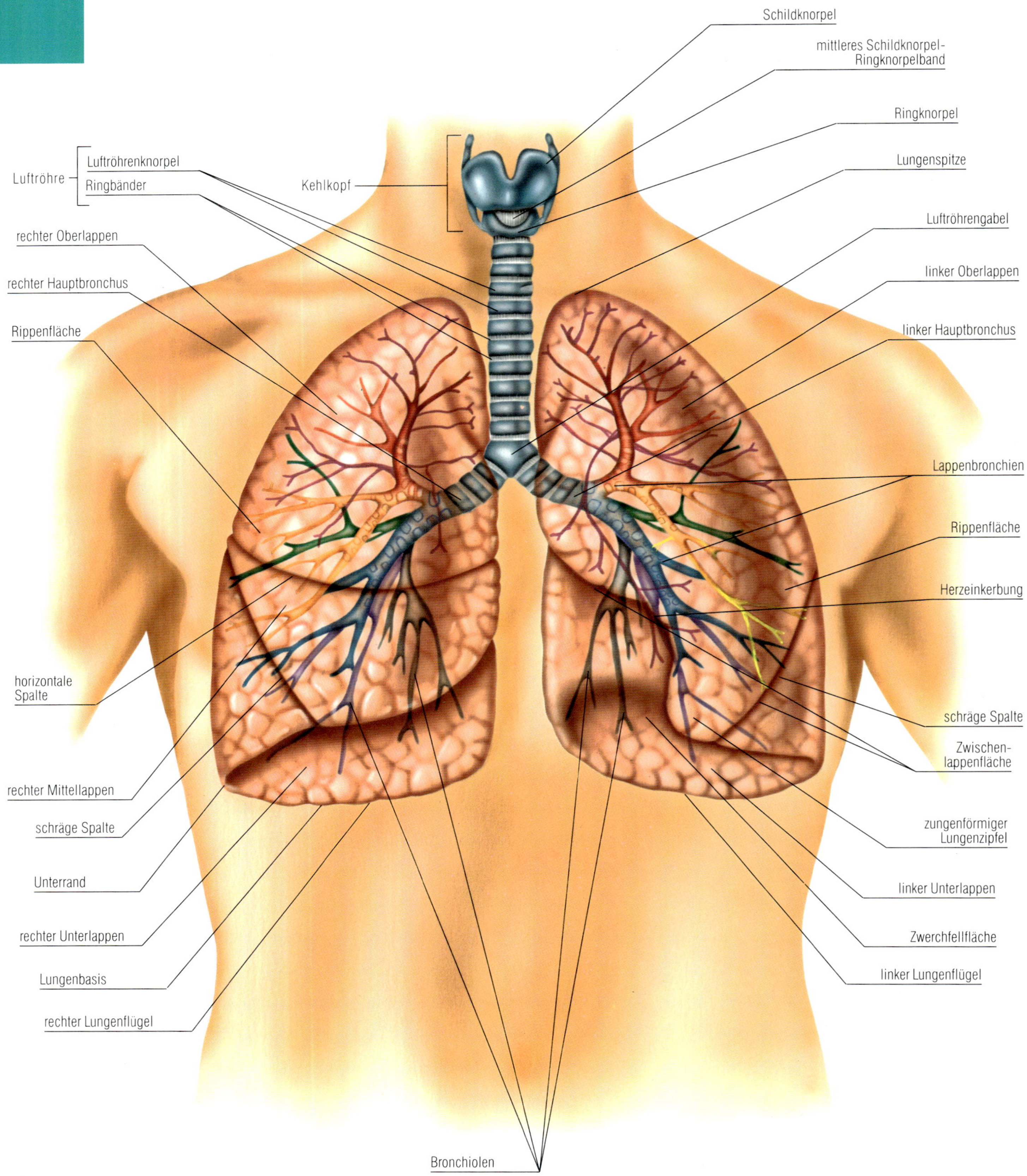

PROJEKTION DES BRONCHIALBAUMS AUF DIE
LUNGENVORDERWAND

2. Bronchialbaum und bronchopulmonale Segmente

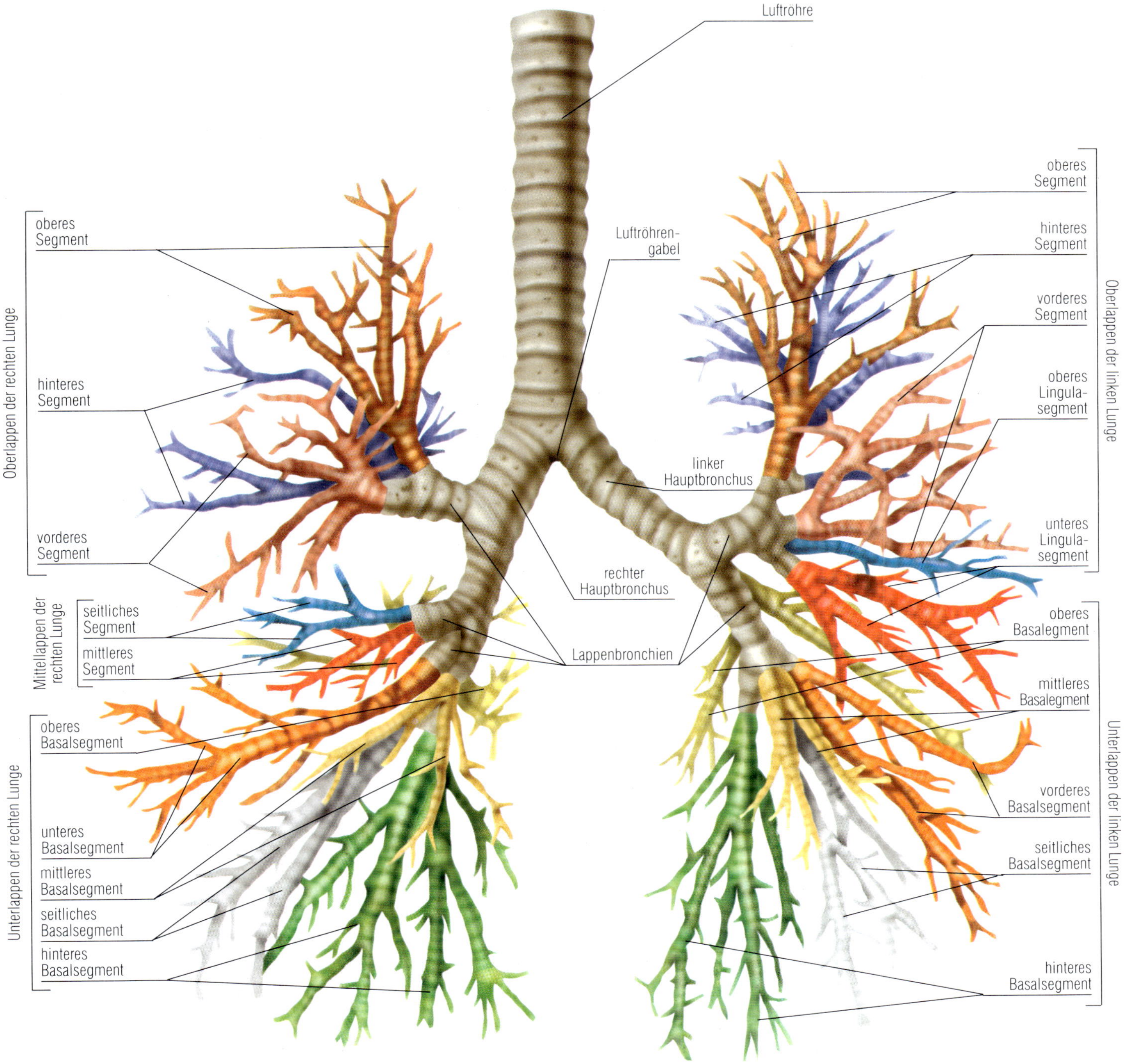

LUFTRÖHRE UND
BRONCHOPULMONALE SEGMENTE
ANSICHT VON VENTRAL

3. Kehlkopf, Luftröhre und Bronchien

KEHLKOPF, LUFTRÖHRE UND BRONCHIEN ANSICHT VON VENTRAL

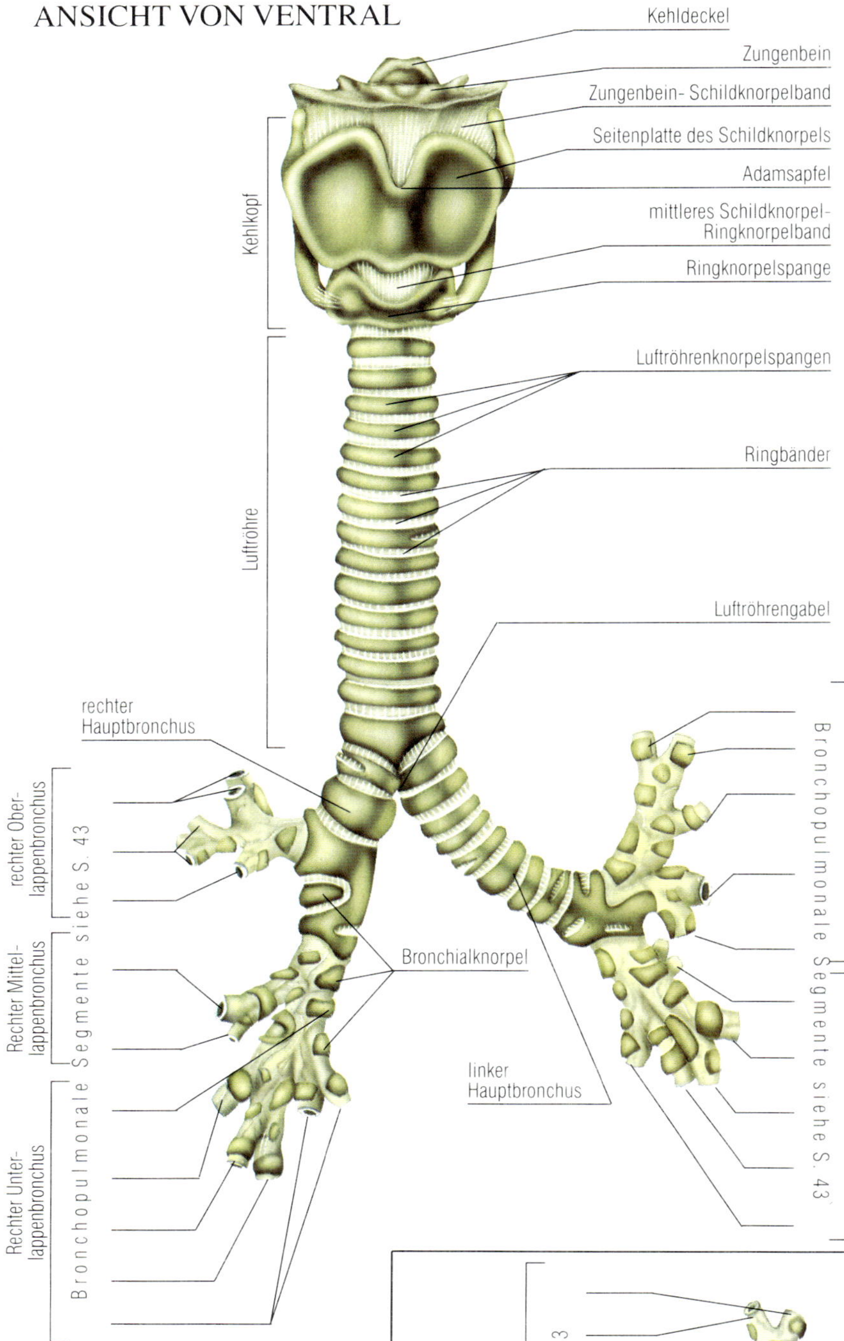

KEHLKOPF-INNENRAUM ANSICHT VON VENTRAL

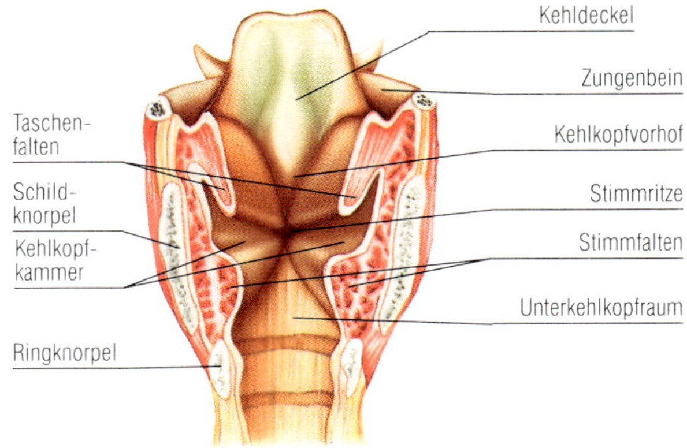

KEHLKOPF, LUFTRÖHRE UND BRONCHIEN, ANSICHT VON DORSAL

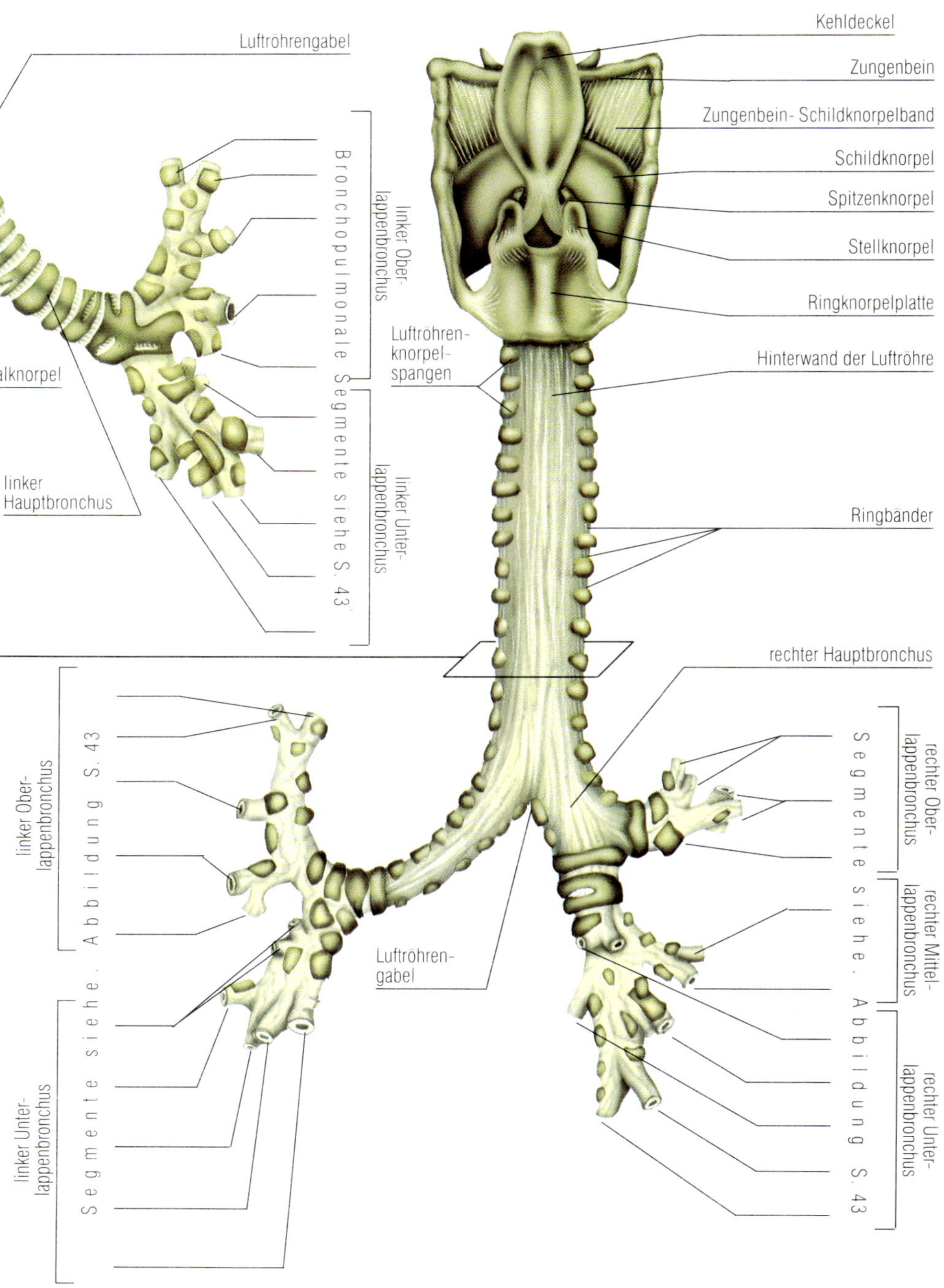

QUERSCHNITT DURCH DIE LUFTRÖHRE

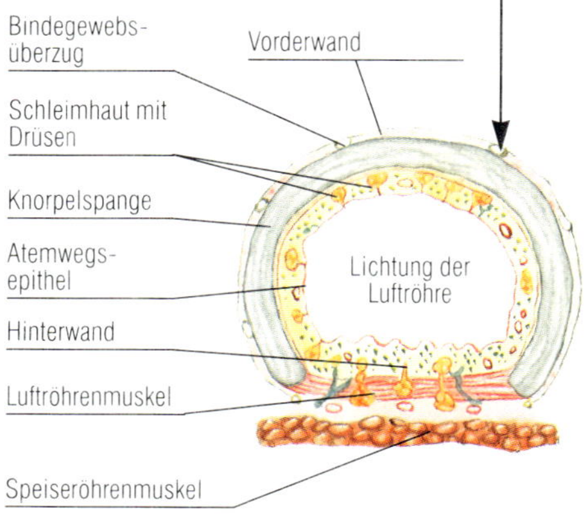

4. Die Atmung. Funktionseinheiten und Mechanik

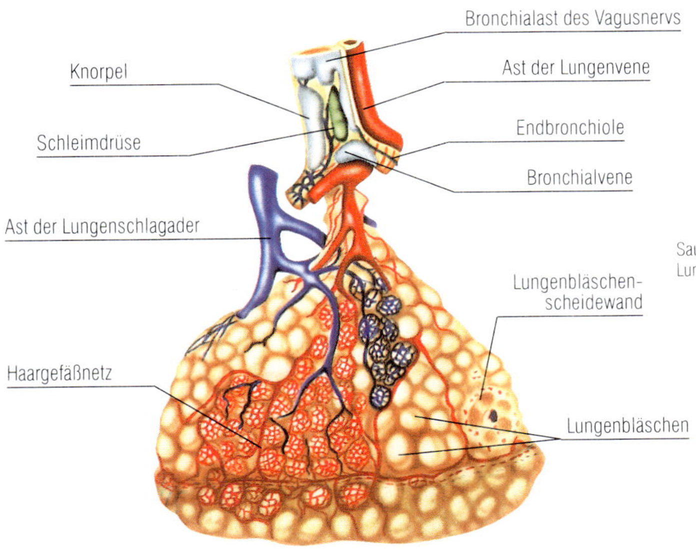

BRONCHIOLE MIT LUNGENBLÄSCHEN

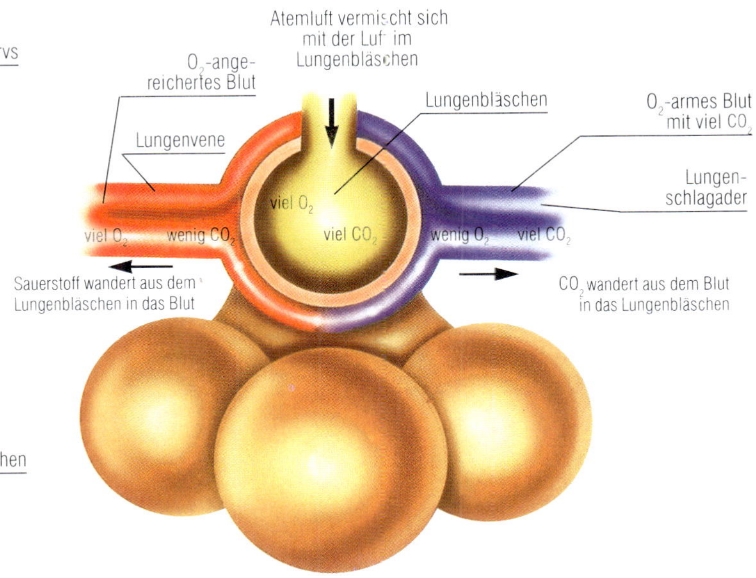

GASAUSTAUSCH IN DEN LUNGENBLÄSCHEN

ATMUNG MIT

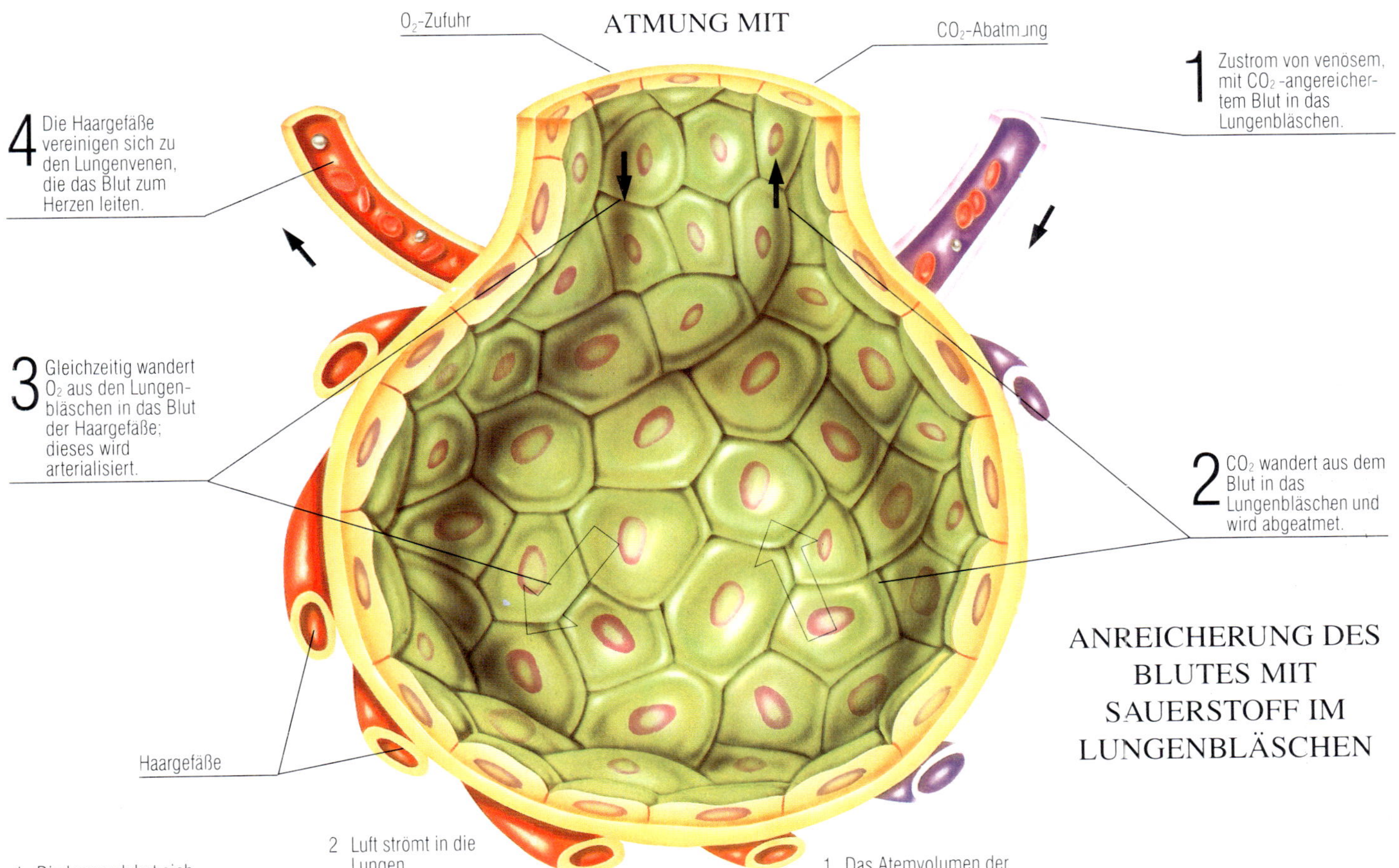

ANREICHERUNG DES BLUTES MIT SAUERSTOFF IM LUNGENBLÄSCHEN

ATEM-MECHANIK

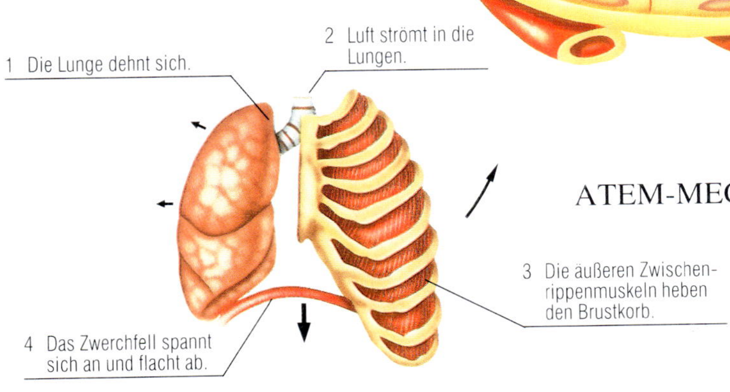

EINATMUNG

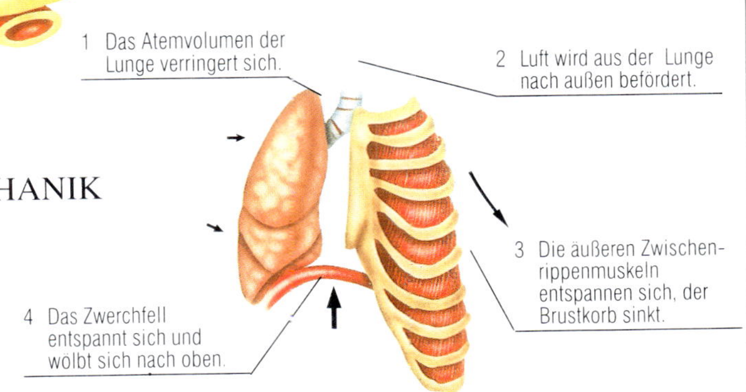

AUSATMUNG

Das Kreislaufsystem
1. Schlagadern (Arterien)

HAUPTSCHLAGADERN DES KÖRPERS

WANDBAU EINER SCHLAGADER

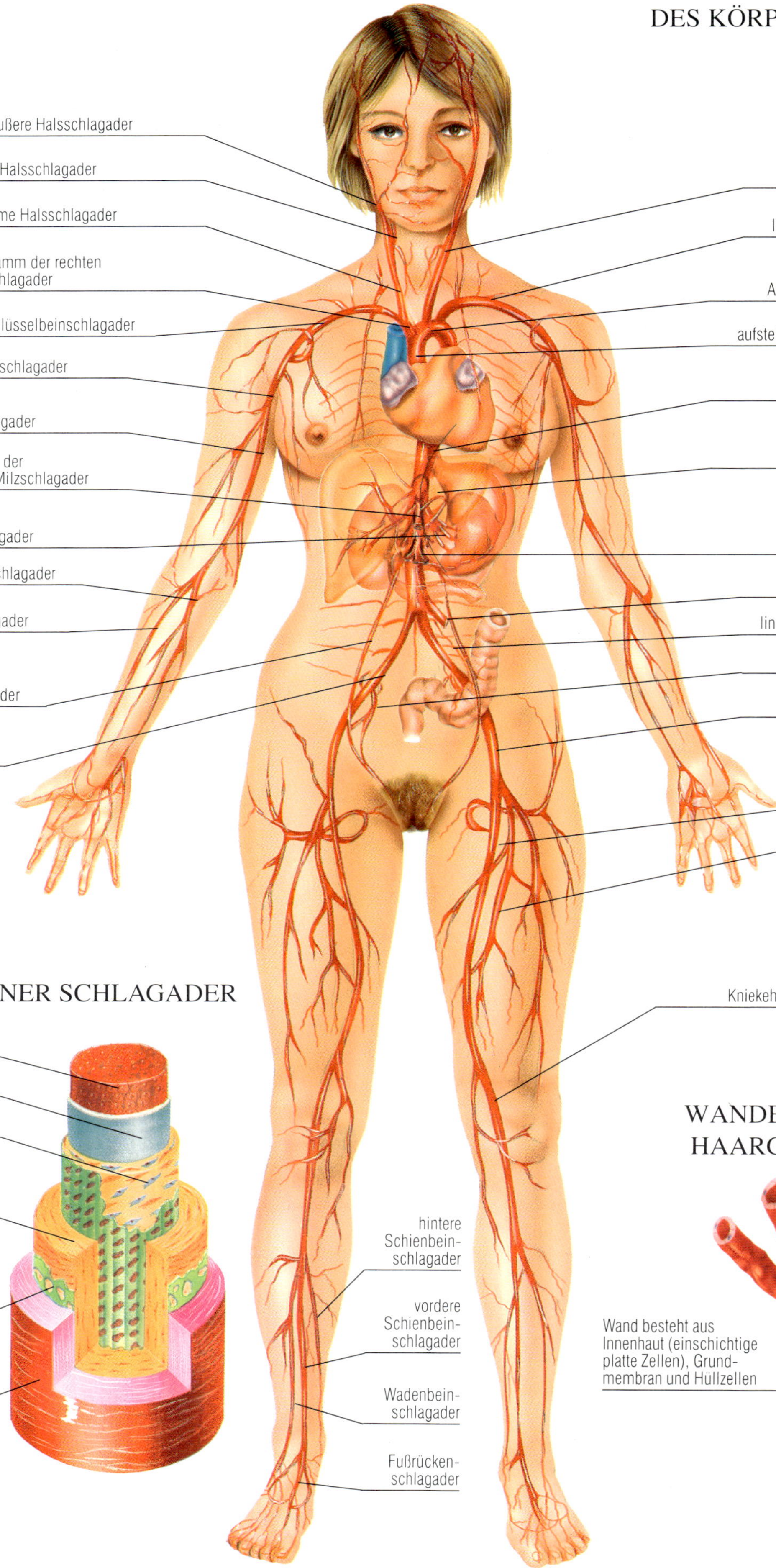

WANDBAU EINES HAARGEFÄSSES

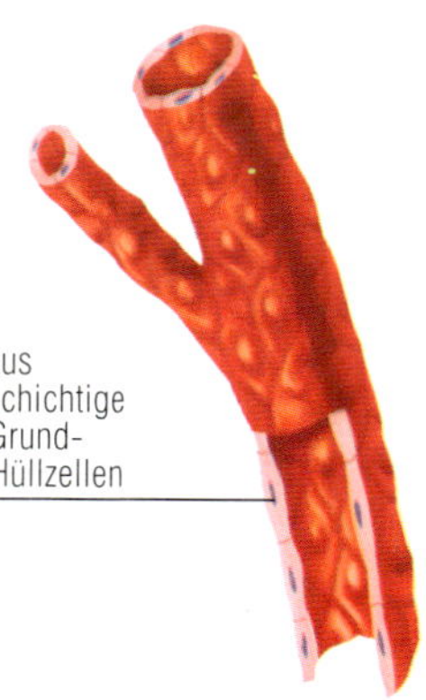

2. Venen

HAUPTVENEN DES KÖRPERS

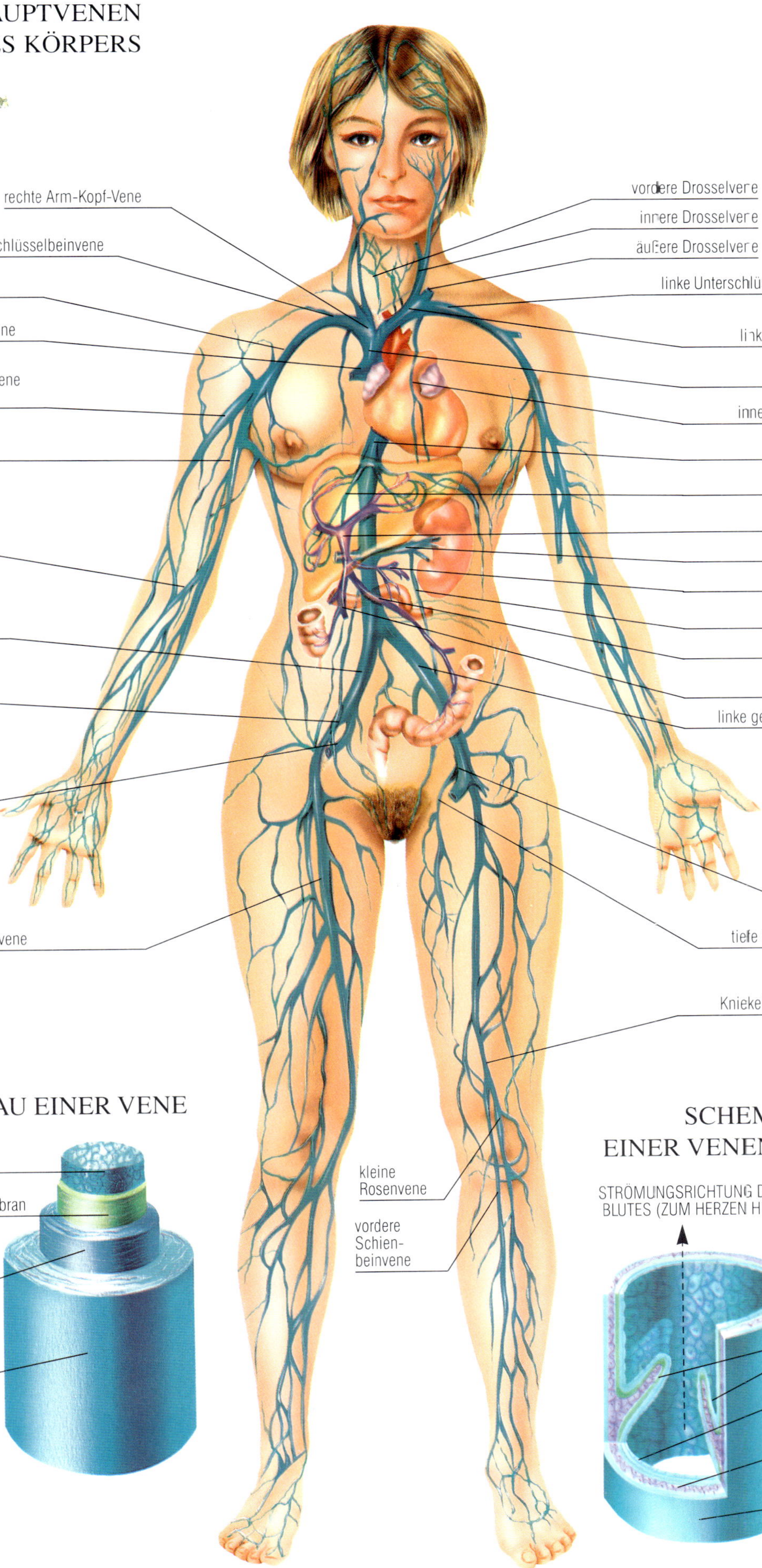

WANDBAU EINER VENE

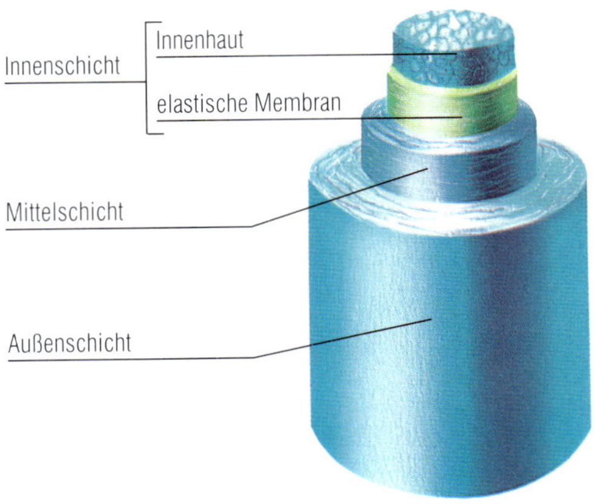

SCHEMA EINER VENENKLAPPE

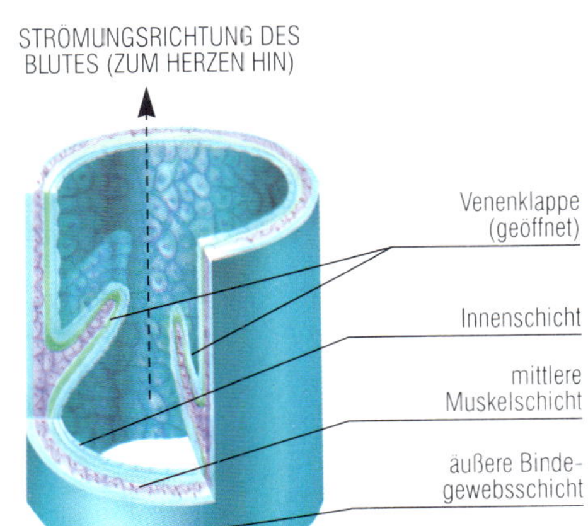

3. Das Herz

SCHNITTBILD DES HERZENS; BLICK IN VORHÖFE UND KAMMERN, ANSICHT VON VENTRAL

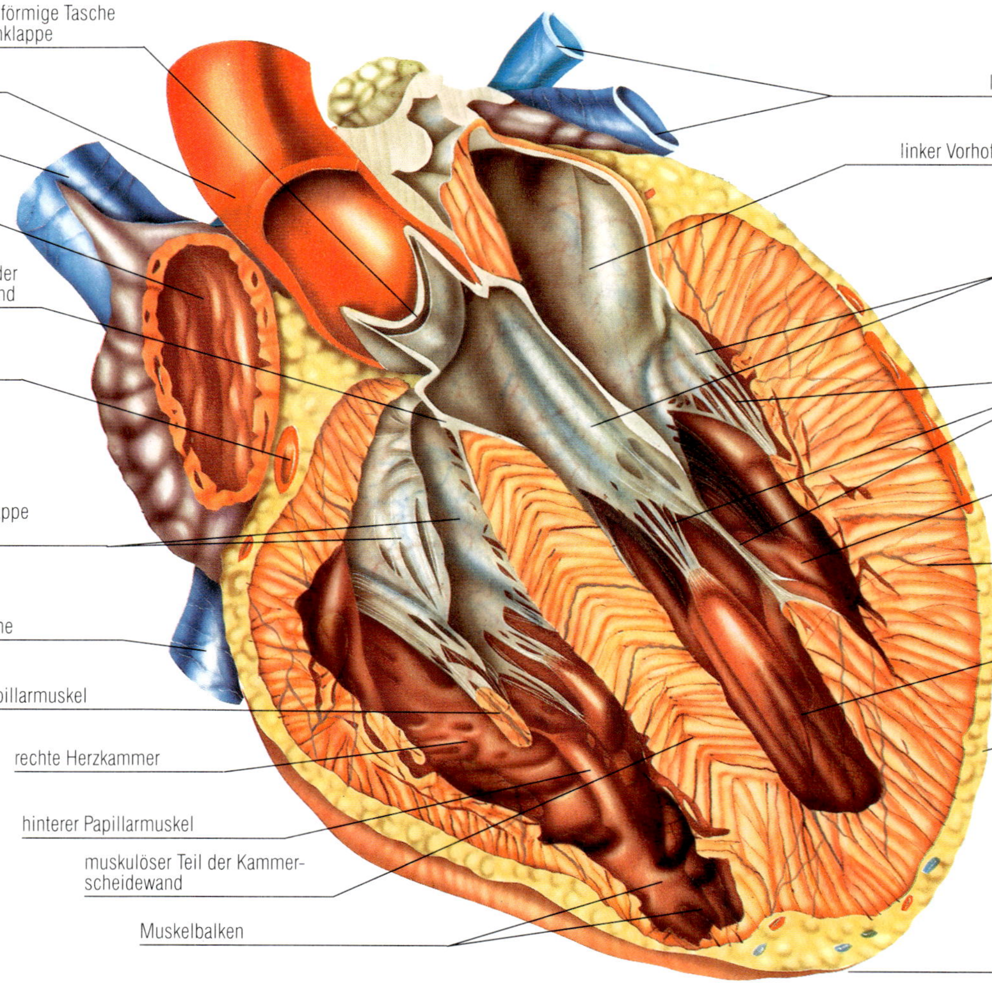

HERZKLAPPEN IN DER VENTILEBENE, ANSICHT VON KRANIAL

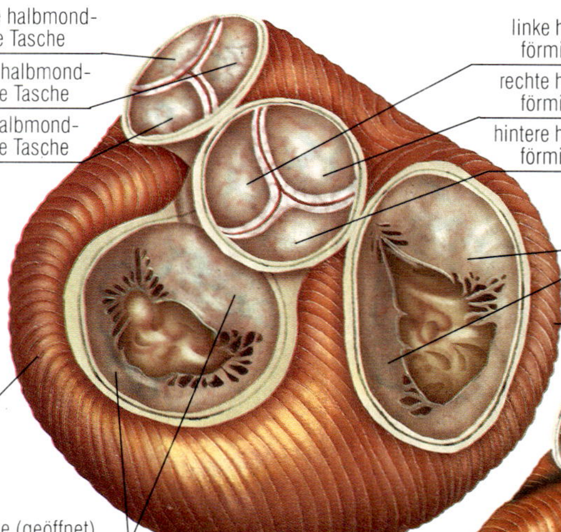

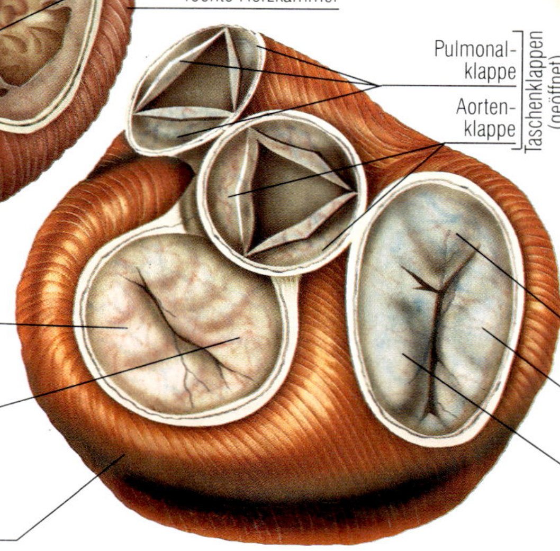

PROJEKTION DES HERZENS AUF DIE VORDERE BRUSTWAND

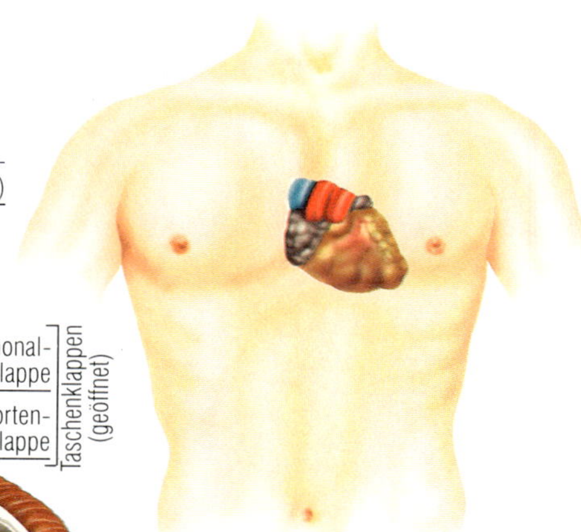

4. Das Herz

ANSICHT VON VENTRAL

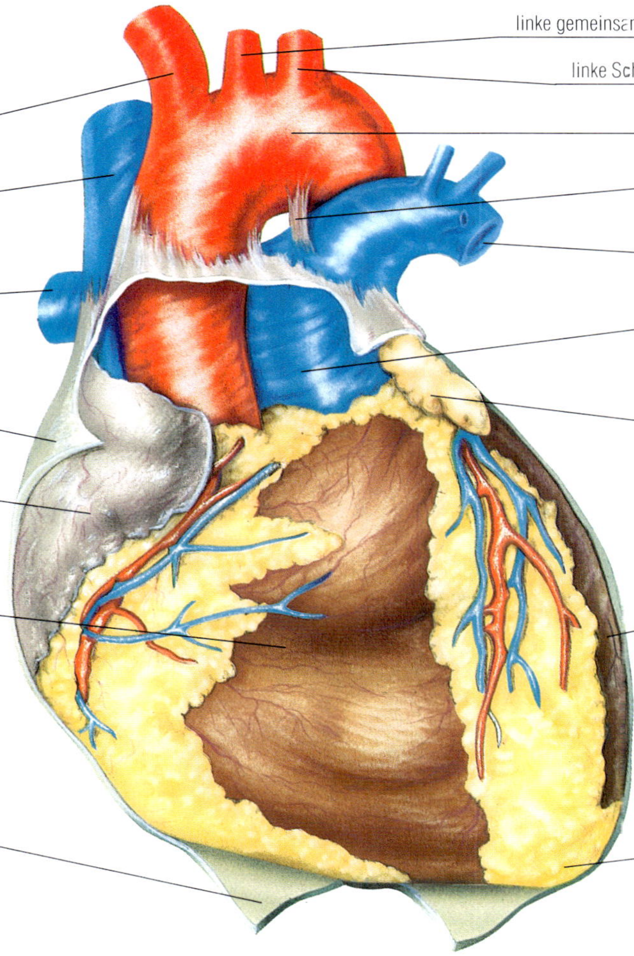

ANSICHT VON DORSAL

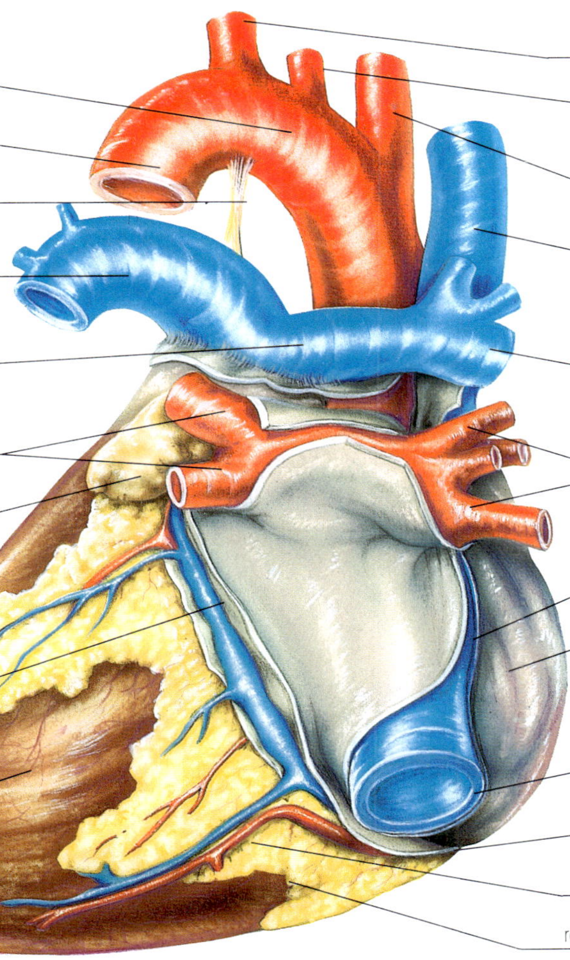

5. Das Herz

GEFÄSSE AN DER VORDERSEITE DES HERZENS

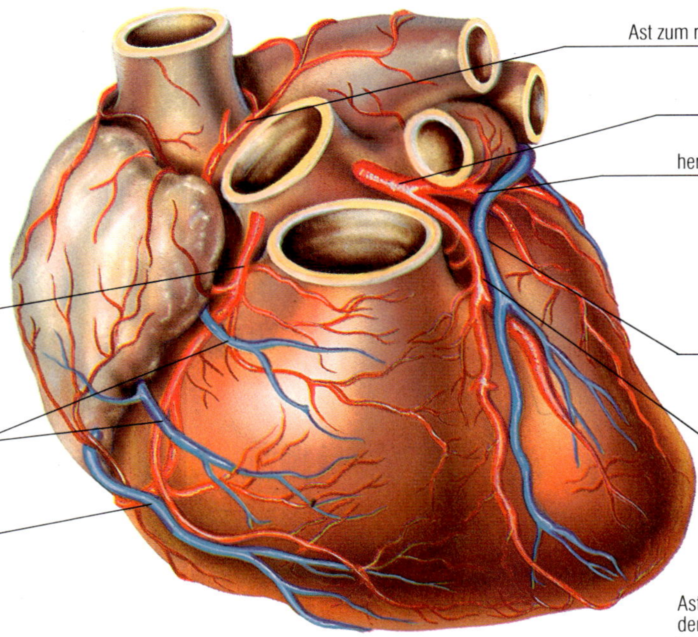

* Herzkranzschlagader = Koronararterie

GEFÄSSE AN DER HINTERSEITE DES HERZENS

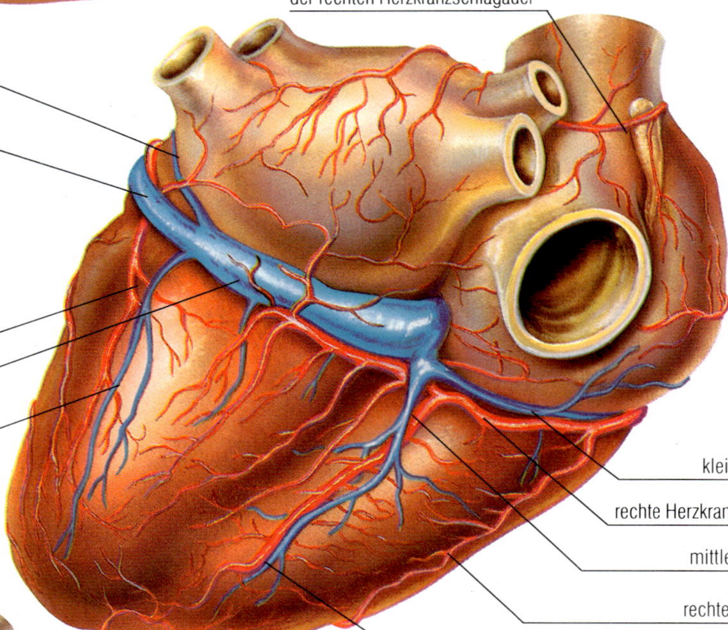

REIZBILDUNGS- UND ERREGUNGSLEITUNGSSYSTEM DES HERZENS

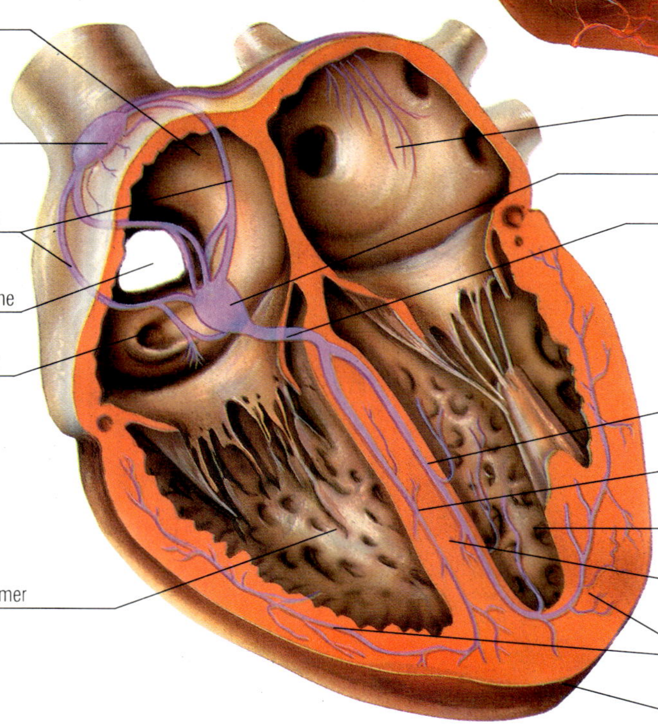

6. Herzaktion

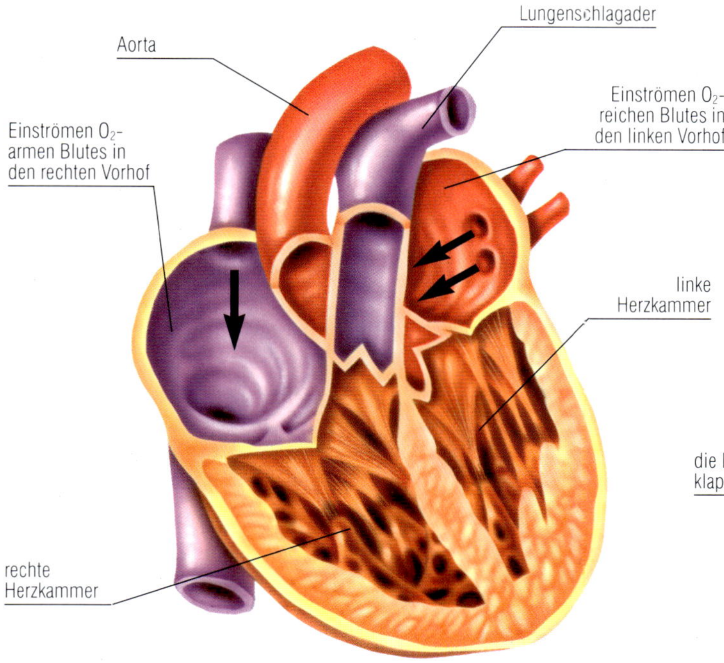

VORHOFERSCHLAFFUNG (FÜLLUNGSPHASE)

Sauerstoffarmes Blut strömt in den rechten Vorhof, während sich der linke Vorhof mit sauerstoffreichem Blut füllt.

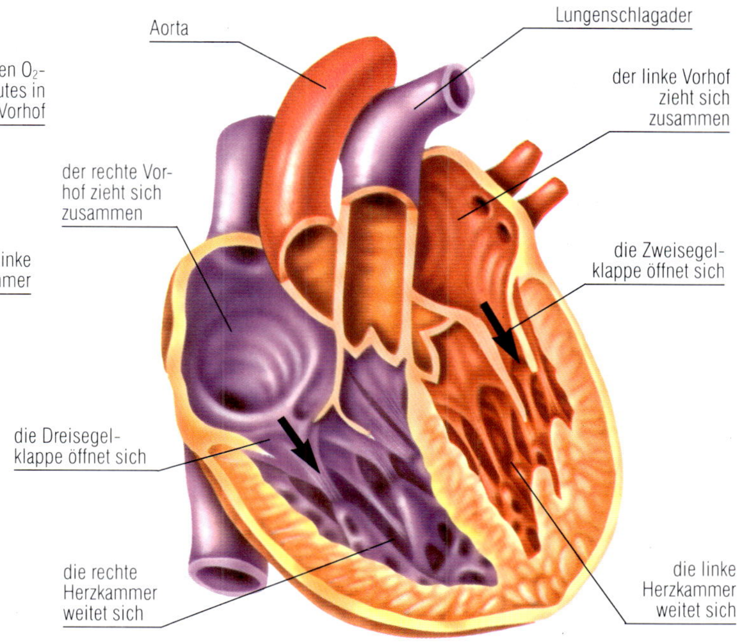

KAMMERERSCHLAFFUNG (MIT FÜLLUNGSPHASE; VORHOFANSPANNUNG)

Die beiden Vorhof-Kammer-Klappen öffnen sich, das Blut wird durch die Kammererschlaffung in diese befördert, schließlich ziehen sich linker und rechter Vorhof zusammen und pumpen das Restblut in die erschlafften Herzkammern.

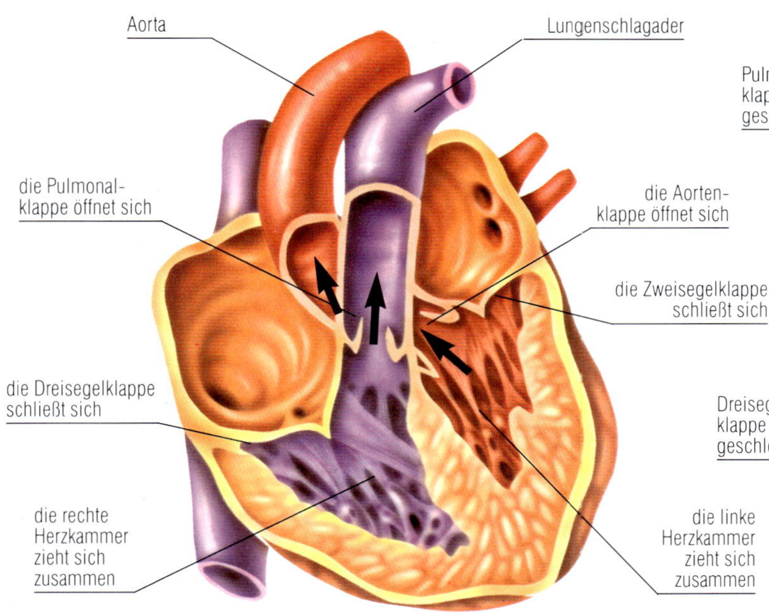

KAMMERANSPANNUNG (AUSWURFPHASE)

Die Herzkammern ziehen sich zusammen; die Taschenklappen von Aorta und Lungenschlagader öffnen sich, so daß das Blut aus der rechten Herzkammer (über die Lungenarterien) zur Anreicherung mit Sauerstoff in die Lungen und aus der linken Herzkammer (über die Aorta) zur Versorgung in alle Körperbereiche strömen kann.

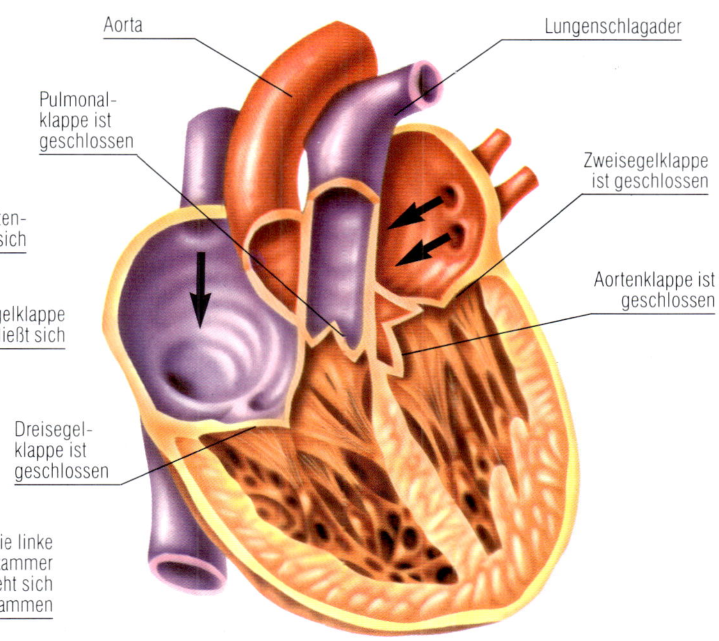

VORHOFERSCHLAFFUNG (FÜLLUNGSPHASE)

Sofort nach Beendigung einer Herzperiode setzt die nächste im gleichen Rhythmus ein. Die Herzaktion wiederholt sich normalerweise in Ruhe 60 bis 80mal pro Minute (=Herzfrequenz).

Blut und Milz

DIE BLUTZELLEN

ROTES BLUTKÖRPERCHEN

VORDERANSICHT SEITENANSICHT

BLUTPLÄTTCHEN

WEISSE BLUTKÖRPERCHEN

Monozyt | Lymphozyt | basophiler Granulozyt | eosinophiler Granulozyt | neutrophiler Granulozyt

MILZ (ANSICHT VON VENTRAL-MEDIAL)

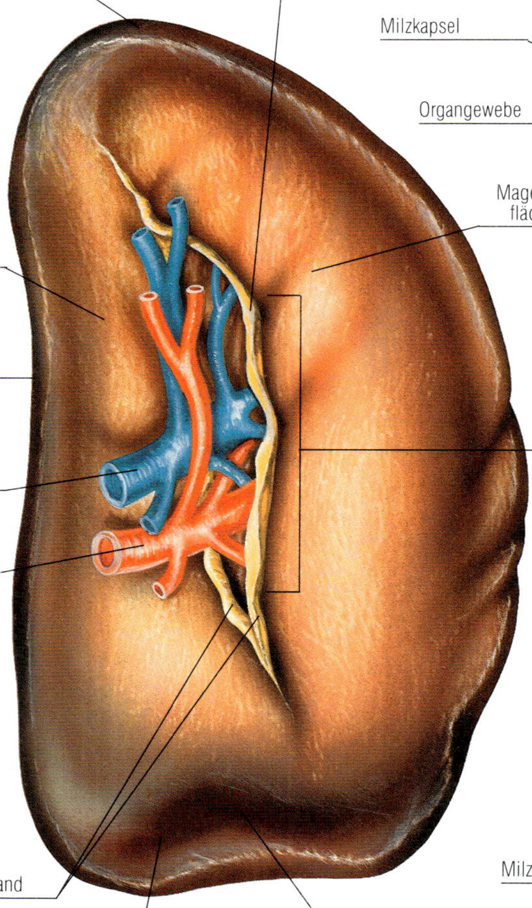

SCHNITT DURCH DIE MILZ

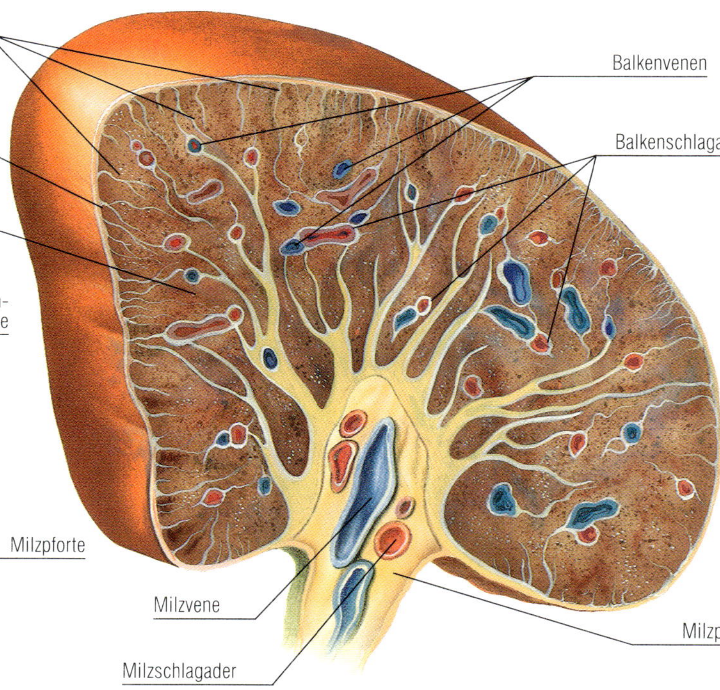

FEINBAU DER MILZ

Das Nervensystem

1. Das Gehirn

GROSSHIRN, ANSICHT VON KRANIAL

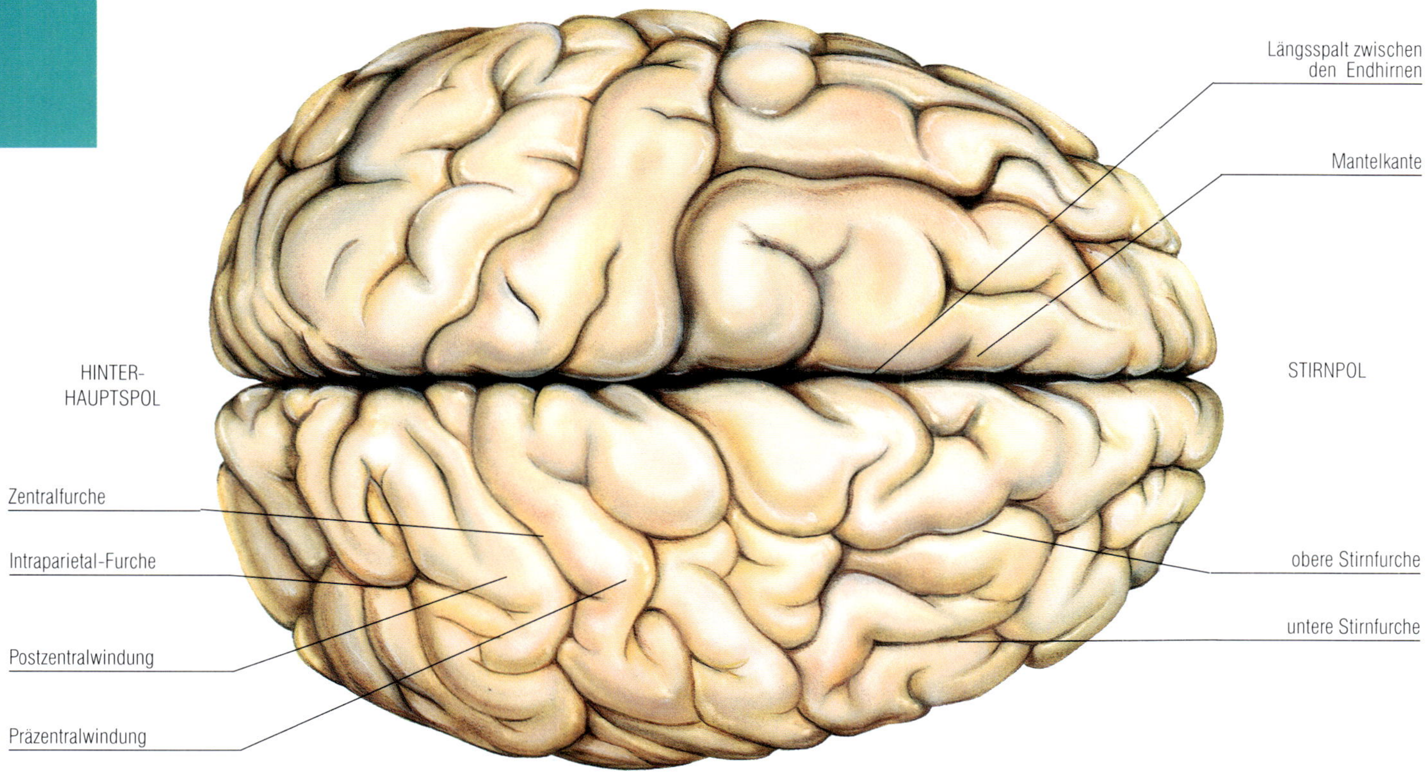

GEHIRN, LINKE HÄLFTE ANSICHT VON LATERAL

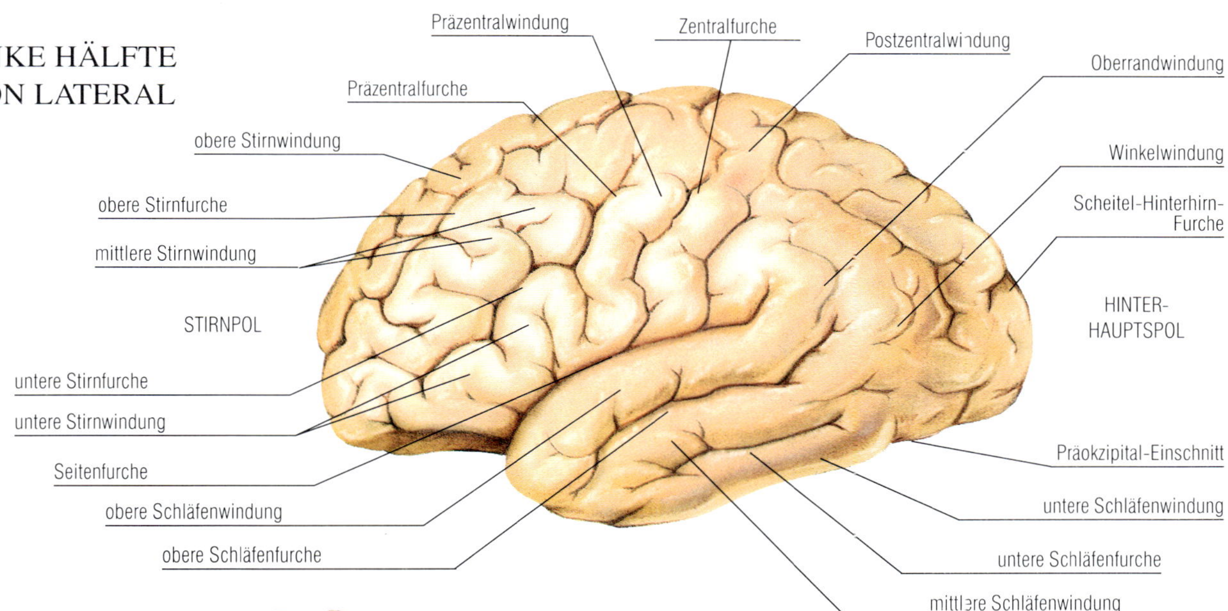

LÄNGSSCHNITT DURCH DIE GEHIRNMITTE

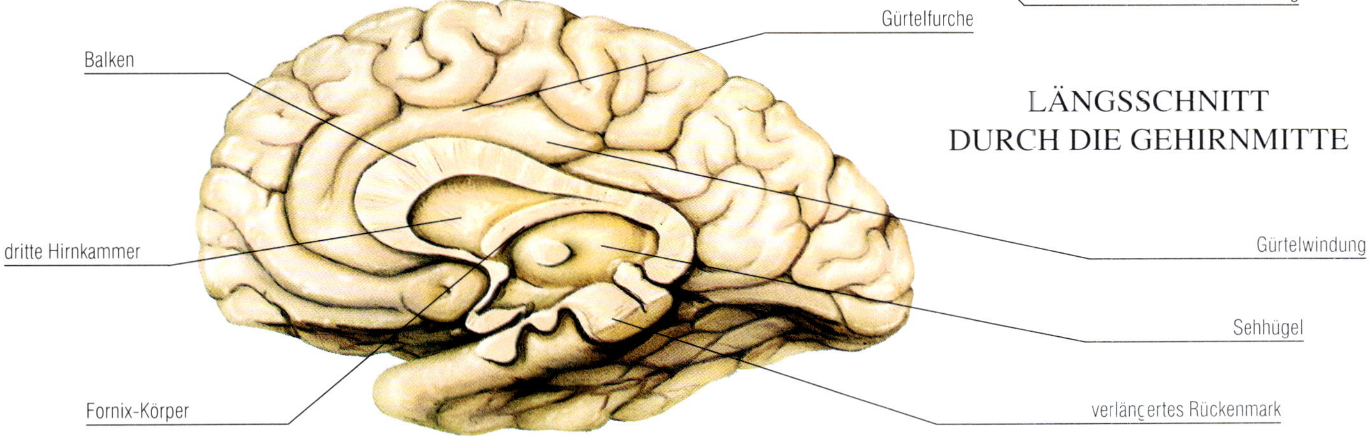

2. Das Gehirn

GEHIRNBASIS MIT HIRNNERVEN

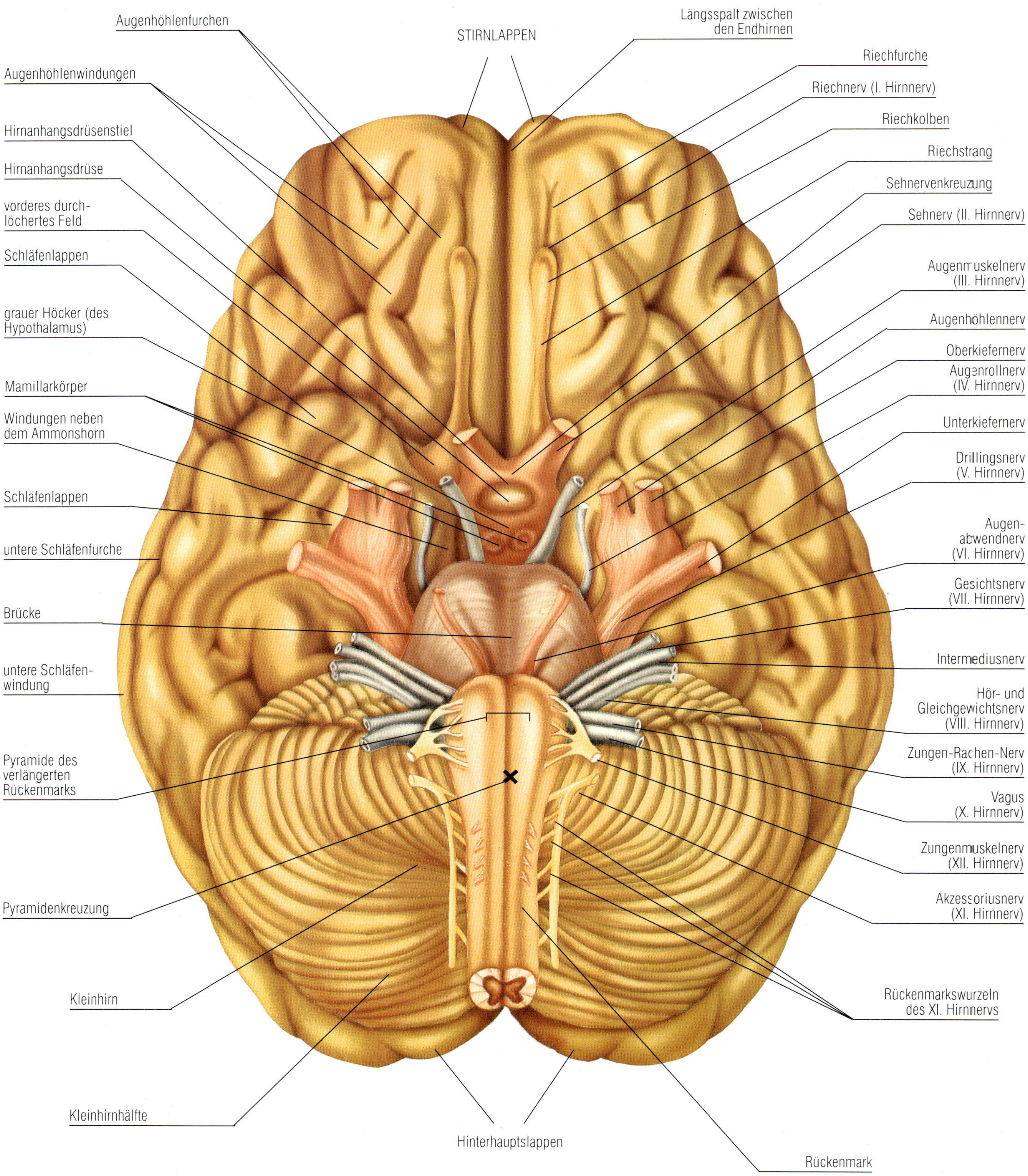

3. Das Gehirn

SCHEMATISCHE DARSTELLUNG DER HIRNHÄUTE (MENINGEN)

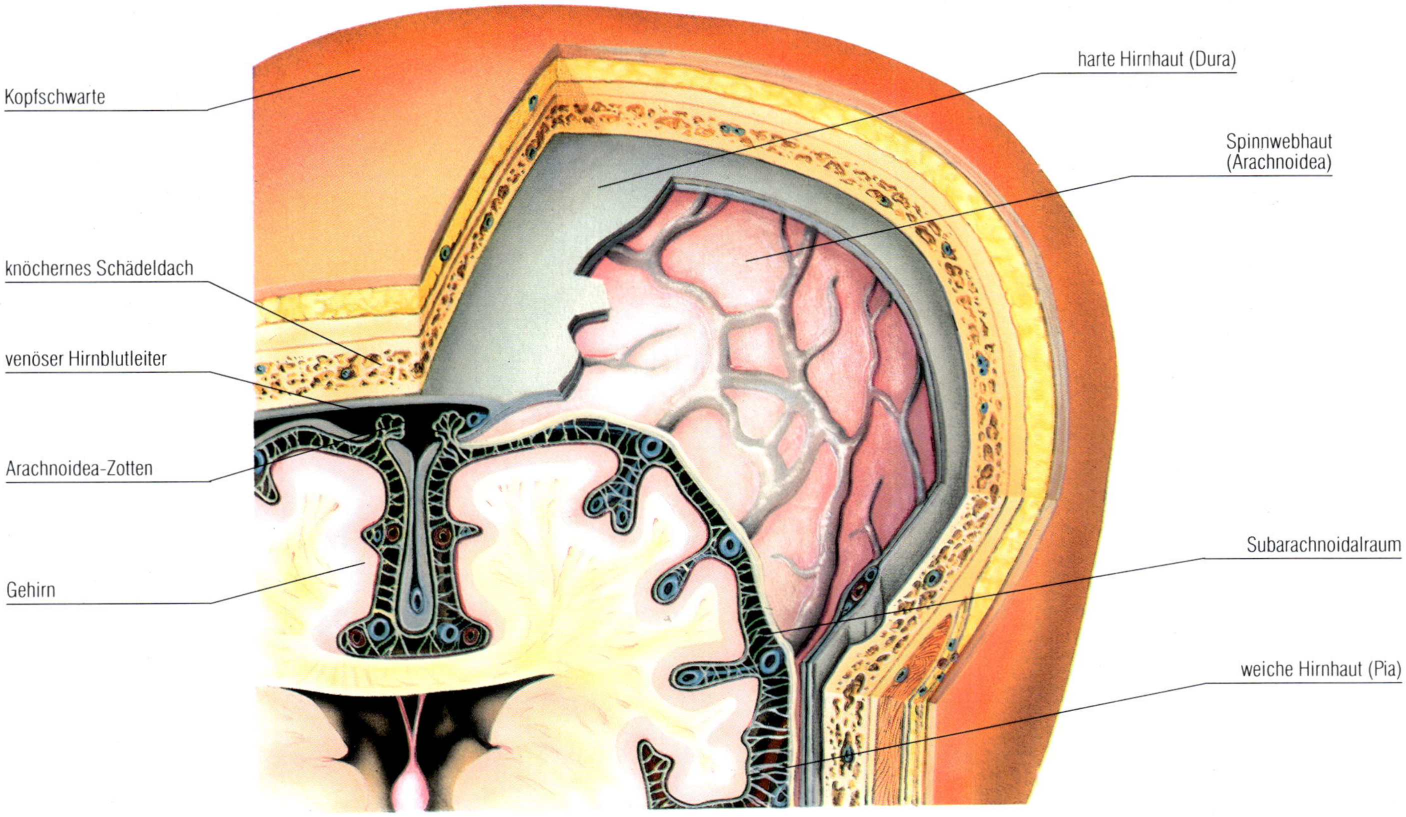

DARSTELLUNG DER INNEREN FLÜSSIGKEITSRÄUME DES GEHIRNS

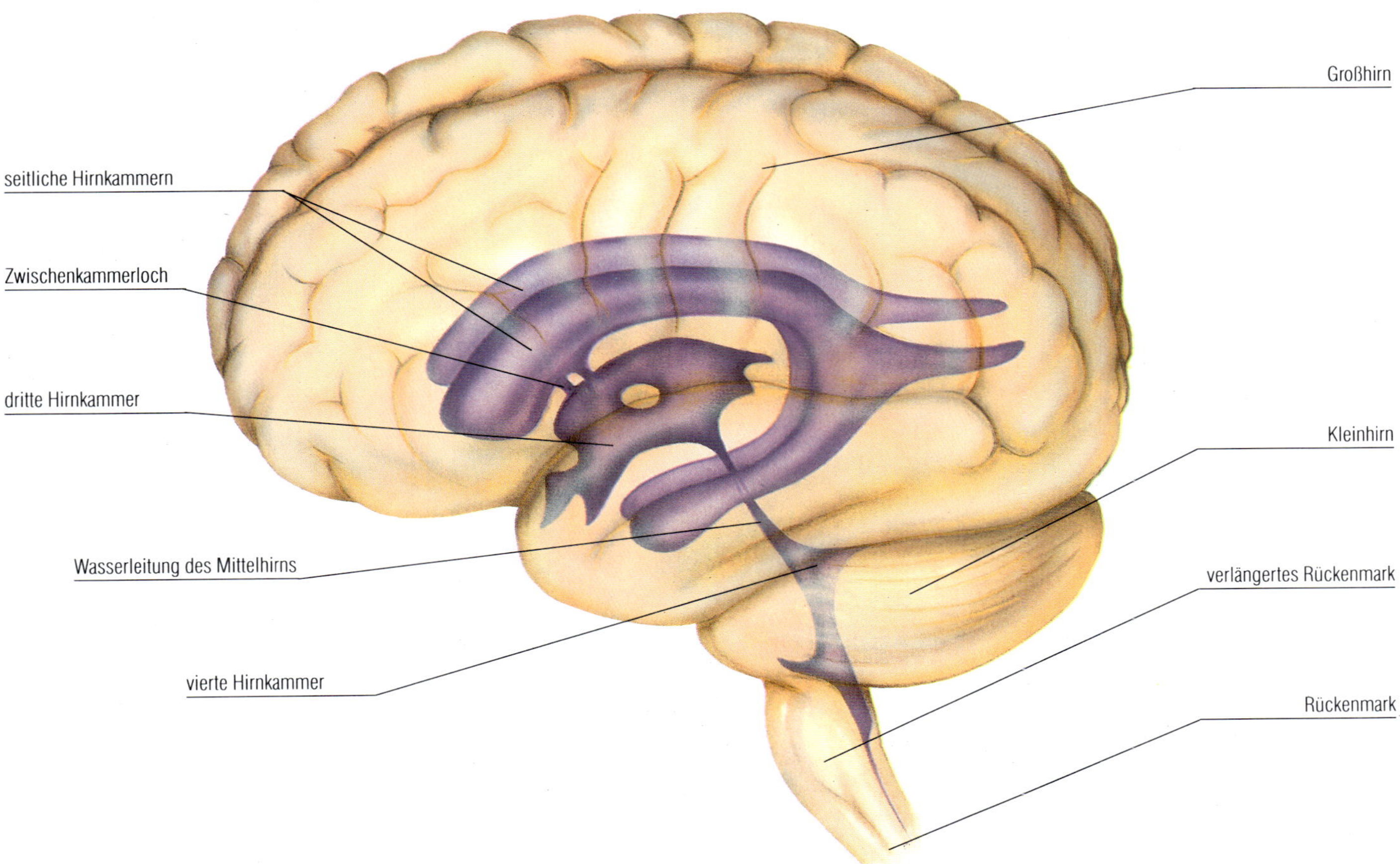

4. Das periphere Nervensystem

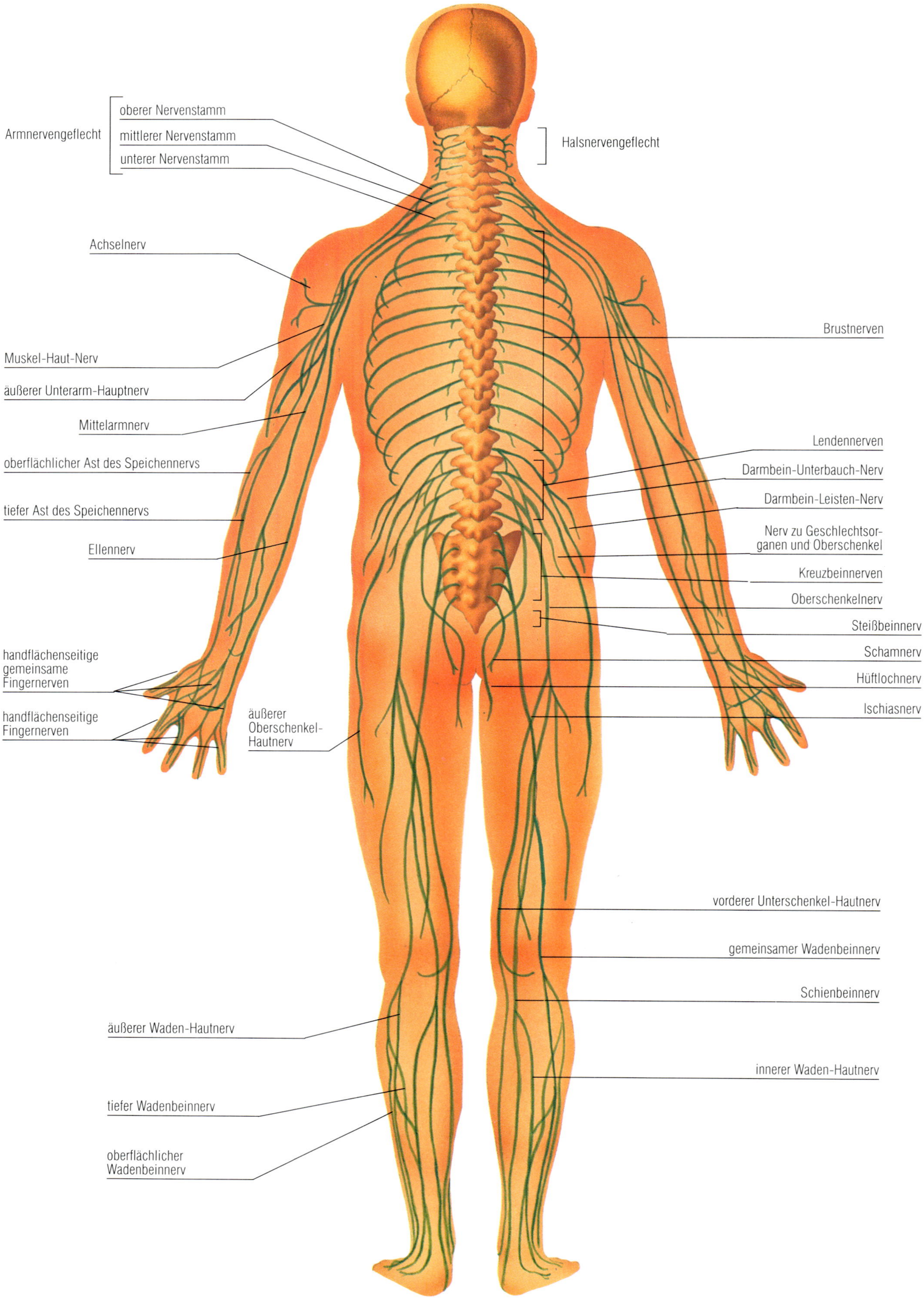

5. Die Nervenzellen

STRUKTUR EINER NERVENZELLE (NEURON)

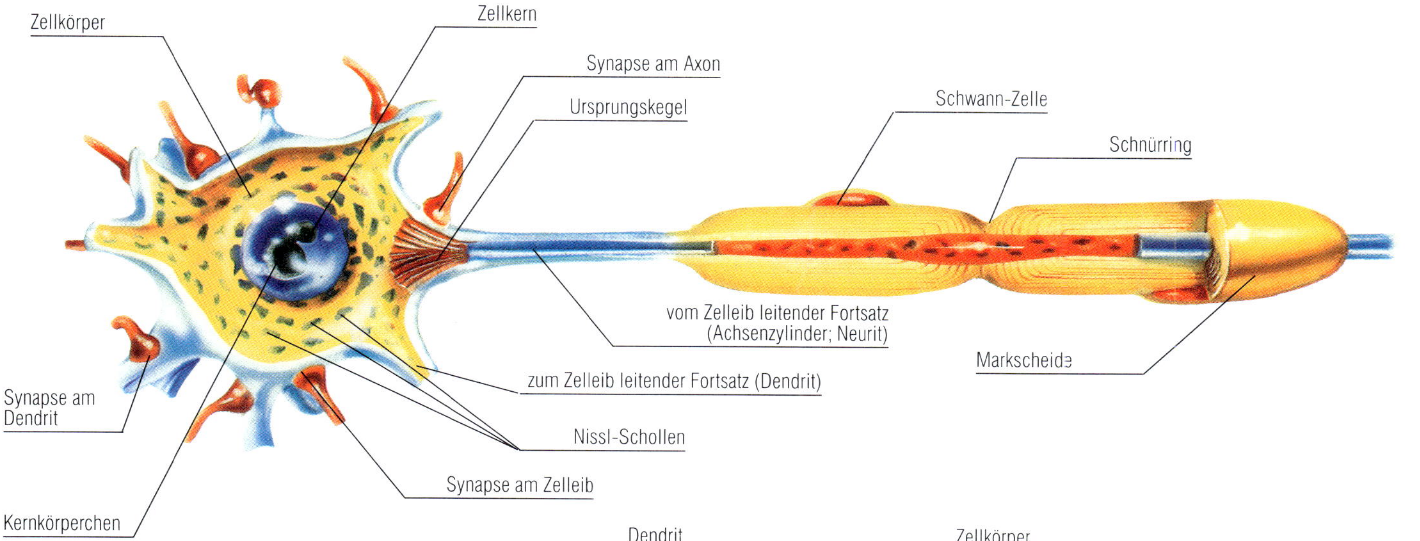

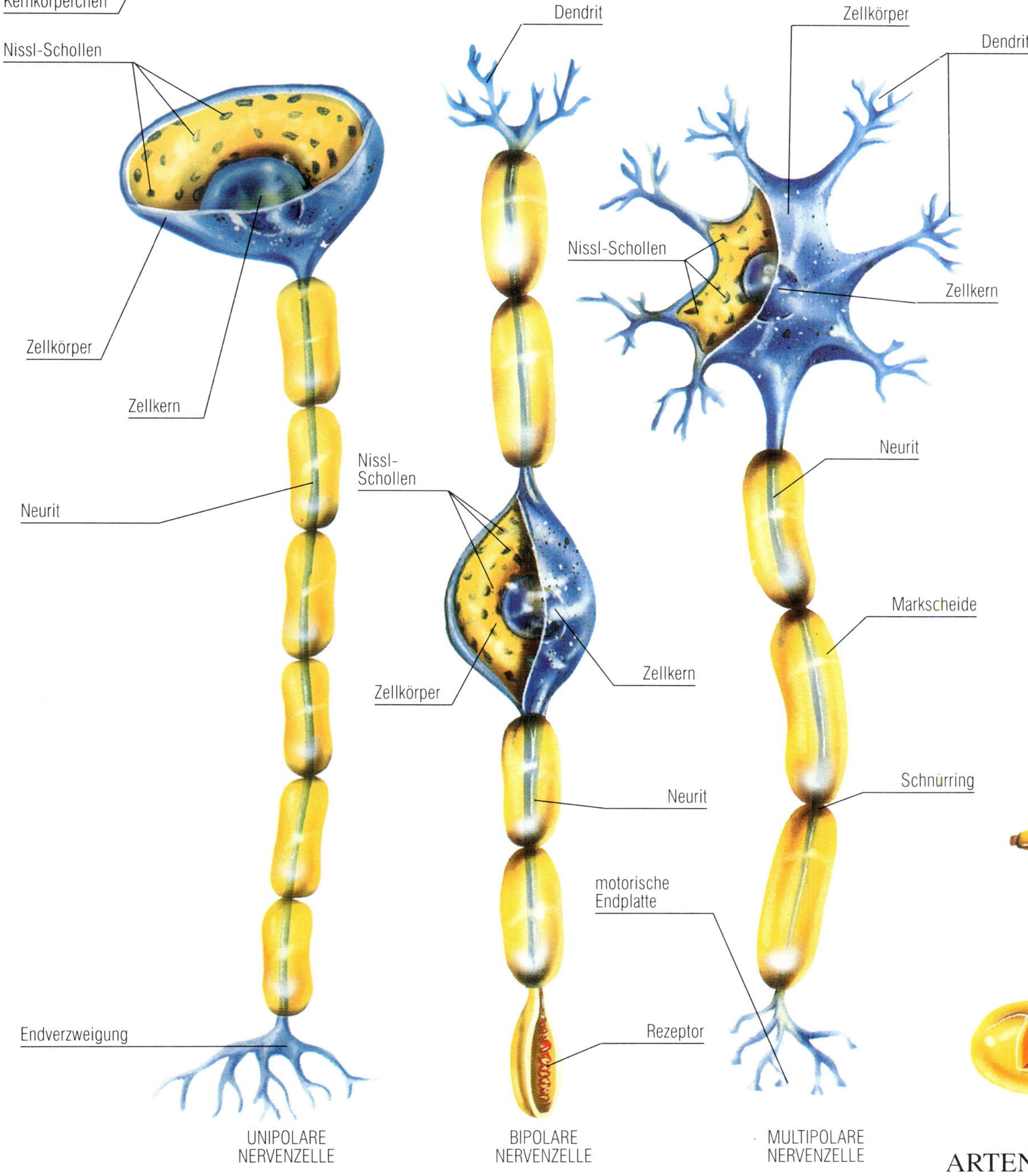

ARTEN VON NERVENZELLEN

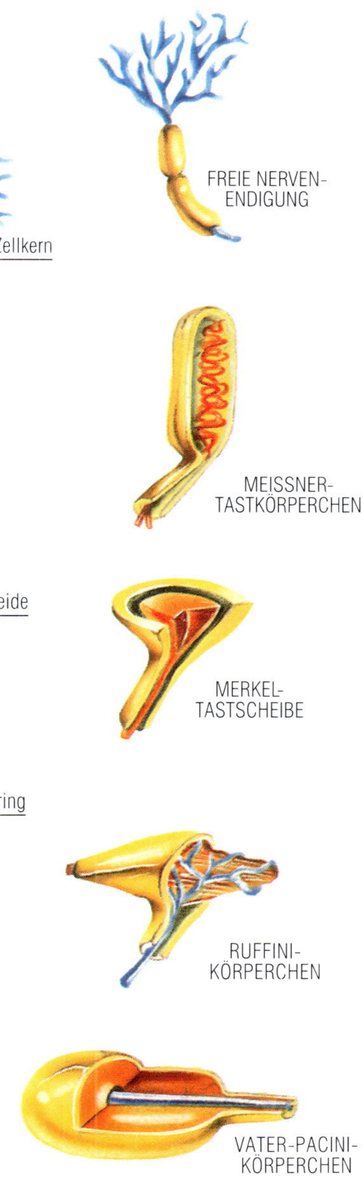

ARTEN VON NERVEN-ENDIGUNGEN

6. Das Rückenmark und die Spinalnerven

SCHEMATISCHE DARSTELLUNG DES RÜCKENMARKS UND EINES SPINALNERVS

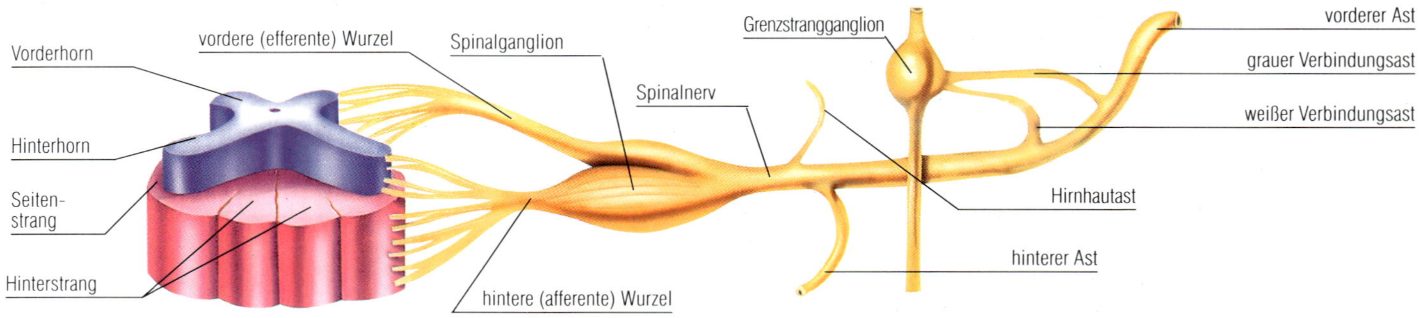

RÜCKENMARK MIT DEN 31 SPINALNERVENPAAREN, ANSICHT VON VENTRAL

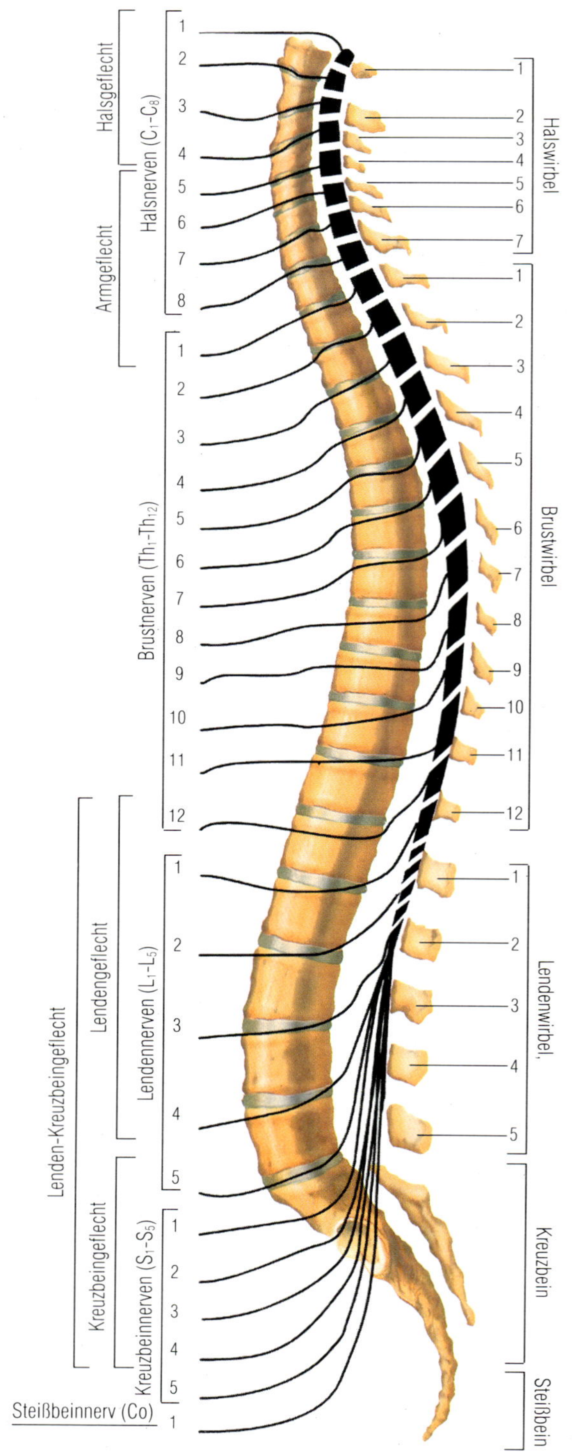

VON DEN SPINALNERVEN INNERVIERTE HAUTBEZIRKE (DERMATOME)

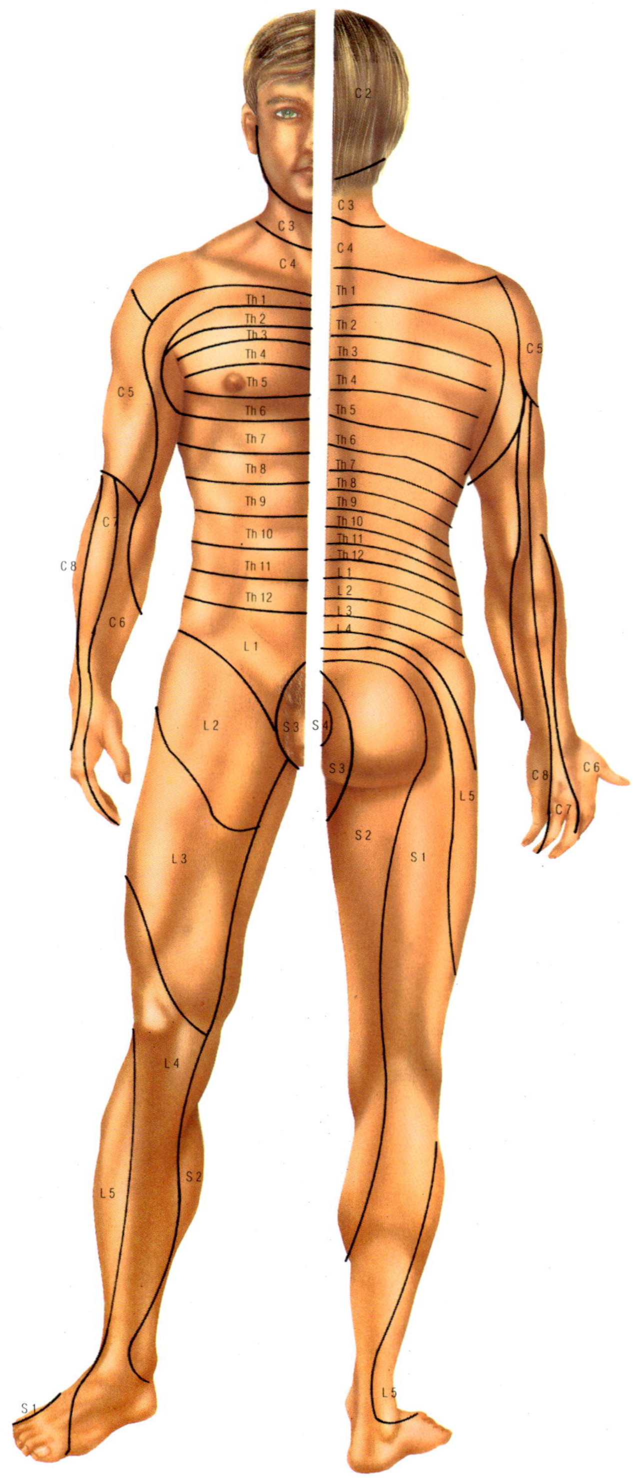

Die Sinnesorgane

1. Der Gesichtssinn

HORIZONTALSCHNITT DURCH DEN RECHTEN AUGAPFEL (Blick von oben)

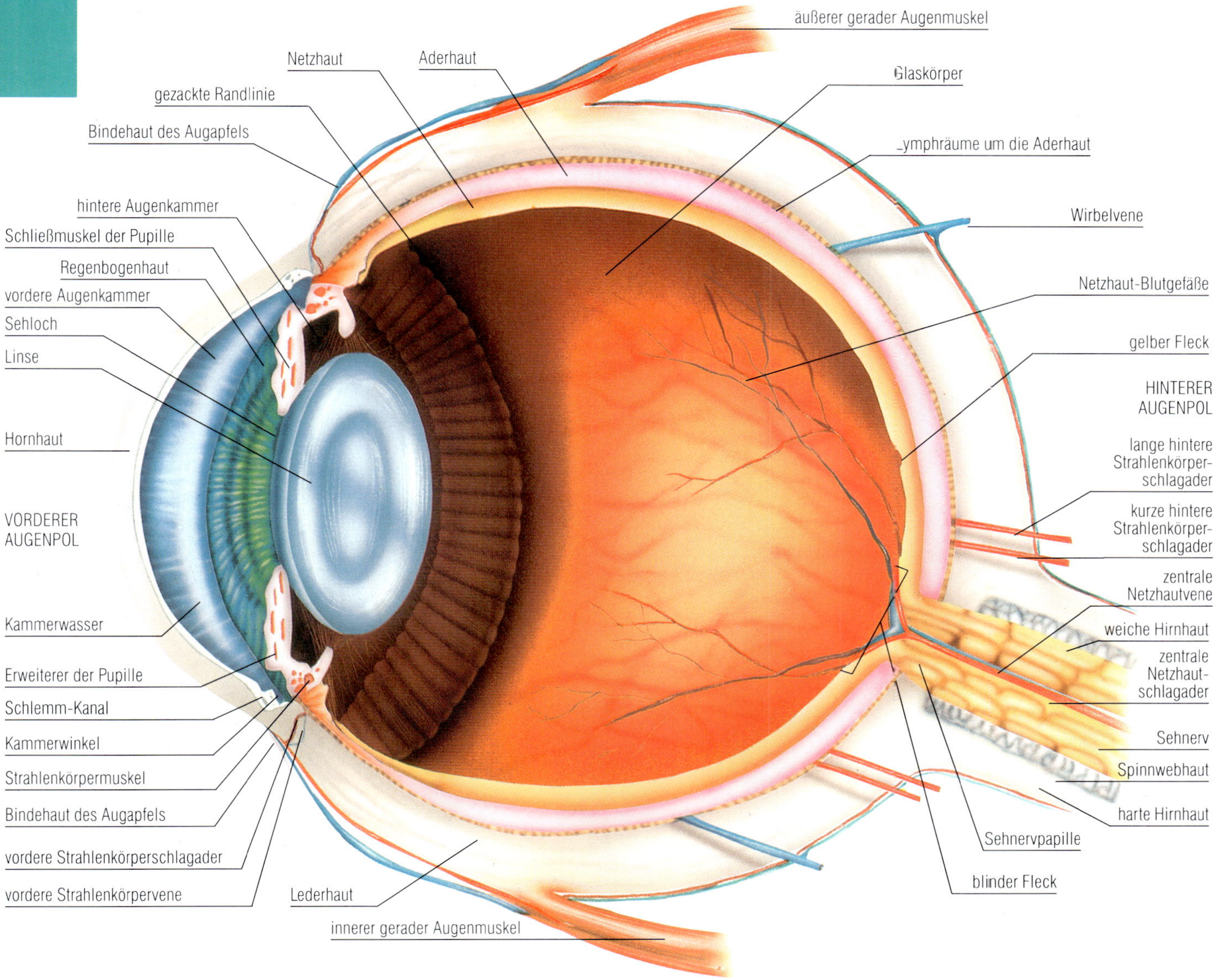

FEINBAU DER HORNHAUT

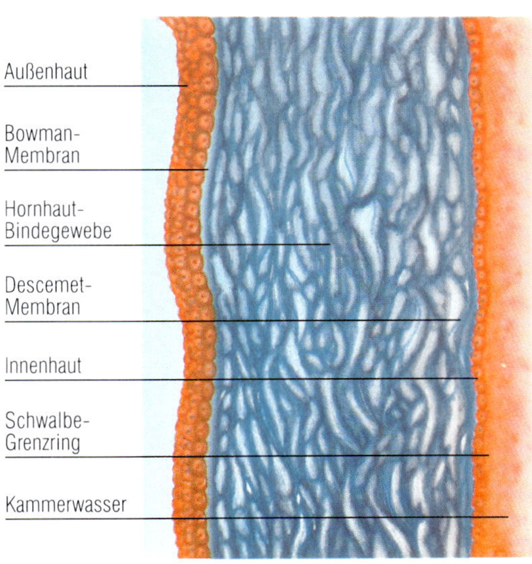

FEINBAU DER NETZHAUT

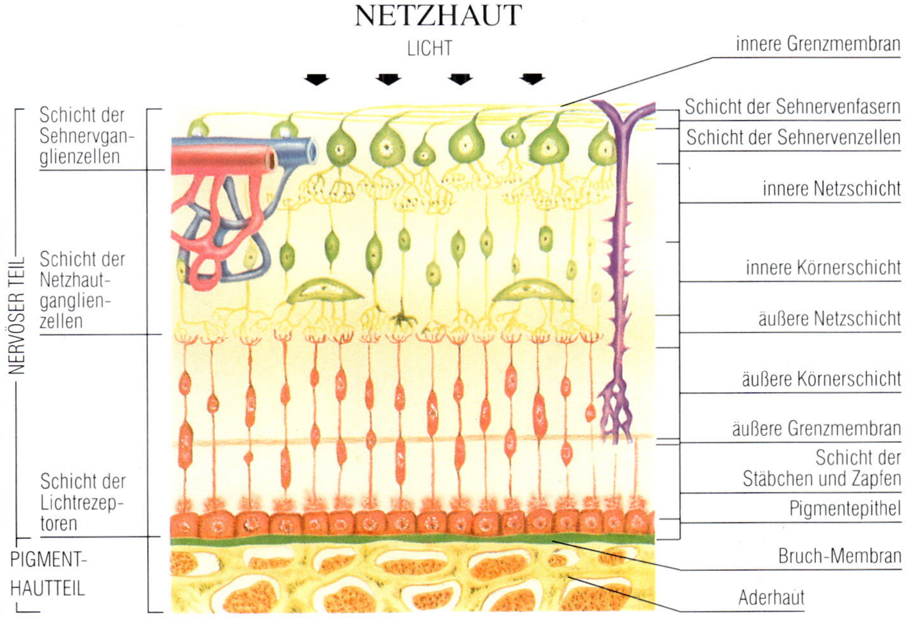

2. Der Gesichtssinn

HORIZONTALSCHNITT DURCH DEN RECHTEN AUGAPFEL (Blick von oben)

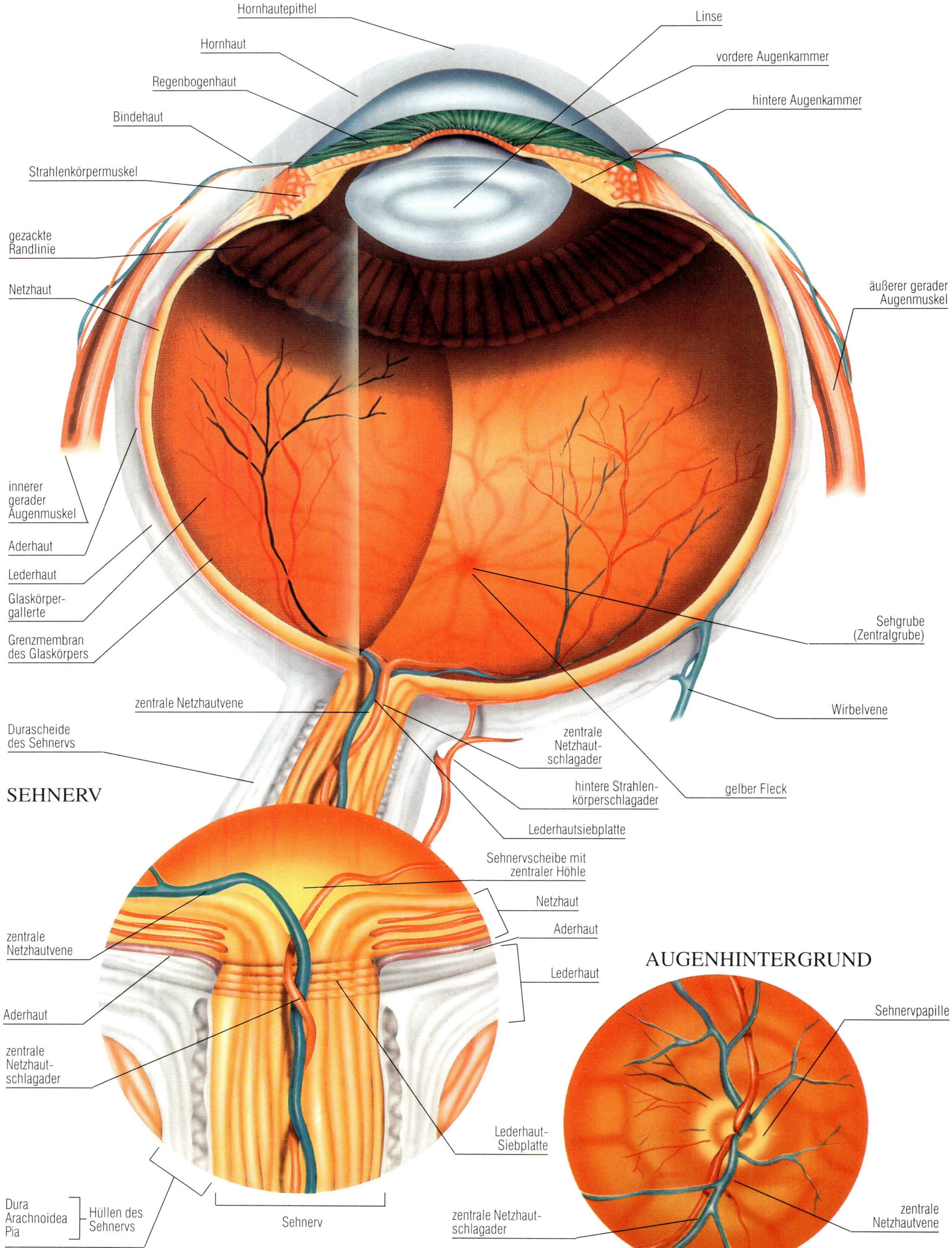

3. Der Gesichtssinn

LÄNGSSCHNITT DURCH DIE LINKE AUGENHÖHLE, ANSICHT VON LATERAL

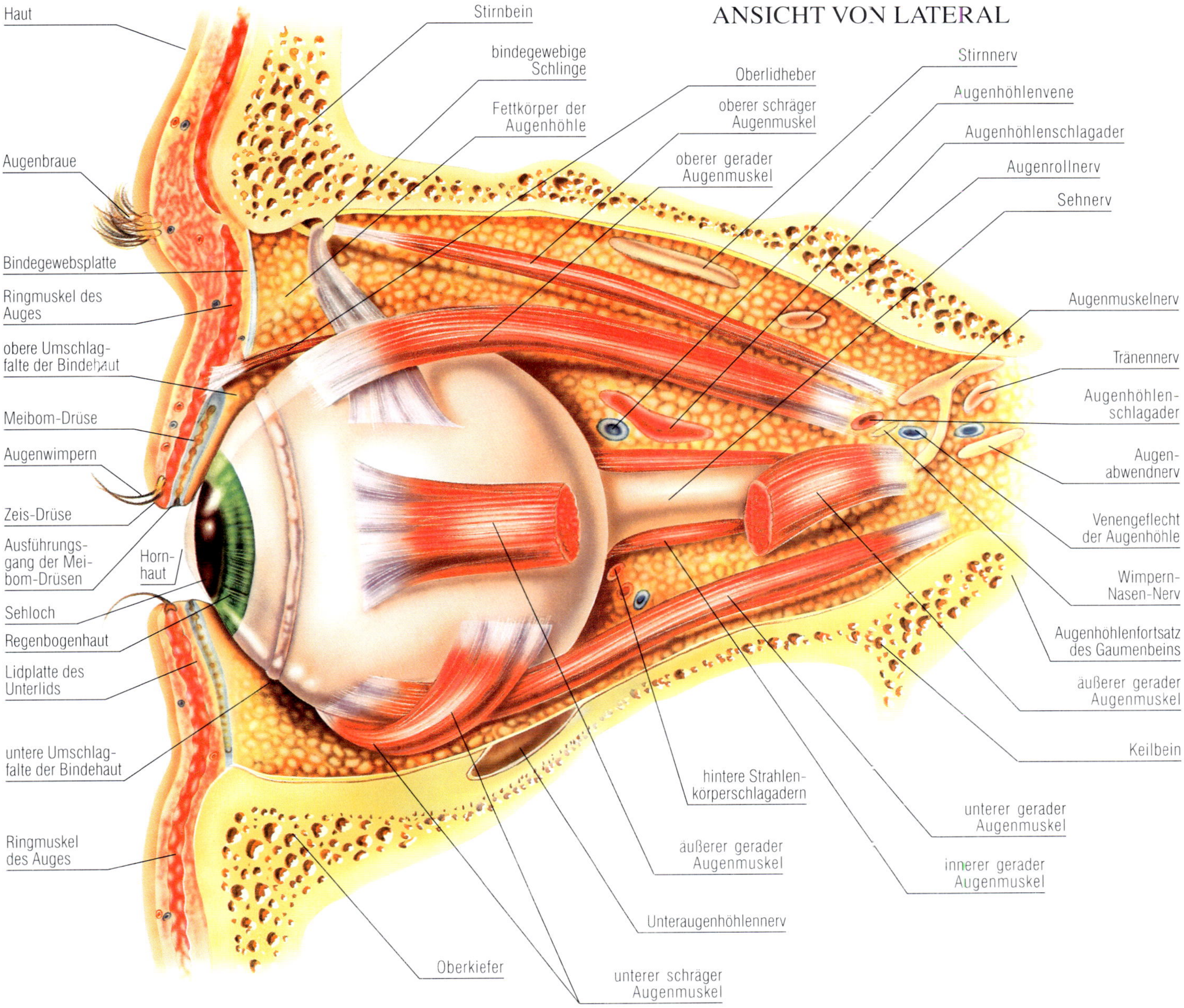

DER TRÄNENAPPARAT

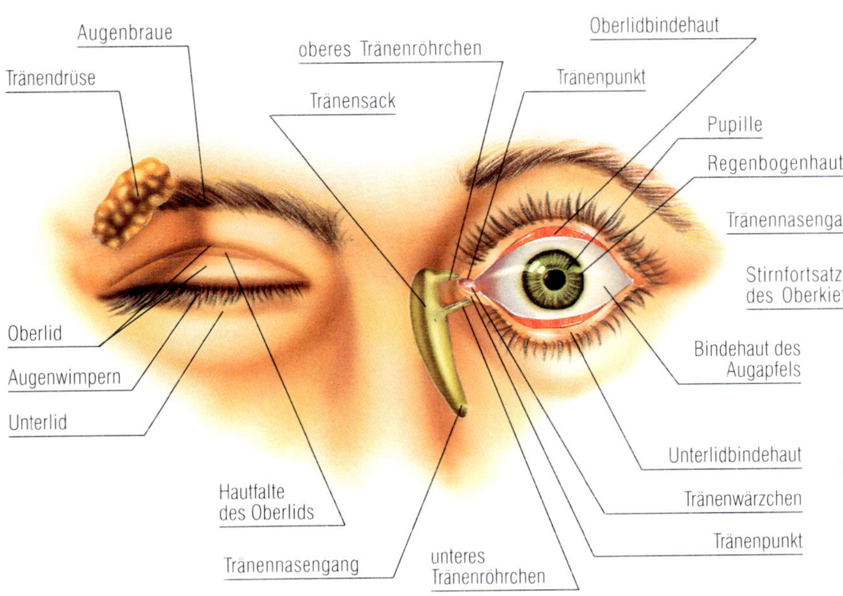

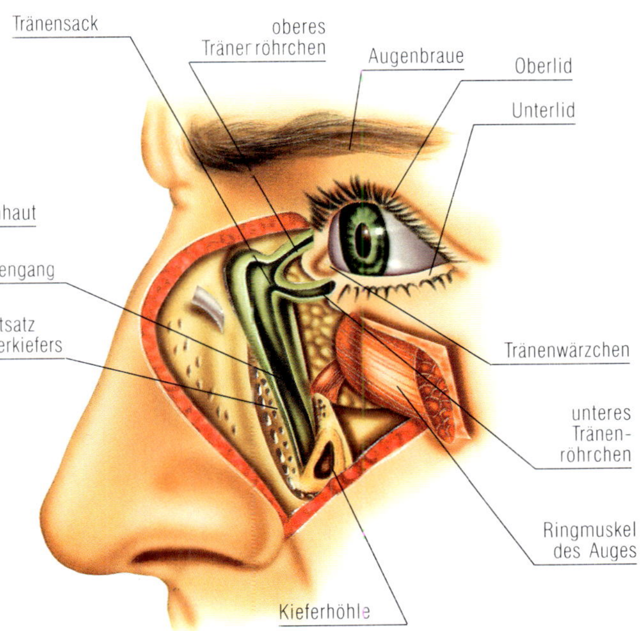

4. Der Gesichtssinn

SEHBAHN, SICHT VON OBEN

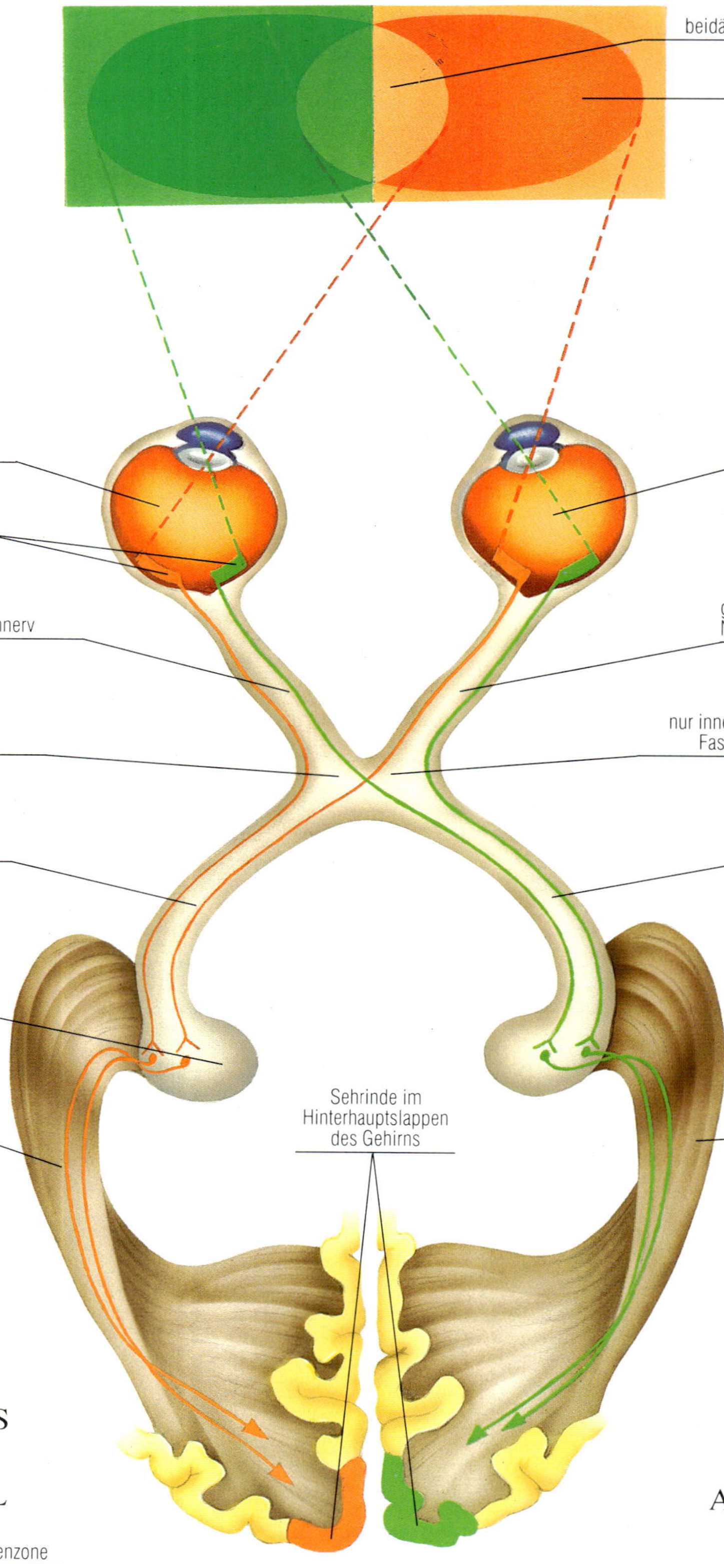

VORDERE HÄLFTE DES AUGAPFELS, ANSICHT VON DORSAL

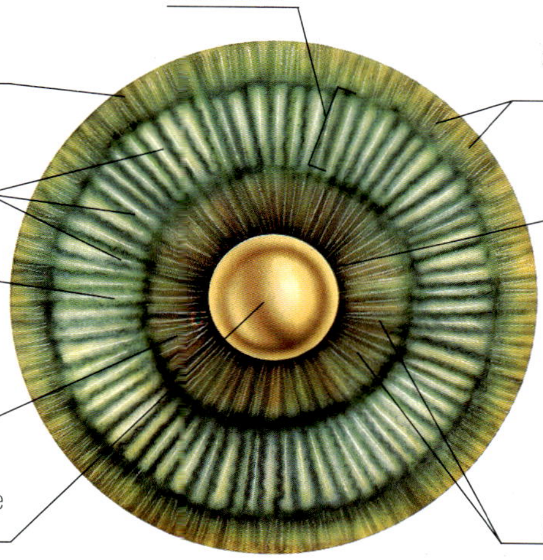

VORDERE HÄLFTE DES AUGAPFELS, ANSICHT VON VENTRAL

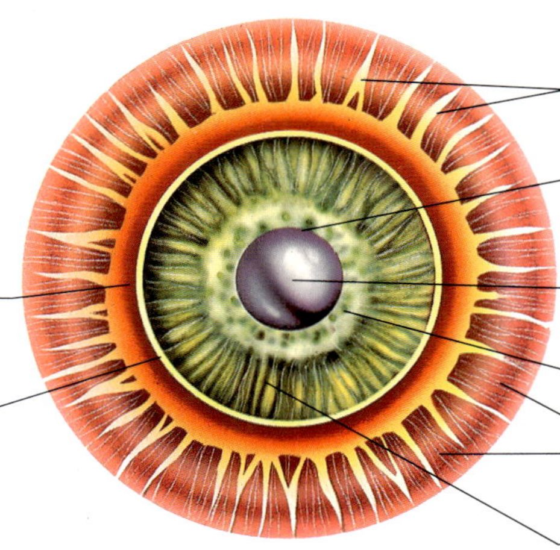

5. Der Gesichtssinn

GEHIRNBASIS (ANSICHT VON UNTEN) MIT SEHBAHNEN

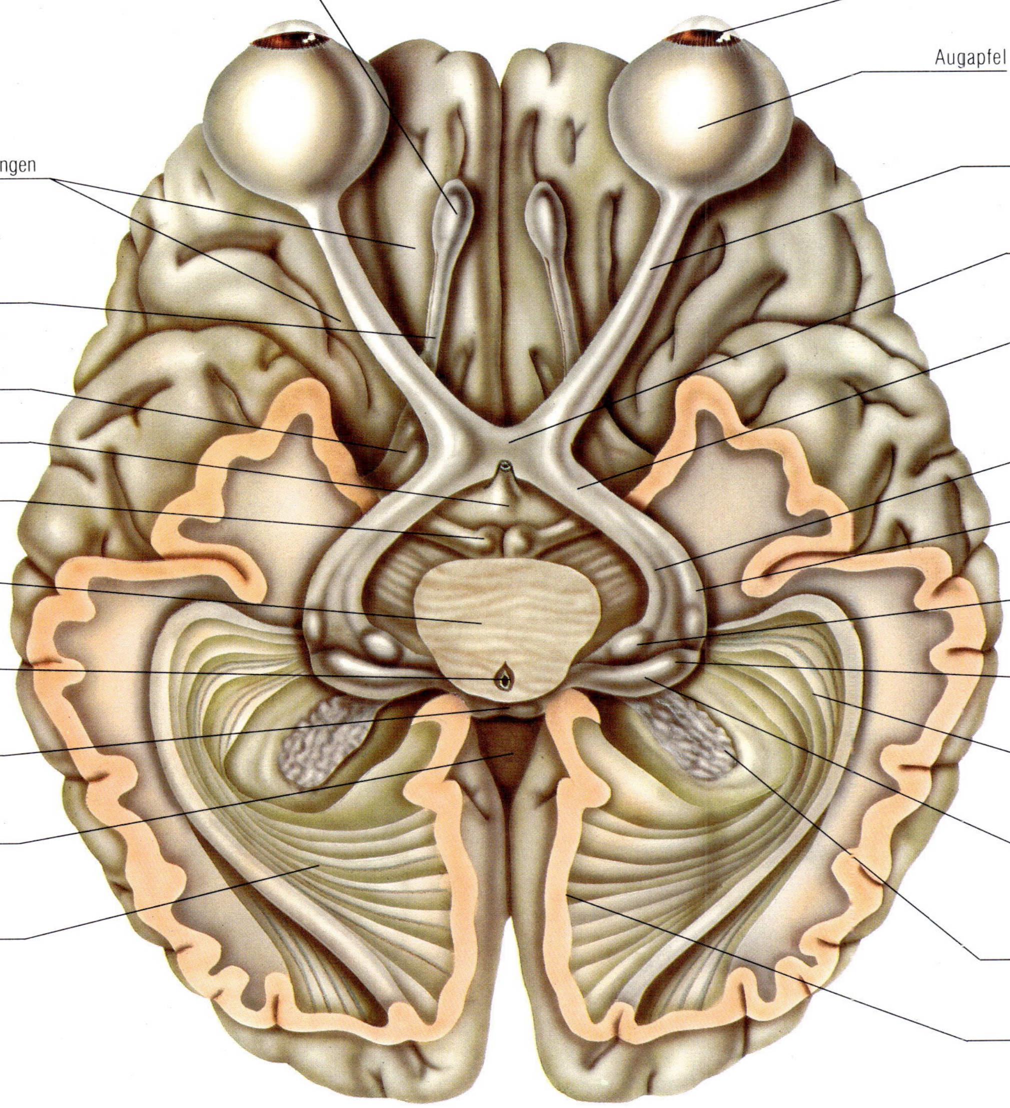

SEHFEHLER UND SEHHILFEN

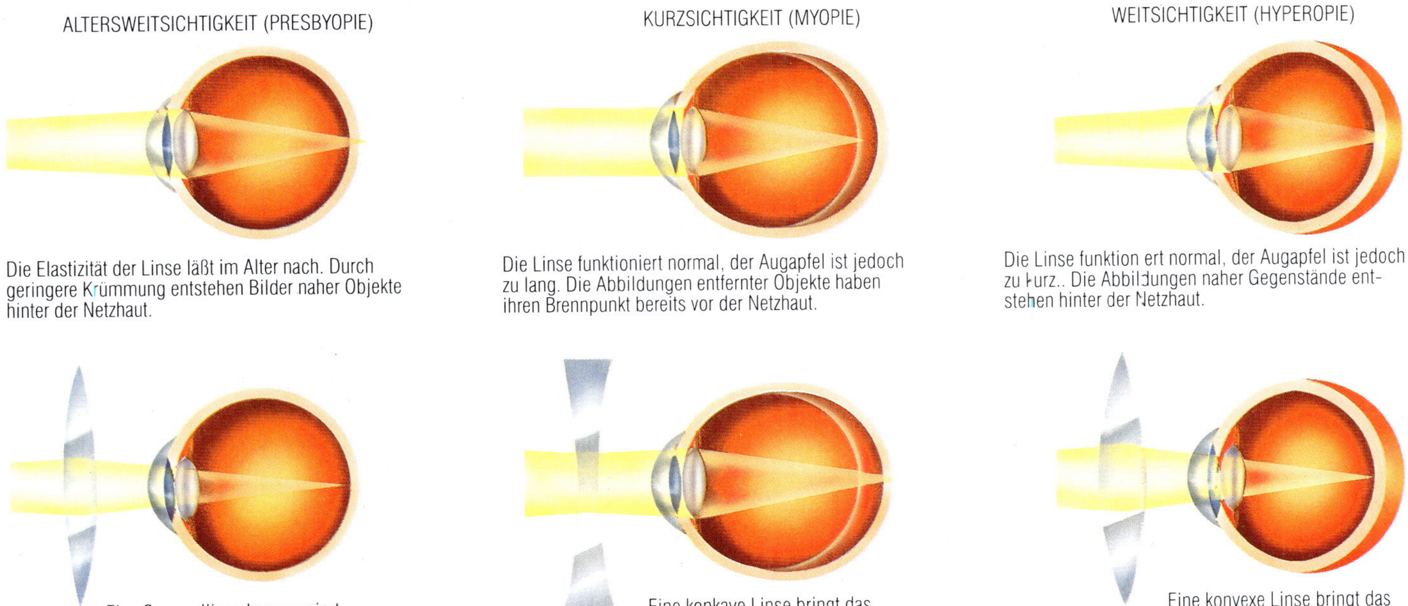

Die Elastizität der Linse läßt im Alter nach. Durch geringere Krümmung entstehen Bilder naher Objekte hinter der Netzhaut.

Die Linse funktioniert normal, der Augapfel ist jedoch zu lang. Die Abbildungen entfernter Objekte haben ihren Brennpunkt bereits vor der Netzhaut.

Die Linse funktioniert normal, der Augapfel ist jedoch zu kurz.. Die Abbildungen naher Gegenstände entstehen hinter der Netzhaut.

Eine Sammellinse kompensiert die unzureichende Anpassungsfähigkeit der Linse.

Eine konkave Linse bringt das Bild auf die Netzhaut, es wird wieder scharf.

Eine konvexe Linse bringt das Bild auf die Netzhaut, es wird wieder scharf.

1. Der Hörsinn

FRONTALSCHNITT DURCH DAS OHR

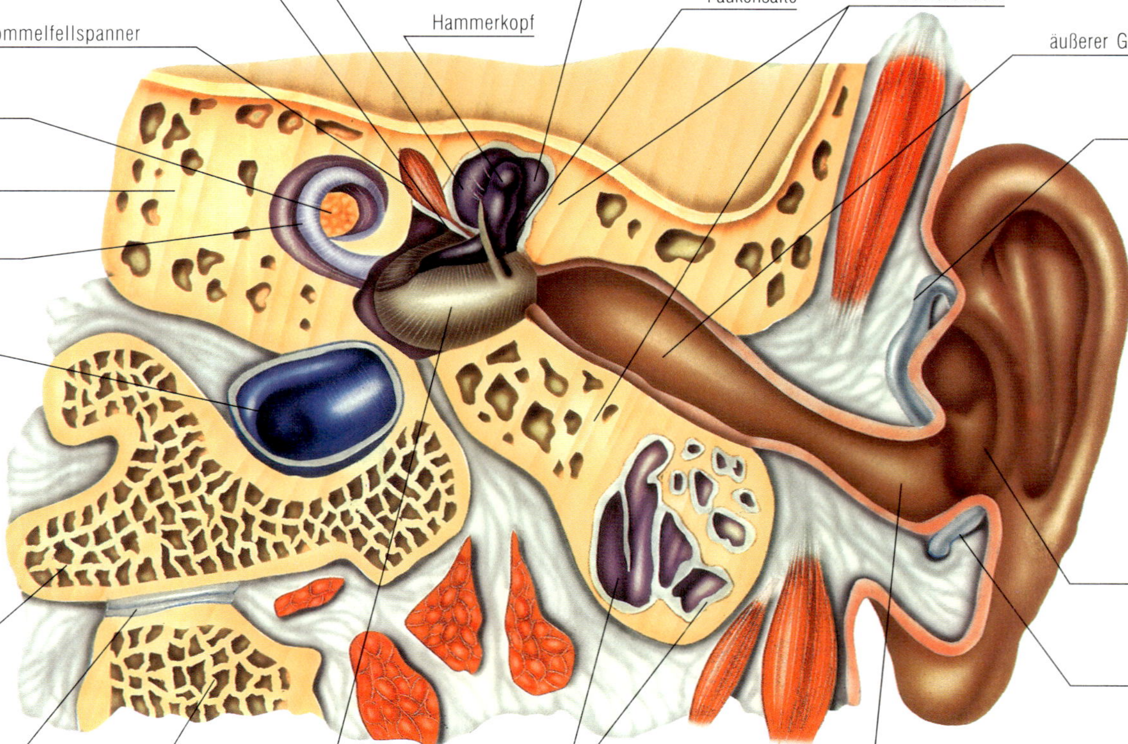

OHRMUSCHEL

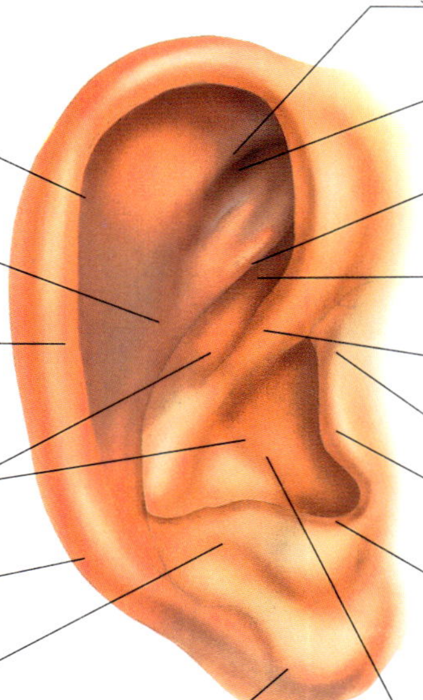

TROMMELFELL, INSPEKTION MIT DEM OHRENSPIEGEL

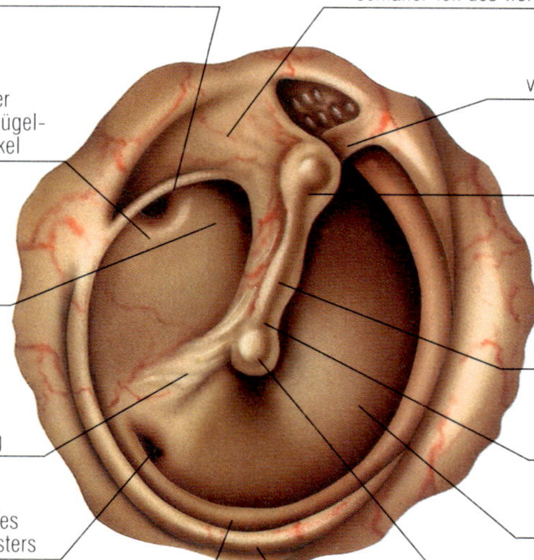

2. Der Hörsinn

SCHRÄGANSICHT DES MITTEL- UND INNENOHRS

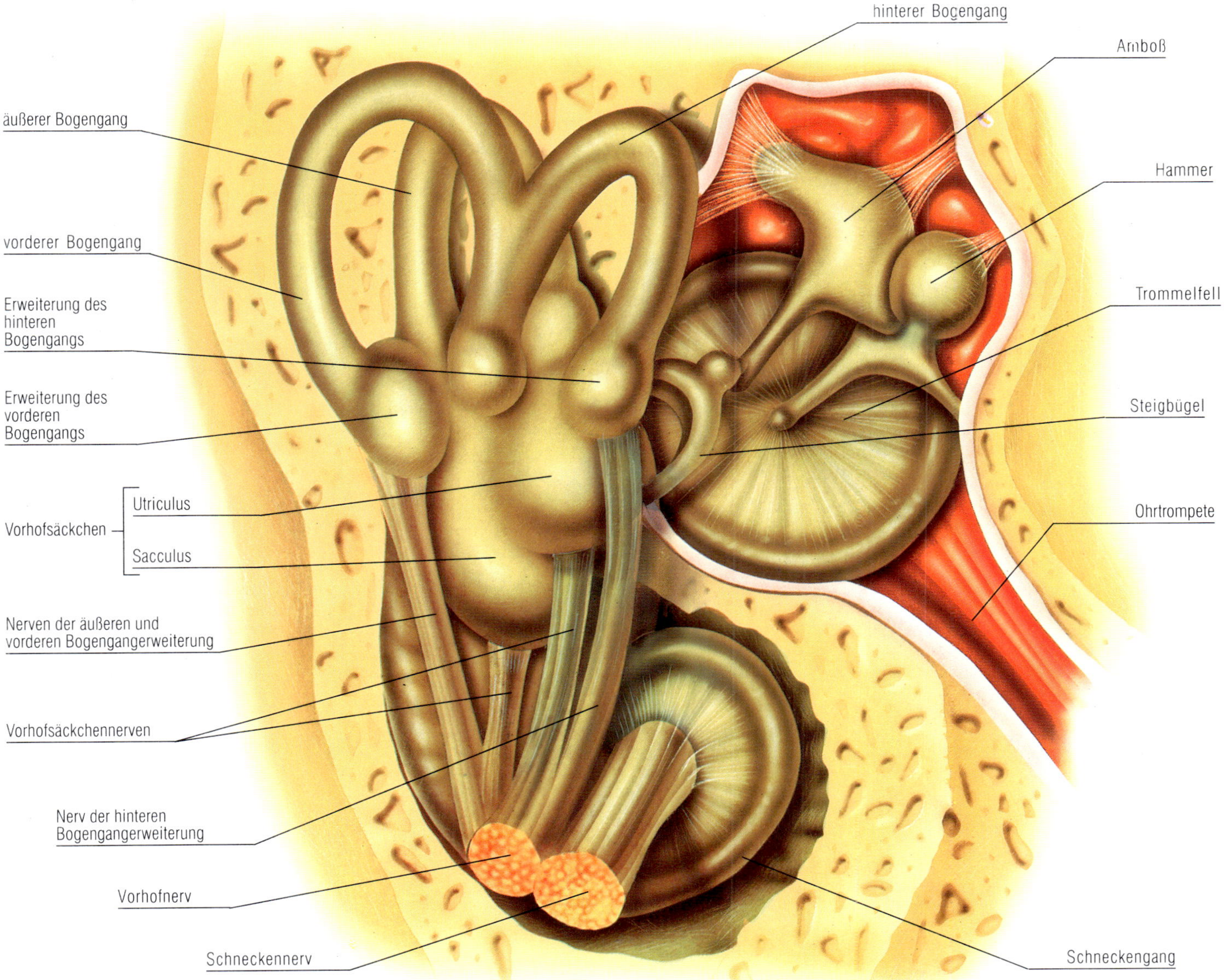

QUERSCHNITT DURCH DIE SCHNECKE

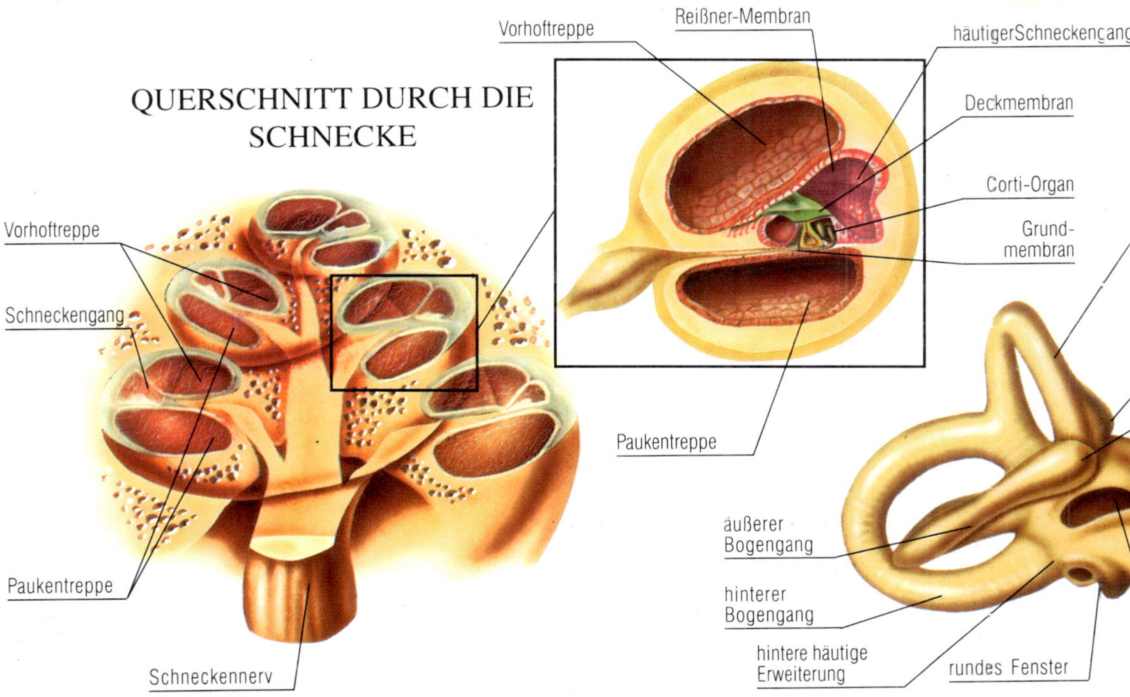

DAS HÄUTIGE LABYRINTH

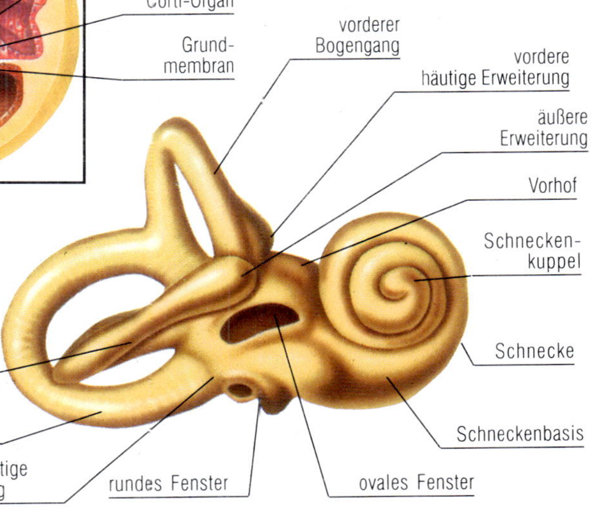

3. Der Hörsinn

ABLAUF DES HÖRVORGANGS

1 Die Schallwellen gelangen von außen durch den äußeren Gehörgang zum Trommelfell und setzen es in Schwingung.

2 Die Gehörknöchelchen des Mittelohrs (Hammer, Amboß und Steigbügel) übertragen diese Schwingung auf das ovale Fenster.

3 Die Schwingungen der Steigbügelfuß-platte werden über das ovale Fenster an die Perilymphe in der Vorhoftreppe der Schnecke weitergeleitet.

4 Die Druckwellen erregen die Sinneszellen des Hörorgans (Corti-Organ), die diese Reize in Nervenimpulse umsetzen. Der Hörnerv leitet die Impulse an das Gehirn weiter.

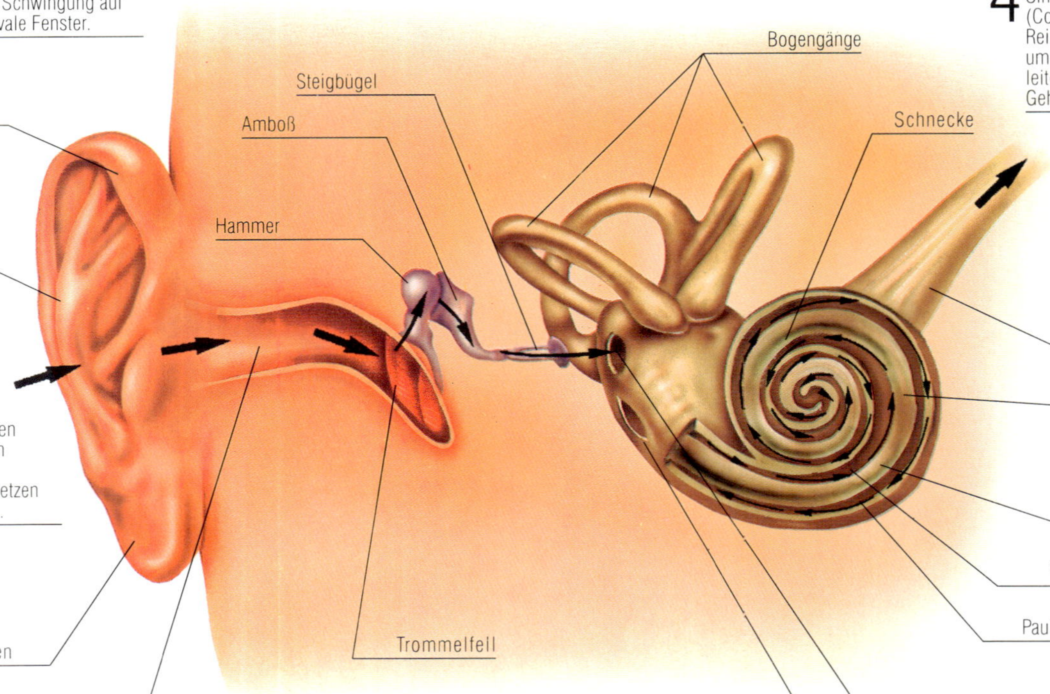

GEHÖRKNÖCHELCHEN

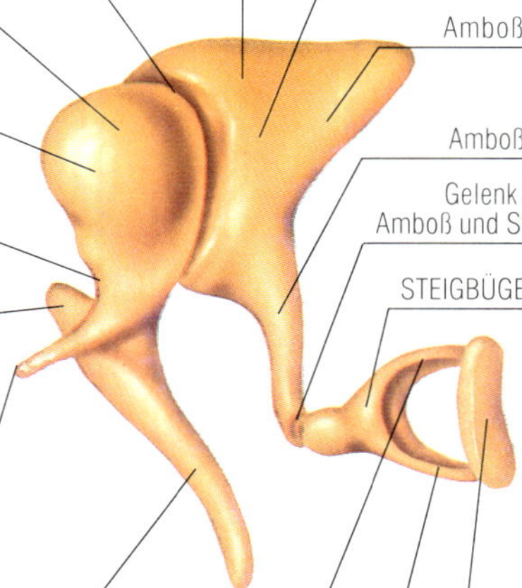

PAUKENHÖHLE, MEDIALE WAND

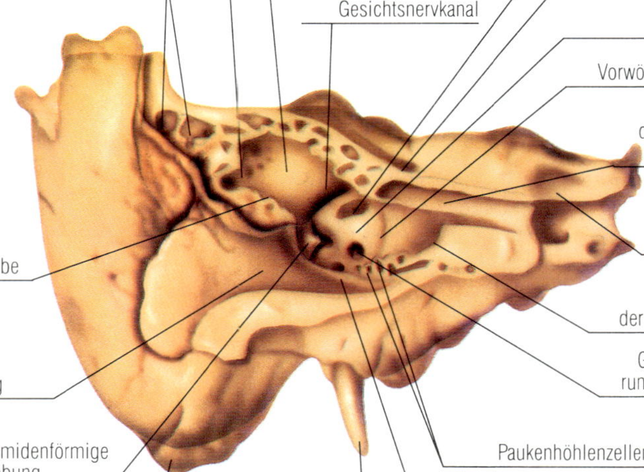

1. Der Geruchssinn

AUFBAU DER RIECHSCHLEIMHAUT

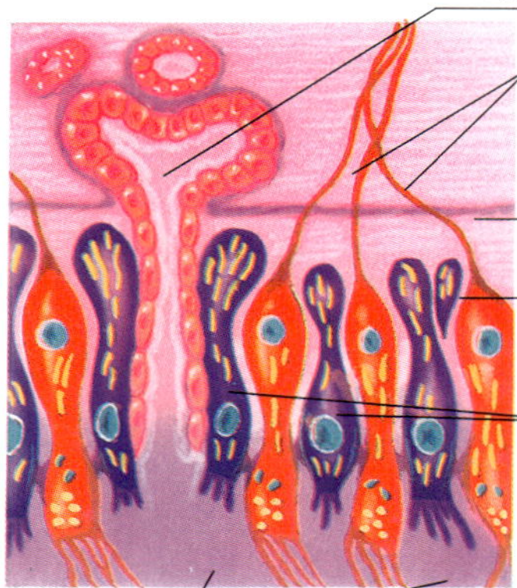

NASENHÖHLE, ANSICHT VON MEDIAL

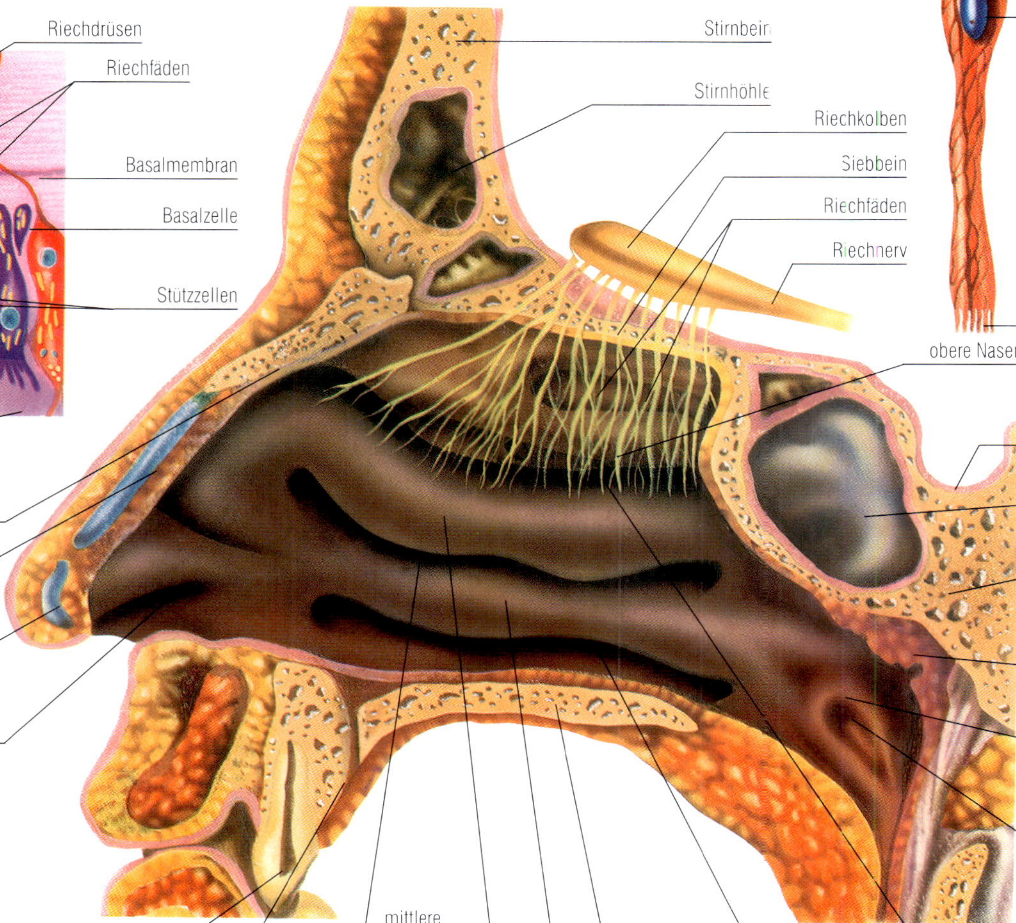

RIECH-ZELLE

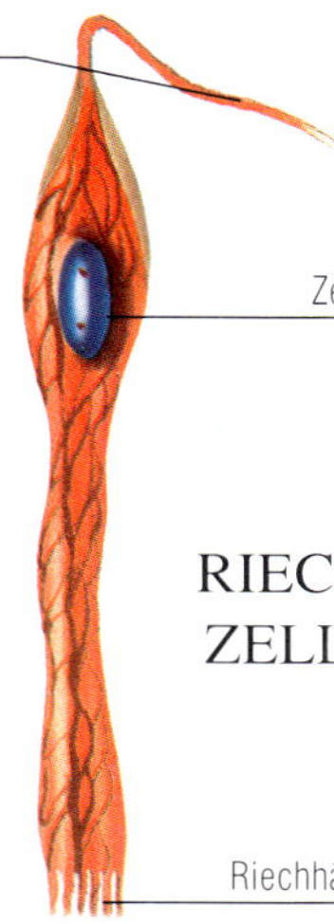

KNÖCHERNES UND KNORPELIGES NASENSKELETT, ANSICHT VON LATERAL

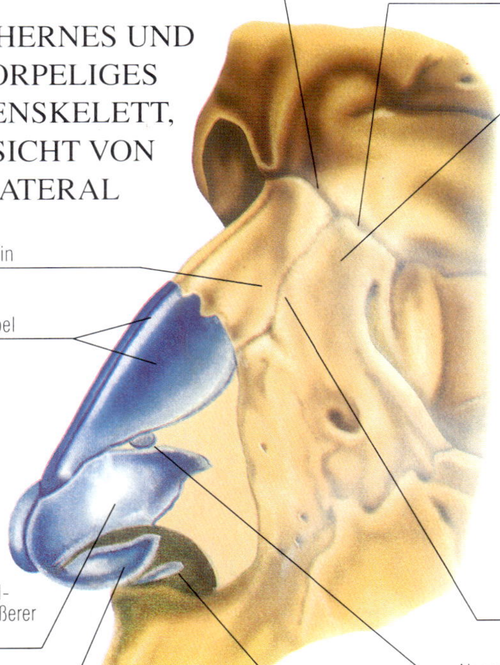

RIECHORGAN

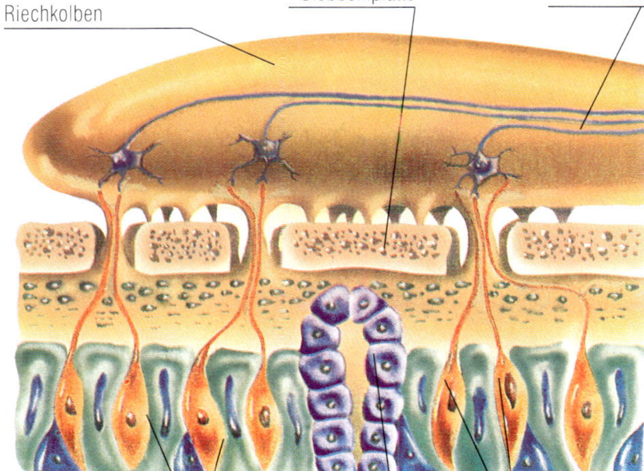

1. Der Geschmackssinn

ZUNGE, ANSICHT VON LATERAL

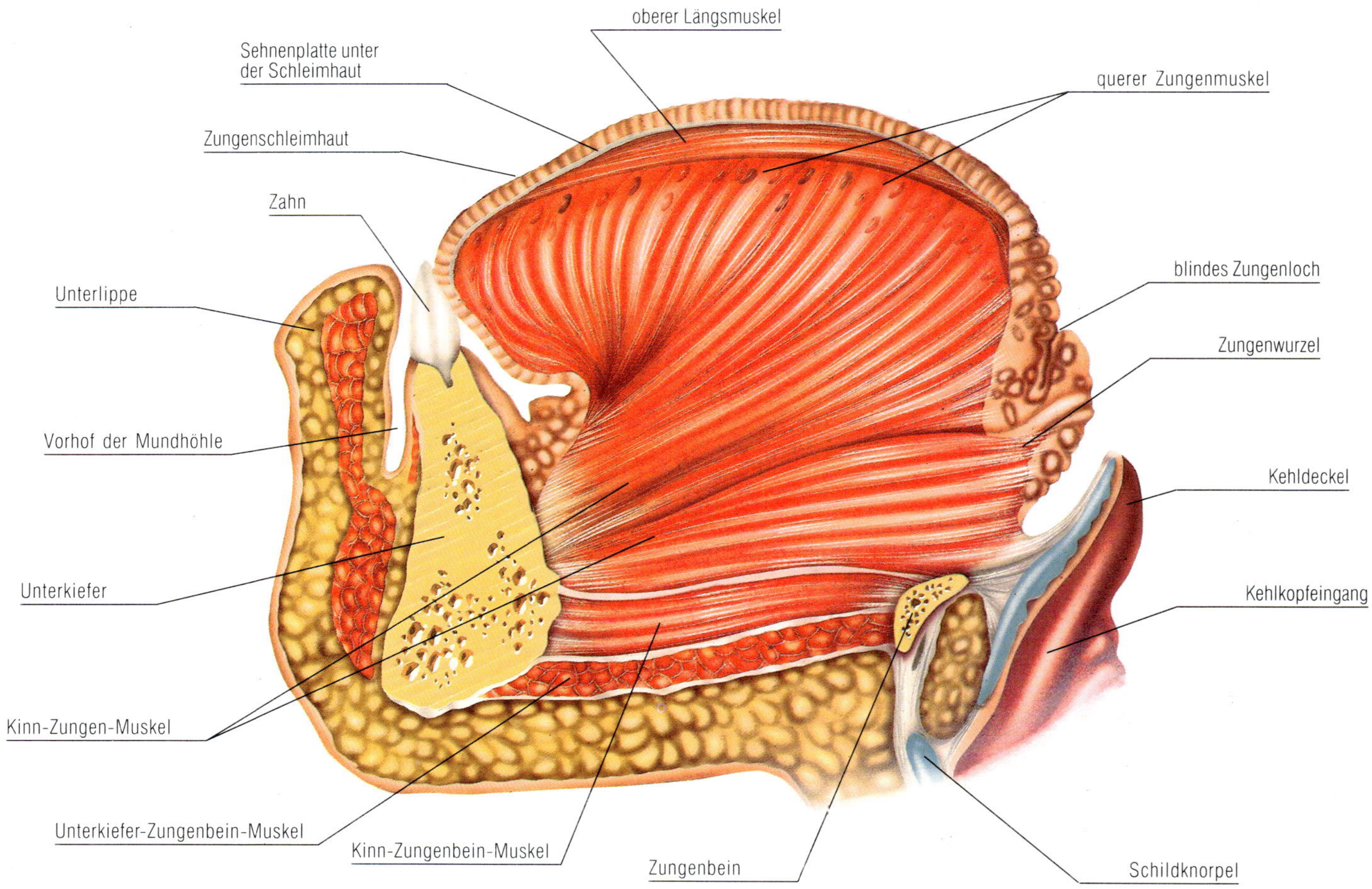

ZUNGE, ANSICHT VON DORSAL

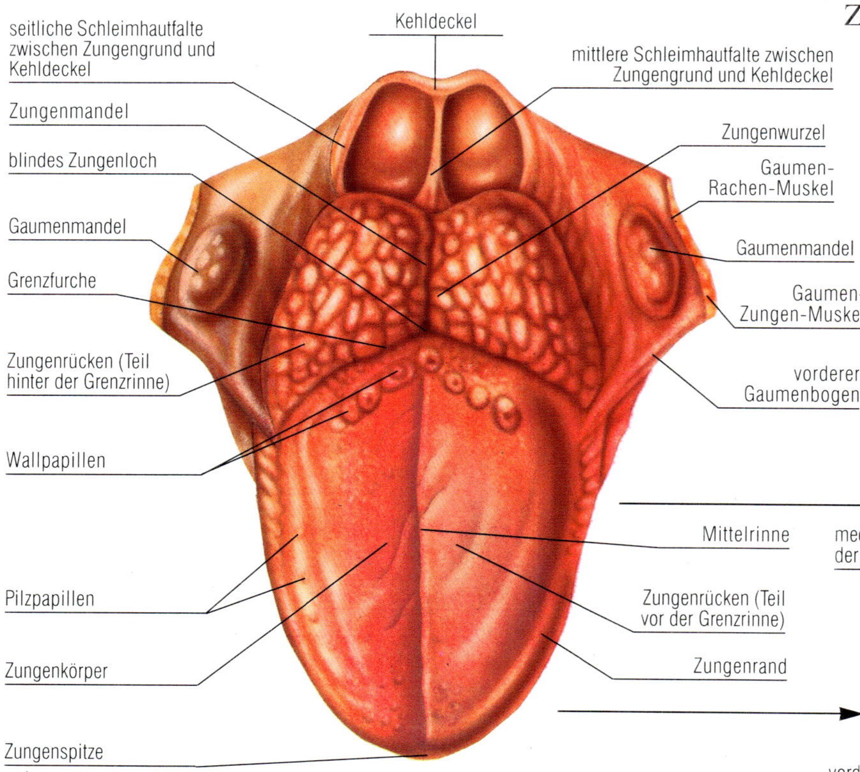

ZUNGE, QUERSCHNITT (oben: durch die Zungenmitte; unten: durch die Zungenspitze)

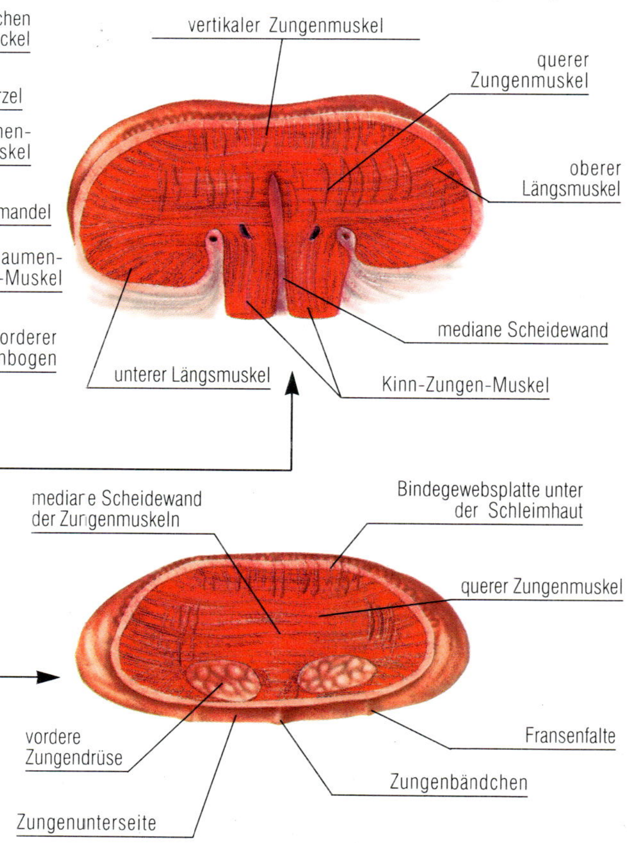

2. Der Geschmackssinn

AUSSCHNITT DER ZUNGEN-OBERFLÄCHE IM QUERSCHNITT

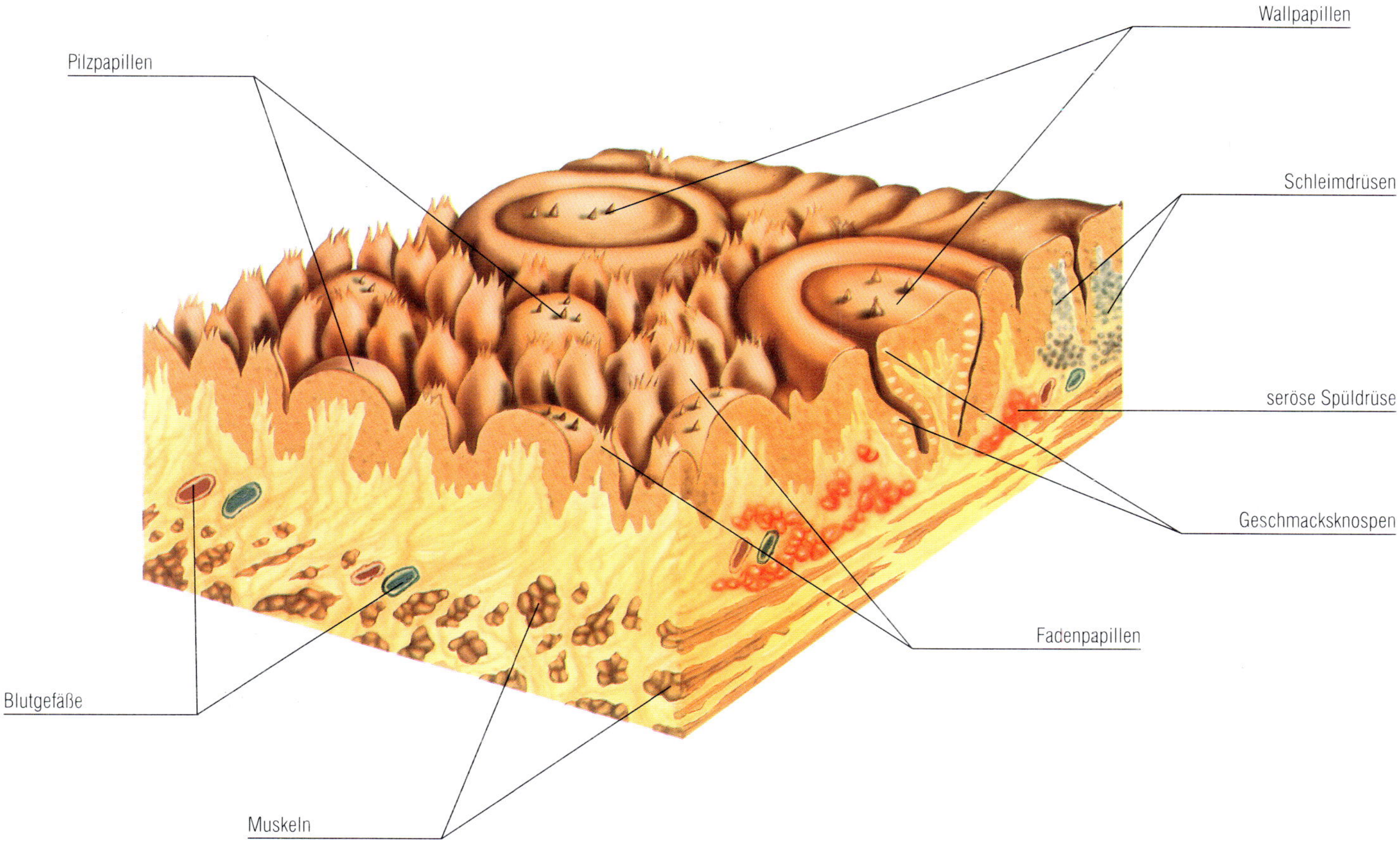

ZONEN DER GESCHMACKSEMPFINDUNGEN AUF DER ZUNGE

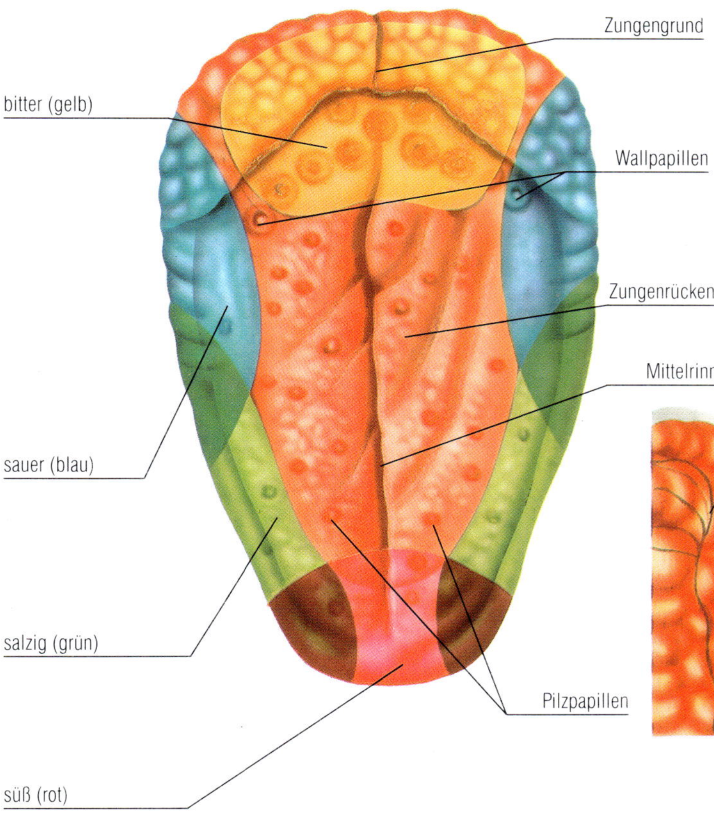

GESCHMACKSKNOSPE, QUERSCHNITT

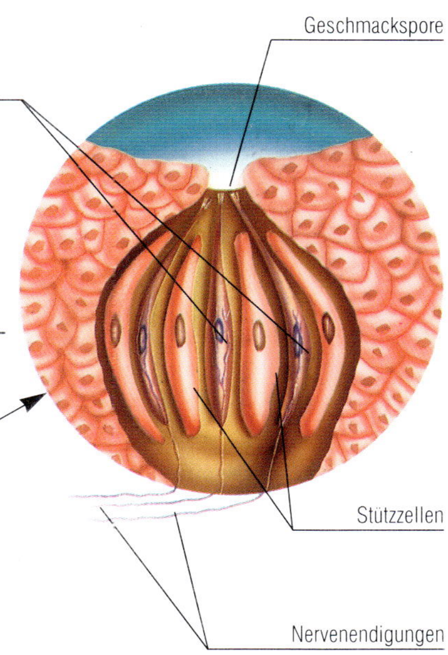

AUSSCHNITT EINER WALL-PAPILLE IM QUER-SCHNITT

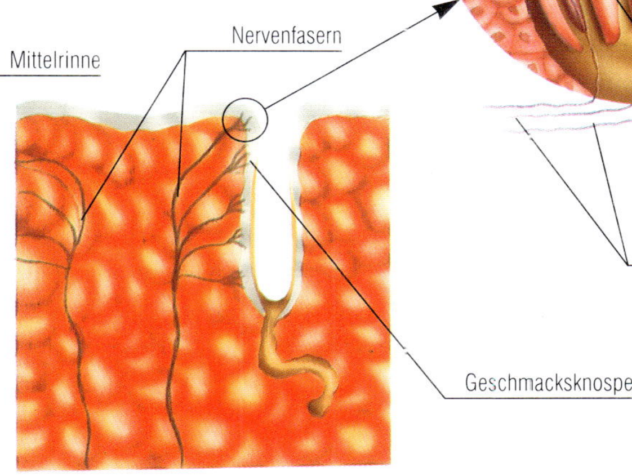

3. Der Geschmackssinn

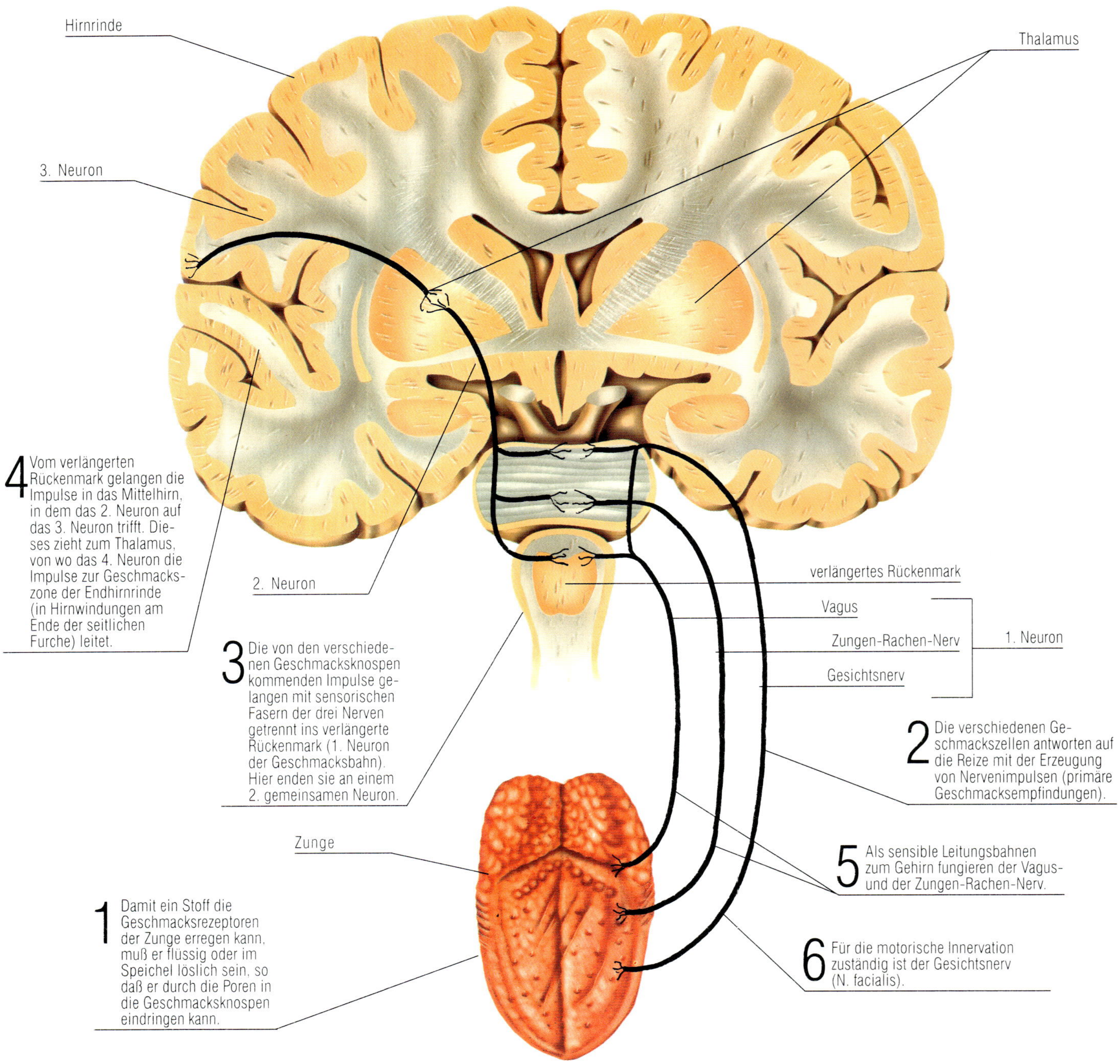

ÜBERMITTLUNG EINER GESCHMACKSEMPFINDUNG

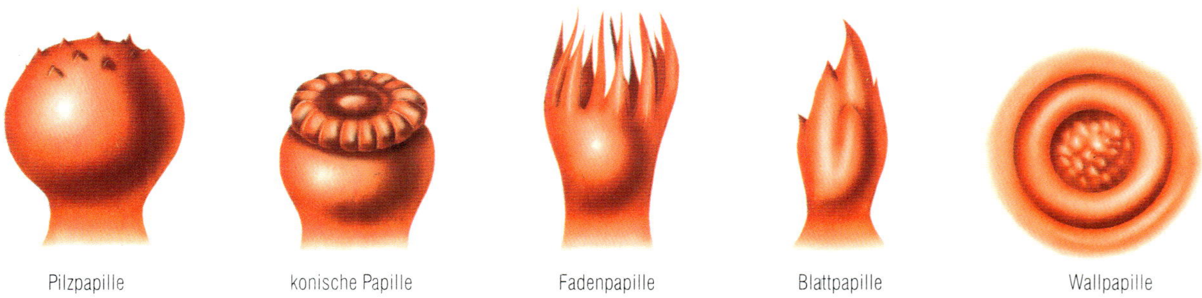

GESCHMACKSPAPILLEN

1. Der Hautsinn

BAU DER (BEHAARTEN) HAUT

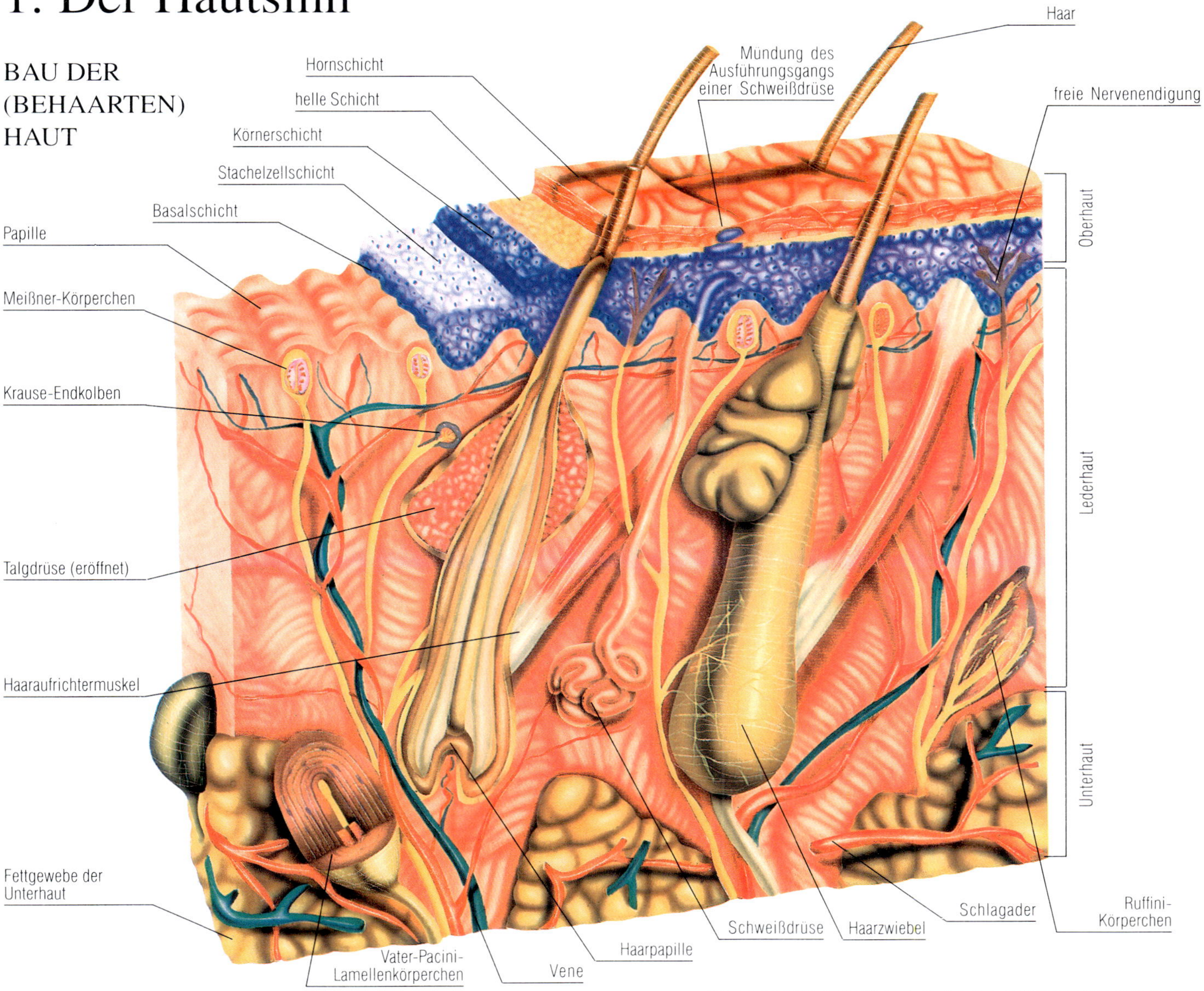

OBERHAUT (EPIDERMIS)

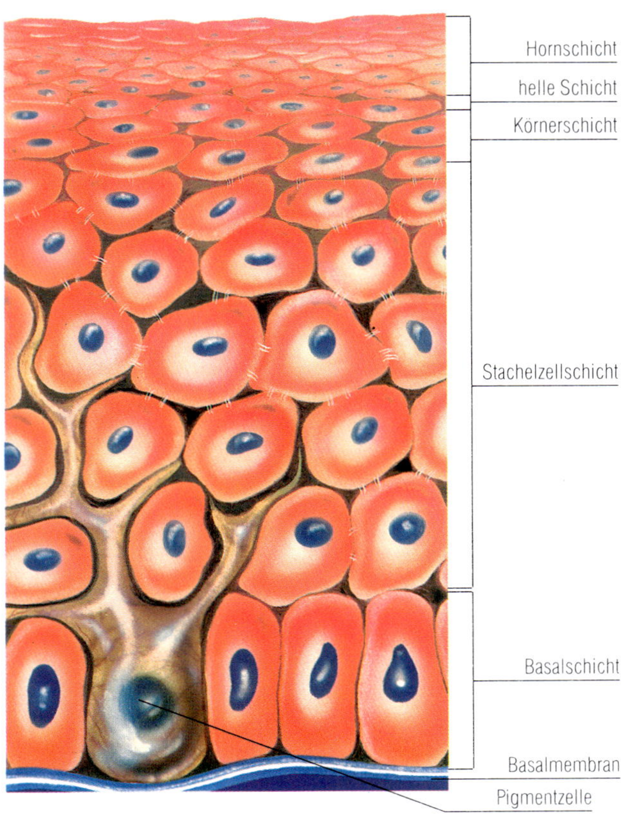

HAUTSINNESORGANE (REZEPTOREN)

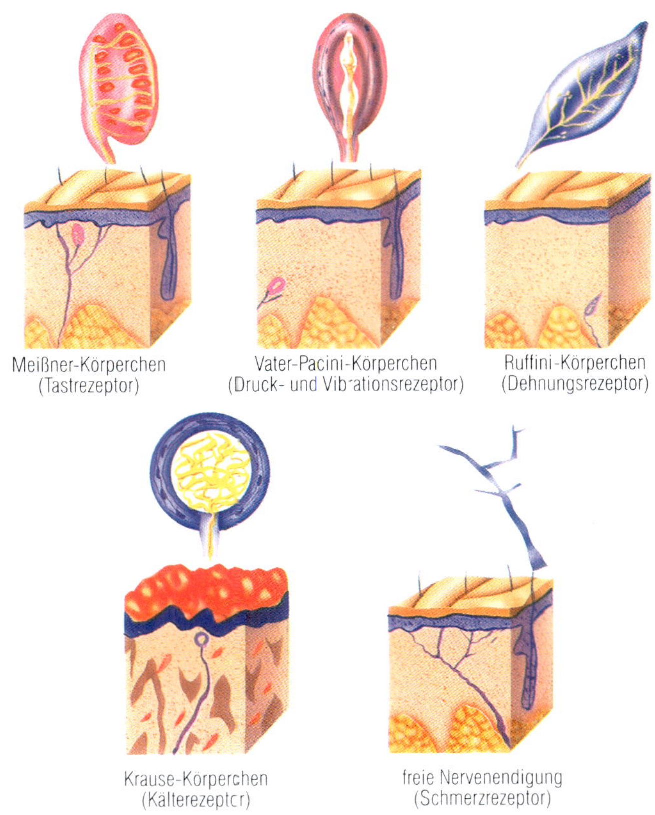

2. Der Hautsinn

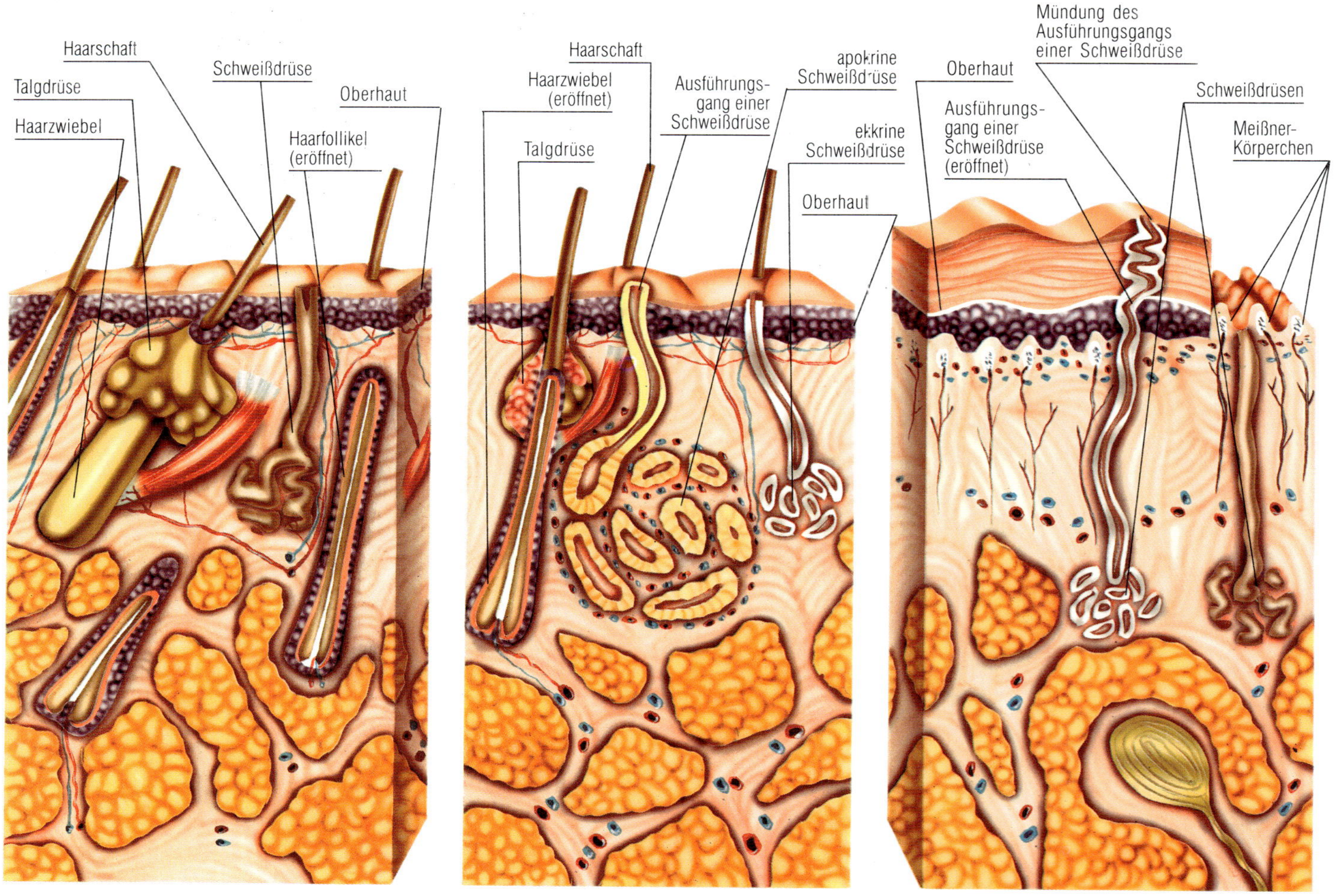

BEHAARTE KOPFHAUT — HAUT DER ACHSELHÖHLE — HAUT DER FUSSOHLE

SCHNITT DURCH DIE HAUT VERSCHIEDENER KÖRPERPARTIEN DES MENSCHEN

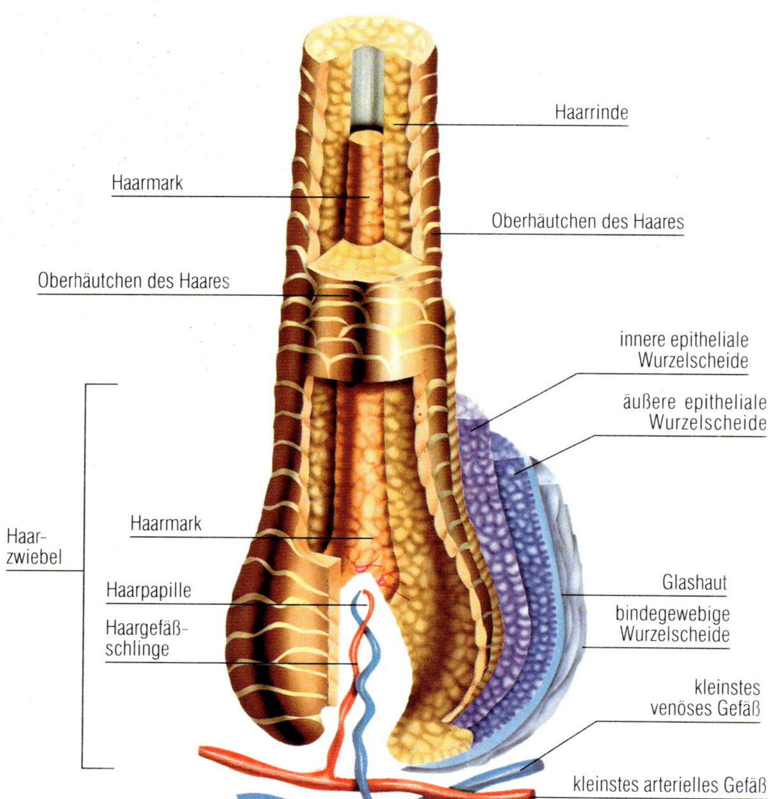

SCHNITT DURCH EINEN HAARFOLLIKEL

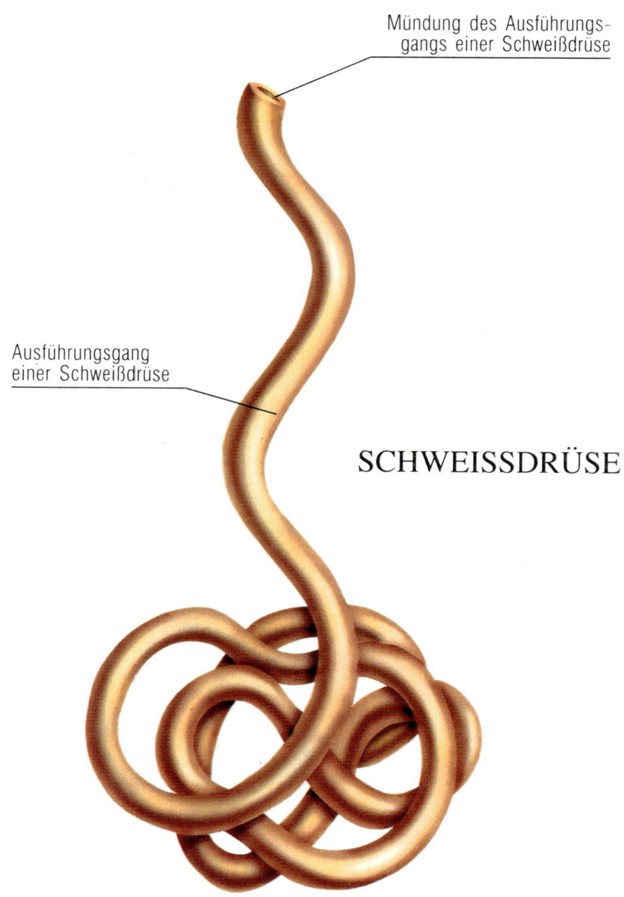

SCHWEISSDRÜSE

3. Der Hautsinn

REFLEXHANDLUNG ODER SOFORTIGE ANTWORT DES KÖRPERS AUF SCHMERZREIZE

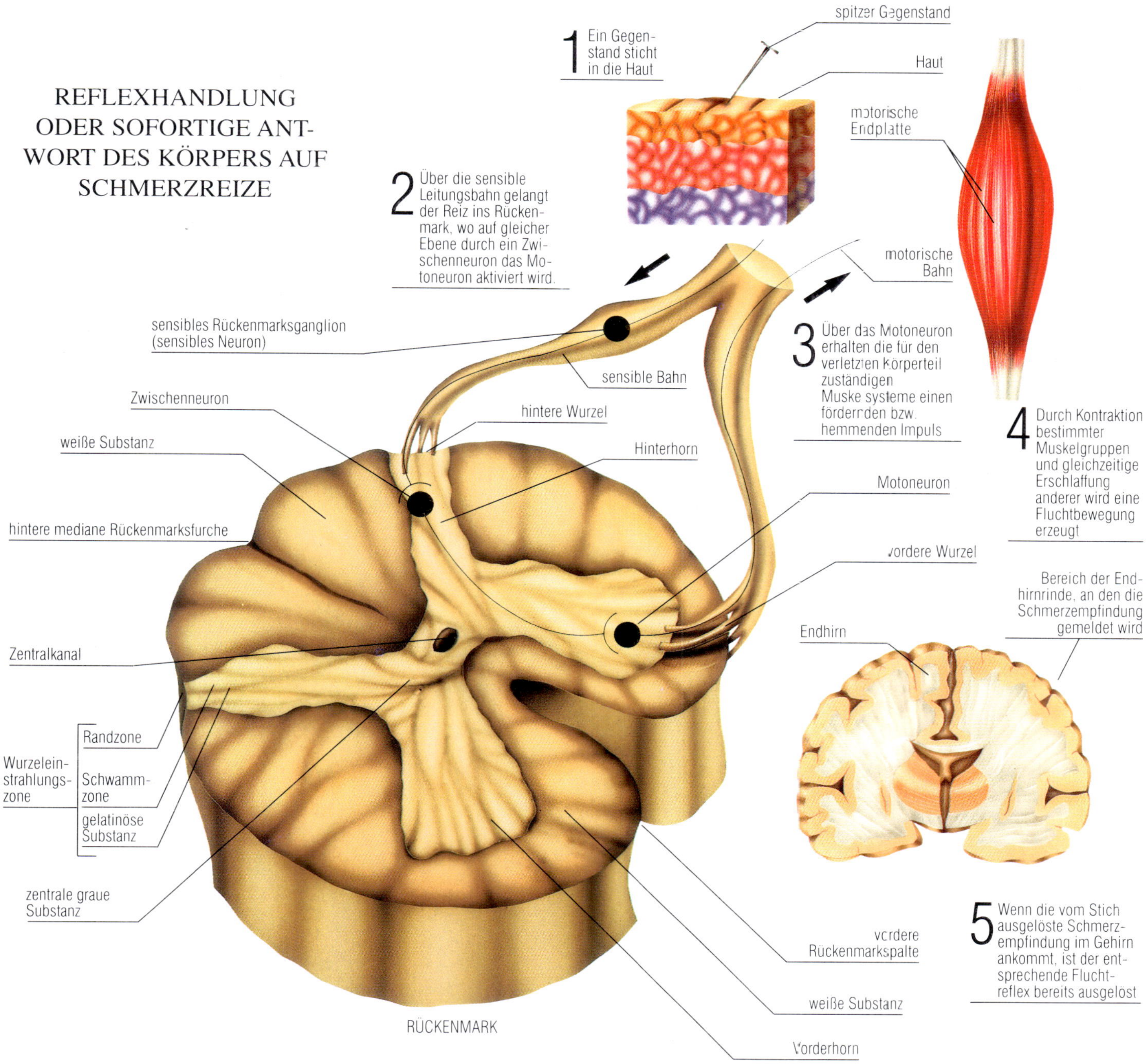

LÄNGSSCHNITT DURCH EIN FINGERENDGLIED

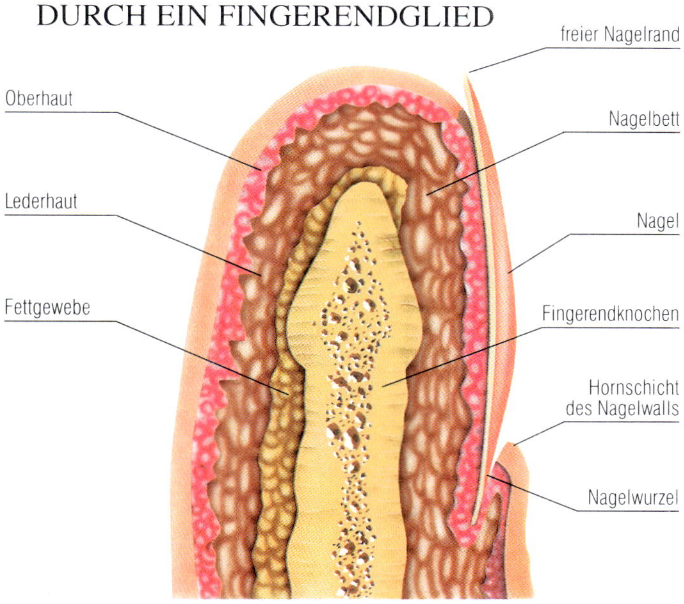

ENDGLIED EINES FINGERS MIT NAGEL (teilweise entfernt)

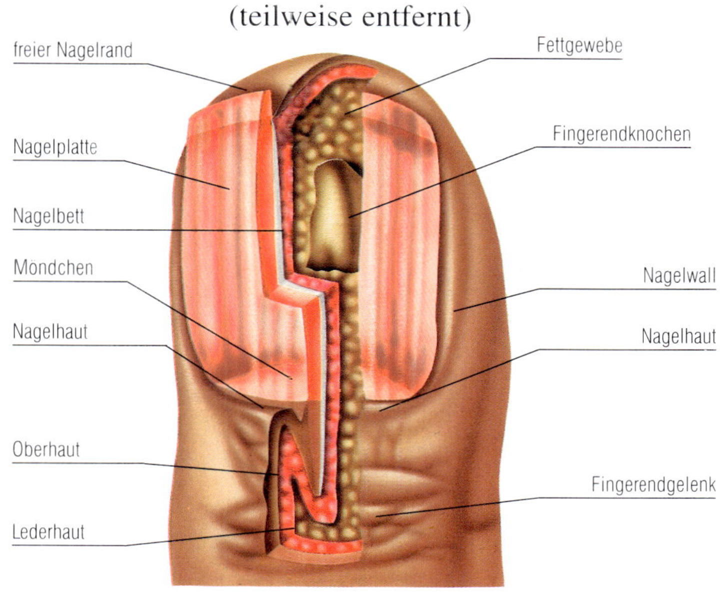

Das Harnsystem
1. Niere und ableitende Harnwege

VORDERANSICHT DES HARNSYSTEMS

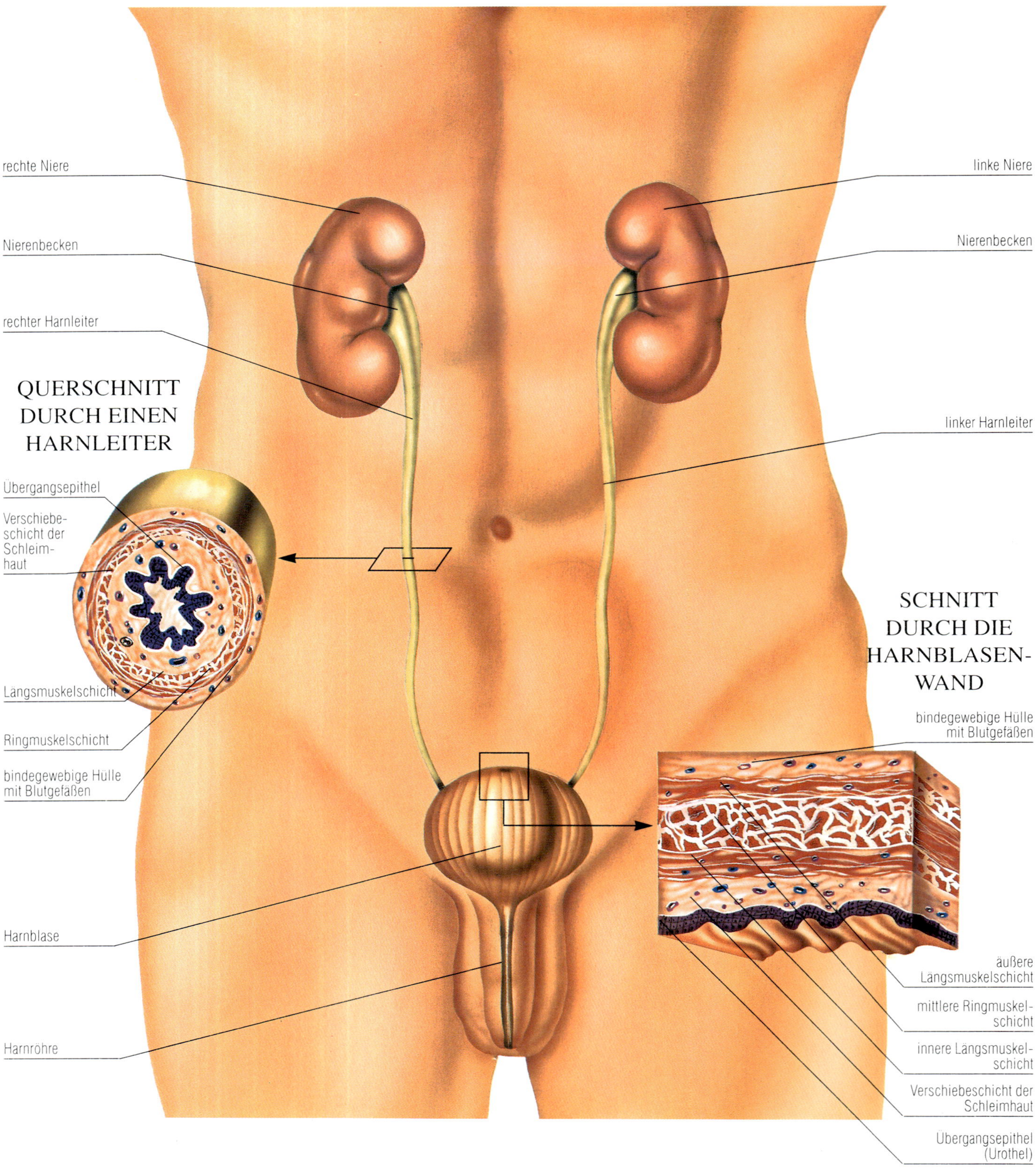

2. Die Niere

NIEREN UND NEBENNIEREN,
ANSICHT VON VENTRAL

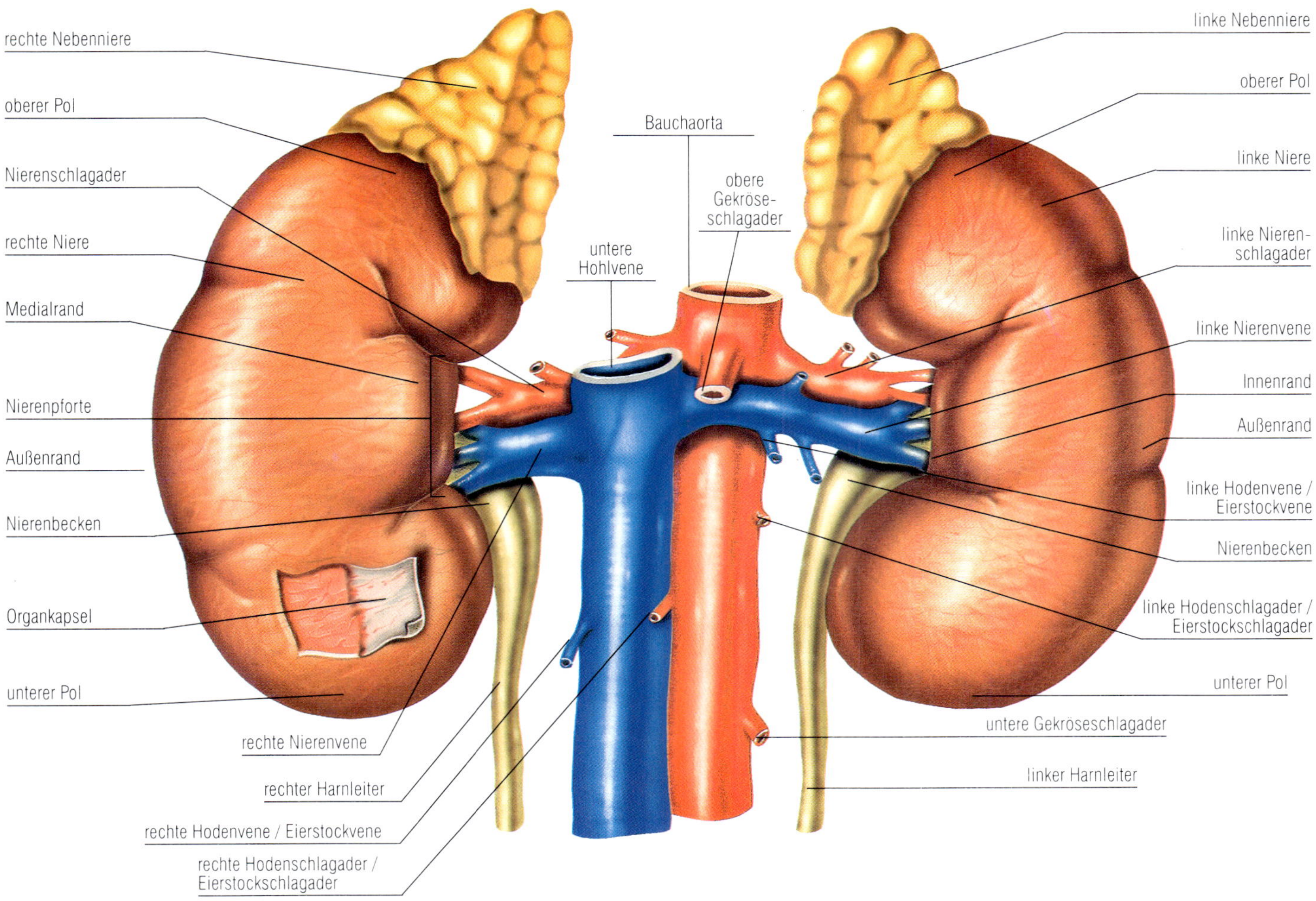

LINKE NIERE, DURCH LÄNGSSCHNITT ERÖFFNET;
ANSICHT VON VENTRAL

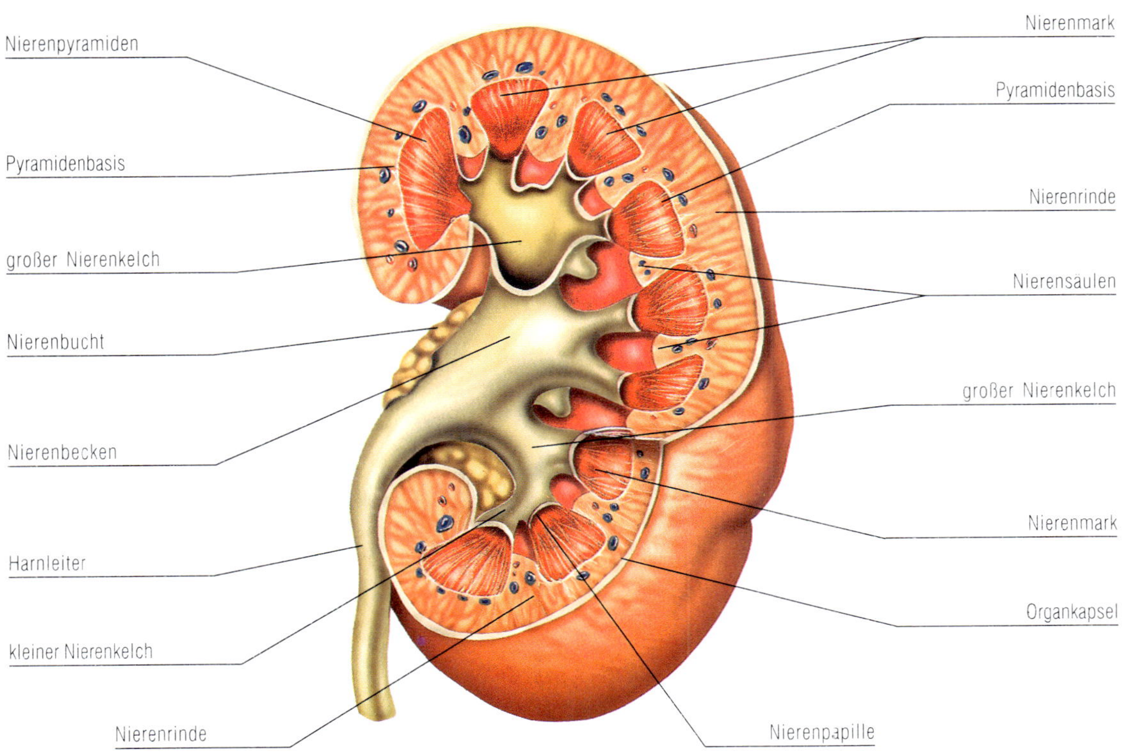

3. Harnbereitender Apparat

SCHEMA VON NIERENKÖRPERCHEN UND HARNBEREITENDEM NIERENRÖHRCHEN

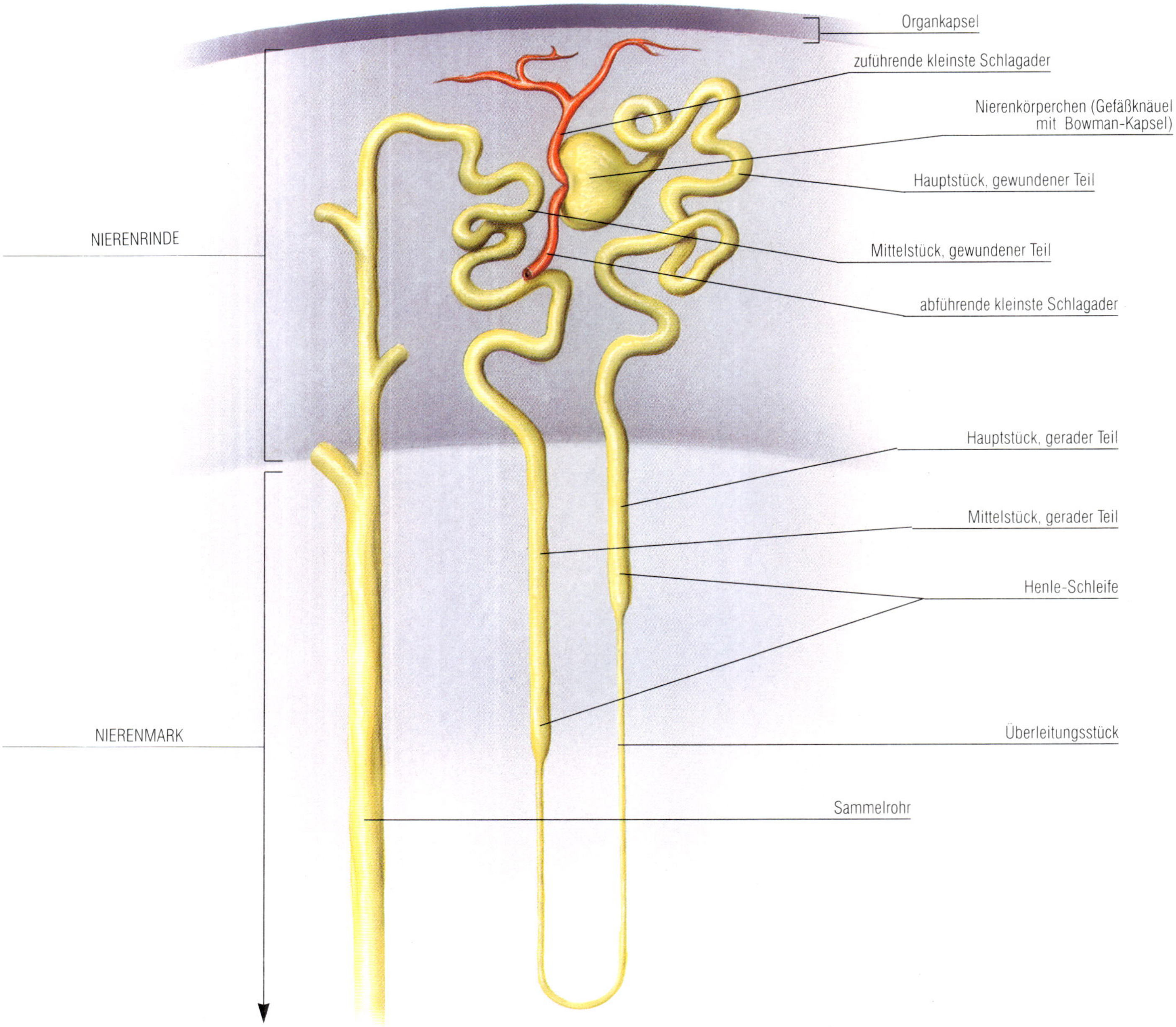

NIERENKÖRPERCHEN (BOWMAN-KAPSEL SOWIE EINZELNE HAARGEFÄSSE ERÖFFNET)

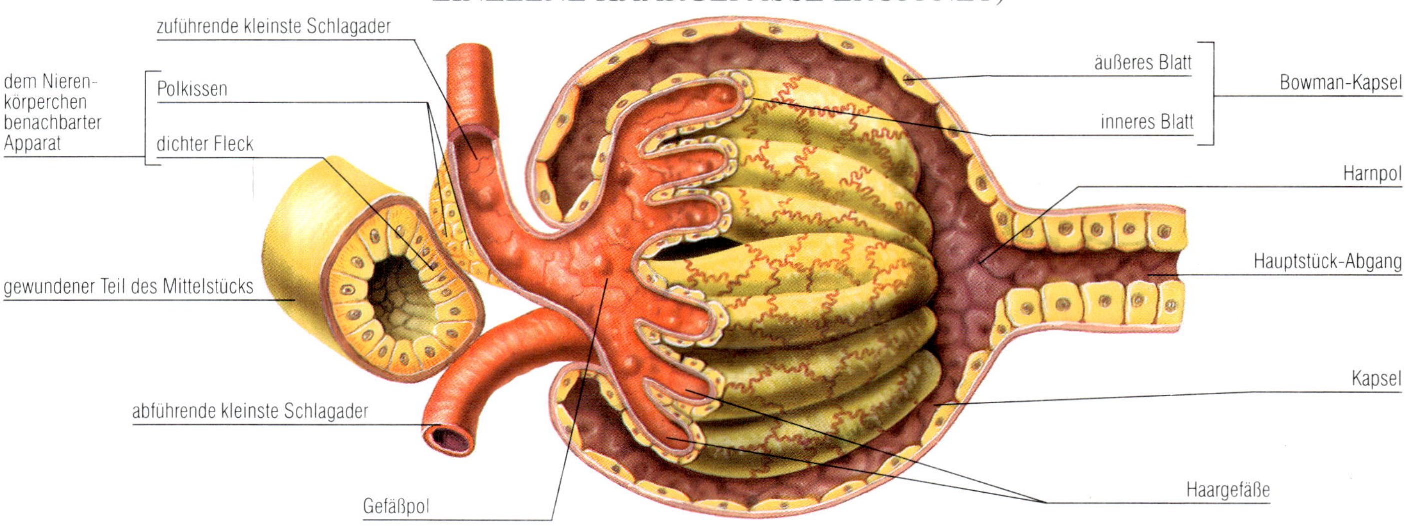

4. Harnblase und Harnröhre

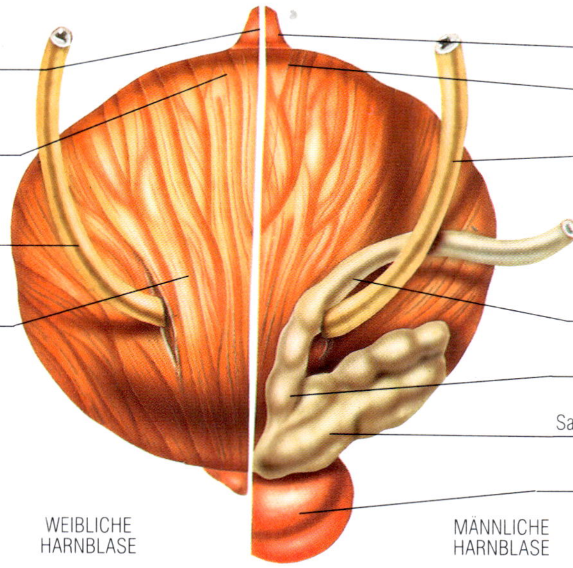

HARNBLASE NACH ENTFERNUNG DES BAUCHFELLS, ANSICHT VON DORSAL

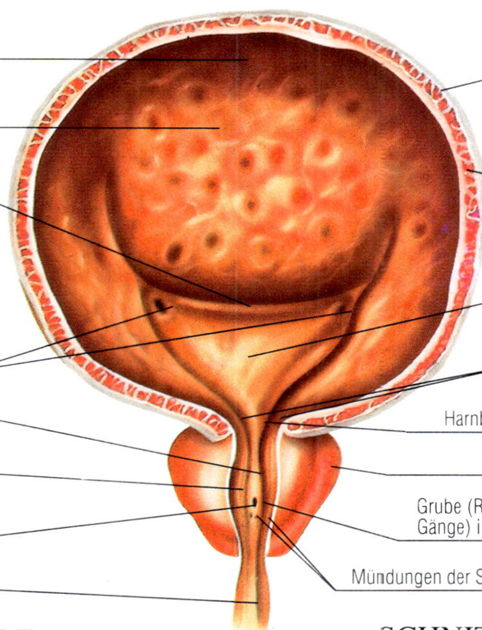

SCHNITT DURCH DIE MÄNNLICHE HARNBLASE, ANSICHT VON VENTRAL

MÄNNLICHE HARNRÖHRE, ANSICHT VON LINKS

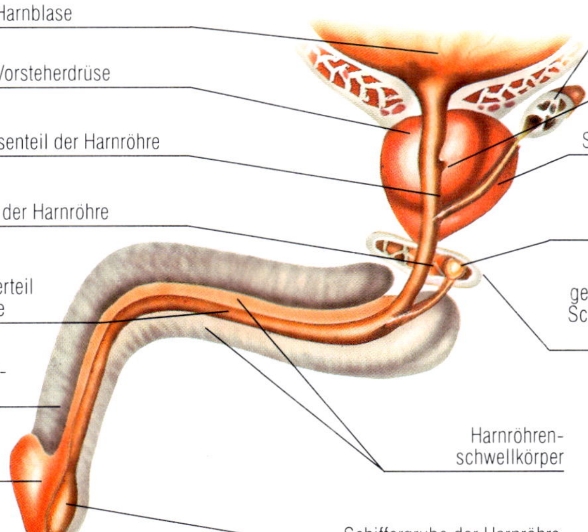

SCHNITT DURCH DIE WEIBLICHE HARNRÖHRE, ANSICHT VON VENTRAL

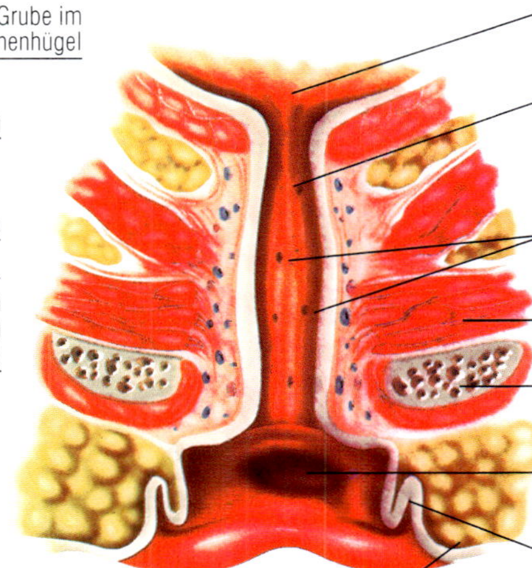

Das Fortpflanzungssystem
1. Männliche Geschlechtsorgane

SAGITTALSCHNITT DURCH DAS MÄNNLICHE BECKEN, ANSICHT VON LINKS

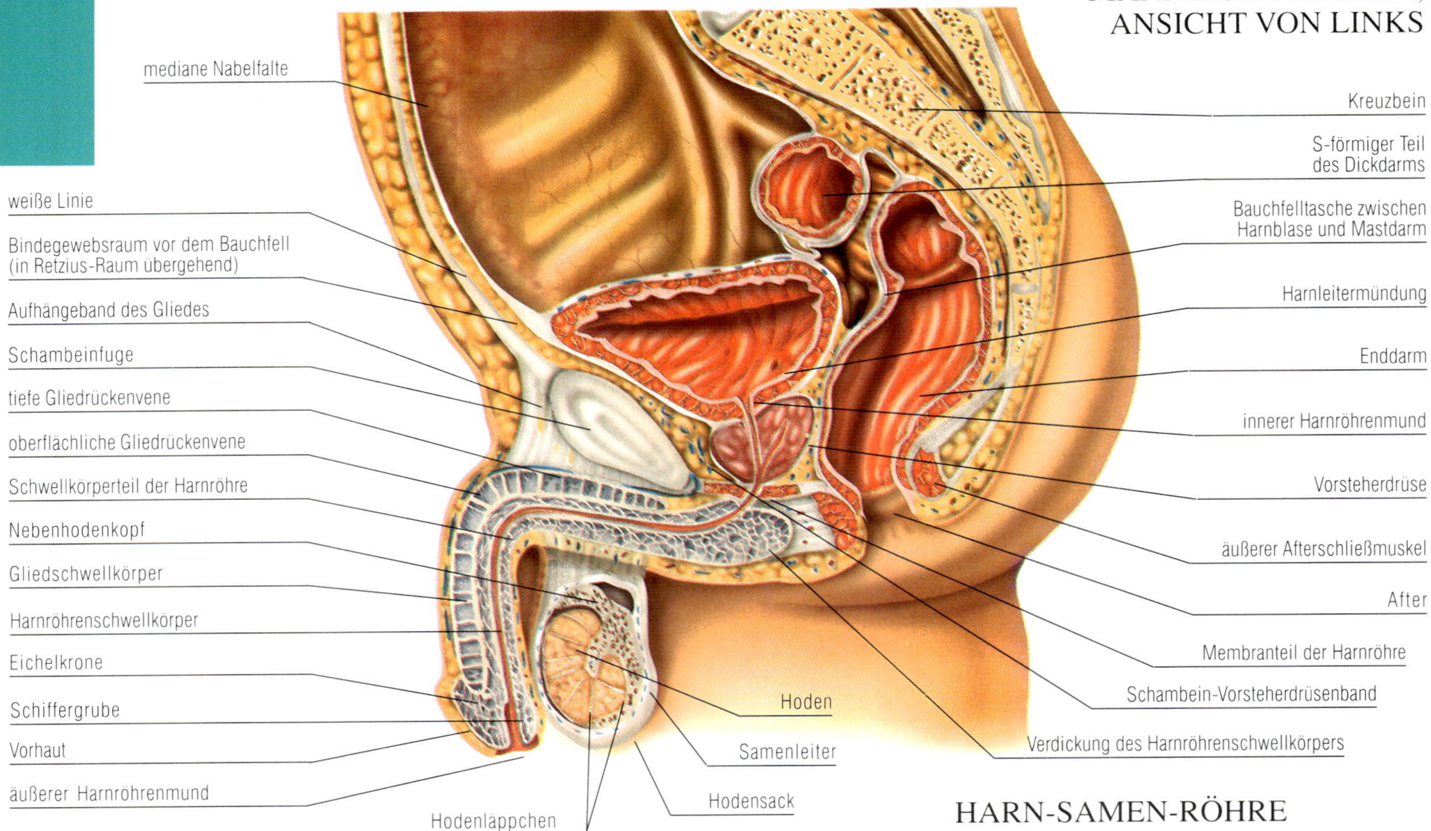

VEGETATIVE INNERVATION

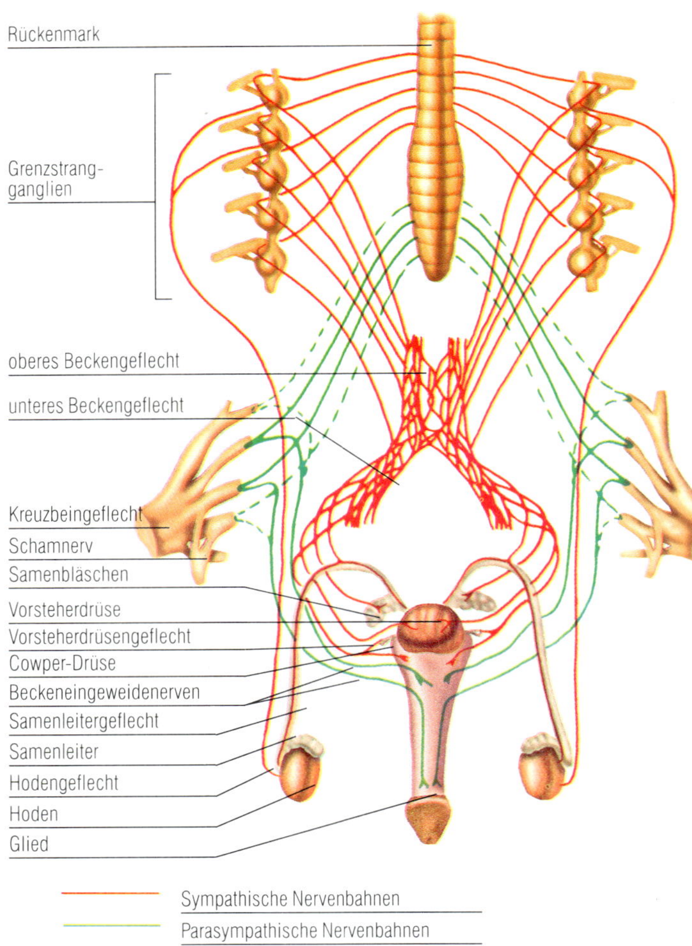

HARN-SAMEN-RÖHRE
(oben: von vorn eröffnet; unten: Querschnitt durch Körper, Eichelkrone und Eichel)

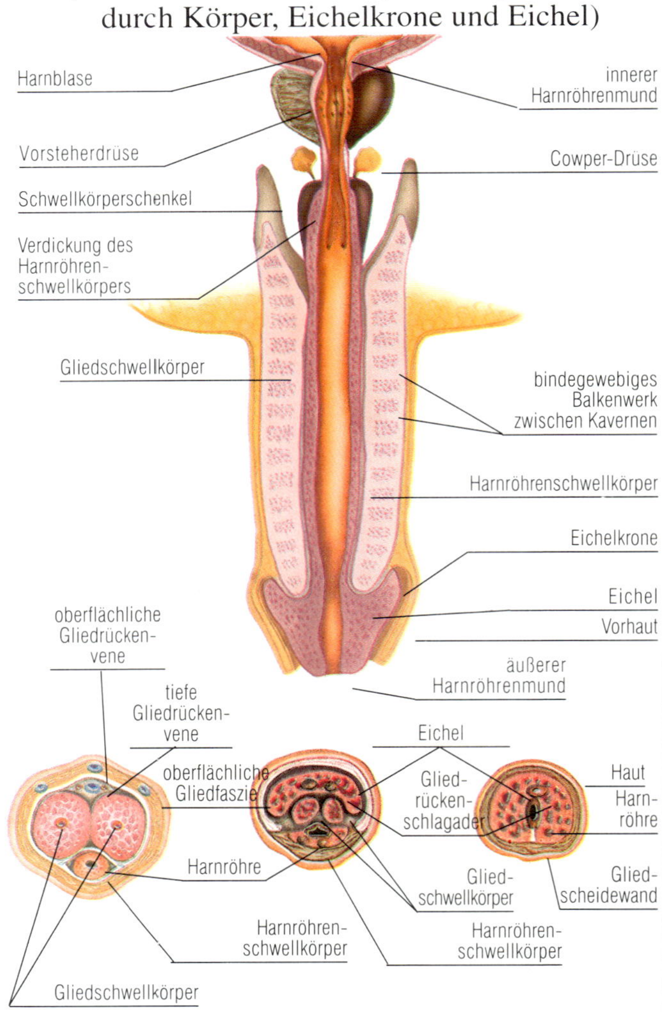

2. Weibliche Geschlechtsorgane

SAGITTALSCHNITT DURCH DAS WEIBLICHE BECKEN

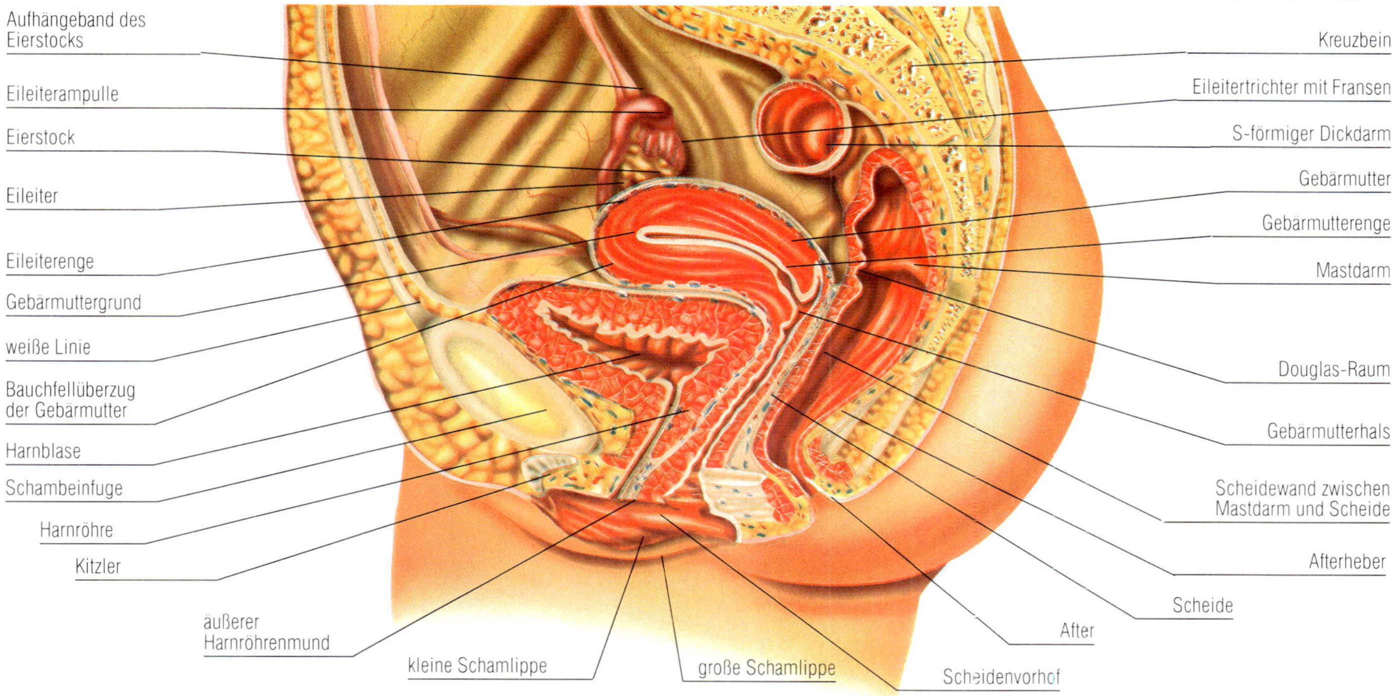

WEIBLICHE GESCHLECHTSORGANE (teilweise von vorn eröffnet)

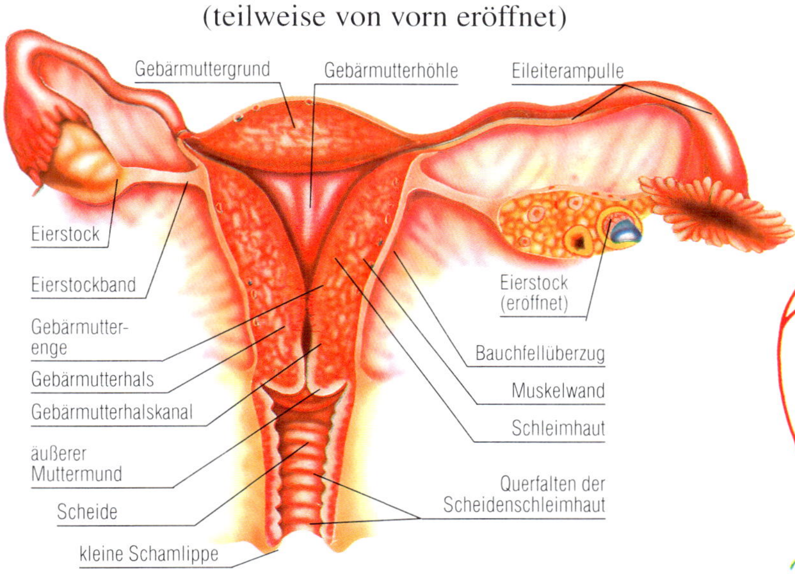

VEGETATIVE INNERVATION

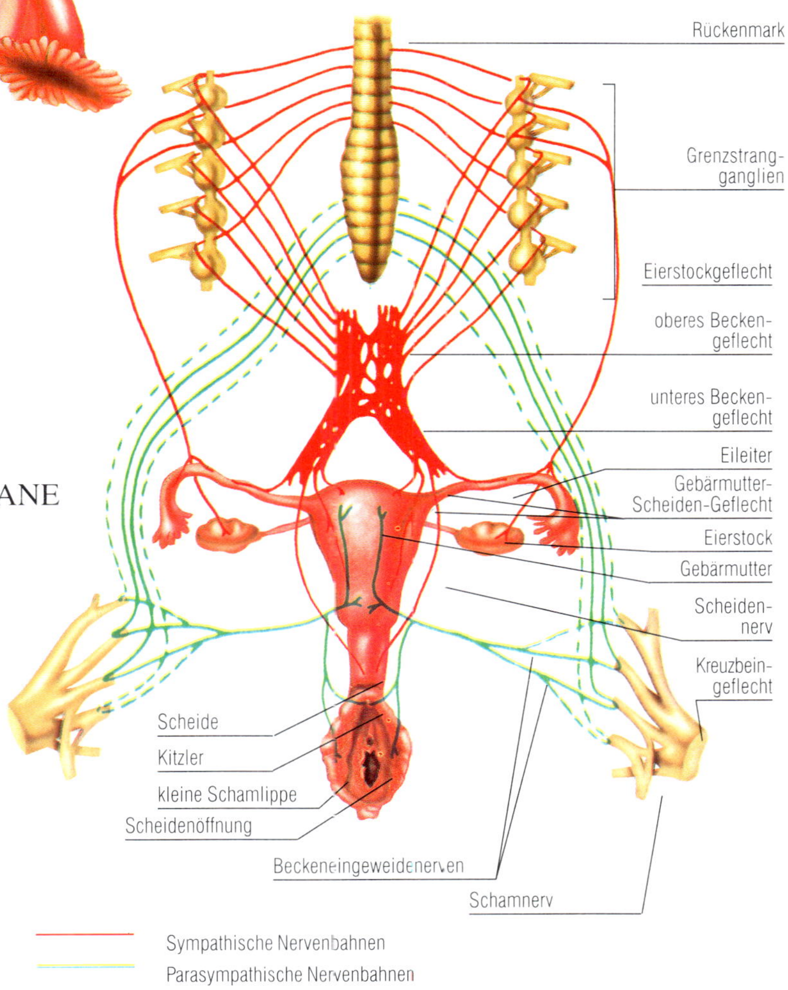

ÄUSSERE WEIBLICHE GESCHLECHTSORGANE

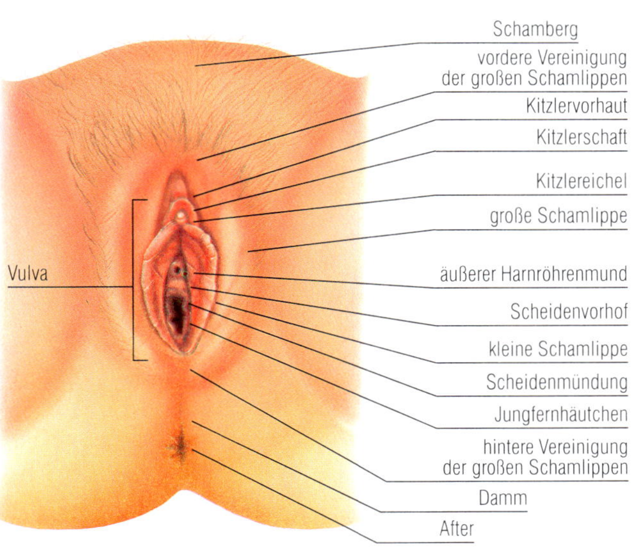

3. Männliche Geschlechtsorgane

ÄUSSERE GESCHLECHTSORGANE

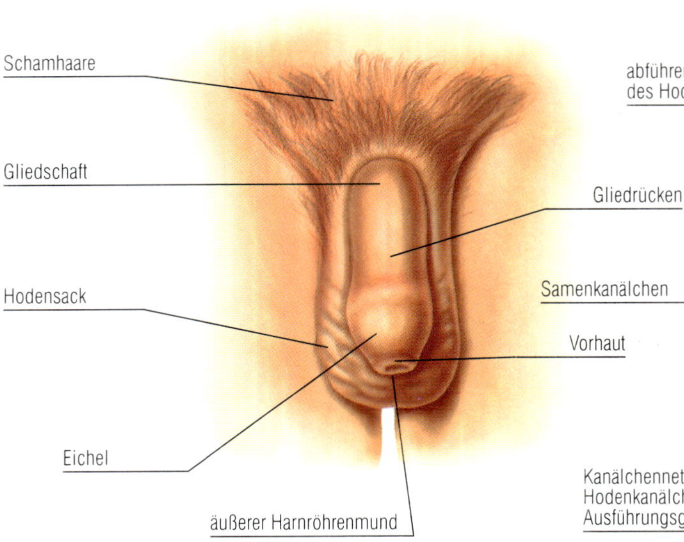

HODEN (QUERSCHNITT) UND NEBENHODEN

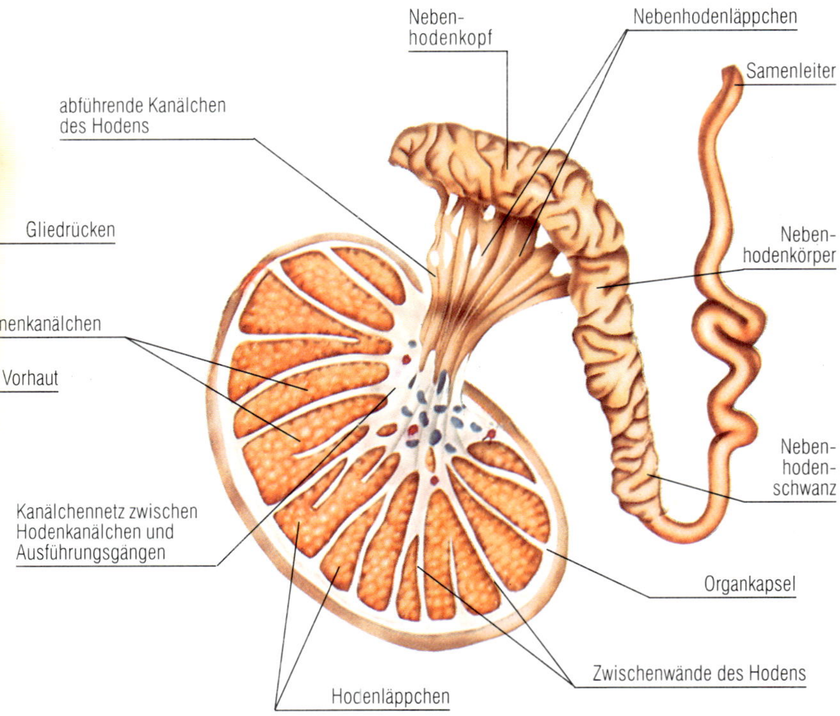

SCHEMATISCHE DARSTELLUNG DER SAMENZELLBILDUNG

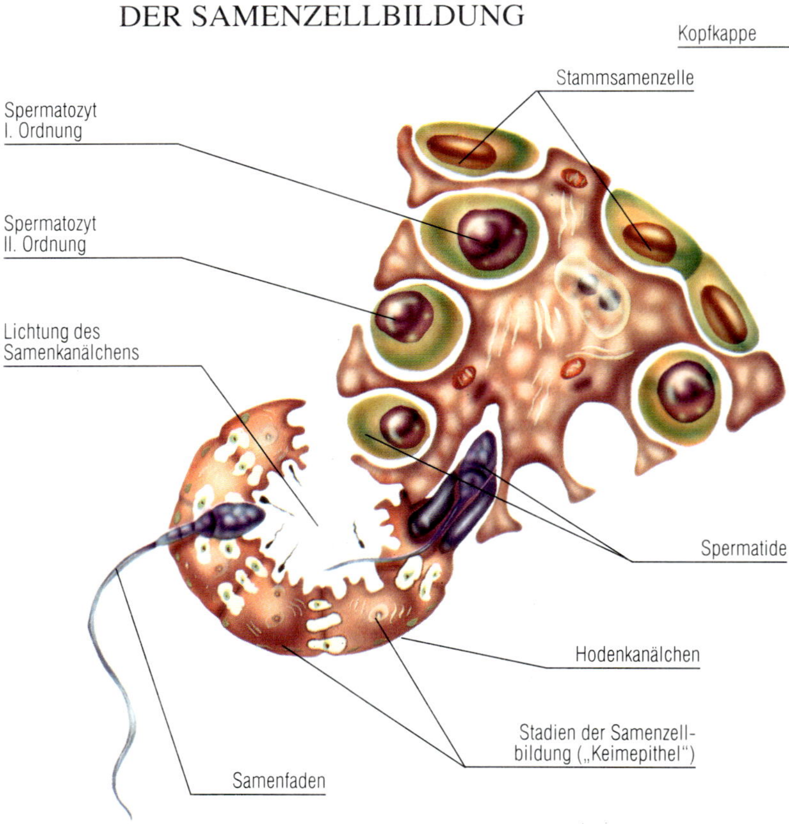

SAMENFADEN

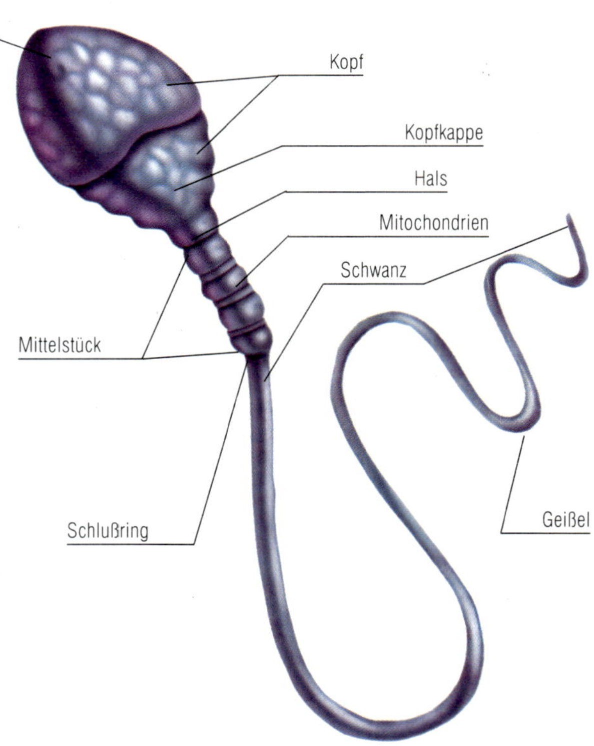

4. Weibliche Geschlechtsorgane

SCHNITT DURCH EINEN EIERSTOCK (LUPENVERGRÖSSERUNG) MIT STADIEN DER FOLLIKELREIFUNG

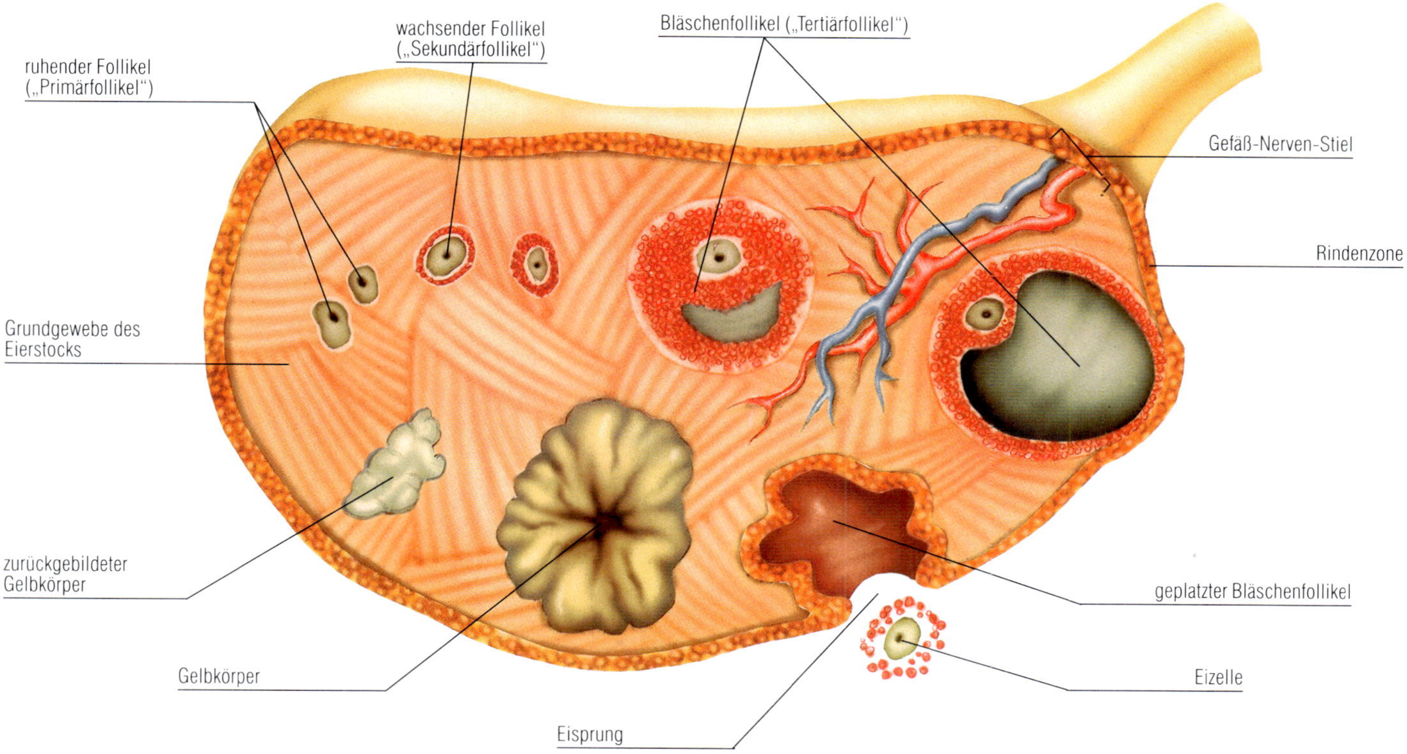

FEINBAU DER EIZELLE

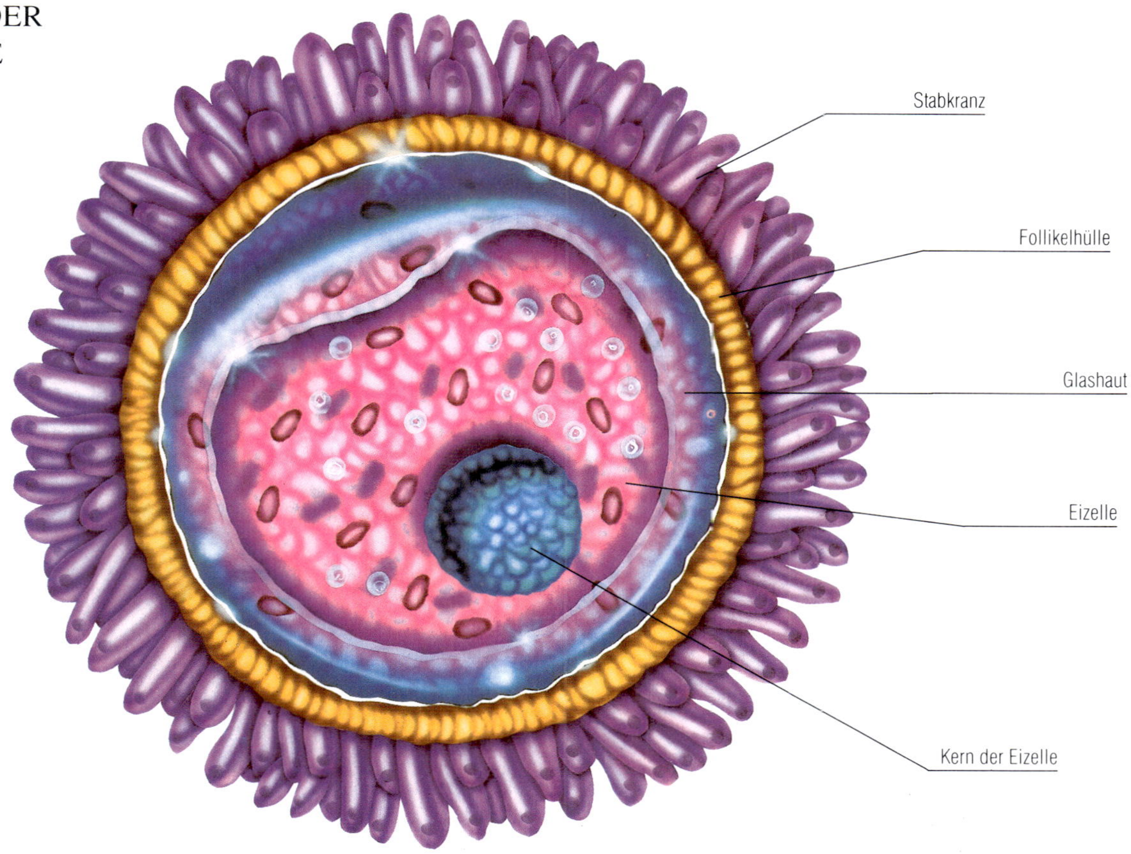

5. Reifung und Wanderung der unbefruchteten Eizelle

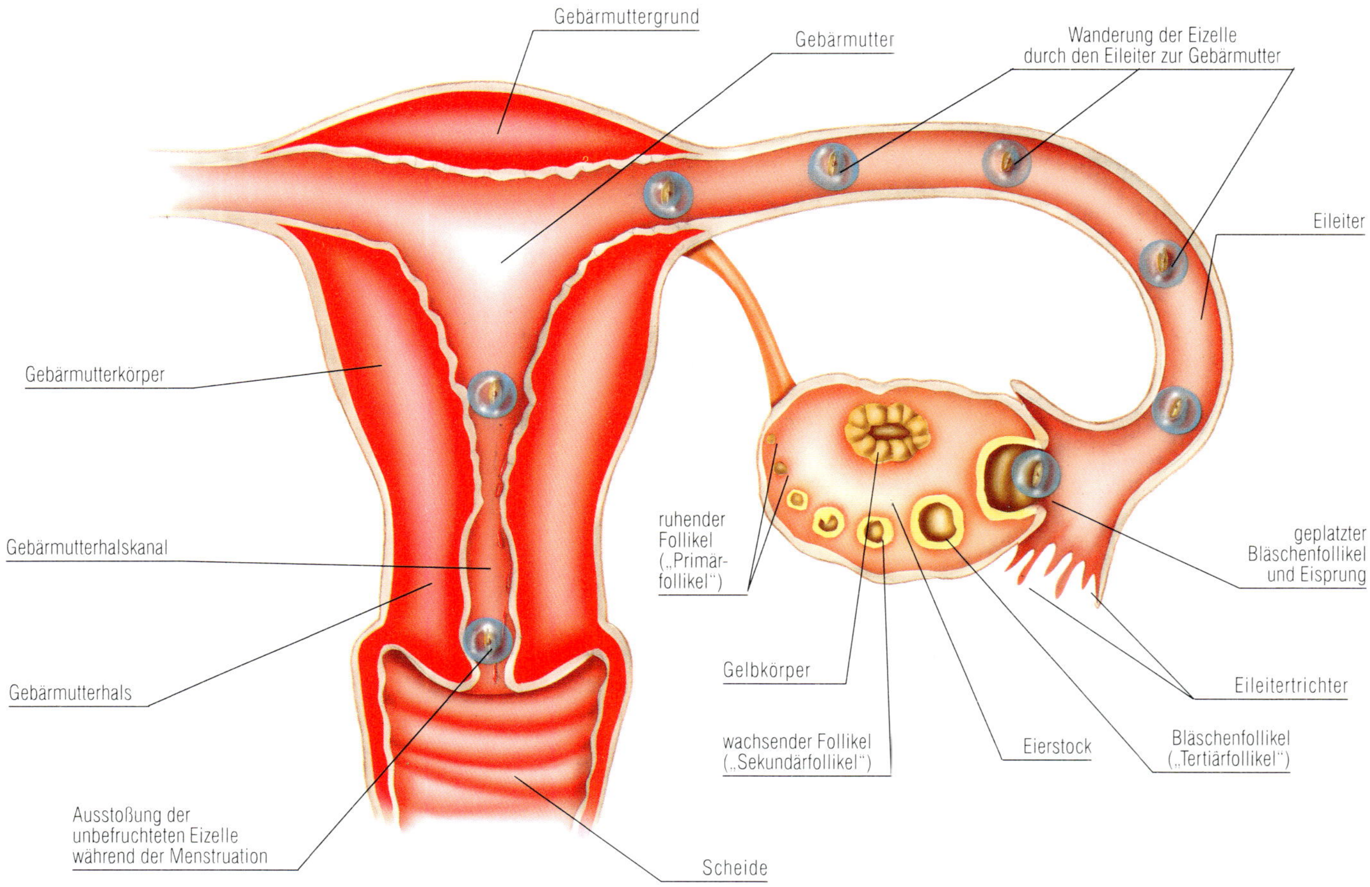

WANDERUNG DER GESPRUNGENEN, UNBEFRUCHTETEN EIZELLE DURCH EILEITER UND GEBÄRMUTTER

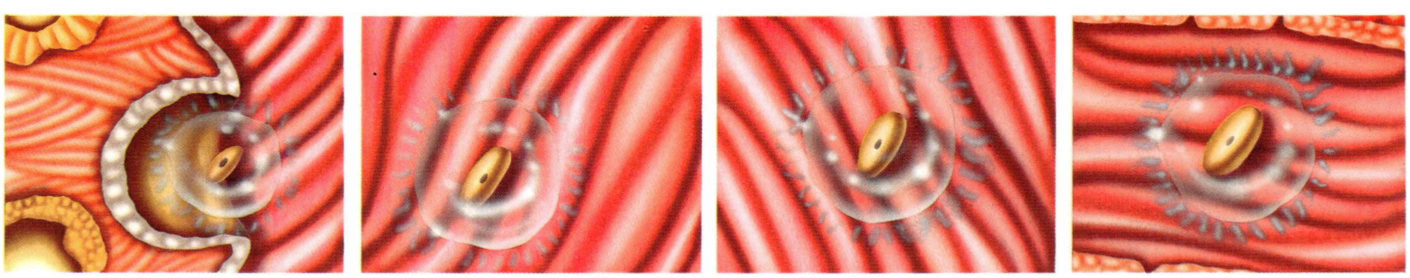

Platzen des Bläschenfollikels und Eisprung

Wanderung durch den Eileiter zur Gebärmutter

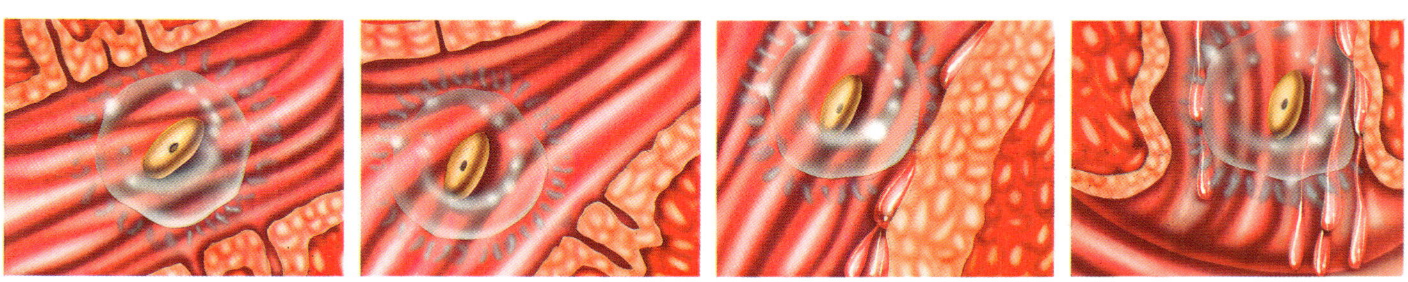

Ankunft der Eizelle in der Gebärmutter

Die Einnistung in der Schleimhaut bleibt aus

Die Eizelle wird mit der Gebärmutterschleimhaut ausgestoßen (Monatsblutung)

6. Reifung und Weg der befruchteten Eizelle

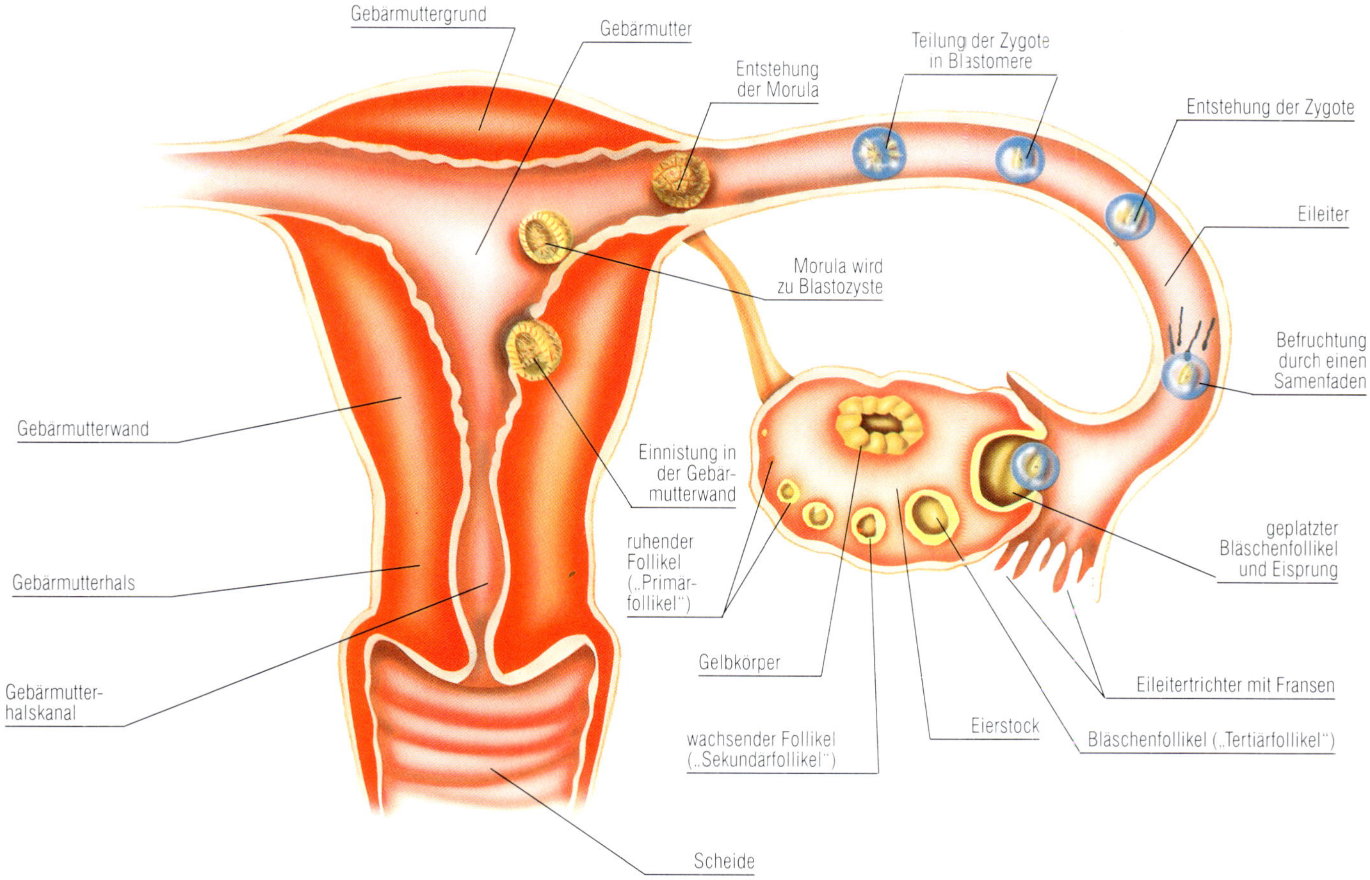

EISPRUNG, BEFRUCHTUNG UND WEG DER ZYGOTE BIS ZU IHRER EINNISTUNG IN DER GEBÄRMUTTER

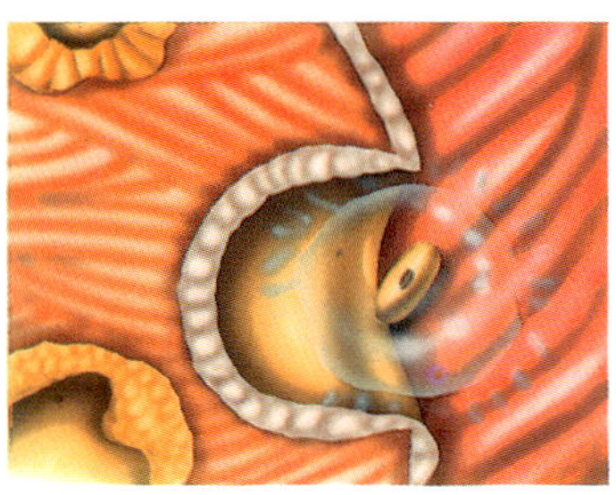

Platzen des Bläschenfollikels und Eisprung

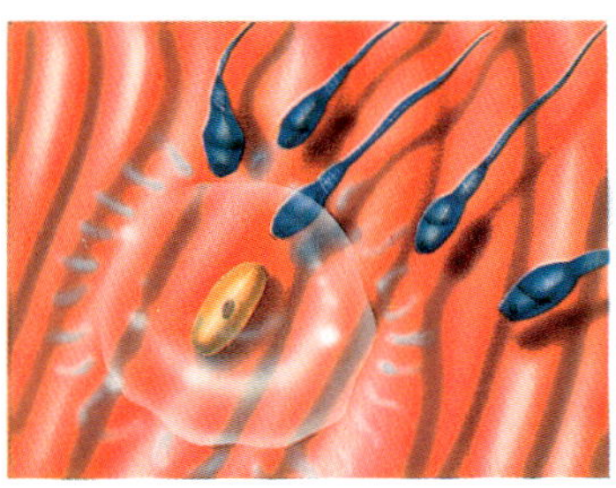

Befruchtung der Eizelle durch einen Samenfaden; Entstehung der Zygote

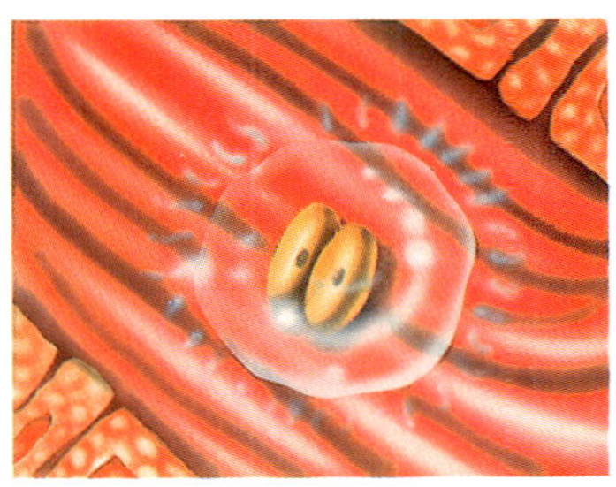

Teilung der Zygote in zwei Blastomere; Wanderung zur Gebärmutter

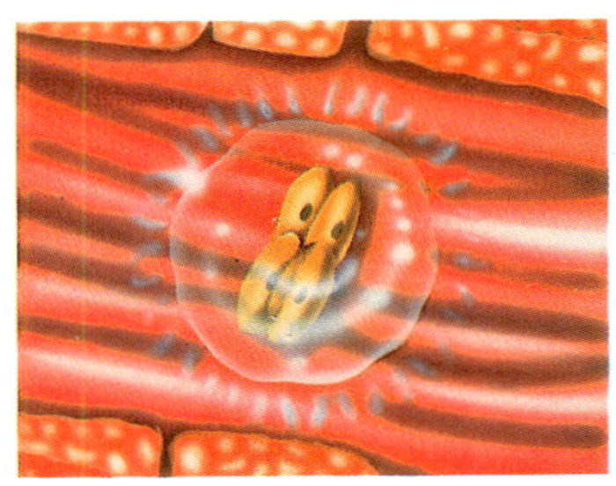

Teilung der Zygote in vier Blastomere; Wanderung zur Gebärmutter

Teilung der Zygote in acht Blastomere; Wanderung zur Gebärmutter

Entstehung der Morula aus 32 Blastomeren

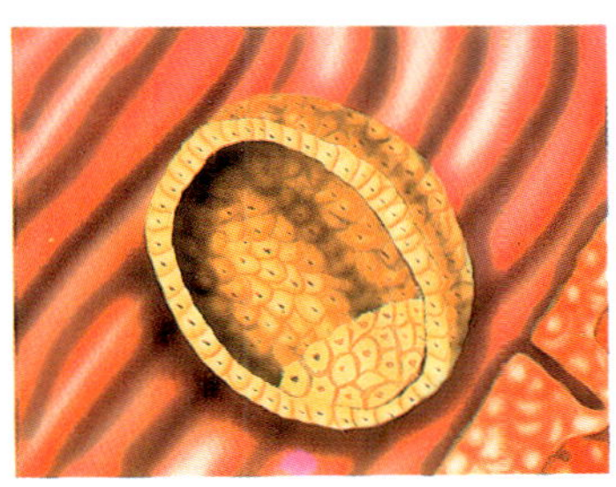

Entstehung der Blastozyste mit flüssigkeitsgefüllter Höhle

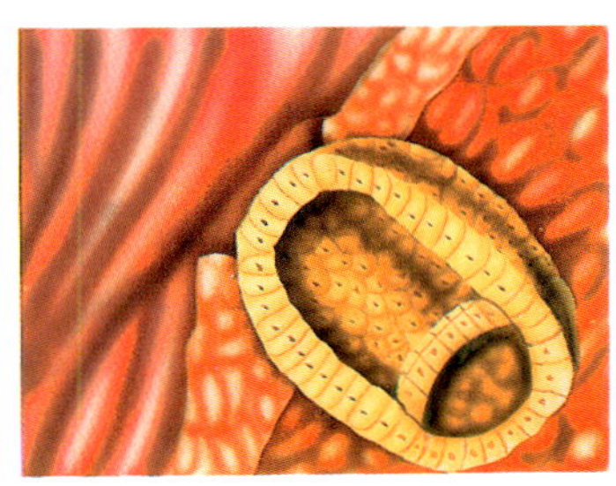

Einnistung der Blastozyste in der Gebärmutterwand

7. Der Menstruationszyklus

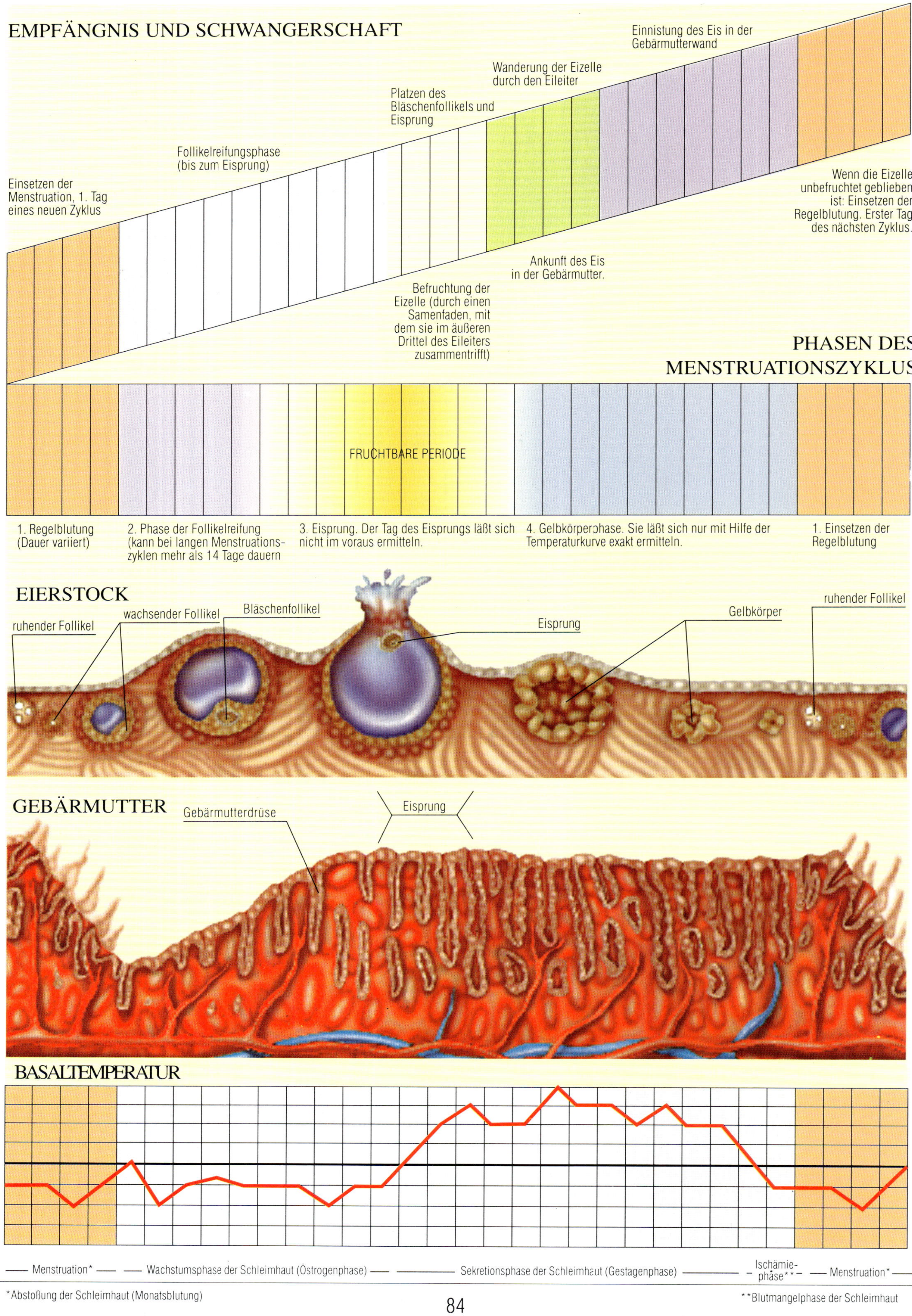

*Abstoßung der Schleimhaut (Monatsblutung)

**Blutmangelphase der Schleimhaut

8. Empfängnis

BEFRUCHTUNG UND EINNISTUNG DER EIZELLE

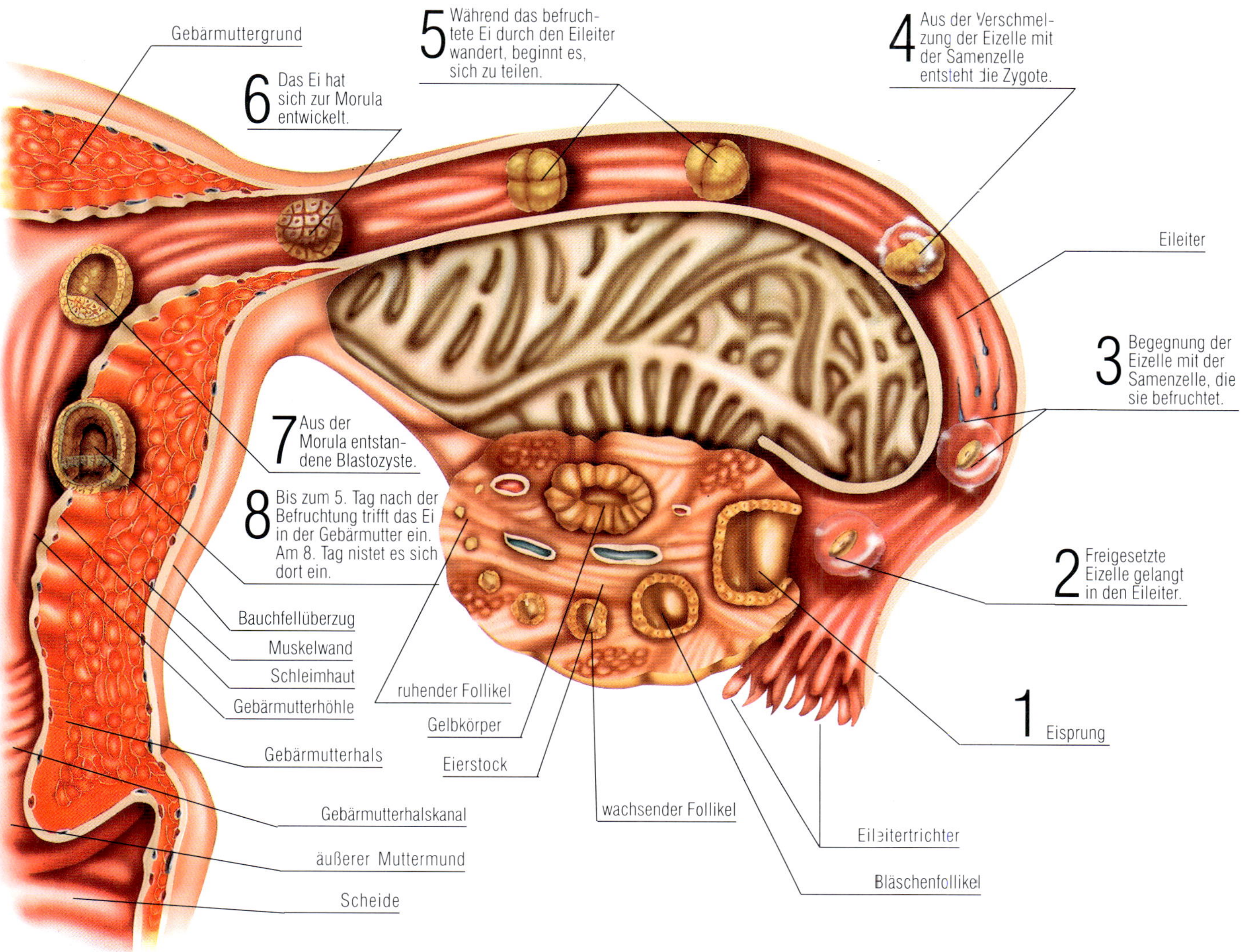

BEFRUCHTUNG DER EIZELLE ENTSTEHUNG DER MORULA UND DER BLASTOZYSTE

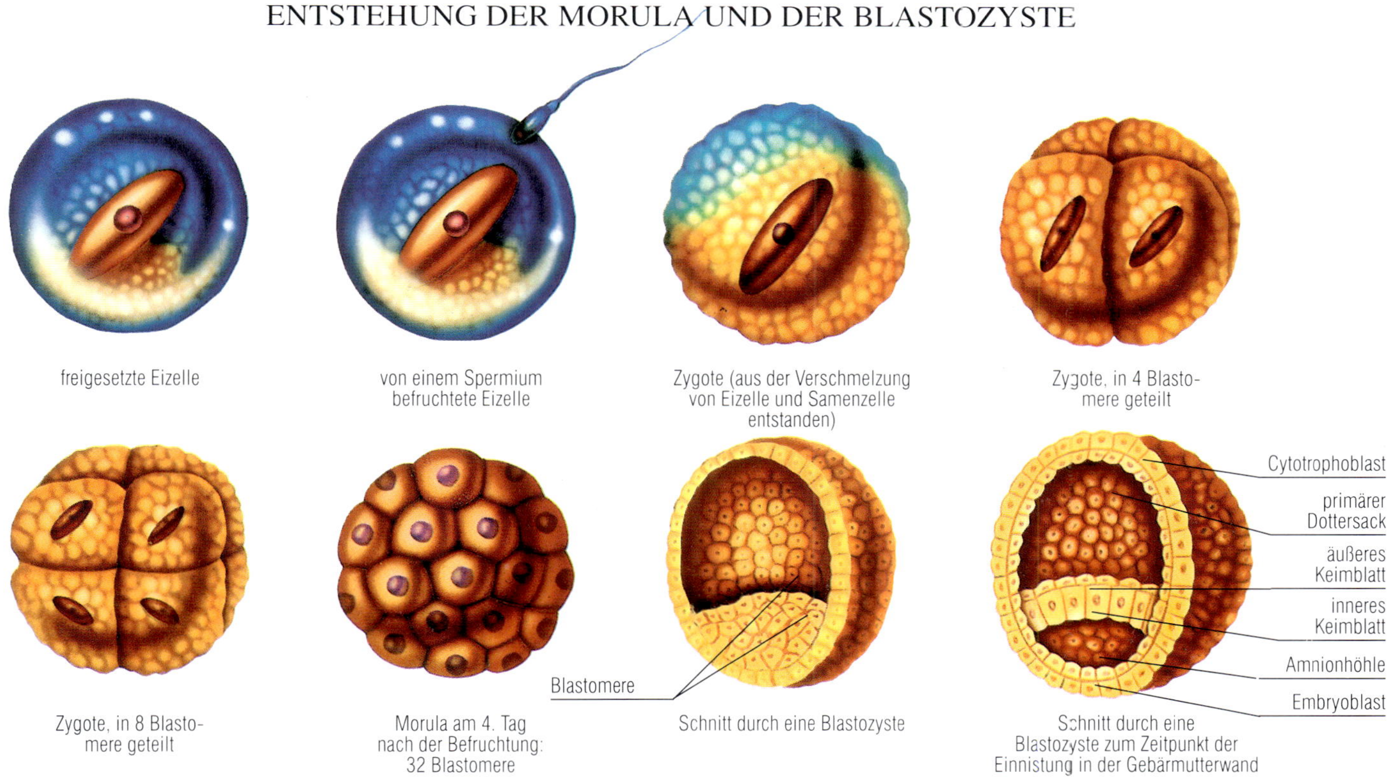

9. Plazenta und Entwicklung des Embryos / Fetus

QUERSCHNITT DURCH DIE PLAZENTA

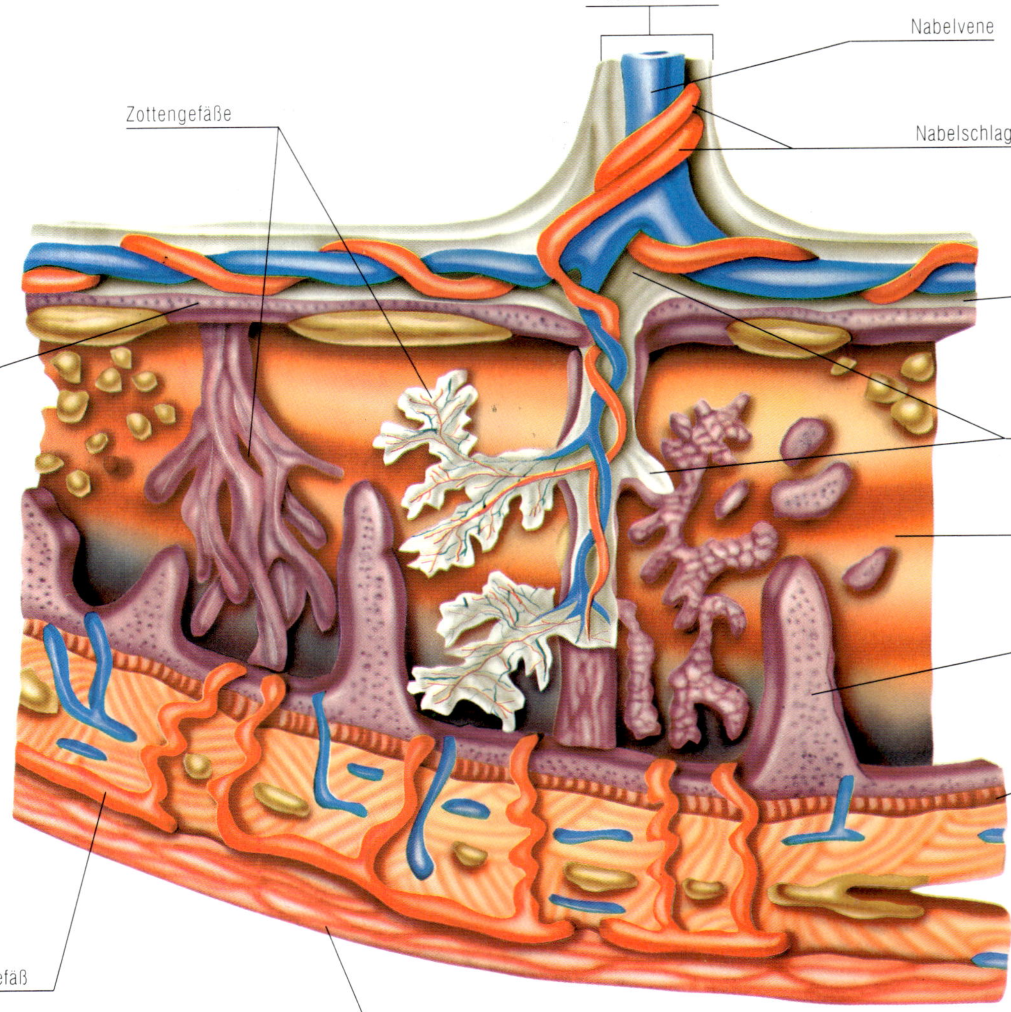

FETALE ENTWICKLUNG IM MUTTERLEIB

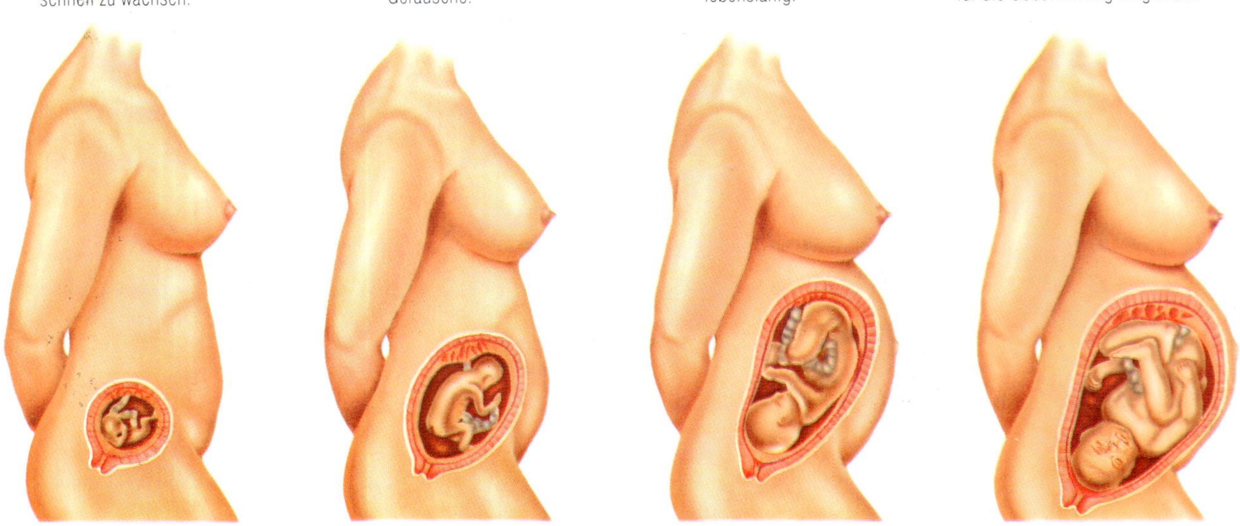

10. Vorgeburtliche Entwicklung

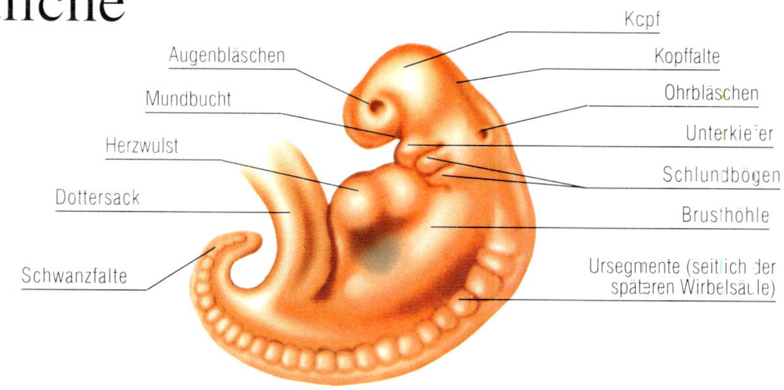

27 TAGE ALTER EMBRYO (MIT 28 URSEGMENTPAAREN), ANSICHT VON LINKS

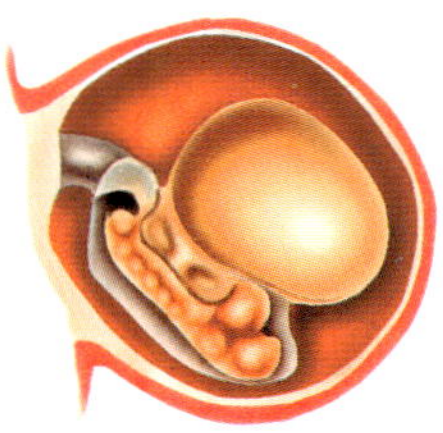

DRITTE WOCHE

Die Zellen vermehren sich, um alle Gewebe und Organe zu bilden. Es erscheinen die Anlagen, aus denen später die einzelnen Organe, Knochen, Gefäße und Nerven entstehen.

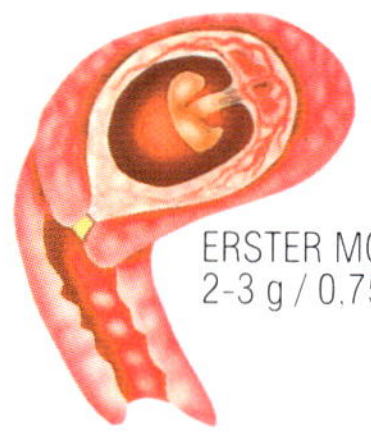

ERSTER MONAT
2-3 g / 0,75 cm

Das Herz beginnt zu schlagen; die Anlagen für die Wirbelsäule und das Gehirn bilden sich heraus.

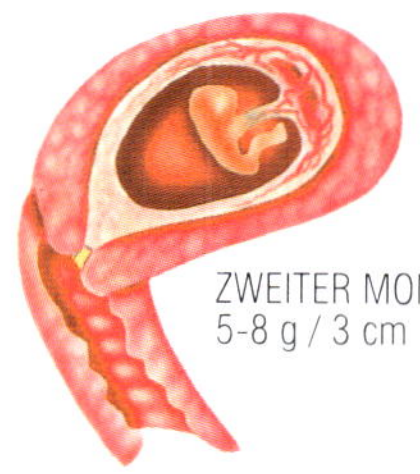

ZWEITER MONAT
5-8 g / 3 cm

Füße und Hände werden sichtbar, die inneren Organe deuten sich an. Ab dem zweiten Monat entwickelt sich der Embryo rasch.

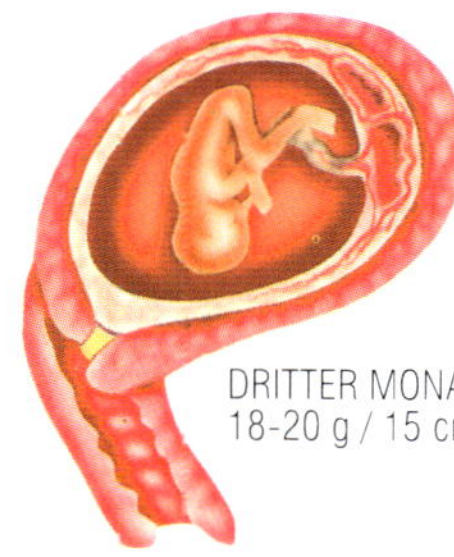

DRITTER MONAT
18-20 g / 15 cm

Der Embryo nimmt schon menschliche Gestalt an. Der Kopf ist im Vergleich zum restlichen Körper übergroß.

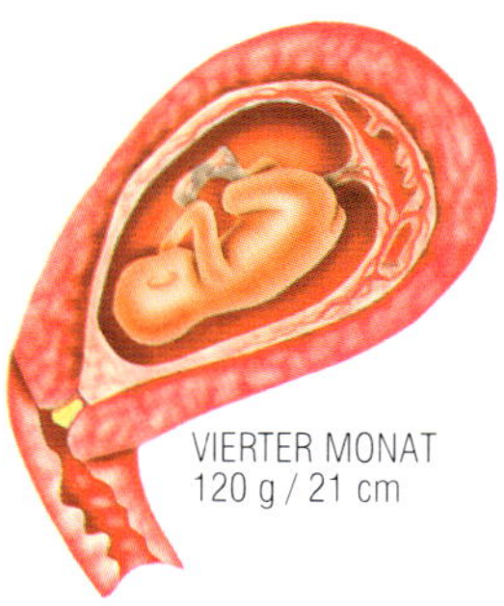

VIERTER MONAT
120 g / 21 cm

Der Verdauungsschlauch mit Leber, Bauchspeicheldrüse und Nieren nimmt seine Funktion auf. Haare und Nägel wachsen. Erste Arm- und Beinbewegungen.

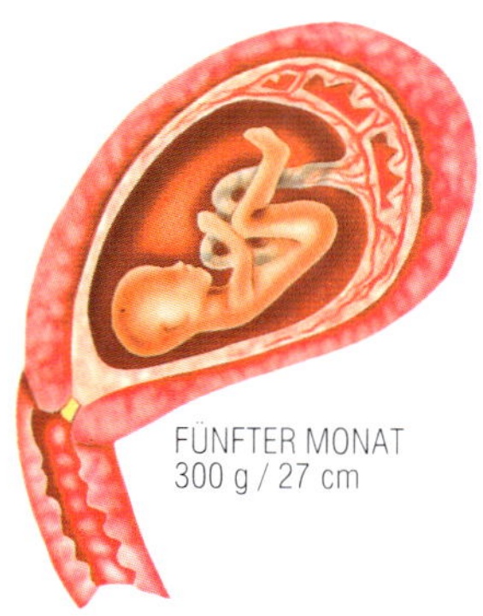

FÜNFTER MONAT
300 g / 27 cm

Entwicklung des Nervensystems. Die Mutter fühlt die ersten Kindsbewegungen. Der Fetus hat bereits Augenbrauen, Wimpern und eine behaarte Haut.

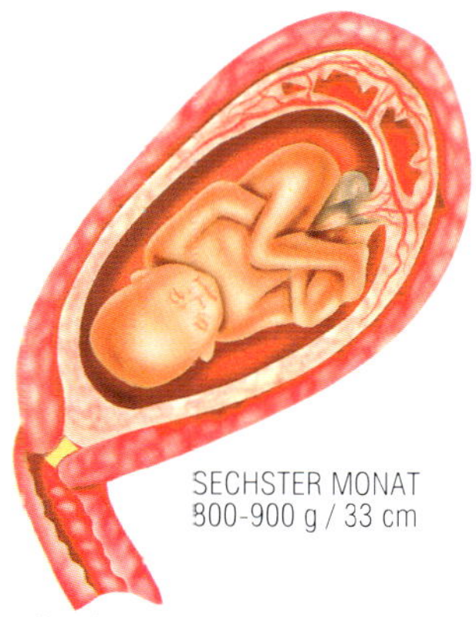

SECHSTER MONAT
800-900 g / 33 cm

Das Knochenmark nimmt die Produktion roter Blutkörperchen auf. Die Haut des Fetus färbt sich rosa, sobald das Blut in den Kapillaren sichtbar wird.

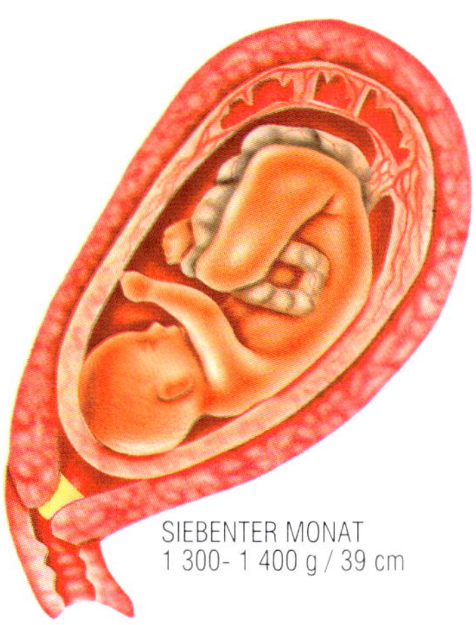

SIEBENTER MONAT
1 300- 1 400 g / 39 cm

Die Lungen sind bereits soweit entfaltet, daß Frühgeburten überleben können. Der Fetus hat einen Wachstumsschub hinter sich. Die inneren Organe reifen für das Leben nach der Geburt.

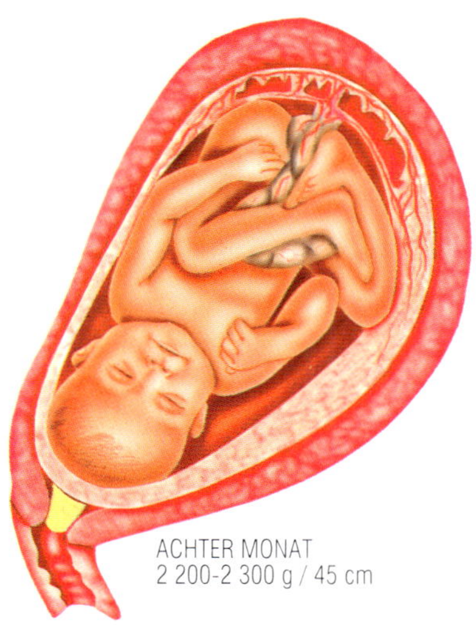

ACHTER MONAT
2 200-2 300 g / 45 cm

Die Lungen sind bereit, mit der Atmung zu beginnen. Die Haut nimmt eine rosa Farbe an und ist glatt.

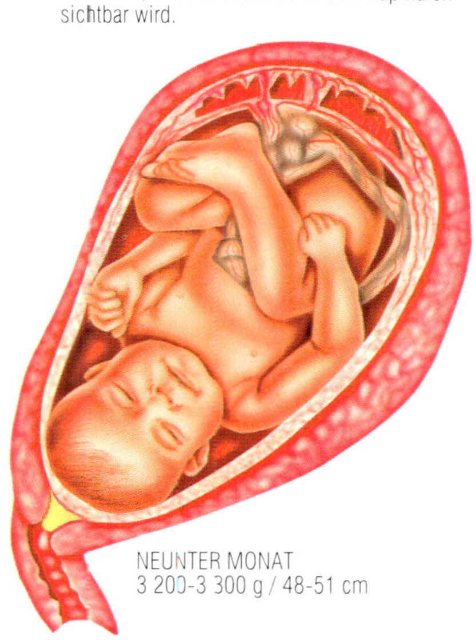

NEUNTER MONAT
3 200-3 300 g / 48-51 cm

Der Fetus ist nun voll ausgebildet und hat einen vorspringenden Brustkorb. Meistens stellt er sich im mütterlichen Becken für die Geburt mit dem Kopf nach unten ein. Eine Fettschicht unter der Haut läßt ihn dicker erscheinen.

11. Körper einer Schwangeren. Medianschnitt, Ansicht von rechts

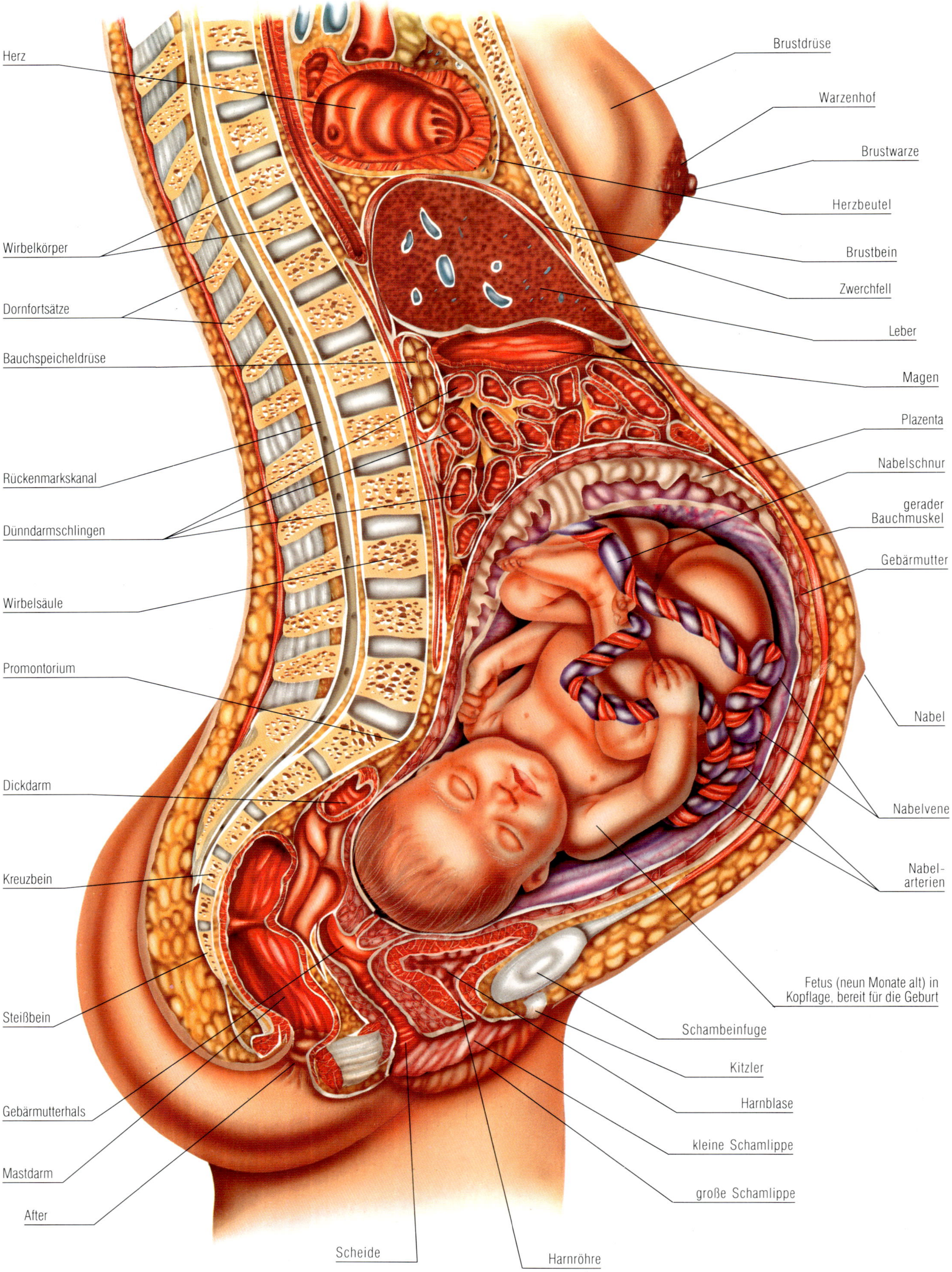

12. Die Plazenta. Die Geburt

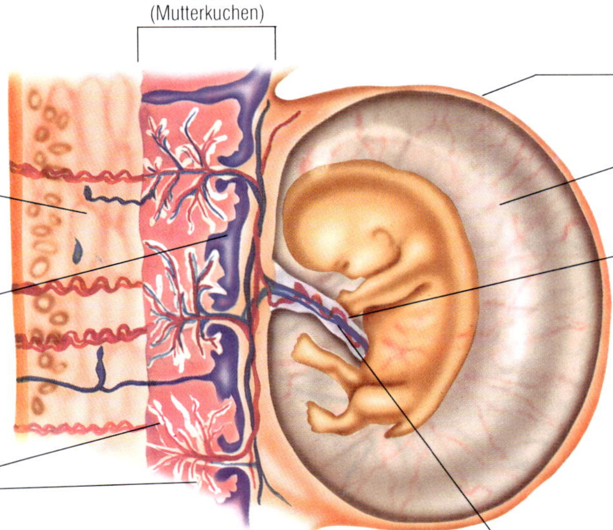

DIE PLAZENTA IN DER FÜNFTEN SCHWANGERSCHAFTSWOCHE

DIE GEBURT

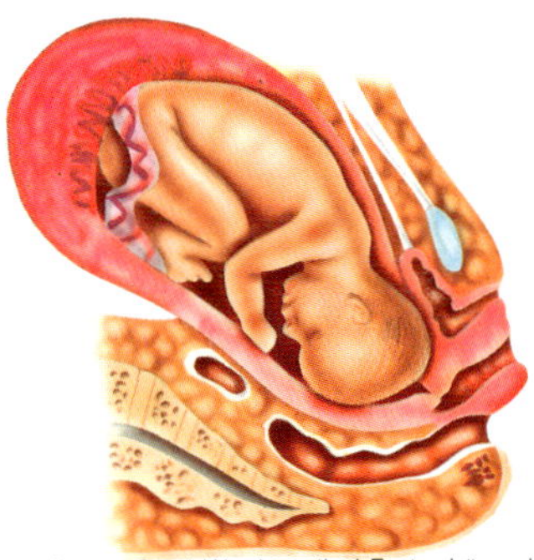

1 Innerhalb von 3 - 4 Wochen (bei Erstgebärenden) bzw. einigen Stunden (bei Frauen mit mehreren Entbindungen) vor der Geburt stellt sich der Kopf des Feten nach unten im Becken der Mutter ein.

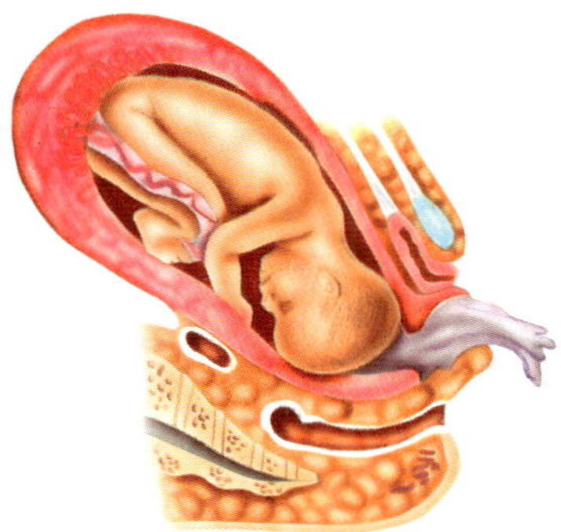

2 Unregelmäßige und unterschiedlich starke Muskelkontraktionen (Wehen) setzen ein. Sie bewirken, daß die Fruchtblase springt, das Fruchtwasser (ca. 2 Liter) sich daraus entleert und das Baby nach außen gedrückt wrid.

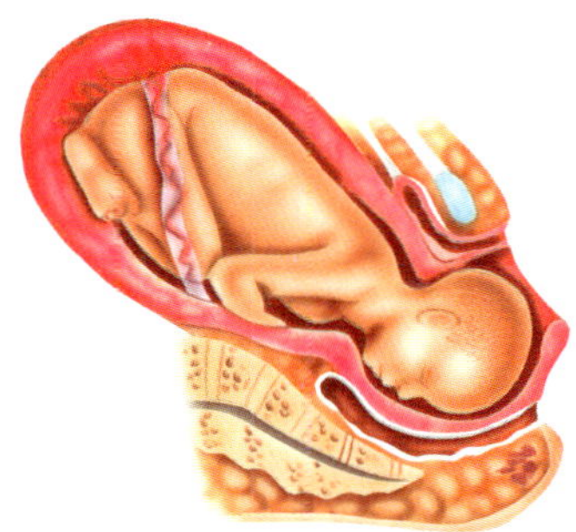

3 Der Muttermund beginnt sich zu weiten, bis die Öffnung ca. 10 cm groß ist, um den Durchtritt des Babykopfes (als meist vorangehendem größtem Teil) zu erleichtern. Die Wehen werden immer stärker und regelmäßig.

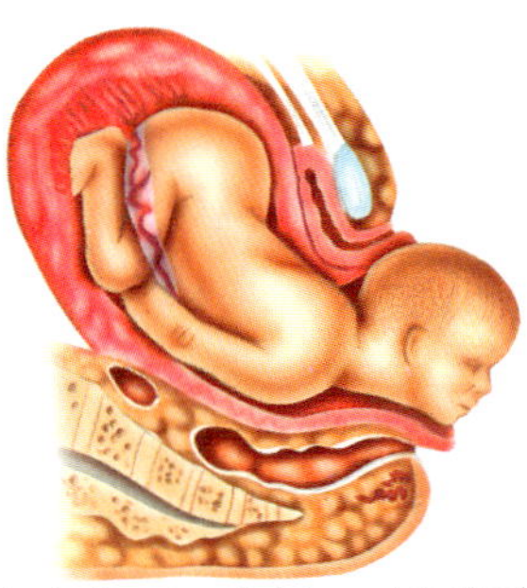

4 In der Regel erscheint zuerst der Kopf des Kindes. Falls der Muttermund nicht weit genug geöffnet ist, wird der Damm eingeschnitten, um Komplikationen zu vermeiden.

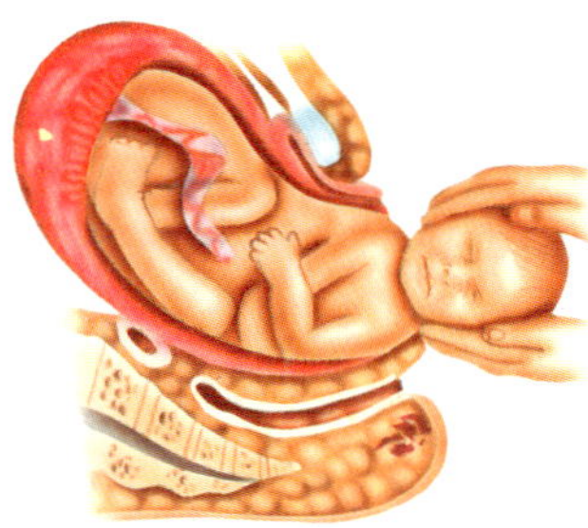

5 Nach dem Durchtritt des Kopfes dreht sich der Körper des Babys und kommt heraus. Diese Phase kann länger oder kürzer dauern, wie auch die übrigen Abschnitte der Geburt.

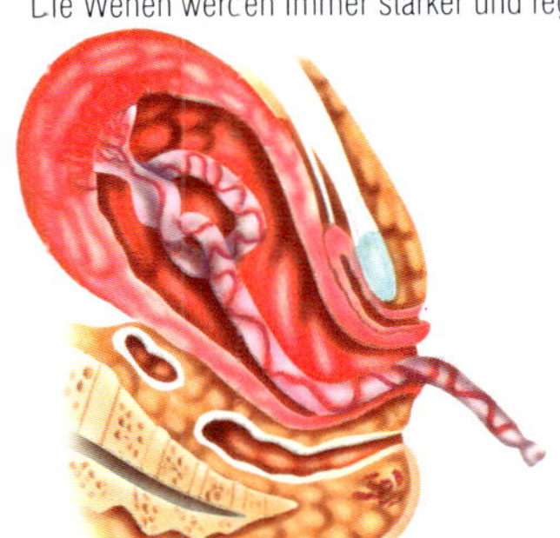

6 Da das Baby auch außerhalb des Mutterleibs mit der Plazenta noch durch die Nabelschnur verbunden ist, muß diese durchtrennt werden. Die Plazenta mit den Hautresten der Fruchtblase verbleibt zunächst noch im Mutterleib.

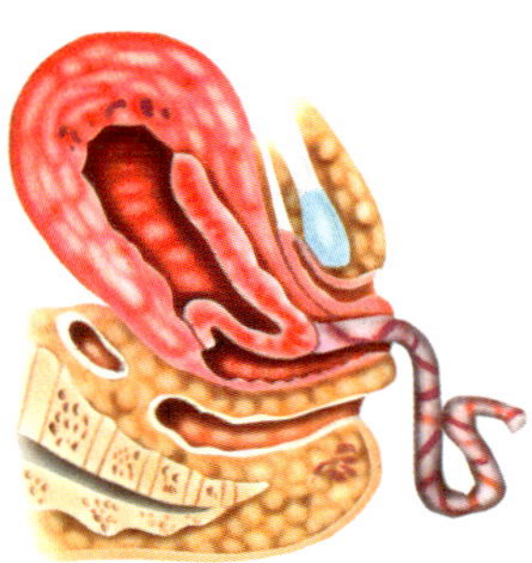

7 Etwa eine Viertelstunde nach der Abnabelung wird der Mutterkuchen (Plazenta mit allen Überresten) durch starke Nachwehen ausgestoßen.

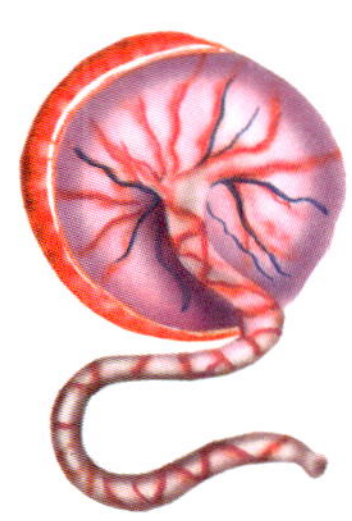

8 Die Plazenta mit dem Nabelschnurrest wird außerhalb des Mutterleibs als *Nachgeburt* bezeichnet. Mit der Ausstoßung der Nachgeburt ist der eigentliche Geburtsvorgang beendet.

13. Weibliche Brust und Brustdrüsen

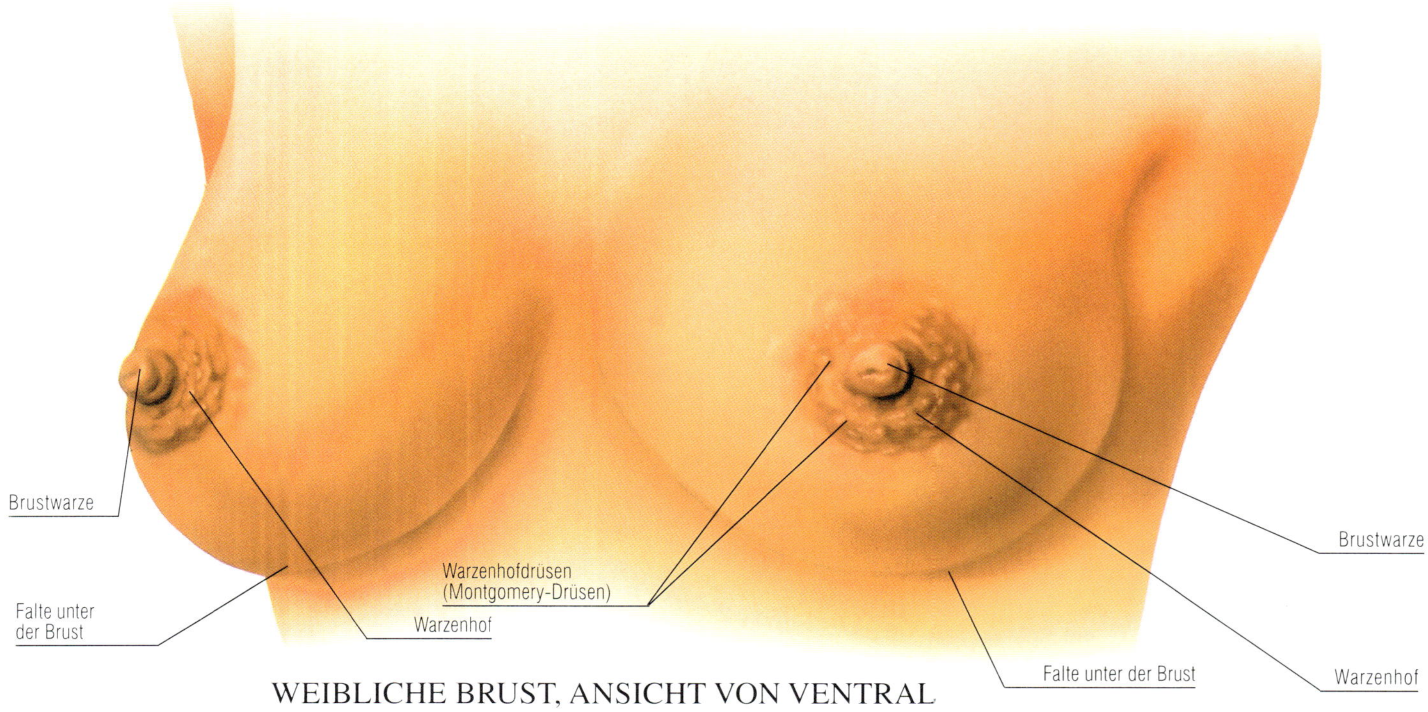

WEIBLICHE BRUST, ANSICHT VON VENTRAL

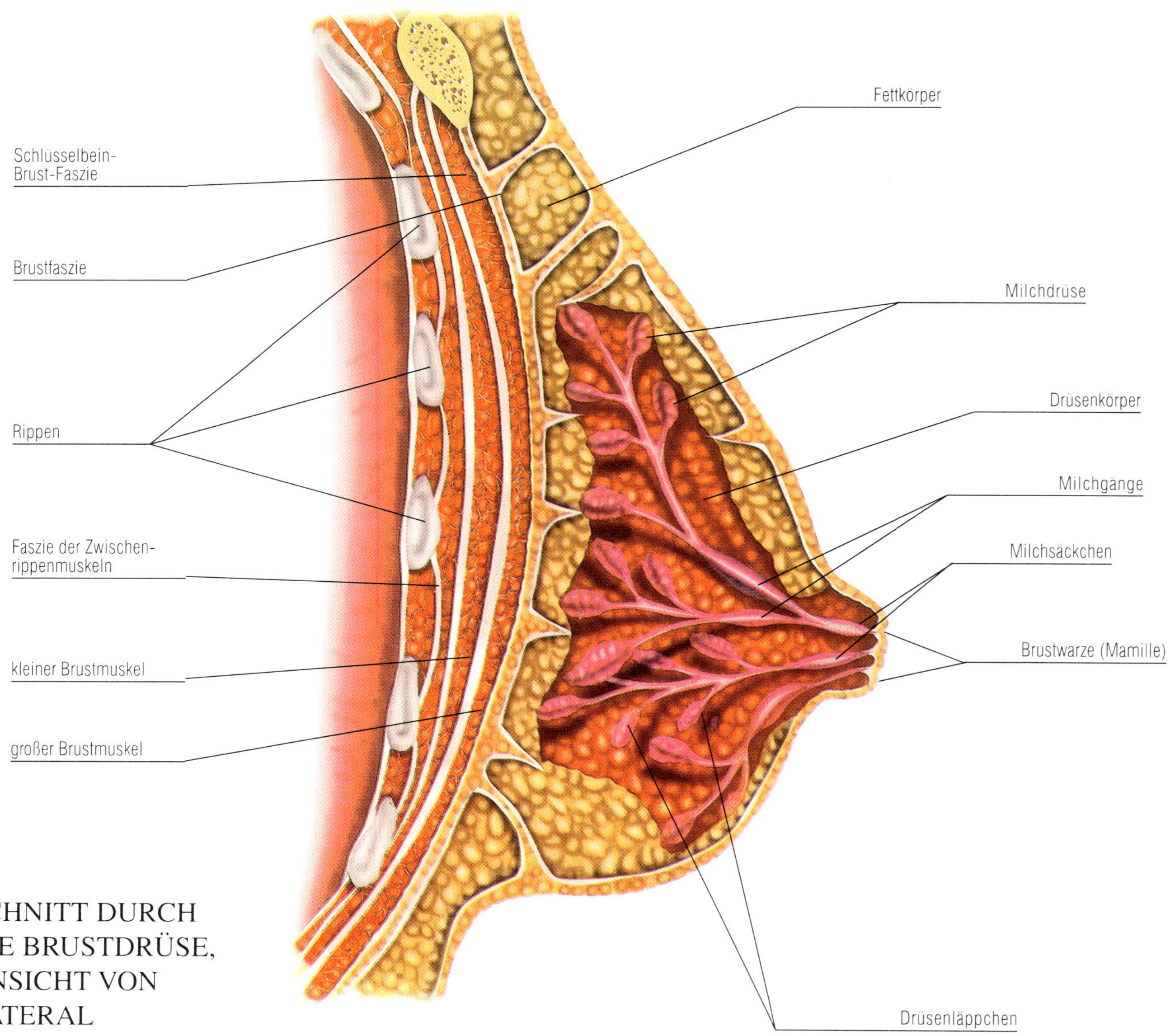

SCHNITT DURCH DIE BRUSTDRÜSE, ANSICHT VON LATERAL

Register

Anatomische Richtungs-und Lagebezeichnungen

Um die Orientierung an der Körperoberfläche und im Körperinneren zu erleichtern, werden in der Anatomie spezielle Richtungs- und Lagebezeichnungen verwendet. Ausgehend von der anatomischen Grundhaltung (aufrecht stehend, mit dem Gesicht nach vorn) durchziehen drei Grundachsen den Körper und geben die Lage von Ebenen an, die zueinander senkrecht stehen:

– die vertikal stehenden *Sagittalebenen* (von vorne nach hinten durch den Körper; die Sagittalebene durch die Körpermitte heißt *Medianebene*); in ihnen kreuzen sich die Longitudinal- und die Sagittalachsen;

– die parallel zur Stirnfläche liegenden *Frontalebenen*, in denen sich die Longitudinal- und die Transversalachsen kreuzen;

– die *Transversalebenen*, d.h. Querschnittsebenen, in denen sich die Transversal- und Sagittalachsen kreuzen.

Außerdem beschreiben eine Reihe von Begriffspaaren (Adjektiva) Lage und Richtung bestimmter Bauteile des Körpers
Am Stamm gelten:
– *kranial* (superior, -ius) – *kaudal* (inferior, -ius): zum Kopf bzw. zum Steißende hin;
– *ventral* (anterior, -ius) – *dorsal* (posterior, -ius): nach vorne (bauchwärts) bzw. nach hinten (rückenwärts);
– *median*: in der Medianebene;
– *zentral* – *peripher*: zum Körperinneren bzw. -äußeren hin;
– *tief* (profundus, -a, -um) – *oberflächlich* (superficialis, -e): nahe oder entfernt von der Körperoberfläche.
An den Extremitäten gelten:
– *proximal* – *distal*: näher bzw. entfernter vom Rumpf;
– *radial* – *ulnar*: zur Speicher- bzw. Ellenseite hin;
– *tibial* – *fibular*: zur Schienbein- bzw. Wadenbeinseite hin;
– *palmar*: zur Handfläche hin
– *plantar*: zur Fußsohle hin;
– *dorsal*: zum Hand- bzw. Fußrücken hin.

A

Abstoßung d. Gebärmutterschleimhaut 84
Achillessehne 26, 28
Achselgrube 6, 7, 8
Achselnerv 56
Achselregion 9
Achselschlagader 46
Achselvene 47
Achsenskelett 21
Adamsapfel 44
Adenin 11
Adergeflecht im Seitenventrikel 63
Aderhaut 59, 60, 62
After 31, 39, 78, 79, 88
Afterfurche 6, 7
Afterheber 79
Afterregion 9
Afterschließmuskel, äußerer 78
Akzessoriusnerv (XI. Hirnnerv) 54
Altersweitsichtigkeit (Presbyopie) 63
Alveolarteil d. Unterkiefers 17
Alveole *siehe* Lungenbläschen
Amboß 12, 65, 66
Amboßgrube 66
Amboßkörper 66
Amboßschenkel, kurzer 66
Amboßschenkel, langer 64, 66
Amnionhöhle 85
Ampulle d. Samenleiters 77
Analkanal 31
Anordnung d. Zähne im Mund 41
Ansatz, flächenhafter 29
Anspannung (= Auswurfphase) 51
Anzieher
  großer 24, 25
  kurzer 24
  langer 24
Aorta (Hauptschlagader) 46, 48, 49, 51
  absteigender Teil 46
  aufsteigender Teil 46
Aortenbogen 46, 49
Aortenklappe 48, 51
Apparat, dem Nierenkörperchen benachbarter 76
Arachnoidea-Zotten 55
Arm 14, 15, 19, 24-26, 30
Arm d. oberen Hügels 63
Arm-Kopf-Vene
  linke 47
  rechte 47
Armbeuger (Oberarmmuskel, zweiköpfiger) 24, 26
Armgeflecht 58
Armnervengeflecht 56
Armstrecker (dreiköpfiger Oberarmmuskel, Trizeps) 24-26
  äußerer Kopf 26
  innerer Kopf 26
  langer Kopf 26
Armstreckersehne 25
Armvene, ellenseitige 47
Arterienband 49
Ast
  d. Lungenschlagader 42
  d. Lungenvene 42
Atlas (1. Halswirbel) 64
Atmungssystem 42
Aufhängeband d. Eierstocks 79
Aufhängeband d. Gliedes 78
Augapfel 63
Augapfelbindehaut 61
Auge (rechtes und linkes) 6, 7, 59-63
Augenabwendnerv (VI. Hirnnerv) 54, 61
Augenast d. Drillingsnervs 41
Augenbläschen 87
Augenbraue 61
Augenbrauensenker 24
Augenhintergrund 60
Augenhöhle 61
Augenhöhlenfortsatz d. Gaumenbeins 61
Augenhöhlenfurchen 54
Augenhöhlennerv 54
Augenhöhlenschlagader 61
Augenhöhlenspalte
  obere 14, 17
  untere 14
Augenhöhlenvene 61
Augenhöhlenwindungen 54, 63
Augenkammer
  hintere 59, 60
  vordere 59, 60
Augenmuskel
  äußerer gerader 59-61
  innerer gerader 59-61
  oberer gerader 61
  oberer schräger 61
  unterer gerader 61
  unterer schräger 61
Augenmuskelnerv (III. Hirnnerv) 54, 61
Augenpol
  hinterer 59
  vorderer 59
Augenregion 8, 9
Augenrollnerv (IV. Hirnnerv) 54, 61
Augenwimpern 61
Ausführungsgang d. Meibom-Drüse 61
Ausführungsgang einer Schweißdrüse 72
Außenknöchel 14, 15, 28
Außenrand
  d. knöchernen Augenhöhle 17
  d. Niere 75
Außenschicht (Blutgefäße) 46, 47
Auswärtsdreher, langer 24
Auswurfphase d. Herzens 51

B

Backenzähne (Prämolaren) 41
Balken (d. Gehirns) 63
Balken (d. Milz) 53
Balkenschlagadern 52
Balkenvenen 52
Balkenwerk 62
Bänder
  d. Füße 28
  d. Hände 28
Bandscheibe 14, 16
Basalmembran 67, 71
Basalschicht
  d. Gebärmutterschleimhaut 86
  d. Oberhaut 71
Basalsegmente d. Lunge 43
Basalzellen 67
Bauch 6, 7
Bauchaorta 75
Bauchfell (seröse Haut) 31, 37, 39
Bauchfelltasche
  oberhalb d. Blinddarms 39
Bauchfelltasche
  zwischen Harnblase und Mastdarm 78
Bauchfellüberzug 38
  d. Dünndarmwand 38
  d. Gallenblase 37
  d. Gebärmutter 79
  d. Magenwand 33
Bauchmuskel
  äußerer schräger 24, 25, 26
  gerader 24, 26, 88
  innerer schräger 25
Bauchregion, seitliche 8, 9
Bauchspeicheldrüse 31, 35, 88
  Einschnitt 34
  Hakenfortsatz 34
  Kopf 34
  Körper d. 34
  Schwanz 34
Bauchspeicheldrüsengang 34, 35, 37
Bauchspeicheldrüsen-Zwölffingerdarm-schlagader 35
Bauhin-Klappe 39
Beckeneingeweidenerven 78, 79
Beckengeflecht
  oberes 78, 79
  unteres 78, 79
Beckenschlagader
  äußere 46
  gemeinsame 46
  innere 46
Beckenvene
  äußere 47
  innere 47
  linke gemeinsame 47
  rechte gemeinsame 47
Befruchtung 83
Bindegewebe d. Schleimhaut 39
Bindegewebsfasern, zirkuläre 40
Bindegewebsplatte 61
Bindegewebsschicht 46
  d. Schleimhaut 38
  unter d. Bauchfell 33, 38, 39
  unter d. Epithel 33
  unter d. Schleimhaut 33, 38, 39
Bindehaut d. Augapfels 59, 60
  obere Umschlagfalte 61
  untere Umschlagfalte 61
Bizeps 30; *siehe* auch Oberarmmuskel, zweiköpfiger
Bizepssehne 24
  flache 24
Bläschenfollikel ("Tertiärfollikel") 81, 82, 83, 84, 85
Blasengrund 77
Blasenkörper 77
Blastomere 83
Blastozyste 85
Blinddarm 39
Blut 52
Blutgefäß, mütterliches 86
Blutgefäße 69

Blutkörperchen, rote 52
Blutkörperchen, weiße (Leukozyten) 52
Granulozyt 52
Granulozyt, basophiler 52
Granulozyt, eosinophiler 52
Granulozyt, neutrophiler 52
Lymphozyt 52
Monozyt 52
Blutplättchen (Thrombozyt) 52
Blutzellen 52
Bogengang
äußerer 65
hinterer 65
vorderer 65
Bogengänge 66
Bowman-Kapsel
äußeres Blatt (Epithel) 76
inneres Blatt (Podozyten) 76
Bowman-Membran 59
Bronchialast d. Vagusnervs 45
Bronchialbaum 43
Bronchialknorpel 44
Bronchialvene 45
Bronchien 44
Bronchiolen 42
Bruch-Membran 59
Brücke 54
Brust, weibliche 90
Brustaorta 35, 46
Brustbein 13, 14, 16, 88
Brustbeinregion 8
Brustbein-Zungenbein-Muskel 24
Brustdrüse 7, 88, 90
Brustdrüsenregion 8
Brustfaszie 90
Brusthöhle 87
Brustkorb 6, 7, 45
Brustkorbvene, innere 47
Brustmuskel
großer 24, 26, 90
kleiner 90
Brustmuskelregion 8
Brustnerven 56, 58
Brustregion, seitliche 8, 9
Brustwarze (Mamille) 7, 88, 90
Brustwirbel (Th_1-Th_{12}) 15, 21, 58
Brustwirbel, 6. 23
Dornfortsatz 23
Einschnitt am Wurzelstück, oberer 23
Gelenkfortsatz, oberer 23
Gelenkfortsatz, unterer 23
Gelenkpfanne für Rippenköpfchen, obere halbe 23
Gelenkpfanne für Rippenköpfchen, untere halbe 23
Querfortsatz 23
Randleiste d. Wirbelkörpers 23
Wirbelkörper 23
Wurzelstück 23
Bucht neben d. Samenhügel (Mündungen d. Vorsteherdrüsengänge) 77

C

Chorionplatte 86, 89
Chromatin 11
Chromosom 11
Corti-Organ 65
Cowper-Drüse 77, 78, 88
Cytosin 11
Cytotrophoblast 85

D

Damm 79
Darmbein 14
Darmbeinkamm 16, 20
Darmbeinkörper 20
Darmbein-Leisten-Nerv 56
Darmbein-Lenden-Muskel 24
Darmbeinmuskel 24
Darmbeinrauhigkeit 20
Darmbein-Rippen-Muskel 25
Darmbeinschaufel 20
Darmbein-Schienbein-Sehne 24, 25
Darmbeinstachel
hinterer oberer 15, 16
hinterer unterer 15, 16
vorderer oberer 14, 20
vorderer unterer 14, 20
Darmbein-Unterbauch-Nerv 56
Darmdrüsen 38
Darmschleimhaut 38, 39
Darmzotte 38
Daumen 6, 7, 18
Daumenabspreizer, kurzer 24, 25, 26, 28
Daumenanzieher 26, 28
Daumenbeuger
kurzer 28
langer 24, 26
Daumenstrecker
kurzer 25, 26, 28
langer 25, 28
Deckmembran 65
Deltamuskel 24, 25, 26
Deltamuskelregion 8, 9
Dendrit 57
Dermatome 58
Descemet-Membran 59
Desoxiribose 11
Dickdarm 38, 39, 88
absteigender Teil 31, 39
aufsteigender Teil 39
Querteil 31, 39
S-förmiger Teil 31, 39, 78, 79
Dickdarmaussackungen 31, 39
Dickdarmbiegung
linke 39
rechte 39
Dickdarmdrüsen 39
Dickdarmfalten, halbmondförmige 39
Dickdarmklappe 31
Dickdarmschlagader, mittlere 35
Dickdarmvene
mittlere 35
rechte 35
DNA *siehe* DNS 11
DNS 11
Dornfortsatz 16, 21, 88
Dottersack 87
primärer 85
Douglas-Raum 79
Dreieckband
linkes 36
rechtes 36
Dreieckbein 18
Dreiecksgrube 64
Dreisegelklappe 48, 51
Drillingsnerv (V. Hirnnerv) 41, 54
Drillingsnerv-Ganglion 41
Drillingsnervgrube 66
Drosselgrube 6, 7
Drosselvene 47, 64
äußere 47
innere 47
vordere 47
Drüsenendstücke 34
Drüsenkörper (Brustdrüse) 90
Drüsenläppchen 90
Dünndarm 31, 38
Dünndarmklappe 39
Dünndarmschlingen 88
Durascheide d. Sehnervs 60
Durchbruchzeiten
d. bleibenden Zähne 41
d. Milchzähne 40

E

Eckzahn 40, 41
Ei; Eizelle (bereit für Befruchtung) 85
Eichel 77, 80
Eichelkrone 78
Eierstock 79, 82, 83, 85
Eierstockband 79
Eierstockgeflecht 79
Eierstockschlagader 46
linke 35, 75
rechte 75
Eierstockvene 47, 75
linke 75
rechte 35, 75
Eileiter 79, 82, 83, 85
Eileiterampulle 79
Eileiterenge 79
Eileitertrichter (mit Fransen) 79, 82, 83, 85
Eindruck
d. Dickdarms 37
d. Magens 37
d. Nebenniere 37
d. Niere 37
d. Speiseröhre 37
Eingeweidefläche d. Leber 37
Einnistung in d. Gebärmutterwand 83
Einschnitt
am Wurzelstück (Wirbel) 23
d. runden Leberbandes 37
neben dem Warzenfortsatz 17
vorderer, d. Ohrmuschel 64
winkelförmiger (Magen) 31, 32
zwischen Tragus und Gegentragus 64
Einstülpung d. Zellmembran 10
Einwärtsdreher
quadratischer 28
runder 24, 26
Einzelfaserhülle 29
Eisprung 81, 82, 83, 84
Eizelle 81, 82
Elle 13, 14, 15, 16, 18, 19, 28
Einschnitt für d. Gelenkrolle d. Oberarmbeins 19
Einschnitt für den Speichenkopf 19
Griffelfortsatz 19
Kante, hintere 19
Kronenfortsatz 19
Olekranon 19
Rauhigkeit 19
Schaft 19
Vorderseite 19
Zwischenknochenkante 19
Ellenbeuge 8
Ellenbeugenvene 47
Ellenbogen 6, 7, 15
Ellenbogenregion 9
hintere 8, 9
Ellenkopf 19
Ellennerv 56
Ellenschlagader 46
Embryo 86, 87
Embryoblast 85
Endbronchiole 45
Enddarm 78
Enddünndarm 31
Endhirnrinde 73
Endplatte, motorische 57, 73
Endverzweigung 57
Epithelschicht 33, 38, 39
Erbsenbein 18
Erhebung, pyramidenförmige 66
Erregungsleitungssystem d. Herzens 50
Erschlaffung (= Füllungsphase) 51
Erweiterer d. Pupille 59
Erweiterung
d. hinteren Bogengangs 65
d. vorderen Bogengangs 65
äußere häutige 65
hintere häutige 65
vordere häutige 65
Extremitäten, Knochen 18-20

F

Fadenpapillen 69
Falte aus d. Vereinigung d. beiden Lippen d. Bauhin-Klappe 39
unter d. Brust 90
Falten
d. Gallenblasenschleimhaut 37
d. Regenbogenhaut 62
Faserbündelhülle 29
Faserknorpelring 64
Faszie d. Zwischenrippenmuskeln 90
Feld
periportales 36
vorderes durchlöchertes 54
Felder d. Magenschleimhautoberfläche 33
Fenster
ovales 65, 66
rundes 65, 66
Ferse 6, 7
Fersenbein 15, 18
Fersenbeinhöcker 18
Fersenregion 8, 9
Fettgewebe 73
d. Unterhaut 71
Fettkörper 90
d. Augenhöhle 61
Fetus 86, 87
Finger 6, 7, 13, 18, 19
Fingerbeuger, oberflächlicher 24
Fingerendgelenk 28, 73
Fingerendglied 18
Fingerendknochen 73
Fingergrundglied 18
Fingerknochen 14, 15, 6
Fingermittelgelenk 28
Fingermittelglied 18
Fingermittelglied (Mittelphalanx), Basis 18
Fingermittelglied (Mittelphalanx)
Kopf 18
Körper 18
Fingernerven
gemeinsame, handflächenseitige 56
Fingerstrecker 25, 26
Fingerstreckersehnen 26
Fleck, blinder 59
Fleck, dichter (hohe Epithelzellen d. pars contorta d. Mittelstücks) 76
Fleck, gelber 59, 60
Füllungsphase d. Herzens 51
Flüssigkeitsräume, innere, d. Gehirns 55
Follikel
ruhender ("Primärfollikel") 81-85
wachsender ("Sekundärfollikel") 81-85
Follikelhülle 81
Fornix-Körper 53
Fortpflanzungssystem 78
Fortsatz
geschweifter 37
papillenförmiger 37
Fransenfalte 68
Furche, seitliche 70
Furchen zwischen Dickdarmaussackungen 39
Fuß 6, 7, 18, 20, 28
Fußgewölbe 6, 7
Fußknöchel 6
Fußrücken 8, 9
Fußrückenschlagader 46
Fußsohlenmuskel 26
Fußwurzel 18, 20
Fußwurzelbucht 18
Fußwurzelknochen 16, 18

G

Gallenblase 31, 36, 37
Gallenblasenboden 37
Gallenblasengang 35, 37
Gallenblasenkörper 37
Gallenblasenschleimhaut 37
Gallengänge 34, 36
Gallenkanälchen 36
Gänsefuß 24
Gasaustausch in d. Lungenbläschen 45
Gaumen, weicher (Zäpfchen) 31
Gaumenbein 12, 67
Gaumenbogen, vorderer 68
Gaumenmandel 68
Gaumen-Rachen-Muskel 68
Gaumen-Zungen-Muskel 68
Gebärmutter 79, 82, 83, 88
Bauchfellüberzug 79, 85
Muskelwand 79, 85
Schleimhaut 79, 85
Gebärmutterdrüse 84
Gebärmutterenge 79
Gebärmuttergrund 79, 82, 83, 85
Gebärmutterhals 79, 82, 83, 85, 88
Gebärmutterhalskanal 79, 82, 83, 85
Gebärmutterhöhle 79, 85
Gebärmutterkörper 82
Gebärmutter-Scheidengeflecht 79
Gebärmutterschleimhaut 84
Gebärmutterwand 83
Gefäß
kleinstes arterielles 72
kleinstes venöses 72
Gefäßknäuel 76
Gefäß-Nerven-Stiel (Mesovar) 81
Gefäßpol 76
Gefäßring
größerer 62
kleinerer 62
Gefäßschicht 59
Gegenleiste 64, 66
Gegenleistenschenkel
oberer 64
unterer 64
Gegensteller
d. Daumens 28
d. Kleinfingers 28
Gegentragus 64
Gehirn 53, 55
Gehirnbasis 63
Gehörgang, äußerer 16, 17, 64, 66
Gehörknöchelchen 66
Geißel 80
Gekröse 38
Gekröseschlagader
obere 35, 46, 75
untere 46, 75
Gekrösevene
obere 35, 47
untere 35, 47
Gelbkörper 81-85
zurückgebildeter 81
Gelenkfläche für d. Rippen an den Querfortsätzen (d. Wirbels) 21
Gelenkfortsatz
d. Unterkiefers 17
d. Wirbels 22, 23
Gelenkknorren, äußerer (d. Oberschenkelbeins) 16
Gelenkpfanne für Rippenhöckerchen 23
Gesäßbacken 6, 7
Gesäßfurche 6, 7
Gesäßmuskel
großer 25, 26
mittlerer 24, 25
Gesäßregion 9
Geschlechtsorgane,
männliche 78, 80
weibliche 79, 81
äußere 7
Geschmacksknospe 69
Geschmackspore 69
Geschmackszellen 69
Gesicht 6, 7
Gesichtsnerv (II. Hirnnerv) 54, 62, 70
Gesichtsnervkanal 66
Gesichtsschädel 14
Gesichtssinn 59-63
Glashaut 72, 81
Glaskörper 59
Glaskörpergallerte 60
Glied 78
Gliedrücken 80
Gliedrückenschlagader 78
Gliedrückenvene
oberflächliche 78
tiefe 78
Gliedschaft 80
Gliedschwellkörper 77, 78
Golgi-Apparat 10
Grenzfurche 68
Grenzmembran
d. Glaskörpers 60
d. Netzhaut 59
Grenzstrangganglien 58, 78, 79
Griffelfortsatz 17, 18, 66
Großhirn 55
Großzehenanzieher 28
Großzehenbeuger, langer 25
Großzehenstrecker 28
kurzer 26
langer 24, 26
Grübchen d. runden Fensters 64, 66
Grube
im Samenhügel (Rest d. Müller-Gänge) 77
unter d. Schulterblattgräte 15
zwischen den Gelenkknorren 15
Grundgewebe d. Eierstocks 81
Grundmembran 46, 65
Guanin 11
Gürtelfurche 53
Gürtelwindung 53

H

Haar 71
Haaraufrichtermuskel (Haarbalgmuskel) 71
Haarbalg 72
Haarfollikel 72
Haargefäß 46
Haargefäße d. Gefäßknäuels 76
Schlagader, wegführende kleinste 76
Schlagader, zuführende kleinste 76
Haargefäßnetz 45
Haarmark 72
Haarpapille 71, 72
Haarrinde 72
Haarschaft 72
Haarzwiebel 71, 72
Hakenbein 18
Hakenfortsatz d. Bauchspeicheldrüse 34, 35
Halbdornmuskel d. Kopfes 27
Halbkanal d. Trommelfellspanners 66
Hals 6, 7, 41
Halsgeflecht 58
Halsnerven 58
Halsnervengeflecht 56
Halsregion
seitliche 8
vordere 8
Halsschlagader
äußere 46
gemeinsame 46
innere 46
linke gemeinsame 49
Halswirbel (C_1-C_7) 14, 15, 21, 58
Halswirbel, 1. (Atlas) 15, 16, 21, 22
Bogen, hinterer 22
Bogen, vorderer 22
Gelenkfläche für den Axiszahn 22
Gelenkfläche, obere 22
Gelenkfläche, untere 22
Höckerchen, hinteres 22
Höckerchen, vorderes 22
Querfortsatz 22
Querfortsatzloch 22
Seitenteil 22
Halswirbel, 2. (Axis) 15, 16, 21, 22
Dornfortsatz 22
Gelenkfläche d. Zahns, vordere 22
Gelenkfortsatz, oberer 22
Gelenkfortsatz, unterer 22
Querfortsatz 22
Querfortsatzloch 22
Wirbelkörper 22
Wirbelloch 22
Zahn d. Axis 22
Zwischenkörperfläche 22
Halswirbel, 4. 22
Dornfortsatz 22
Gelenkfortsatz, oberer 22
Gelenkfortsatz, unterer 22
Grat an d. Randleiste 22
Höckerchen, hinteres 22
Höckerchen, vorderes 22
Querfortsatz 22
Querfortsatzloch 22
Schlußstück d. Wirbelbogens 22
Wirbelloch 22
Wurzelstück d. Wirbelbogens 22
Zwischenwirbelseite 22
Halswirbel, 7. 22
Ende, verdicktes (Kennzeichen d. Vertebra prominens) 22
Querfortsatzloch 22
Randleiste d. Wirbelkörpers 22
Schlußstück d. Wirbelbogens 22
Wirbelkörper 22
Wurzelstück d. Wirbelbogens 22
Zwischenwirbelfläche 22
Halteband
d. Beugersehnen 24, 25, 28
d. Sehnen d. Wadenbeinmuskeln, oberes 28
d. Streckersehnen 25, 26, 28
d. Streckersehnen, oberes 24
d. Streckersehnen, unteres 26, 28
für d. Sehnen d. Wadenbeinmuskeln, oberes 25 26
für d. Sehnen d. Wadenbeinmuskeln, unteres 25
Hammer 12, 65, 66
Hammerfalte
hintere 64
vordere 64
Hammerfortsatz
seitlicher 66
vorderer 66
Hammergriff (-stiel) 66
Hammerhals 66
Hammerkopf 64, 66
Hammerstiel 64
Hammerstreifen 64
Hand 6, 7, 18, 19, 28
Handbeuger
ellenseitiger 24, 25
radialer (speichenseitiger) 24
Handgelenk 6, 7
Handgriff d. Brustbeins 14, 16
Handinnenfläche 6, 7, 8
Handrücken 8, 9
Handstrecker
ellenseitiger 25
kurzer speichenseitiger 25, 26
langer speichenseitiger 24, 25, 26
Handwurzel 13, 19
Handwurzelknochen 14, 15, 16, 18
Harnblase 74, 77, 78, 79, 88
Hülle, bindegewebige, mit Blutgefäßen 74
Längsmuskelschicht, äußere 74
Längsmuskelschicht, innere 74
Ringmuskelschicht, mittlere 74
Übergangsepithel (Urothel) 74
Harnblasendreieck 77
Harnblasenscheitel 77
Harnblasenzäpfchen 77
Harnleiter 35, 74, 75, 77
Hülle, bindegewebige, mit Blutgefäßen 74
Längsmuskelschicht 74
Ringmuskelschicht 74
Übergangsepithel 74
Verschiebeschicht d. Schleimhaut 74
Harnleitermündung 77, 78
Harnpol 76
Harnröhre 74, 79, 88
Harnröhre, männliche 77
Membranteil 77
Schwellkörperteil 77
Vorsteherdrüsenteil 77
Harnröhre, weibliche 77
Harnröhrenmund
äußerer 78, 79, 80
innerer 77, 78
Harnröhrenschwellkörper 77, 78
Harnsystem 74
Hauptbronchus
linker 42-44
rechter 42-44
Hauptgallengang 34, 35, 37
Hauptstück
gerader Teil (Teil d. Henle-Schleife) 76
gewundener Teil (proximales Tubuluskonvolut) 76
Haut 71, 73
Hautbezirk 58
Hautfalte d. Oberlids 61
Hautmuskel d. Halses 27
Hautvene d. Armes, speichenseitige 47
Heber d. Schulterblatts 24
Henle-Schleife 76
Herabzieher
d. Mundwinkels 24
d. Unterlippe 24
Herz 48, 49, 50, 88
Herzaktion 51
Herzaußenhaut 48
Herzbeutel 49, 88
Herzeinkerbung 42
Herzfrequenz 51
Herzkammer
linke 48-51
rechte 48-51
Herzklappen 48, 51
Herzkranzarterie, linke, herumbiegender Ast 50
Herzkranzbucht 49, 50
Herzkranzschlagader (Koronararterie) 50
linke, herumbiegender Ast 50
rechte 48, 50
rechte, Ast zum rechten Vorhof 50

rechte, hinterer Zwischenkammerast 50
Herzmuskel 48
Herzohr
linkes 49
rechtes 48, 49
Herzspitze 48-50
Herzvene
große 50
kleine 50
mittlere 50
Herzvenen, vordere 50
Herzwulst 87
Hinterhauptregion 9, 12, 15, 16, 17, 64
Hinterhauptsbein, äußerer Kamm d. 17
Hinterhauptschuppe 17
Hinterhauptshöcker 17
äußerer 15
Hinterhauptslappen 54
Hinterhauptsmuskel 27
Hinterhauptspol 53
Hinterhorn (Wurzeleinstrahlungszone) 58, 73
Hinterstrang d. Rückenmarks 58
Hinterwand d. Luftröhre 44
Hirnanhangdrüse 54
Hirnanhangsdrüsenstiel 54
Hirnblutleiter, venöser 55
Hirnhaut
harte (Dura) 55, 59
weiche (Pia) 55, 59
Hirnhäute (Meningen) 55
Hirnkammer 55
dritte 55
vierte 55
Hirnkammern, seitliche (I. und II. Ventrikel) 55
Hirnnerven 54
Hirnrinde 70
Hirn-Rückenmarksflüssigkeit 55
Hirnschädel 14
His-Bündel 50
linker Schenkel 50
rechter Schenkel 50
Höcker
grauer, (d. Hypothalamus) 54, 63
großer, d. Oberarmbeins 19
kleiner, d. Oberarmbeins 19
netzseitiger, d. Leber 37
Höckerchen d. Halswirbels 22
Hoden 78
Hodengeflecht 78
Hodenkanälchen 80
Hodenläppchen 78, 80
Hodennetz 80
Hodensack 6, 78, 80
Hodenschlagader 46
linke 35, 75
rechte 75
Hodenvene 47, 75
linke 75
rechte 35, 75
Hohlhand *siehe* Handinnenfläche 8
Hohlhandbänder 28
Hohlhandsehnenplatte 24
Hohlhandsehnenspanner, langer 24
Hohlvene
obere 47-49
untere 35, 37, 47-49, 75
Hohlvenenband 37
Hör- und Gleichgewichtsnerv (VIII. Hirnnerv) 54
Hörnerv 66
Hornhaut d. Auges 59-61, 63
Außenhaut 59
Bowman-Membran 59
Descemet-Membran 59
Hornhautbindegewebe 59
Innenhaut 59
Schwalbe-Grenzring 59
Hornhautepithel 60
Hornschicht 71
d. Nagelwalls 73
Hörsinn 64-66
Hüftbein 13, 16, 20
Hüftbein, Fläche zur Schambeinfuge 20
Hüfte 6, 7, 20
Hüftgrube 20
Hüftkopf 15, 20
Hüftlochnerv 56
Hüftpfanne 20
Hüllen d. Sehnervs (Dura, Arachnoidea, Pia) 60
Hüllzellen 46

I

Innenhaut 46, 47
Innenknöchel 8, 14, 15, 28
Innenmembran (Crista-Typ) 10
Innenohr 65
Innenschicht 46, 47
Innervation d. Zähne 41
Intermediusnerv 54
Interneuron 73
Intraparietalfurche 53
Ischiasnerv 56

J

Jochbein 12, 14, 16, 17
Jochbeinmuskel
großer 24, 26, 27
kleiner 24, 27
Jochbeinregion 9
Jochbogen 17
Jungfernhäutchen 79

K

Kahnbein
d. Fußes 18
d. Hand 18
Kammeranspannung 51
Kammererschlaffung 51
Kammerscheidewand 50
membranöser Teil 48
muskulöser Teil 48
Kammerwinkel 59
Kamm-Muskel 24
Kanälchen, abführende, d. Hodens 80
Kapsel d. Gefäßknäules 76
Kaumuskel 24, 26, 27
Kehldeckel 31, 44, 68
Kehlkopf 42, 44
Kehlkopfeingang 68
Kehlkopf-Innenraum 45
Kehlkopfkammer 44
Kehlkopfvorhof 44
Keilbein 12, 16, 17, 61, 67
äußeres 18
inneres 18
mittleres 18
Keilbeinflügel, großer 17
Keilbeinhöhle 67
Keimblatt
inneres (Hypoplast) 85
äußeres (Epiplast) 85
Kernhülle 10
Kernkörperchen 10, 11
Kernmembran 11
Kernplasma 10, 11
Kernpore 10, 11
Kieferanzieher 40
Kieferhöhle 61
Kieferwinkel 17
Kinn 6, 7
Kinnloch 16, 17
Kinnmuskel 24, 27
Kinn-Nerv 41
Kinnregion 8
Kinn-Zungen-Muskel 68
Kinn-Zungenbein-Muskel 68
Kitzler 79, 88
Kitzlereichel 79
Kitzlerschaft 79
Kitzlervorhaut 79
Kleinfingerabspreizer 24, 28
Kleinfingerbeuger 28
Kleinfingerstrecker 25
Kleinhirn 54, 55
Kleinhirnhälfte 54
Kleinzehenabspreizer 28
Knie 6, 7, 20
Kniegelenk 14
Kniehöcker
äußerer 62, 63
innerer 63
Kniekehle 6, 7, 9
Kniekehlenschlagader 46
Kniekehlenvene 47
Knieregion
hintere 9
vordere 8
Kniescheibe 13, 14, 16, 20, 24
Außenrand 20
Basis 20
Gelenkfläche (Hinterseite) 20
Innenrand 20
Spitze 20
Vorderseite 20
Kniescheibenband 24, 26
Knöchel 7
Knochen d. Fußes 13
Fußwurzelknochen 13
Mittelfußknochen 13
Zehenknochen 13
Knochen d. Hand
Fingerknochen 13
Handwurzelknochen 13
Mittelhandknochen 13
Knochen d. Kopfes (Schädelknochen) 12
Knochenleiste zwischen den Rollhügeln 15
Knorpel 45
Knorrenmuskel 25, 26
Kopf d. Bauchspeicheldrüse 35
Kopf d. Oberarmbeins 15
Kopf 6, 7, 80, 87
Kopfbein 18
Kopffalte 87
Kopfgelenk, oberes 64
Kopfhaar 6, 7
Kopfmuskeln 27
Kopfwender 24-27
Kopfwenderregion 8, 9
Körnerschicht d. Netzhaut 59, 71
Kranzfurche 49
Kranznaht 16, 17
Krause-Endkolben 71
Krause-Körperchen (Kälteempfindung) 71
Kreuzbein 13-16, 21, 23, 58, 78, 88
Gelenkfläche für d. Darmbein 23
Gelenkfortsatz, oberer 23
Kreuzbeinbasis 23
Kreuzbeinlöcher, vordere 23
Kreuzbeinspitze 23
Mittelleiste 23
Promontorium 23
Querleisten (Beckenfläche) 23
Rauhigkeit 23
Seitenteil 23
Kreuzbeingeflecht 58, 78, 79
Kreuzbeinnerven 56, 58
Kreuzbeinrauhigkeit 23
Kreuzbeinregion 9
Kreuzbeinspitze 23
Kreuzbeinwirbel 21
Kreislaufsystem 46
Krone 41
Kronenband 36, 37
Krummdarm 31, 39
Kurzschlußleitungsbahnen 50
Kurzsichtigkeit (Myopie) 63

L

Labyrinth, häutiges 66
Lachmuskel 24-27
Lambdanaht 15-17
Langerhans-Insel 34
Längsmuskel
oberer 68
unterer 68
Längsmuskelschicht
d. Magens 33
d. Dünndarms 38
d. Darmwand 39
Längsmuskelstreifen
freier, d. Dickdarmwand 39
netzseitiger 31
Längsspalt zwischen den Endhirnen 53, 54
Längsvene, rechte hintere 47
Lappenbronchien 42, 43
Leber 31, 36, 37, 88
Leberband, rundes 36, 37
Lebergallengang
gemeinsamer 35, 37
linker 37
rechter 37
Leberlappen
geschwänzter 37
linker, Zwerchfellseite 31, 36, 37
quadratischer 37
rechter, Zwerchfellseite 31, 36, 37
Leberrand 37
unterer 36
Leberschlagader 36, 37
eigentliche 35
gemeinsame 35
Lebersinusoide 36
Lebervene, linke 37
Leberzellen (Hepatozyten) 36
Lederhaut 59, 60, 71, 73
Lederhautsiebplatte 60
Leerdarm 31, 34, 35
Leistenbeuge 6, 7
Leistenregion 8
Leistensichel 24
Lendengeflecht 58
Lenden-Kreuzbeingeflecht 58
Lenden-Kreuzbein-Knick 21
Lendennerven 56, 58
Lendenregion 9
Lendenwirbel (L_1-L_5) 15, 16, 21, 23, 58
Lendenwirbel, 4. 23
Deckplatte 23
Fortsatz, zusätzlicher 23
Mamilarfortsatz 23
Rippenfortsatz 23
Schlußstück d. Wirbelbogens 23
Wirbelloch 23
Lichtung d. Samenkanälchens 80
Lidplatte d. Unterlids 61
Lidschließmuskel 27
Lingulasegment
oberes 43
unteres 43
Linie, weiße 78, 79
Linse 59, 60
Luftröhre 31, 42-44
Luftröhrengabel 42-44
Luftröhrenknorpel 42
Luftröhrenknorpelspangen 44
Lunge
linke 42
rechte 42
Lungenarterie, rechte 49
Lungenbasis 42
Lungenbläschen 45
Lungenbläschenscheidewand 45
Lungenschlagader 51
Lungenschlagader
linke 49
rechte 49
Lungenspitze 42
Lungenvenen
linke 48, 49
rechte 49
Lungenzipfel, zungenförmiger 42
Lymphfollikel, solitärer 33, 58
Lymphgefäß, zentrales 38
Lymphknötchen 38, 39
einzelne 39

Lymphräume um d. Aderhaut 59
Lysosom 10

M

Magen 31, 33, 88
Magendrüsen 33
Mageneingang 31
Magengrübchen 33
Magengrube 33
Magengrundbereich 32
Magenkörper 33
Magenkörperbereich 32
Magenkrümmung
große 32, 33
kleine 32, 33
Magenmundbereich 32
Magenpförtner 31-33
Magenpförtnerbereich 32
Magenpförtnerkanal 34
Magenpförtnermuskel 34
Magenschlagader, linke 35
Magenschleimhaut 33
Magenschleimhautrelief (Flachrelief) 31, 32
Magenvene, linke 35
Magenwand 33
Magen-Zwölffingerdarm-Schlagader 35
Magen-Zwölffingerdarm-Vene 35
Mahlzähne 40, 41
Mamillarfortsatz 23
Mamillarkörper 54, 63
Mantelkante 53
Markscheide 57
Mastdarm 31, 39, 79, 88
Mechanik d. Atmung 45
Meibom-Drüse 61
Meißner-Körperchen (Berührungsempfindung) 71, 72
Meißner-Tastkörperchen 57
Membran, elastische
äußere 46
innere 46, 47
Membranteil d. Harnröhre 78
Menstruation 84
Menstruationszyklus
Blutmangelphase d. Schleimhaut (Ischämiephase) 84
Sekretionsphase d. Schleimhaut (Gestagenphase) 84
Wachstumsphase (Proliferationsphase) d. Schleimhaut, (Östrogenphase) 84
Merkel-Tastscheibe 57
Michaelis-Raute 6, 7
Mikrofilamente 10
Mikrotubulus 10
Mikrozotten 10
Milchdrüse 90
Milchgänge 90
Milchgebiß 40
Milchsäckchen 90
Milchzähne 40
Milz 52
Dickdarmfläche 52
Magenfläche 52
Magen-Milz-Band 52
Nierenfläche 52
Organgewebe 52
Pulpa, rote 52
Pulpa, weiße 52
Unterrand 52
Milzbalken 52
Balkenschlagadern 52
Balkenvenen 52
Milzfollikel (Malpighi-Körperchen) 52
Milzkapsel 52
Milz-Nieren-Band 52
Milzpforte 52
Milzpol
hinterer 52
vorderer 52
Milzsinus 52
Milzschlagader 35
Milzvene 35, 47
Mitochondrien 10, 80
Mittelarmnerv 56
Mittelfuß 18, 20
Mittelfußknochen 16, 18, 28
Mittelfußköpfchen 18
Mittelhand 13, 19
Mittelhandknochen 14, 15, 16, 18
Basis 18
Kopf 18
Mittelhirn 63, 70
Mittelhirndach 63
Mittellappen d. rechten Lunge 43
Mittellappenbronchus, rechter 44
Mittelleiste d. Kreuzbeins 23
Mittelohr 65
Mittelrinne 68, 69
Mittelschicht 46, 47
Mittelstück d. Nierenröhrchens
gerader Teil (Teil d. Henle-Schleife) 76
gewundener Teil (distales Tubuluskonvolut) 76
Mittelstück d. Samenfadens 80
Mohrenheim-Grube 8
Mondbein 18
Möndchen (weißliche Wachstumszone d. Nagels) 73
Morula 83, 85
Motoneuron 73
Mund 6, 7
Mundbucht 87
Mundhöhle 31
Mundregion 8
Mündung
d. Ausführungsgangs einer Schweißdrüse 71, 72
d. Herzkranzbucht 50
d. Ohrtrompete 66
d. unteren Hohlvene 50
d. Wurmfortsatzes 31, 39
Mündungen
d. Spritzkanälchen 77
von Schleimdrüsen 77
Mundwinkelheber 24, 27
Mundwinkelsenker 26, 27
Muskel 24, 29
Muskel
doppelt gefiederter 29
einbäuchiger, parallelfaseriger 29
flacher 29
halbmembranöser 25, 26
halbsehniger 25
kurzer 29
mehrbäuchiger, mit Zwischensehnen 29
schlanker 25
zweiköpfiger, parallelfaseriger 29
Muskelansatztypen 29
Muskelbalken 48
Muskel-Bindegewebsplatte (im Schambeinbogen verspannt) 77
Muskelfaserhaut (Sarkolemm) 29
Muskelfortsatz d. Unterkiefers (Kronenfortsatz) 17
Muskel-Haut-Nerv 56
Muskelhülle, äußere 29
Muskeln 24-30, 69
Muskelschicht
d. Darmwand 38, 39
d. Harnblase 77
d. Magenwand 33
d. Schleimhaut 33, 38, 39
Muskelwand
d. Gebärmutter 86
d. Speiseröhre 33
Muskulatur d. Magens 33
Muttermund 79
äußerer 85
Myofibrillen (F-Aktin-Filament + Myosinfilament) 29

N

Nabel 6, 7, 88
Nabelarterie 88
Nabelband, medianes 77
Nabelfalte, mediane 78
Nabelgefäße 89
Nabelregion 8
Nabelschlagader 86
Nabelschnur 86, 88, 89
Durchtrennung 89
Nabelvene 86, 88
Nachgeburt 89
Nacken 6
Nackenlinie
obere 15, 17
untere 15, 17
Nackenregion (hintere Halsregion) 9
Nagel 73
Nagelbett 73
Nagelplatte 73
Nagelrand, freier 73
Nagelwall 73
Nagelwurzel 73
Nase 6, 7
Nasenbein 12, 16, 17, 67
Nasenbein-Oberkiefer-Naht 67
Nasenflügelheber 27
Nasenflügelknorpel
großer 67
kleiner 67
Nasengang
mittlerer 67
oberer 67
unterer 67
Nasenhöhle 31, 67
Nasenknorpel 67
Knorpel d. Nasenscheidewand 67
Nasenflügelknorpel, großer 67
Nasenflügelknorpel, kleiner 67
Nasenknorpel, seitlicher 67
Nasenmuschel 12
mittlere 17, 67
obere 67
untere 17, 67
Nasenmuskel 27
Nasenregion 8
Nasenscheidewand, knöcherne 17
Nasenscheidewandsenker 27
Nasenstachel, vorderer 17
Nasenvorhof 67
Nebenbauchspeicheldrüsengang 34
Nebenhodenkopf 78, 80
Nebenhodenkörper 80
Nebenhodenläppchen 80
Nebenhodenschwanz (-schweif) 80
Nebenniere 75
linke 35
rechte 35
Nebennierenvene 47
Nephron (Nierenkörperchen + harnbereitendes Nierenröhrchen) 76
Nerv d. hinteren Bogengangerweiterung 65
Nerv zu Geschlechtsorganen und Oberschenkel 55
Nerv 40
Nerv-Muskelverbindung, motorische 29
Nerven d. äußeren und hinteren Bogengangerweiterung 65
Nervenäste, hintere, d. Oberkieferasts 41
Nervenendigung, freie 57, 71
in d. Oberhaut (Schmerzempfindung) 71
Nervenendigungen, Arten 69
Nervenfaser, motorische (Axon eines Motoneurons) 29
Nervenfasern 67, 69
Nervengeflecht d. Unterkieferzähne 41
Nervenstamm
oberer 56
mittlerer 56
unterer 56
Nervensystem 53
peripheres 56
Nervenzelle 57
Fortsatz, vom Zelleib - leitender (Achsenzylinder, Neurit) 57
Fortsatz, zum Zelleib leitender (Dendrit) 57
Kernkörperchen 57
Nissl-Scholle (granuläres endoplasmatisches Retikulum, Ribosomen) 57
Ursprungskegel 57
Zelleib 57
Zellkern 57
Netzhaut 59, 60
Netzhaut, nervöser Teil 59
Schicht d. Lichtrezeptoren 59
Schicht d. Netzhautganglienzellen 59
Schicht d. Sehnervganglienzellen 59
Netzhaut, Pigmenthautteil 59
Netzhaut, Strahlenkörperteil 62
Netzhautgefäße 59
Netzhautschlagader, zentrale 59, 60
Netzhautvene, zentrale 59, 60
Netzschicht 59
Neurit 57
Niere 35, 74, 75
Außenrand 75
Innenrand (Medialrand) 75
Organkapsel 75
Nierenbecken 74, 75
Nierenbucht 75
Nierenkelch
großer 75
kleiner 75
Nierenkörperchen 76
Nierenmark 75, 76
Nierenpapille 75
Nierenpforte 75
Nierenpol
oberer 75
unterer 75
Nierenpyramide 75
Nierenrinde 75, 76
Nierensäulen (Bertini-Säulen) 75
Nierenschlagader 35, 46
linke 75
rechte 75
vorderer Ast 75
Nierenvene 35, 47
linke 75
rechte 75
Nissl-Scholle 57

O

Oberarm 6, 7, 19
Oberarmbein (-knochen) 13, 14, 15, 16
Gelenkrolle 19
Höcker, großer 19
Höcker, kleiner 19
Knochenleiste unter d. kleinen Höcker 19
Kopf 19
Leiste unterhalb d. großen Höckers 19
Obergelenkknorren, äußerer 19
Obergelenkknorren, innerer 19
Oberknorrenleiste, mittlere und seitliche 19

Rauhigkeit d. Deltamuskels 19
Schaft 19
Vorderfläche, innere 19
Vorderfläche, seitliche 19
Zwischenhöckerfurche 19
Oberarmmuskel (Armstrekker), dreiköpfiger (Trizeps) 24, 25
Oberarmmuskel, zweiköpfiger (Bizeps) 24, 26
Oberarmregion
hintere 8, 9
vordere 8, 9
Oberarmschlagader 46
Oberarm-Speichen-Muskel 24-26
Oberaugenhöhlenloch 17
Oberbauch 35
Oberbauchregion 8
Obergelenkknorren, äußerer (d. Oberarmbeins) 19
Obergelenkknorren, äußerer (d. Oberschenkelbeins) 14, 15
Obergelenkknorren, innerer (d. Oberarmbeins) 14
Obergelenkknorren, innerer (d. Oberschenkelbeins) 14
Oberhaut 71-73
Oberhäutchen d. Haares 72
Oberkiefer 12, 16, 17, 31, 63
Alveolarfortsatz 67
Stirnfortsatz 67
Oberkieferast d. Drillingsnervs 41
Oberkiefernerv 54
Oberlappen
d. linken Lunge 43
d. rechten Lunge 43
Oberlappenbronchus
linker 44
rechter 44
Oberlid 61
Oberlidheber 61
Oberlippen- und Nasenflügelheber 24, 27
Oberrandwindung 53
Oberschenkel 6, 7
Oberschenkelbein (-knochen) 13-16, 20
Gelenkfläche für d. Kniescheibe 20
Höckerchen für d. Anziehermuskeln 20
Obergelenkknorren, äußerer 20
Obergelenkknorren, innerer 20
Oberschenkelkopf (Hüftkopf) 20
Rollhügel, großer 20
Rollhügel, kleiner 20
Rollhügelgrube 20
Schaft 20
Schenkelhals 20
Oberschenkeldreieck 8
Oberschenkelhautnerv, äußerer 56
Oberschenkelkopf (Hüftkopf) 15, 16
Oberschenkelmuskel
äußerer 24
gerader 24, 26
innerer 24
plumper äußerer 25, 26
plumper innerer 26
zweiköpfiger 25
zweiköpfiger, kurzer Kopf 25, 26
zweiköpfiger, langer Kopf 25, 26
Oberschenkelnerv 56
Oberschenkelregion, hintere 9
Oberschenkelregion, vordere 8
Oberschenkelschlagader 46
Oberschenkelschlagader, tiefe 46
Oberschenkelvene 47
Oberschenkelvene, tiefe 47
Ohr 6, 7, 64-66
Ohrbläschen 87
Ohrknorpel 64
Ohrläppchen 64, 66
Ohrleiste 64, 66
Ohrleiste, unteres Ende d. 64
Ohrleistengraben 64
Ohrleistenschenkel 64
Ohrmuschel 64
Ohrmuschelhöhle 64
Ohrmuschelhöhle, kleinerer oberer Teil 64
Ohrmuschelmuskel, hinterer 25-27
Ohrmuschelmuskel, oberer 25
Ohrmuschelmuskel, vorderer 24
Ohrtrompete 65
Organkapsel d. Hodens 80
Organkapsel d. Niere 76
Ovoplasma 81

P

Papillarmuskel, hinterer 48
Papillarmuskel, vorderer 48
Papille (Bindegewebspapille d. Lederhaut) 71
Paukenhöhle, mediale Wand 66
Paukenhöhle, obere Etage 64
Kuppelteil 64
Paukenhöhlenfuche 66
Paukenhöhlenzellen 66
Paukensaite 64
Paukentreppe 65, 66
Penis (männl. Glied) 6
Pfannenrand 20
Pfeilnaht 15, 17
Pflugscharbein 12, 17
Pfortader 35-37, 47
Phasen d. Verdauungssystems 31
Pigmenthautteil 59
Pigmentzelle 71
Pilzpapillen 68, 69
Pinozytosebläschen 10
Plazenta (Mutterkuchen) 86, 88, 89
Plazentascheidewand 86
Polkissen 76
Postzentralwindung 53
Präokzipitaleinschnitt 53
Präzentralfurche 53
Präzentralwindung 53
Promontorium 88
Pulmonalklappe 48, 51
Pupillarrand 62
Pupille 59
Purkinje-Fasern 50
Pyramide d. verlängerten Rückenmarks 54
Pyramidenbasis 75
Pyramidenkreuzung 54

Q

Querfalten d. Scheidenschleimhaut 79
Querfortsätze 21-23

R

Rabenschnabelfortsatz 19
Rabenschnabelfortsatz-Oberarm-Muskel 24
Rachenmandel 67
Rachenöffnung d. Ohrtrompete 67
Rachenraum
Kehlkopfteil 31
Mundteil 31
Randarterie, rechte 50
Randleiste d. Wirbelkörpers 22
Randlinie, gezackte (Übergang von lichtunempfindlicher zu empfindlicher Netzhaut) 59, 60
Randvene, rechte 50
Randzone (Lissauer) 73
Rauhigkeit 18, 19
d. Deltamuskels 19
d. Elle 19
d. Speiche 19
Raum, mit mütterlichem Blut gefüllter 86
Rautenmuskel, großer 25
Regenbogenhaut 59-62
Hinterfläche 62
Regenwurmmuskeln 28
Reißner-Membran 65
Reizbildungssystem d. Herzens 50
Rektusscheide 26
Retikulum, endoplasmatisches
glattes (agranuläres) 10
rauhes (granuläres) 10
Retikulum, sarkoplasmatisches (Zisternensystem, intrazellares) 29
Retroperitoneale Organe 35
Retzius-Raum 78
Ribosom 10
Riechdreieck 63
Riechdrüse 67
Riechfäden 67
Riechfurche 54
Riechkolben 54, 63, 67
Riechnerv (I. Hirnnerv) 54, 67
Riechorgan 67
Riechschleimhaut 67
Riechstrang 54, 63
Riemenmuskel d. Kopfes 25-27
Rindenknochen d. Unterkiefers 40
Rindenzone 81
Ringbänder d. Luftröhre 42, 44
Ringfalten d. Dünndarmschleimhaut (Kerckring-Falten) 31, 32, 34
Ringknorpel 42, 44
Ringknorpelplatte 44
Ringknorpelspange 44
Ringmuskel d. Auges 24, 26, 27
Augenhöhlenteil 61
Lidteil 61
Ringmuskel d. Mundes 24, 26, 27
Ringmuskelschicht
d. Dickdarmwand 39
d. Dünndarmwand 38
d. Harnblase 74
d. Magenwand 33
Rippen (1. - 12.) 13-16, 19
Rippenbogenregion (Leberregion) 8, 9
Rippenfläche 42
Rippenfortsatz 23
Rolle d. Oberarmbeins 14
Rollhügel
großer 14
kleiner 14
Rosenvene
große 47
kleine 47
Rücken 6, 7
Rücken-Lenden-Faszie 25
Rückenmark 54, 55, 58, 73, 78, 79
Hinterhorn 58
Hinterstrang 58
Seitenstrang 58
verlängertes 53, 55, 70
Vorderhorn 58
Rückenmarksfurche, hintere mediane 73
Rückenmarksganglion, sensibles (sensibles Neuron) 73
Rückenmarkskanal 88
Rückenmarkspalte, vordere 73
Rückenmarkswurzeln d. XI. Hirnnervs 54
Rückenmuskel, breitester 24, 25
Ruffini-Körperchen (Dehnungsempfindung) 57, 71
Rundmuskel
großer 25, 26
kleiner 26

S

Sägemuskel 26
vorderer 24, 26
Samenbläschen (Bläschendrüse) 77, 78
Samenfaden 80
Samenkanälchen 80
Samenleiter 77, 78, 80
Samenleitergeflecht 78
Samenzellbildung, Stadien (Spermatogenese) 80
Samenzelle 85
Sammelrohr 76
Sarkomer 29
Schädeldach, knöchernes 55
Schädelknochen *siehe* Knochen d. Kopfes 12
Schafshaut 89
Schambein 14
Schambeinast
oberer 20
unterer 20
Schambeinfuge 14, 78, 79, 88
Schambeinhöckerchen 16, 20
Schambeinkamm 20
Schambeinkörper 20
Schambein-Vorsteherdrüsenband 78
Schamberg 6, 7, 79
Schamhaare 80
Schamlippe
große 77, 79, 78
kleine 77, 79, 88
Schamnerv 56, 78, 79
Schamregion 8
Scheide 79, 82, 83, 85, 88
Scheidenmündung 79
Scheidennerv 79
Scheidenöffnung 79
Scheidenvorhof 77, 79
Scheidewand
mediane 68
zwischen Mastdarm und Scheide 79
Scheitelbein 12, 14-17
Scheitelbeinhöcker 17
Scheitel-Hinterhirnfurche 53
Scheitelregion 8, 9
Schenkel (d. Chromosoms), lang/kurz 11
Schenkelhals 15
Schicht d. Lichtrezeptoren 59
Schicht, helle 71
Schienbein 6, 7, 13-16, 20
Außenseite 20
Gelenkfläche am Innenknöchel 20
Gelenkfläche zum Wadenbein 20
Gelenkfläche, obere 20
Gelenkfläche, untere 20
Gelenkknorren, äußerer 20
Gelenkknorren, innerer 20
Innenkante 20
Innenknöchel 20
Innenseite 20
Schaft 20
Vorderkante 20
Zwischenknorrenfläche, vordere 20
Schienbeinhöcker 14, 20
Schienbeinmuskel, vorderer 24, 26
Schienbeinnerv 56
Schienbeinschlagader
hintere 46
vordere 46
Schienbeinvene, vordere 47
Schiffergrube 77, 78
Schildknorpel 42, 44, 68
Schildknorpel-Ringknorpelband, mittleres 42, 44

Schläfenbein 12, 14-17, 64
Schläfenfurche
obere 53
untere 53, 54
Schläfengrube 17
Schläfenlappen 54
Schläfenlinie
obere 17
untere 17
Schläfenmuskel 26 27
Schläfenregion 8, 9
Schläfenwindung
mittlere 53
obere 53
untere 53, 54
Schlagader (Arterie) 46, 71
Schlagadern zum Leerdarm und Krummdarm 35
Schleim 67
Schleimdrüsen 45, 69
Schleimhaut d. Gebärmutter von Schwangeren (Dezidua) 89
Schleimhautfalte an d. Hinterwand d. Harnröhre 77
Schleimhautfalte
mittlere, zwischen Zungengrund und Kehldeckel 68
seitliche, zwischen Zungengrund und Kehldeckel 68
zwischen d. Harnleitermündungen 77
Schleimhautschicht 77
Schlemm-Kanal 59
Schließmuskel d. Pupille 59
Schlinge, bindegewebige, d. oberen schrägen Augenmuskels 61
Schlundbögen (Kiemenbögen) 87
Schlüsselbein 6, 7, 13-16
Ende zum Brustbein 19
Ende zur Schulterhöhe 19
Gelenkfläche zum Brustbein 19
Gelenkfläche zur Schulterhöhe 19
Körper 19
Schlüsselbein-Brust-Faszie 90
Schlüsselbeinschlagader, linke 49
Schlußring (hinteres Zentriol) 80
Schlußstück d. Wirbelbogens 23
Schnecke 65, 66
Schneckenbasis 65
Schneckengang 65, 66
häutiger 64, 65
Schneckenkuppel 65
Schneckennerv 64, 65
Schneidermuskel 24, 25
Schneidezähne 40, 41
Schnürring 57
Schollenmuskel 24-26
Schulter 6, 7
Schulterblatt 6, 7, 14-16, 19
Einschnitt im oberen Rand 19
Fläche zum Schultereckgelenk 19
Rand, äußerer 19
Rand, innerer 19
Rand, oberer 19
Winkel, äußerer 19
Winkel, oberer 19
Winkel, unterer 15, 19
Schulterblattgräte 15, 16
Schulterblatthals 19
Schulterblattheber 25, 26
Schulterblattregion 9
Schulterblatt-Zungenbein-Muskel 24, 26
unterer Bauch 26
Schultergürtel 19
Schulterhöhe 14-16, 19
Schuppennaht 16, 17
Schwammknochen d. Unterkiefers 40
Schwammzone 73
Schwann-Zelle 57
Schwanz
d. Bauchspeicheldrüse 35
d. Samenfadens 80
Schwanzfalte 87
Schweißdrüse 71, 72
apokrine 72
ekkrine 72
Schwellkörper d. Vorhofs 77
Schwellkörperschenkel 78
Schwellkörperteil d. Harnröhre 78
Schwertfortsatz 14
Segel
an d. Kammerscheidewandseite 48
d. Vorhof-Kammer-Klappen 48
hinteres 48
vorderes 48
Segmentbronchus 44
Segmente, bronchopulmonale
hinteres 43
Lingulasegment 43
mediales 43
oberes 43
seitliches 43
vorderes 43
Segmente d. Leberlappen 36
Sehbahn 62
Sehgrube (Zentralgrube) 60
Sehhügel 53
Sehloch (Pupille) 61, 62
Sehne 29
d. Armstreckers 26
d. dritten Wadenbeinmuskels 24, 26, 28
d. Fingerstreckers 28
d. Kleinfingerstreckers 28
d. kurzen Daumenstreckers 26
d. kurzen Großzehenstreckers 28
d. kurzen Wadenbeinmuskels 26, 28
d. langen Daumenabspreizers 26
d. langen Daumenstreckers 26
d. langen Großzehenstreckers 28
d. langen Wadenbeinmuskels 28
d. langen Zehenstreckers 26, 28
d. Nasenmuskels 24
d. Trommelfellspanners 64
d. vorderen Schienbeinmuskels 26, 28
Sehnen
d. Füße 28
d. Hände 28
d. kurzen Zehenstreckers 24
d. langen Zehenstreckers 28
Sehnenfäden 48
Sehnenhaube 24, 25, 27
Sehnenhaubenmuskel 27
Hinterhauptsabschnitt 25, 26
seitlicher 24
Stirnabschnitt 26, 27
Sehnenkanäle d. Finger 24
Sehnenplatte
d. äußeren schrägen Bauchmuskels 26
unter d. Schleimhaut 68
Sehnenscheide
d. Fingerstreckers 28
d. Kleinfingerstreckers 28
d. Daumenstreckers 28
Sehnerv (II. Hirnnerv) 54, 59-63
Sehnervenkreuzung 54, 62, 63
Sehnervenstrang 62
Sehnervpapille 59, 60
Sehnervscheibe (mit zentraler Höhle) 60
Sehrinde (im Hinterhauptslappen d. Gehirns) 62
Sehstrahlung (Gratiolet-Strahlung) 62, 63
Sehstrang 63
äußere Wurzel 63
innere Wurzel 63
Sehzentrum 63
Seitenfurche 53
Seitenleiste d. Kreuzbeins 23
Seitenplatte d. Schildknorpels 44
Seitenstrang d. Rückenmarks 58
Sekretgranula (-körnchen) 10
Sesambein 18
Sichelband d. Leber 31, 36
Siebbein 12, 16, 17, 67
Siebbeinplatte 67
Sinnesorgane 59
Sitzbein 14
Sitzbeinast 20
Sitzbeinhöcker 15, 16, 20
Sitzbeinkörper 20
Sitzbeinstachel 15, 16
Skelett 14-16
Sohlenmuskel 25
Spalte
horizontale 42
schräge 42
Spanner d. Oberschenkelfaszie 24, 25
Speiche 13-16, 18, 19, 28
Griffelfortsatz 19
Hals 19
Kante, vordere 19
Rauhigkeit 19
Schaft 19
Speichenkopf 19
Vorderfläche 19
Zwischenknochenkante 19
Speichennerv
oberflächlicher Ast 56
tiefer Ast 56
Speichenschlagader 46
Speiseröhre 31
unteres Ende 32
Spermatide 80
Spermatozyt
I. Ordnung 80
II. Ordnung 80
Spinalganglion 58
Spinalnerv 58
Ast, hinterer 58
Ast, vorderer 58
Hirnhautast 58
Verbindungsast, grauer 58
Verbindungsast, weißer 58
Wurzel, hintere (afferente) 58
Wurzel, vordere (efferente) 58
Spinalnervenpaare (Rückenmarknerven) 58
Spinnwebhaut (Arachnoidea) 55, 59
Spiralfalte 37
Spitzenknorpel 44
Sprungbein 14, 15, 18
Gelenkfläche für den Wadenbeinknöchel 18
Sprungbeinhals 18
Sprungbeinkopf 18
Sprungbeinrolle 18
Sprunggelenk, oberes 14
Spüldrüse, seröse 69
Stabkranz 61
Stachelzellschicht 71
Stamm
d. Lungenschlagadern 49
gemeinsamer, d. Arm-Kopf-Schlagadern 49
gemeinsamer, d. Magen-, Leber- und Milzschlagader 35, 46
gemeinsamer, d. rechten Hals- und Armschlagader 46
Steigbügel 12, 65, 66
Fußplatte 66
Schenkel, hinterer 64, 66
Schenkel, vorderer 66
Steißbein 13, 15, 16, 21, 23, 58, 88
Steißbeinnerv 56, 58
Steißwirbel 21
Stellknorpel 44
Stimmfalten 44
Stimmritze 44
Stirn 6, 7
Stirnbein 12, 14, 16, 17, 61, 67
Stirnbeinhöcker 17
Stirnbein-Nasenbeinnaht 67
Stirnbein-Oberkiefernaht 67
Stirnfortsatz d. Oberkiefers 14, 61
Stirnfurche
obere 53
untere 53
Stirnhautherabzieher 27
Stirnhöhle 67
Stirnlappen 54
Stirnmuskel 24
Stirnnerv 61
Stirnpol 53
Stirnregion 8, 9
Stirnwindung
mittlere 53
obere 53
untere 53
Strahlenkörper (Ziliarkörper) 62
hinterer planer Teil 62
Strahlenkörperarterie
hintere 60
kurze hintere 59
lange hintere 59
Strahlenkörpermuskel (Linsenmuskel) 59, 60, 62
Strahlenkörpernerven 62
Strahlenkörperschlagader
vordere 59
hintere 61
Strahlenkörpervene, vordere 59
Strahlenzone 62
Stützzellen 67, 69
Subarachnoidealraum 55
Substanz
gelatinöse (Roland) 73
graue, zentrale 73
weiße 73
Synapse
am Axon 57
am Dendrit 57
am Zelleib 57

T

Talgdrüse 71, 72
Taschen, halbmondförmige
d. Aortenklappe 48
d. Pulmonalklappe 48
Taschenfalten 44
Taschenklappe 51
Thalamus 70
Thymin 11
Tragus 64
Tränenapparat 61
Tränenbein 12, 16, 17
Tränendrüse 61
Tränennasengang 61
Tränennerv 61
Tränenpunkt 61
Tränenröhrchen 61
Tränensack 61
Tränenwärzchen 61
Trapezmuskel (Kappenmuskel) 24, 25, 26
Trizeps 30; *siehe auch* Oberarmmuskel, dreiköpfiger
Trommelfell 64-66
schlaffer Teil 64
straffer Teil 64

Trommelfellnabel 64
Trommelfellring 64
Trommelfellspanner 64
Trophoblast 86
Tubenwulst 67
Türkensattel 67

U

Übergangsepithel d. Harnblase 74
Überleitungsstück (Teil d. Henle-Schleife) 76
Unterarm 6, 7, 19, 30
Unterarm-Hautnerv, äußerer 56
Unterarmregion 9
hintere 8, 9
vordere 8,9
Unteraugenhöhlenkanal 41
Unteraugenhöhlenloch 16, 17
Unteraugenhöhlennerv 41, 61
Unterbrustdrüsenregion 8
Untergrätenmuskel 25, 26
Unterhaut 71
Unterkehlkopfraum 44
Unterkiefer 12, 14-16, 31, 68, 87
Unterkieferast 17
Unterkieferkanal 40
Unterkieferknochen 40
Unterkieferkörper 17
Unterkiefernerv 40, 54
Unterkieferschlagader 40
Unterkiefervene 40
Unterkiefer-Zungenbein-Muskel 68
Unterlappen
d. linken Lunge 43
d. rechten Lunge 43
Unterlappenbronchus
linker 44
rechter 44
Unterlid 61
Unterlidbindehaut 61
Unterlippe 68
Unterlippensenker 26, 27
Unterrand d. knöchernen Augenhöhle 17
Unterrand d. Lunge 42
Unterschenkel 6, 7, 20
Unterschenkelhautnerv, vorderer 56
Unterschenkelregion
hintere 8, 9
vordere 8, 9
Unterschlüsselbeingrube 8
Unterschlüsselbeinschlagader 46, 49
Unterschlüsselbeinvene 47
Unterschulterblattgrube 19
Unterschulterblattregion 9
Unter-Unterkiefer-Dreieck 9
Urogenitalregion 8
Urothel 74
Ursegmente (Somiten) 87
Ursprungskegel d. Nervenzelle 57

V

Vagus (X. Hirnnerv) 54, 70
Vakuolen 10
Vater-Pacini-Körperchen (Druck- und Vibrationsempfindung) 57, 71
Vene 47, 71
hintere, d. linken Kammer 50
Venenklappe (Taschenklappe) 47
Ventilebene d. Herzens 48
Venusraute (Michaelis-Raute) 6, 7
Verbindungsstück 80
Verdauungssystem 31
Verdickung d. Harnröhrenschwellkörpers 78
Vereinigung d. großen Schamlippen 79
Vieleckbein
großes 18
kleines 18
Vorderhorn d. Rückenmarks 58, 73
Vorhaut 78, 80
Vorhof
d. Herzens 48-51
d. Labyrinths 65
d. Mundhöhle 31, 68
d. Warzenfortsatzzellen 66
Vorhof-Kammer-Klappe
linke (Zweisegelklappe) 48, 51
rechte (Dreisegelklappe) 48, 51
Vorhofkammerknoten (Aschoff-Tawara-Knoten) 50
Vorhofknoten (Keith-Flack-Knoten) 50
Vorhofnerv 65
Vorhofsäckchen 65
Vorhofsäckchennerv 65
Vorhoftreppe 65, 66
Vorhofvene, schräge linke 50
Vorsprung d. Hammerfortsatzes 64
Vorsteherdrüse 77, 78
Vorsteherdrüsengeflecht 78
Vorwölbung 64, 66
durch d. Gesichtsnervkanal 66
durch d. seitlichen Bogengang 66
Vorwölbungsfurche 66
Vulva 79

W

Wade 6, 7
Wadenbein 13-16, 20
Außenknöchel 20
Außenseite 20
Grube am Außenknöchel 20
Hinterkante 20
Schaft 20
Spitze d. Wadenbeinkopfs 20
Vorderkante 20
Wadenbeinhals 20
Wadenbeinkopf 14, 20, 24
Spitze 20
Wadenbeinmuskel
dritter 28
kurzer 25, 26, 28
langer 24-26
Wadenbeinnerv
gemeinsamer 56
oberflächlicher 56
tiefer 56
Wadenbeinschlagader 46
Waden-Hautnerv
äußerer 56
medialer 56
Wadenmuskel 25
äußerer 25
bauchiger 24, 26
innerer 25
Wadenmuskelsehne 25
Wallpapillen 68, 69
Wandbau
Haargefäß 46
Schlagader 46
Vene 47
Wange 6, 7
Wangenmuskel (Trompetermuskel) 24, 27
Wangenregion 9
Warzenfortsatz 17, 66
Warzenfortsatzloch 17
Warzenfortsatzzellen 64, 66
Warzenhof 88, 90
Warzenhofdrüsen (Montgomery-Drüsen) 90
Wasserleiter d. Mittelhirns 55, 63
Wasserstoff-Brückenbindungen 11
Weitsichtigkeit (Hyperopie) 63
Wimpern-Nasennerv 61
Windung neben dem Ammonshorn 54
Winkelwindung 53
Wirbel 21-23
Brustwirbel 21
Halswirbel 21
Kreuzbeinwirbel 21
Lendenwirbel 21
Steißwirbel 21
Wirbelkörper 14, 88
Wirbelloch 23
Wirbelsäule 13, 21, 87, 88
Wirbelsäulenregion 9
Wirbelvene 59, 60
Würfelbein 16, 18
Wurmfortsatz 31, 39
Wurzel
hintere 73
vordere 73
Wurzelhaut 40
Wurzelkanal 40, 41
Wurzelkanalöffnung 40, 41
Wurzelscheide
äußere epitheliale 72
bindegewebige (Haarbalg) 72
innere epitheliale 72
Wurzelstück d. Wirbelbogens 22

Z

Zahn 67, 68
Zahnbau 44
Zahnbein 40, 41
Zähne 31, 40-41
bleibende 41
Zahnfach, knöchernes 40, 41
d. Oberkieferknochens 41
d. Unterkieferknochens 41
Zahnfächer 17
Zahnfleisch 40, 41
Zahnfleischsaum 40
Zahnhals 40
Zahnhöhle 40, 41
Zahnkrone 40
Zahnmark 40, 41
Zahnnerv d. Unterkieferasts 41
Zahnschlagader 41
Zahnschmelz 40, 41
Zahnvene 41
Zahnwurzel 40, 41
Zahnzement 40, 41
Zehen 6, 7, 18, 20
Zehenbeuger, langer 25
Zehenendgelenk 28
Zehenendglied 18
Zehengrundglied 18
Zehenknochen 16, 18
Zehenmittelgelenk 28
Zehenmittelglied 18
Zehenstrecker
kurzer 26, 28
langer 25, 26, 28
Zeigefingerstrecker 25
Zeis-Drüse 61
Zelle 10
Zellkern 10, 11, 29, 67, 81
Zellmembran 10
Einstülpung 10
Zellteilung 11
Zentralfurche 53
Zentralkanal 73
Zentriol 10
Zentromer (Kinetochor) 11
Ziliarfalten 62
Zottenhaut 86, 89
Zunge 31, 68-70
Zungenbälge 68
Zungenbändchen 68
Zungenbein 12, 16, 44, 68
Zungenbein-Schildknorpelband 44
Zungendrüse, vordere 68
Zungengrund 69
Zungenkörper 68
Zungenloch, blindes 68
Zungenmandel 68
Zungenmuskel
querer 68
vertikaler 68
Zungenmuskelnerv (XII. Hirnnerv) 54
Zungennerv 41
Zungenpapillen (Geschmackspapillen) 70
Blattpapille 70
Fadenpapille 70
Papille, konische 70
Pilzpapille 70
Wallpapille 70
Zungen-Rachen-Nerv (IX. Hirnnerv) 54, 70
Zungenrand 68
Zungenrücken 69
Teil hinter d. Grenzfurche 68
Zungenschleimhaut 68
Zungenspitze 68
Zungenunterseite 68
Zungenwurzel 68
Zweisegelklappe 48, 51
Zwerchfell 36, 45, 88
Durchtrittsstelle für d. Aorta 35
Zwerchfellfläche d. Lunge 42
Zwerchfellseite d. Leberlappens 36, 37
Zwischenkammerarterie, vordere 50
Zwischenkammerast d. Herzkranzschlagader 50
Zwischenkammerfurche, hintere 49
Zwischenkammerloch 55
Zwischenknochenmuskeln, rückseitige 24, 25, 26, 28
Zwischenlappenfläche 42
Zwischenneuron 73
Zwischenschulterblattregion 9
Zwischensehne 29
Zwischenwände d. Hodens 80
Zwischenwirbelfläche 22
Zwischenwirbellöcher 21
Zwölffingerdarm 31-33, 36
absteigender Teil 32, 34, 35
aufsteigender Teil 34, 35
horizontaler Teil 32, 34, 35
magennaher Teil 32
oberer (magennaher) Teil (Ampulle) 32, 34, 35
Zwölffingerdarm-Leerdarm-Biegung 34
Zwölffingerdarmpapille
große 34, 37
kleine 34
Zygote 83, 85
Zytoplasma 10

Inhaltsverzeichnis

Übersicht 4

Vorwort 5

Der menschliche Körper 6
1. Oberflächenanatomie des Mannes 6
Ansicht von ventral – Ansicht von dorsal 6
2. Oberflächenanatomie der Frau 7
Ansicht von ventral – Ansicht von dorsal 7
3. Körperregionen. Ansicht von ventral 8
4. Körperregionen. Ansicht von dorsal 9

Die Zelle 10
1. Die menschliche Zelle 10
2. Zellkern, Chromosomen und DNS 11
Schematische Darstellung des Zellkerns – Chromosomen während der Zellteilung – Schematische Struktur eines Chromosoms – Schematische Darstellung der DNS-Kette 11

Das knöcherne Skelett 12
1. Knochen des Kopfes 12
2. Knochen des Rumpfes und der Extremitäten 13
3. Skelett. Ansicht von ventral 14
4. Skelett. Ansicht von dorsal 15
5. Skelett. Ansicht von lateral 16
6. Der Schädel 17
Ansicht von ventral – Ansicht von lateral – Ansicht von kranial – Ansicht von dorsal 17
7. Hände und Füße 18
Hand: Ansicht von dorsal – Ansicht von palmar; Fuß: Ansicht von dorsal – Ansicht von lateral 18
8. Schultergürtel und Arm (obere Extremität) 19
Schlüsselbein – Schulterblatt– Oberarmknochen – Elle – Speiche 19
9. Hüfte und Bein (untere Extremität) 20
Oberschenkelknochen – Hüftbein – Schienbein – Wadenbein – Kniescheibe 20
10. Die Wirbelsäule, Achsenskelett 21
11. Wirbel 22
1. Halswirbel (Atlas): Ansicht von ventral – Ansicht von kranial; 2. Halswirbel (Axis): Ansicht von lateral – Ansicht von dorsal; 4. Halswirbel: Ansicht von kranial; 7. Halswirbel: Ansicht von kranial 22
12. Wirbel 23
6. Brustwirbel, Ansicht von links – 5. Brustwirbel, Ansicht von kranial – 4. Lendenwirbel, Ansicht von kranial – 5. Lendenwirbel, Ansicht von rechts – Kreuzbein: Ansicht von ventral – Ansicht von rechts 23

Der Bewegungsapparat 24
1. Muskeln des menschlichen Körpers. Ansicht von ventral 24
2. Muskeln des menschlichen Körpers. Ansicht von dorsal 25
3. Muskeln des menschlichen Körpers. Ansicht von lateral 26
4. Kopfmuskeln 27
Ansicht von ventral – Ansicht von lateral 27
5. Hände und Füße. Muskeln, Sehnen und Bänder 28
Hand: Ansicht von dorsal – Ansicht von palmar; Fuß: Ansicht von dorsal - Ansicht von lateral 28
6. Muskel- und Muskelansatztypen 29
Muskelformen – Querschnitt durch einen Muskel – Querschnitt durch eine Muskelfaser – Feinbau eines Sarkomers – Querschnitt durch eine Myofibrille 29
7. Bewegungen des Unterarms 30

Das Verdauungssystem 31
1. Organe und Bestandteile des Verdauungssystems sowie Phasen des Verdauungsprozesses 31
2. Der Magen 32
Magen und Zwölffingerdarm: Ansicht von ventral – Bild des Magenschleimhautreliefs unter Lupenvergrößerung – Projektion des Magens auf die vordere Bauchwand 32
3. Der Magen 33
Muskulatur des Magens – Schematische Darstellung des feingeweblichen Schichtenbaus der Magenwand 33
4. Zwölffingerdarm und Bauchspeicheldrüse 34
Zwölffingerdarm und Bauchspeicheldrüse: Ansicht von ventral – Feingeweblicher Schnitt durch die Bauchspeicheldrüse – Projektion von Zwölffingerdarm und Bauchspeicheldrüse auf die vordere Bauchwand 34
5. Zwölffingerdarm und Bauchspeicheldrüse 35
Retroperitoneale Organe und Blutgefäße des Oberbauchs: Ansicht von ventral – Ansicht von dorsal 35
6. Die Leber 36
Leber, Ansicht von ventral – Schematische Darstellung des feingeweblichen Leberbaus – Projektion der Leber auf die vordere Bauchwand 36
7. Leber und Gallenblase 37
Eingeweidefläche der Leber – Gallenblase und Gallengänge, teilweise eröffnet 37
8. Der Dünndarm 38
Dünndarmschlingen, vom Dickdarm eingerahmt. Ansicht von ventral – Projektion des Dünndarms auf die vordere Bauchwand – Oberer Dünndarm, Querschnitt – Schematische Darstellung des feingeweblichen Schichtenbaus der Dünndarmwand 38
9. Der Dickdarm 39
Vorderansicht des Dickdarms – Projektion des Dickdarms auf die vordere Bauchwand – Frontalschnitt durch den aufsteigenden Teil von Dickdarm, Blinddarm und Krummdarm – Schematische Darstellung des feingeweblichen Schichtenbaus der Dickdarmwand 39
10. Die Zähne. Milchgebiß 40
Milchgebiß – Mittlere Durchbruchzeiten – Längsschnitt durch einen unteren Schneidezahn – Abschnitt des Unterkiefers mit Molaren – Zahnbau 40
11. Die Zähne. Bleibendes Gebiß 41
Mittlere Durchbruchzeiten – Anordnung der Zähne im Mund – Längsschnitt durch einen Mahlzahn – Innervation der Zähne 41

Das Atmungssystem 42
1. Obere Atemwege 42
Projektion des Bronchialbaums auf die Lungenvorderwand 42
2. Bronchialbaum und bronchopulmonale Segmente 43
Luftröhre und bronchopulmonale Segmente, Ansicht von ventral 43
3. Kehlkopf, Luftröhre und Bronchien 44
Kehlkopf, Luftröhre und Bronchien: Ansicht von ventral – Ansicht von dorsal; – Kehlkopf-Innenraum: Ansicht von ventral – Querschnitt durch die Luftröhre 44
4. Die Atmung. Funktionseinheiten und Mechanik 45
Bronchiole mit Lungenbläschen – Gasaustausch in den Lungenbläschen – Anreicherung des Blutes mit Sauerstoff im Lungenbläschen – Atem-Mechanik 45

Das Kreislaufsystem 46
1. Schlagadern (Arterien) 46
Hauptschlagadern des Körpers – Wandbau einer Schlagader – Wandbau eines Haargefäßes 46
2. Venen 47
Hauptvenen des Körpers – Wandbau einer Vene – Schema einer Venenklappe 47
3. Das Herz 48
Schnittbild des Herzens; Blick in Vorhöfe und Kammern, Ansicht von ventral – Herzklappen in der Ventilebene, Ansicht von kranial – Projektion des Herzens auf die vordere Brustwand 48
4. Das Herz 49
Ansicht von ventral – Ansicht von dorsal 49

5. Das Herz 50
Gefäße an der Vorderseite des Herzens – Gefäße an der Hinterseite des Herzens – Reizbildungs- und Erregungsleitungssystem des Herzens 50
6. Herzaktion 51
Vorhoferschlaffung (Füllungsphase) – Kammererschlaffung (mit Füllungsphase; Vorhofanspannung) – Kammeranspannung (Auswurfphase) – Vorhoferschlaffung (Füllungsphase) 51

Blut und Milz 52
Die Blutzellen – Milz, Ansicht von ventral-medial – Schnitt durch die Milz – Feinbau der Milz 52

Das Nervensystem
1. Das Gehirn 53
Großhirn, Ansicht von kranial – Gehirn (linke Hälfte), Ansicht von lateral – Längsschnitt durch die Gehirnmitte 53
2. Das Gehirn 54
Gehirnbasis mit Hirnnerven 54
3. Das Gehirn 55
Schematische Darstellung der Hirnhäute (Meningen) – Darstellung der inneren Flüssigkeitsräume des Gehirns 55
4. Das periphere Nervensystem 56
5. Die Nervenzellen 57
Struktur einer Nervenzelle (Neuron) – Arten von Nervenzellen – Arten von Nervenendigungen 57
6. Das Rückenmark und die Spinalnerven 58
Schematische Darstellung des Rückenmarks und eines Spinalnervs – Rückenmark mit den 31 Spinalnervenpaaren, Ansicht von ventral – Von den Spinalnerven innervierte Hautbezirke (Dermatome) 58

Die Sinnesorgane 59
1. Der Gesichtssinn 59
Horizontalschnitt durch den rechten Augapfel (Blick von oben) – Feinbau der Hornhaut – Feinbau der Netzhaut 59
2. Der Gesichtssinn 60
Horizontalschnitt durch den rechten Augapfel (Blick von oben) – Sehnerv – Augenhintergrund 60
3. Der Gesichtssinn 61
Längsschnitt durch die linke Augenhöhle, Ansicht von lateral – Der Tränenapparat 61
4. Der Gesichtssinn 62
Sehbahn, Sicht von oben – Vordere Hälfte des Augapfels, Ansicht von dorsal – Vordere Hälfte des Augapfels, Ansicht von ventral 62
5. Der Gesichtssinn 63
Gehirnbasis (Ansicht von unten) mit Sehbahnen – Sehfehler und Sehhilfen 63

1. Der Hörsinn 64
Frontalschnitt durch das Ohr – Ohrmuschel – Trommelfell, Inspektion mit dem Ohrenspiegel 64
2. Der Hörsinn 65
Schrägansicht des Mittel- und Innenohrs – Querschnitt durch die Schnecke – Das häutige Labyrinth 65
3. Der Hörsinn 66
Ablauf des Hörvorgangs – Gehörknöchelchen – Paukenhöhle, mediale Wand 66

1. Der Geruchssinn 67
Aufbau der Riechschleimhaut – Nasenhöhle, Ansicht von medial – Riechzelle –Knöchernes und knorpeliges Nasenskelett, Ansicht von lateral – Riechorgan 67

1. Der Geschmackssinn 68
Zunge: Ansicht von lateral – Ansicht von dorsal; – Zunge, Querschnitt (durch die Zungenmitte und durch die Zungenspitze) 68
2. Der Geschmackssinn 69
Ausschnitt der Zungenoberfläche im Querschnitt – Zonen der Geschmacksempfindungen auf der Zunge – Ausschnitt einer Wallpapille im Querschnitt – Geschmacksknospe, Querschnitt 69
3. Der Geschmackssinn 70
Übermittlung einer Geschmacksempfindung – Geschmackspapillen 70

1. Der Hautsinn 71
Bau der (behaarten) Haut – Oberhaut (Epidermis) – Hautsinnesorgane (Rezeptoren) 71
2. Der Hautsinn 72
Schnitt durch die Haut verschiedener Körperpartien des Menschen – Schnitt durch einen Haarfollikel – Schweißdrüse 72
3. Der Hautsinn 73
Reflexhandlung oder sofortige Antwort des Körpers auf Schmerzreize – Längsschnitt durch ein Fingerendglied – Endglied eines Fingers mit Nagel 73

Das Harnsystem 74
1. Niere und ableitende Harnwege 74
Vorderansicht des Harnsystems – Querschnitt durch einen Harnleiter – Schnitt durch die Harnblasenwand 74
2. Die Niere 75
Nieren und Nebennieren, Ansicht von ventral – Linke Niere, durch Längsschnitt eröffnet; Ansicht von ventral 75
3. Harnbereitender Apparat 76
Schema von Nierenkörperchen und harnbereitendem Nierenröhrchen – Nierenkörperchen (Bowman-Kapsel sowie einzelne Haargefäße eröffnet) 76
4. Harnblase und Harnröhre 77
Harnblase nach Entfernung des Bauchfells, Ansicht von dorsal – Schnitt durch die männliche Harnblase, Ansicht von ventral – Männliche Harnröhre, Ansicht von links – Schnitt durch die weibliche Harnröhre, Ansicht von ventral 77

Das Fortpflanzungssystem 78
1. Männliche Geschlechtsorgane 78
Sagittalschnitt durch das männliche Becken, Ansicht von links – Vegetative Innervation – Harn-Samen-Röhre (von vorn eröffnet; Querschnitt durch Körper, Eichelkrone und Eichel) 78
2. Weibliche Geschlechtsorgane 79
Sagittalschnitt durch das weibliche Becken – Weibliche Geschlechtsorgane (teilweise von vorn eröffnet) – Äußere weibliche Geschlechtsorgane – Vegetative Innervation 79
3. Männliche Geschlechtsorgane 80
Äußere Geschlechtsorgane – Hoden (Querschnitt) und Nebenhoden – Schematische Darstellung der Samenzellbildung – Samenfaden 80
4. Weibliche Geschlechtsorgane 81
Schnitt durch einen Eierstock (Lupenvergrößerung) mit Stadien der Follikelreifung – Feinbau der Eizelle 81
5. Reifung und Wanderung der unbefruchteten Eizelle 82
Wanderung der gesprungenen, unbefruchteten Eizelle durch Eileiter und Gebärmutter 82
6. Reifung und Weg der befruchteten Eizelle 83
Eisprung, Befruchtung und Weg der Zygote bis zu ihrer Einnistung in der Gebärmutter 83
7. Der Menstruationszyklus 84
Empfängnis und Schwangerschaft – Phasen des Menstruationszyklus – Eierstock –Gebärmutter – Basaltemperatur 84
8. Empfängnis 85
Befruchtung und Einnistung der Eizelle – Befruchtung der Eizelle: Entstehung der Morula und der Blastozyste 85
9. Plazenta und Entwicklung des Embryos/Fetus 86
Querschnitt durch die Plazenta – Fetale Entwicklung im Mutterleib 86
10. Vorgeburtliche Entwicklung 87
27 Tage alter Embryo (mit 28 Ursegmentpaaren), Ansicht von links 87
11. Körper einer Schwangeren. Medianschnitt, Ansicht von rechts 88
12. Die Plazenta. Die Geburt 89
Die Plazenta in der fünften Schwangerschaftswoche – Die Geburt 89
13. Weibliche Brust und Brustdrüsen 90
Weibliche Brust, Ansicht von ventral – Schnitt durch die Brustdrüse, Ansicht von lateral 90

Register 91

Deutsch-lateinisches Wörterbuch
der anatomischen Begriffe 101

Deutsch-lateinisches Wörterbuch
der anatomischen Begriffe

A

Abstoßung d. Gebärmutterschleimhaut (Monatsblutung)	Desquamatio (Menstruatio;Menses)
Achillessehne	Tendo calcaneus
Achselgrube	Fossa axillaris
Achselnerv	Nervus axillaris
Achselregion	Regio axillaris
Achselschlagader	Arteria axillaris
Achselvene	Vena axillaris
Adamsapfel	Prominentia laryngea
Adergeflecht im Seitenventrikel	Plexus choroideus ventriculi lateralis
Aderhaut	Choroidea
After	Anus
Afterfurche	Crena ani
Afterheber	Musculus levator ani
Afterregion	Regio analis
Afterschließmuskel, äußerer	Musculus sphincter ani externus
Akzessoriusnerv (XI. Hirnnerv)	Nervus accessorius
Altersweitsichtigkeit (Presbyopie)	Presbyopia
Alveolarteil d. Unterkiefers	Pars alveolaris mandibulae
Amboß	Incus
Körper	Corpus incudis
Schenkel, kurzer/langer	Crus incudis (breve/longum)
Amboßgrube	Fossa incudis
Amnionhöhle	Cavitas amniotica
Ampulle d. Samenleiters	Ampulla ductus deferentis
Analkanal	Canalis analis
Ansatz, flächenhafter	Aponeurosis
Anspannung (= Auswurfphase)	Systole
Anzieher, großer	Musculus adductor magnus
Anzieher, kurzer	Musculus adductor brevis
Anzieher, langer	Musculus adductor longus
Aorta (Hauptschlagader)	Aorta
Aortenbogen	Arcus aortae
Bauchaorta	Pars abdominalis aortae
Brustaorta	Pars thoracica aortae
Teil, absteigender	Pars descendens aortae
Teil, aufsteigender	Pars ascendens aortae
Aortenklappe	Valva aortae
Apparat, dem Nierenkörperchen benachbarter	Complexus juxtaglomerularis
Arachnoidea-Zotten (Pac--chioni-Granulationen)	Granulationes arachnoideales
Arm (obere Extremität)	Brachium (Extremitas superior)
Arm d. oberen Hügels	Brachium colliculi superioris
Arm-Kopf-Vene, linke	Vena brachiocephalica sinistra
Arm-Kopf-Vene, rechte	Vena brachiocephalica dextra
Armbeuger (Oberarmmuskel)	Musculus brachialis
Arm(nerven)geflecht	Plexus brachialis
Armschlagader	Arteria brachialis
Armstrecker (dreiköpfiger Oberarmmuskel, Trizeps)	Musculus trizeps brachii
äußerer Kopf	Caput laterale musculi tricipitis brachii
innerer Kopf	Caput mediale musculi tricipitis brachii
langer Kopf	Caput longum musculi tricipitis brachii
Armstreckersehne	Tendo musculi tricipitis brachii
Armvene, ellenseitige	Vena basilica
Arterie (Arterien)	Arteria (Arteriae)
Achselschlagader	Arteria axillaris
Aorta (Hauptschlagader)	Aorta
Armschlagader	Arteria brachialis
Augenhöhlenschlagader	Arteria ophthalmica
Balkenschlagader	Arteria trabeculari
Bauchspeicheldrüsen-Zwölffingerdarm-Schlagader	Arteria pancreaticoduodenalis
Dickdarmschlagader	Arteria colica
Eierstockschlagader	Arteria ovarica
Ellenschlagader	Arteria ulnaris
Fußrückenschlagader	Arteria dorsalis pedis
Gekröseschlagader	Arteria mesenterica
Gliedrückenschlagader	Arteria dorsalis penis
Halsschlagader	Arteria carotis
Herzkranzschlagader (Koronararterie)	Arteria coronaria
Hodenschlagader	Arteria testicularis
Kniekehlenschlagader	Arteria poplitea
Kopfschlagader	Arteria cephalica
Leberschlagader	Arteria hepatica
Lungenschlagader	Arteria pulmonalis
Magenschlagader	Arteria gastrica
Magen-Zwölffingerdarmschlagsader	Arteria gastroduodenalis
Milzschlagader	Arteria lienalis (splenica)
Nabelschlagader	Arteria umbilicalis
Netzhautschlagader, zentrale	Arteria centralis retinae
Nierenschlagader	Arteria renalis
Oberarmschlagader	Arteria brachialis
Oberschenkelschlagader	Arteria femoralis
Randarterie, rechte	Arteria marginalis dextra
Schienbeinschlagader	Arteria tibialis
Schlagadern zum Leerdarm und Krummdarm	Arteriae jejunales et iteales
Schlüsselbeinschlagader, linke	Arteria subclavia
Speichenschlagader	Arteria radialis
Strahlenkörperschlagader	Arteria ciliaris
Unterkieferschlagader	Arteria alveolaris inferior
Unterschlüsselbeinschlagader	Arteria subclavia
Wadenbeinschlagader	Arteria fibularis
Zahnschlagader	Arteria alveolaris
Zwischenkammerarterie	Arteria interventricularis
Arterienband	Ligamentum arteriosum (Botalli)
Ast	Ramus
d. Drillingsnervs	Ramus nervi trigemini
herumbiegender, d. Herzkranzschlagader	Ramus circumflexus arteriae coronariae
Atlas	Atlas
Atmungssystem	Apparatus respiratorius; Systema respiratorium
Aufhängeband d. Eierstocks	Ligamentum suspensorium ovarii
Aufhängeband d. Gliedes	Ligamentum suspensorium penis
Augapfel	Bulbus oculi

Augapfelbindehaut	Tunica conjunctiva bulbaris (sclerae)
Auge (rechtes und linkes)	Oculus dexter et sinister
Augen	Oculi
Augenabwendnerv (VI. Hirnnerv)	Nervus abducens
Augenast d. Drillingsnervs	Nervus ophthalmicus
Augenbläschen	Vesicula optica
Augenbraue	Supercilium
Augenbrauensenker	Musculus depressor supercilii
Augenhintergrund	Fundus oculi
Augenhöhle	Orbita
Augenhöhlenfortsatz d. Gaumenbeins	Processus orbitalis ossis palatini
Augenhöhlenfurchen	Sulci orbitales
Augenhöhlennerv	Nervus ophthalmicus
Augenhöhlenschlagader	Arteria ophthalmica
Augenhöhlenspalte, obere	Fissura orbitalis superior
Augenhöhlenspalte, untere	Fissura orbitalis inferior
Augenhöhlenvene	Vena ophthalmica
Augenhöhlenwindungen	Gyri orbitales
Augenkammer, hintere	Camera posterior
Augenkammer, vordere	Camera anterior
Augenmuskel	
äußerer gerader	Musculus rectus lateralis
innerer gerader	Musculus rectus medialis
oberer gerader	Musculus rectus superior
oberer schräger	Musculus obliquus superior
unterer gerader	Musculus rectus inferior
unterer schräger	Musculus obliquus inferior
Augenmuskelnerv (III. Hirnnerv)	Nervus oculomotorius
Augenpol, hinterer	Polus posterior oculi
Augenpol, vorderer	Polus anterior oculi
Augenregion	Regio orbitalis
Augenrollnerv (IV. Hirnnerv)	Nervus trochlearis
Augenwimpern	Cilia
Ausführungsgang d. Meibomdrüse	Ductus glandulae tarsalis
Ausführungsgang einer Schweißdrüse	Ductus sudoriferi
Außenknöchel	Malleolus lateralis
Außenrand, oberer, d. knöchernen Augenhöhle	Margo supraorbitalis
Außenrand d. Niere	Margo lateralis renalis
Außenschicht einer Schlagader	Tunica externa (adventitia)
Auswärtsdreher, langer	Musculus supinator longus

B

Backenzähne (Prämolaren)	Dentes praemolares
Balken d. Gehirns	Corpus callosum
Balken d. Milz	Trabeculae lienales
Balkenschlagader	Arteria trabecularis
Balkenvene	Vena trabecularis
Balkenwerk	Retinaculum trabeculare
Band	Ligamentum
Bandscheibe	Discus intervertebralis
Basalmembran	Membrana basalis
Basalschicht d. Oberhaut	Stratum basale (+ Stratum spinosum = Stratum germinativum)
Basalschicht d. Gebärmutterschleimhaut	Endometerium basale
Basalsegment	Segmentum basale
hinteres	Segmentum basale posterius
mittleres	Segmentum basale mediale
oberes	Segmentum superius
seitliches	Segmentum basale laterale
unteres	Segmentum basale inferius
vorderes	Segmentum basale anterius
Bauch	Abdomen
Bauchaorta	Pars abdominalis aortae
Bauchfell (seröse Haut)	Peritoneum (Tunica serosa)
Bauchfelltasche oberhalb d. Blinddarms	Recessus ileocaecalis superior
Bauchfelltasche zwischen Harnblase und Mastdarm	Excavatio rectovesicalis
Bauchfellüberzug	Tunica serosa
Bauchfellüberzug d. Gallenblase	Tunica serosa vesicae biliaris
Bauchfellüberzug d. Gebärmutter	Tunica serosa (uteri)
Bauchfellüberzug d. Magenwand	Tunica serosa (gastri)
Bauchmuskel	Musculus abdominis
äußerer schräger	Musculus obliquus externus abdominis
gerader	Musculus rectus abdominis
innerer schräger	Musculus obliquus internus abdominis
Bauchregion, seitliche	Regio abdominalis lateralis
Bauchspeicheldrüse	Pancreas
Kopf	Caput pancreatis
Körper	Corpus pancreatis
Schwanz	Cauda pancreatis
Bauchspeicheldrüseneinschnitt	Incisura pancreatis
Bauchspeicheldrüsengang	Ductus pancreaticus
Bauchspeicheldrüsen-Zwölffingerdarmschlagader, obere	Arteria pancreaticoduodenalis superior
Bauchspeicheldrüsen-Zwölffingerdarmschlagader, untere	Arteria pancreaticoduodenalis inferior
Bauhin-Klappe	Valva ileocaecalis
Beckeneingeweidenerven	Nervi splanchnici pelvici
Beckengeflecht	Plexus hypogastricus
oberes	Plexus hypogastricus superior
unteres	Plexus hypogastricus inferior
Beckenschlagader	Arteria iliaca
äußere	Arteria iliaca externa
gemeinsame	Arteria iliaca communis
innere	Arteria iliaca interna
Beckenvene	Vena iliaca
äußere	Vena iliaca externa
innere	Vena iliaca interna
linke gemeinsame	Vena iliaca communis sinistra
rechte gemeinsame	Vena iliaca communis dextra
Befruchtung	Fecundatio
Bein (untere Extremität)	Extremitas inferior
Bindegewebe d. Schleimhaut	Lamina propria mucosae
Bindegewebsfasern, zirkuläre, d. Zahns	Ligamentum circulare dentis
Bindegewebsplatte	Septum orbitale
Bindegewebsschicht	Lamina propria
Bindegewebsschicht d. Schleimhaut	Lamina propria mucosae
Bindegewebsschicht unter d. Bauchfell	Tela subserosa
Bindegewebsschicht unter d. Schleimhaut	Tela submucosa
Bindegewebsschicht unter d. Bauchfellüberzug	Tela subserosa
Bindegewebsschicht unter d. Epithel	Lamina propria
Bindehaut	Tunica conjunctiva
Bindehaut d. Augapfels	Tunica conjunctiva bulbi
Bindehaut, obere Umschlagfalte	Fornix conjunctivae superior
Bindehaut, untere Umschlagfalte	Fornix conjunctivae inferior
Bizeps	Musculus biceps brachii
Bizepssehne	Tendo musculi bicipitis brachii

Bizepssehne, flache	Aponeurosis musculi bicipitis brachii (Lacertus fibrosus)
Bläschenfollikel („Tertiärfollikel" = Graaf-Follikel)	Folliculus ovaricus secundarius
Blasengrund	Fundus vesicae
Blasenkörper	Corpus vesicae
Blastozyste	Blastocystis
Blinddarm	Caecum
Blutgefäße	Vasa sanguinea
Blutkörperchen, rote (Erythrozyten)	Erythrocyti
Blutkörperchen, weiße (Leukozyten)	Leucocyti
Granulozyt	Granulocytus
Granulozyt, basophiler	Granulocytus basophilicus
Granulozyt, eosiniphiler	Granulocytus acidophilicus
Granulozyt, neutrophiler	Granulocytus neutrophilicus
Lymphozyt	Lymphocytus
Monozyt	Monocytus
Blutplättchen (Thrombozyt)	Thrombocytus
Blutzellen	Haemocyti
Bogen	Arcus
hinterer, d. 1. Halswirbels	Arcus posterior atlantis
vorderer, d. 1. Halswirbels	Arcus posterior atlantis
Bogengang	Ductus semicircularis
äußerer	Ductus semicircularis lateralis
hinterer	Ductus semicircularis posterior
vorderer	Ductus semicircularis anterior
Bogengänge	Ductus semicirculares
Bowman-Kapsel	Capsula glomeruli
äußeres Blatt (Epithel)	Capsula glomeruli, Paries externus
inneres Blatt (Podozyten)	Capsula glomeruli, Paries internus
Bowman-Membran	Lamina limitans anterior
Bronchialast d. Vagusnervs	Ramus bronchialis nervi vagi
Bronchialbaum	Arbor bronchialis
Bronchialknorpel	Cartilagines bronchiales
Bronchialvene	Vena bronchialis
Bronch(i)en	Bronchi
Bronchiolen	Bronchioli
Bruch-Membran	Lamina choroidocapillaris
Brücke	Pons
Brust, weibliche	Mamma
Brustaorta	Aorta thoracica
Brustbein	Sternum
Brustbeinregion	Regio praesternalis
Brustbein-Zungenbein-Muskel	Musculus sternohyoideus
Brustdrüse, Milchdrüse	Glandula mammaria
Brustdrüsenregion	Regio mammaria
Brustfaszie	Fascia pectoralis
Brusthöhle	Cavitas thoracica
Brustkorb	Thorax
Brustkorbvene, innere	Vena thoracica interna
Brustmuskel	Musculus pectoralis
großer	Musculus pectoralis major
kleiner	Musculus pectoralis minor
Brustmuskelregion	Regio pectoralis
Brustnerven	Nervi thoracici
Brustregion, seitliche	Regio thoracica lateralis
Brustwarze	Mamilla, Papilla mammaria
Brustwirbel (Th$_1$-Th$_{12}$)	Vertebrae thoracicae (Th$_1$-Th$_{12}$)
Brustwirbel, 6.	Vertebra thoracica VI (Th VI)
Dornfortsatz	Processus spinosus
Einschnitt am Wurzelstück oberer	Incisura vertebralis superior
Gelenkfortsatz, oberer	Processus articularis superior
Gelenkfortsatz, unterer	Processus articularis inferior
Gelenkpfanne für Rippenköpfchen, obere halbe	Fovea costalis superior
Gelenkpfanne für Rippenköpfchen, untere halbe	Fovea costalis inferior
Querfortsatz	Processus transversus
Randleiste d. Wirbelkörpers	Apophysis annularis corporis vertebrae
Wirbelkörper	Corpus vertebrae
Wurzelstück	Pediculus arcus vertebrae
Bucht neben d. Samenhügel	Sinus prostaticus

C

Chorionplatte	Lamina chorionica
Chorionzotte	Villus primarius
Chorionzotten	Villi chorionici
Chromatin	Chromatinum
Chromosom	Chromosoma
Schenkel, kurzer/langer	crus chromosomatis (breve/longum)
Corti-Organ	Organum spirale
Cowper-Drüse	Glandula bulbo-urethralis
Cytotrophoblast	Cytothrophoblastus

D

Damm	Perineum
Darmbein	Os ilium
Darmbeingrube	Fossa iliaca
Darmbeinkamm	Crista iliaca
Darmbeinkörper	Corpus ossis illi
Darmbein-Leisten-Nerv	Nervus ilioinguinalis
Darmbein-Lenden-Muskel	Musculus iliopsoas
Darmbeinmuskel	Musculus iliacus
Darmbeinrauhigkeit	Tuberositas iliaca
Darmbein-Rippen-Muskel	Musculus iliocostalis
Darmbeinschaufel	Ala ossis ilii
Darmbein-Schienbein-Sehne	Tractus iliotibialis
Darmbeinstachel	Spina iliaca
hinterer oberer	Spina iliaca posterior superior
hinterer unterer	Spina iliaca posterior inferior
vorderer oberer	Spina iliaca anterior superior
vorderer unterer	Spina iliaca anterior inferior
Darmbein-Unterbauch-Nerv	Nervus iliohypogastricus
Darmdrüsen	Glandulae intestinales; Cryptae intestinales
Darmschleimhaut	Tunica mucosa intestinalis
Darmzotte	Villus intestinalis
Daumen	Follex
Daumenabspreizer, kurzer	Musculus abductor pollicis brevis
Daumenabspreizer, langer	Musculus abductor pollicis longus
Daumenanzieher	Musculus adductor pollicis
Daumenbeuger, kurzer	Musculus flexor pollicis brevis
Daumenbeuger, langer	Musculus flexor pollicis longus
Daumenstrecker, kurzer	Musculus extensor pollicis brevis
Daumenstrecker, langer	Musculus extensor pollicis longus
Deckmembran	Membrana tectoria
Deltamuskel	Musculus deltoideus
Deltamuskelregion	Regio deltoidea
Dendrit	Dendritum
Descemet-Membran	Lamina limitans posterior
Dickdarm	Intestinum crassum
absteigender Teil	Colon descendens
aufsteigender Teil	Colon ascendens
Querteil	Colon transversum
S-förmiger Teil	Colon sigmoideum

Dickdarmaussackungen	Haustra coli
Dickdarmbiegung	Flexura coli
linke	Flexura coli sinistra
rechte	Flexura coli dextra
Dickdarmdrüsen	Glandulae intestinales
Dickdarmfalten, halbmondförmige	Plicae semilunares coli
Dickdarmklappe	Valva ileocaecalis
Dickdarmschlagader, mittlere	Arteria colica media
Dickdarmvene, mittlere	Vena colica media
Dickdarmvene, rechte	Vena colica dextra
Dornfortsatz	Processus spinosus
Dottersack	Saccus vitellinus
Dottersack, primärer	Saccus vitellinus primarius
Douglas-Raum	Excavatio recto-uterina
Dreieckband, linkes	Ligamentum triangulare sinistrum
Dreieckband, rechtes	Ligamentum triangulare dextrum
Dreieckbein	Os triquetrum
Dreiecksgrube	Fossa triangularis
Dreisegelklappe (rechte Vorhof-Kammer-Klappe)	Valva atrioventicularis dextra (Valva tricuspidalis)
Drillingsnerv (V. Hirnnerv)	Nervus trigeminus
Drillingsnerv-Ganglion	Ganglion trigeminale
Drillingsnervgrube	Impressio trigemini
Drosselgrube	Incisura jugularis sterni
Drosselvene	Vena jugularis
äußere	Vena jugularis exterior
innere	Vena jugularis interior
vordere	Vena jugularis anterior
Drüsenkörper d. Brustdrüse	Corpus mammae
Drüsenläppchen	Lobuli glandulae mammariae
Dünndarm	Intestinum tenue
Dünndarmklappe (Bauhin-Klappe)	Valva ileocaecalis
Dünndarmschlingen	Intestinum tenue
Durascheide d. Sehnervs	Vagina externa nervi optici

E

Eckzahn	Dens caninus
Ei; Eizelle (bereit für Befruchtung)	Ovum
Eichel	Glans penis
Eichelkrone	Corona glandis
Eierstock	Ovarium
Eierstockband	Ligamentum ovarii proprium
Eierstockgeflecht	Plexus ovaricus
Eierstockschlagader	Arteria ovarica
linke	Arteria ovarica sinistra
rechte	Arteria ovarica dextra
Eierstockvene	Vena ovarica
linke	Vena ovarica sinistra
rechte	Vena ovarica dextra
Eileiter	Tuba uterina (Fallopii)
Eileiterampulle	Ampulla tubae uterinae
Eileiterenge	Isthmus tubae uterinae
Eileitertrichter (mit Fransen)	Infundibulum tubae uterinae (mit Fimbriae tubae)
Eileitertrichter	Infundibulum tubae uterinae
Eindruck	Impressio
d. Dickdarms	Impressio colica
d. Magens	Impressio gastrica
d. Nebenniere	Impressio suprarenalis
d. Niere	Impressio renalis
d. Speiseröhre	Impressio oesophagealis
Eingeweidefläche d. Leber	Facies visceralis hepatis
Einnistung in d. Gebärmutterwand	Nidatio
Einschnitt	Incisura
am Wurzelstück d. Wirbelbogens	Incisura vertebralis
d. runden Leberbandes	Incisura ligamenti teretis
für d. Gelenkrolle d. Oberarmbeins	Incisura trochlearis
für d. Speichenkopf	Incisura radialis ulnae
neben dem Warzenfortsatz	Incisura mastoidea
zwischen Tragus und Gegentragus	Incisura intertragica
vorderer, d. Ohrmuschel	Incisura anterior auris
winkelförmiger	Incisura angularis
Einstülpung d. Zellmembran	Invaginatio membranae cellularis
Einwärtsdreher, quadratischer	Musculus pronator quadratus
Einwärtsdreher, runder	Musculus pronator teres
Einzelfaserhülle	Endomysium
Eisprung	Ovulatio
Eizelle	Ovocytus
Elle	Ulna
Kante, hintere	Margo posterior ulnae
Rauhigkeit	Tuberositas ulnae
Schaft	Corpus ulnae
Vorderseite	Facies anterior ulnae
Zwischenknochenkante	Margo interosseus ulnae
Ellenbeuge	Regio cubitalis anterior
Ellenbeugenvene	Vena intermedia cubiti
Ellenbogen	Cubitus
Ellenbogenregion	Regio cubitalis
hintere	Regio cubitalis posterior
Ellenkopf	Caput ulnae
Ellennerv	Nervus ulnaris
Ellenschlagader	Arteria ulnaris
Endbronchiole	Bronchiolus terminalis
Enddarm	Rectum
Enddünndarm	Ileum terminale
Endhirnrinde	Cortex cerebri
Endothel	Endothelium
Endplatte, motorische	Terminatio neuromuscularis fusi
Endverzweigung	Telodendron
Epithelschicht	Lamina epithelialis
Erbsenbein	Os pisiforme
Erhebung, pyramidenförmige	Eminentia pyramidalis
Erregungsleitungssystem d. Herzens	Systema conducens cordis
Erschlaffung (= Füllungsphase)	Diastole
Erweiterer d. Pupille	Musculus dilatator pupillae
Erweiterung	Ampulla
d. hinteren Bogengangs	Ampulla membranacea posterior
d. vorderen Bogengangs	Ampulla membranacea anterior
äußere häutige	Ampulla membranacea lateralis
hintere häutige	Ampulla membranacea posterior
häutige	Ampulla membranacea anterior
Extremität	Extremitas
obere	Extremitas superior
untere	Extremitas inferior

F

Fadenpapillen	Papillae filiformes
Falte aus d. Vereinigung d. beiden Lippen d. Bauhin-Klappe	Frenulum valvae ileocaecalis
Falten	Plicae
d. Gallenblasenschleimhaut	Plicae mucosae vesicae biliaris
d. Regenbogenhaut	Plicae iridis

Faserbündelhülle	Perimysium
Faserknorpelring	Anulus fibrocartilagineus
Faszie d. Zwischenrippenmuskeln	Fascia thoracica externa
Feld, periportales, mit Glisson-Trias	Canalis centralis
Feld, vorderes durchlöchertes	Substantia perforata anterior (rostralis)
Felder d. Magenschleimhaut-oberfläche	Areae gastricae (Flachrelief)
Fenster, ovales	Fenestra vestibuli (ovalis)
Fenster, rundes	Fenestra cochleae (rotunda)
Ferse	Calx
Fersenbein	Calcaneus
Fersenbeinhöcker	Tuber calcanei
Fersenregion	Regio calcanea
Fettgewebe	Panniculus adiposus
d. Unterhaut	Panniculus adiposus telae sucutaneae
Fettkörper	Corpus adiposum
d. Augenhöhle	Corpus adiposum orbitae
d. Brustdrüse	Corpus adiposum mammae
Finger	Digiti manus
Fingerbeuger, oberflächlicher	Musculus flexor digitorum superficialis
Fingerendgelenk	Articulatio interphalangea distalis
Fingerendglied	Phalanx distalis
Fingerendknochen	Phalanx distalis digiti
Fingergrundglied	Phalanx proximalis
Fingerknochen	Phalanges manus
Fingermittelgelenk	Articulatio interphalangealis proximalis
Fingermittelglied (Mittelphalanx)	Phalanx media
Basis	Basis phalangis mediae
Kopf	Caput phalangis mediae
Körper	Corpus phalangis mediae
Fingernerven	Nervi digitales
gemeinsame handflächen-seitige	Nervi digitales palmares communes
handflächenseitige	Nervi digitales palmares proprii
Fingerstrecker	Musculus extensor digitorum
Fingerstreckersehnen	Tendines musculi extensoris digitorum
Fleck, blinder	Discus nervi optici
Fleck, dichter	Macula densa
Fleck, gelber	Macula lutea
Follikel	Folliculus
Bläschenfollikel (Graaf-follikel	Folliculus ovaricus secundarius
ruhender („Primärfollikel")	Folliculus ovaricus primordialis
wachsender („Sekundär-follikel")	Folliculus ovaricus primarius
Follikelhülle	Epithelium folliculare
Fornix-Körper	Corpus fornicis
Fortsatz	Processus
geschweifter	Processus caudatus
papillenförmiger	Processus papillaris
Fransenfalte	Plica fimbriata
Furche, seitliche	Sulcus lateralis (Operculum frontoparietale)
Furchen zwischen Dickdarmaus-sackungen	Sulci paracolici
Fuß	Pes
Fußgewölbe	Arcus pedis
Fußknöchel	Malleolus
Außenknöchel	Malleolus externus
Innenknöchel	Malleolus internus
Fußrücken	Dorsum pedis
Fußrücken(region)	Regio dorsalis pedis = Dorsum pedis
Fußrückenschlagader	Arteria dorsalis pedis
Fußsohlenmuskel	Musculus plantaris
Fußwurzel	Tarsus
Fußwurzelbucht	Sinus tarsi
Fußwurzelknochen	Ossa tarsi

G

Gallenblase	Vesica biliaris
Gallenblasenboden	Fundus vesicae biliaris
Gallenblasengang	Ductus cysticus
Gallenblasenkörper	Corpus vesicae biliaris
Gallenblasenschleimhaut	Tunica mucosa vesicae biliaris
Gallengang	Ductus interlobaris
Gallenkanälchen	Canaliculi biliferi
Gänsefuß	Pes anserinus
Gaumen, weicher (Zäpfchen)	Palatum molle (Uvula palatina)
Gaumenbein	Os palatinum
Gaumenbogen, vorderer	Arcus palatoglossus
Gaumenmandel	Tonsilla palatina
Gaumen-Rachen-Muskel	Musculus palatopharyngeus
Gaumen-Zungen-Muskel	Musculus palatoglossus
Gebärmutter	Uterus
Bauchfellüberzug	Tunica serosa (klin.: Perimetrium)
Muskelwand	Tunica muscularis (klin.: Myometrium)
Schleimhaut	Tunica mucosa (klin.: Endometrium)
Gebärmutterdrüse	Glandula uterina
Gebärmutterenge	Isthmus uteri
Gebärmuttergrund	Fundus uteri
Gebärmutterhals	Cervix uteri
Gebärmutterhalskanal	Canalis cervicis uteri
Gebärmutterhöhle	Cavitas uteri
Gebärmutterkörper	Corpus uteri
Gebärmutter-Scheidengeflecht	Plexus uterovaginalis
Gebärmutterwand	Paries corporis uteri
Gefäß, kleinstes arterielles (Arte-riole)	Arteriola
Gefäß, kleinstes venöses (Venole)	Venula
Gefäßknäuel	Glomerulus corpuscoli renalis
Gefäß-Nerven-Stiel (Mesovar)	Mesovarium mit Rete ovarii
Gefäßpol	Polus vascularis
Gefäßring	Anulus
größerer, d. Regenbogenhaut	Anulus iridis major
kleinerer, d. Regenbogen-haut	Anulus iridis minor
Gefäßschicht d. Aderhaut	Lamina vasculosa chorideae
Gegenleiste d. Ohrmusche	Anthelix
Gegenleistenschenkel	Crus anthelicis
oberer	Crus superius anthelicis
unterer	Crus inferius anthelicis
Gegensteller	Musculus opponens
d. Daumens	Musculus opponens pollicis
d. Kleinfingers	Musculus opponens digiti minimi
Gegentragus	Antitragus
Gehirn (Großhirn)	Encephalon (Cerebrum)
Gehirnbasis	Basis cerebri
Gehörgang, äußerer	Meatus (Porus) acusticus externus
Gehörknöchelchen	Ossicula auditoria
Geißel	Flagellum
Gekröse	Mesenterium
Gekröseschlagader	Arteria mesenterica
obere	Arteria mesenterica superior
untere	Arteria mesenterica inferior
Gekrösevene	Vena mesenterica
obere	Vena mesenterica superior
untere	Vena mesenterica inferior

Gelbkörper	Corpus luteum
zurückgebildeter	Corpus albicans
Gelenkfläche	Facies articularis, Fovea articularis
für d. Axiszahn	Fovea dentis
für d. Rippen an den Querfortsätzen (d. Wirbels)	Fovea costalis processus transversi (vertebrae)
Gelenkfortsatz d. Unterkiefers	Processus condylaris mandibulae
Gelenkfortsatz d. Wirbels	Processus articularis vertebrae
Gelenkknorren des Oberarmbeins	Condylus humeri
äußerer	Condylus humeri lateralis
innerer	Condylus humeri medialis
Gelenkknorren d. Oberschenkelbeins	Condylus femoris
äußerer	Condylus femoris lateralis
innerer	Condylus femoris medialis
Gelenkpfanne für Rippenhöckerchen	Fovea costalis processus transversi
Gelenkrolle d. Oberarmknochens	Trochlea humeri
Gesäßbacken	Nates
Gesäßfurche	Sulcus glutaeus
Gesäßmuskel, großer	Musculus glutaeus maximus
Gesäßmuskel, mittlerer	Musculus glutaeus medius
Gesäßregion	Regio glutaealis
Geschlechtsorgane, männliche	Organa genitalia masculina
Geschlechtsorgane, weibliche	Organa genitalia feminina
äußere	Pudenum femininum (Vulva)
Geschmacksknospe	Caliculus gustatorius
Geschmackspapille	Papillae linguales
Geschmackspore	Porus gustatorius
Geschmackszellen	Cellulae gustatoriae
Gesicht	Facies
Gesichtsnerv (II. Hirnnerv)	Nervus facialis
Gesichtsnervkanal	Canalis facialis
Gesichtsschädel	Viscerocranium
Gesichtssinn	Visus
Glashaut	Zona pellucida
Glaskörper	Corpus vitreum
Glaskörpergallerte	Humor vitreus
Glied	Penis
Gliedrücken	Dorsum penis
Gliedrückenschlagader	Arteria dorsalis penis
Gliedrückenvene	Vena dorsalis
oberflächliche	Vena dorsalis penis superficialis
tiefe	Vena dorsalis penis profunda
Gliedschaft	Corpus penis
Gliedschwellkörper	Corpus cavernosum penis
Golgi-Apparat	Complexus golgiensis
Graaf-Follikel (Bläschenfollikel)	Folliculus ovarius secundarius
Grat an d. Randleiste	Uncus corporis vertebrae
Grenzfurche	Sulcus terminalis
Grenzmembran d. Glaskörpers	Membrana vitrea
Grenzstrangganglion	Ganglion trunci symphatici
Griffelfortsatz	Processus styloideus
d. Elle	Processus styloideus ulnae
d. Speiche	Processus styloideus radii
Großhirn	Cerebrum
Großzehenanzieher	Musculus adductor hallucis
Großzehenbeuger, langer	Musculus flexor hallucis longus
Großzehenstrecker	Musculus extensor hallucis
kurzer	Musculus extensor hallucis brevis
langer	Musculus extensor hallucis longus
Grübchen d. runden Fensters	Fossula fenestrae cochleae (rotundae)
Grube (Rest d. Müller-Gänge) im Samenhügel	Utriculus prostaticus
Grube	Fossa
über d. Schulterblattgräte	Fossa supraspinata
unter d. Schulterblattgräte	Fossa infraspinata
zwischen den Gelenkknorren	Fossa intercondylaris
Grundgewebe d. Eierstocks	Stroma ovarii
Grundmembran	Membrana basalis
Gürtelfurche	Sulcus cinguli
Gürtelwindung	Gyrus cinguli

H

Haar	Pilus
Haaraufrichtermuskel (Haarbalgmuskel)	Musculus arrector pili
Haarbalg	Bursa pili
Haarfollikel	Folliculus pili
Haargefäß	Vas capillare
Haargefäße d. Gefäßknäuels	Vasa capillaria glomerularia
Schlagader, wegführende kleinste	Arteriola glomerularis efferens
Schlagader, zuführende kleinste	Arteriola glomerularis afferens
Haargefäßnetz	Rete capillare
Haarmark	Medulla pili
Haarpapille	Papilla pili
Haarrinde	Cortex pili
Haarschaft	Scapus pili
Haarzwiebel	Bulbus pili
Hakenbein	Os hamatum
Hakenfortsatz (d. Bauchspeicheldrüse)	Processus uncinatus (pancreatis)
Halbdornmuskel d. Kopfes	Musculus semispinalis capitis
Halbkanal d. Trommelfellspanners	Semicanalis musculi tensoris tympani
Hals	Collum
Halsgeflecht	Plexus cervicalis
Halsnerven	Nervi cervicales
Halsnervengeflecht	Plexus cervicalis
Halsregion	Regio cervicalis
seitliche	Regio cervicalis lateralis
vordere	Regio cervicalis anterior
Halsschlagader	Arteria carotis
äußere	Arteria carotis externa
gemeinsame	Arteria carotis communis
innere	Arteria carotis interna
linke gemeinsame	Arteria carotis communis sinistra
Halswirbel (C_1-C_7)	Vertebrae cervicales (C_1-C_7)
Halswirbel, 1. (Atlas)	Atlas
Bogen, hinterer	Arcus posterior atlantis
Bogen, vorderer	Arcus anterior atlantis
Gelenkfläche für d. Axiszahn	Fovea dentis
Gelenkfläche, obere	Fovea articularis superior
Gelenkfläche, untere	Fovea articularis inferior
Höckerchen, hinteres	Tuberculum posterius
Höckerchen, vorderes	Tuberculum anterius
Querfortsatz	Processus transversus atlantis
Querfortsatzloch	Foramen processus transversi
Seitenteil	Massa lateralis
Halswirbel, 2 (Axis)	Axis
Dornfortsatz	Processus spinosus
Gelenkfläche d. Zahns vordere	Facies articularis anterior dentis
Gelenkfortsatz, oberer	Processus articularis superior
Gelenkfortsatz, unterer	Processus artricularis inferior
Querfortsatz	Processus transversus
Querfortsatzloch	Foramen processus transversi

Wirbelkörper	Corpus vertebrae
Wirbelkörper, Zwischenkörperfläche	Corpus vertebrae, Facies intervertebralis
Wirbelloch	Foramen vertebrale
Zahn d. Axis	Dens axis
Halswirbel, 4.	Vertebra cervicalis IV
Dornfortsatz	Processus spinosus
Gelenkfortsatz, oberer	Processus articularis superior
Gelenkfortsatz, unterer	Processus articularis inferior
Grat an d. Randleiste	Uncus corporis vertebrae
Höckerchen, hinteres	Tuberculum posterius
Höckerchen, vorderes	Tuberculum anterius
Querfortsatz	Processus transversus
Querfortsatzloch	Foramen processus transversi
Schlußstück d. Wirbelbogens	Lamina arcus vertebrae
Wirbelloch	Foramen vertebrale
Wurzelstück d. Wirbelbogens	Pediculus arcus vertebrae
Zwischenwirbelseite	Facies intervertebralis
Halswirbel, 7. mit stark vorragendem Dornfortsatz	Vertebrae cervicalis VII (Vertebra prominens)
Querfortsatzloch	Foramen intervertebrale
Randleiste d. Wirbelkörpers	Apophysis annularis
Schlußstück d. Wirbelbogens	Lamina arcus vertebrae
Wirbelkörper	Corpus vertebrae
Wurzelstück d. Wirbelbogens	Pediculus arcus vertebrae
Halteband d. Beugesehnen	Retinaculum (musculorum) flexorum
Halteband d. Streckersehnen	Retinaculum (musculorum) extensorum
unteres	Retinaculum extensorum inferius
Halteband für d. Sehnen d. Wadenbeinmuskeln, oberes	Retinaculum musculorum peronaeorum superius
Halteband für d. Sehnen d. Wadenbeinmuskeln, unteres	Retinaculum musculorum peronaeorum inferius
Hammer	Malleus
Hammerfalte	Plica mallearis
hintere	Plica mallearis posterior
vordere	Plica mallearis anterior
Hammerfortsatz	Processus mallei
seitlicher	Processus lateralis mallei
vorderer	Processus anterior mallei
Hammergriff (-stiel)	Manubrium mallei
Hammerhals	Collum mallei
Hammerkopf	Caput mallei
Hammerstiel	Manubrium mallei
Hammerstreifen	Stria mallearis
Hand	Manus
Handbeuger	Musculus flexor carpi
ellenseitiger	Musculus flexor carpi ulnaris
radialer (speichenseitiger)	Musculus flexor carpi radialis
Handgelenk	Articulatio manus
Handgriff d. Brustbeins	Manubrium sterni
Handinnenfläche (Hohlhand)	Palma manus
Handrücken	Dorsum manus
Handstrecker	Musculus extensor carpi
ellenseitiger	Musculus. extensor carpi ulnaris
kurzer speichenseitiger	Musculus extensor carpi radialis brevis
langer speichenseitiger	Musculus extensor carpi radialis longus
Handwurzel	Carpus
Handwurzelknochen	Ossa carpi (carpalia)
Harnblase	Vesica urinaria
Hülle, bindegewebige, mit Blutgefäßen	Tunica adventitia
Längsmuskelschicht, äußere	Stratum longitudinale externum
Längsmuskelschicht, innere	Stratum longitudinale internum

Ringmuskelschicht, mittlere	Stratum circulare
Übergangsepithel (Urothel)	Epithelium transitionale
Harnblasendreieck	Trigonum vesicae
Harnblasenscheitel	Apex vesicae
Harnblasenzäpfchen	Uvula vesicae
Harnleiter	Ureter
Hülle, bindegewebige, mit Blutgefäßen	Tunica adventitia
Längsmuskelschicht	Stratum longitudinale
linker	Ureter sinister
rechter	Ureter dexter
Ringmuskelschicht	Stratum circulare
Übergangsepithel	Epithelium transitionale
Verschiebeschicht d. Schleimhaut	Lamina propria mucosae
Harnleitermündung	Ostium ureteris
Harnpol	Polus tubularis
Harnröhre	Urethra
Harnröhre, männliche	Urethra masculina
Membranteil	Pars membranacea
Schwellkörperteil	Pars spongiosa
Vorsteherdrüsenteil	Pars prostatica
Harnröhre, weibliche	Urethra feminina
Harnröhrenmund	Ostium urethrae
äußerer	Ostium urethrae externum
innerer	Ostium urethrae internum
Harnröhrenschwellkörper	Corpus spongiosum penis
Hauptbronchus	Bronchus principalis
linker	Bronchus principalis sinister
rechter	Bronchus principalis dexter
Hauptgallengang	Ductus choledochus
Hauptstück, gerader Teil (Teil d. Henle-Schleife)	Tubulus proximalis, pars recta
Hauptstück, gewundener Teil (proximales Tubuluskonvolut)	Tubulus proximalis, pars contorta
Haut	Cutis (= Epidermis + Dermis)
Hautbezirk	Dermatoma
Hautfalte d. Oberlids	Sulcus palpebrae superioris
Hautmuskel d. Halses	Platysma
Hautvene d. Armes, speichenseitige	Vena cephalica
Heber d. Schulterblatts	Musculus levator scapulae
Henle-Schleife	Ansa nephroni
Herabzieher d. Mundwinkels	Musculus depressor anguli oris
Herabzieher d. Unterlippe	Musculus depressor labii inferioris
Herz	Cor (griech.: Kardia)
Herzaußenhaut	Epikard
Herzbeutel	Pericardium
Herzeinkerbung	Incisura cardiaca
Herzkammer	Ventriculus
linke	Ventriculus sinister
rechte	Ventriculus dexter
Herzklappen	Valvae cordis
Herzkranzbucht	Sinus coronarius
Herzkranzschlagader (Koronararterie)	Arteria coronaria
linke	Arteria coronaria sinistra
linke, herumbiegender Ast	Ramus circumflexus arteriae coronariae sinistrae
rechte	Arteria coronaria dextra
rechte, Ast zum rechten Vorhof	Ramus atrialis dexter arteriae coronariae dextrae
Zwischenkammerast, hinterer	Ramus interventricularis posterior
Ast zum rechten Vorhof	Ramus atrialis dexter
Herzmuskel	Myokard
Herzohr	Auricula trialis

linkes	Auricula atrialis sinistra
rechtes	Auricula atrialis dextra
Herzspitze	Apex cordis
Herzvene	Vena cardiaca
große	Vena cardiaca magna
kleine	Vena cardiaca parva
mittlere	Vena cardiaca media
Herzvenen, vordere	Venae cardiacae anteriores
Herzwulst	Prominentia cardiaca
Hinterhauptregion	Regio occipitalis
Hinterhauptsbein	Os occipitale
äußerer Kamm	Crista occipitalis externa
Hinterhauptschuppe	Squama occipitalis
Hinterhauptshöcker	Protuberantia occipitalis
äußerer	Protuberantia occipitalis externa
Hinterhauptslappen	Lobus occipitalis
Hinterhauptsmuskel	Venter occipitalis musculi occipitofrontalis
Hinterhauptspol	Polus occipitalis
Hinterhorn (Wurzeleinstrahlungszone)	Cornu posterius, Columna posterior medullae spinalis
Hinterstrang d. Rückenmarks	Funiculus dorsalis medullae spinalis
Hinterwand d. Luftröhre	Paries membranaceus tracheae
Hirnanhangdrüse	Hypophysis (Glandula pituitaria)
Hirnanhangsdrüsenstiel	Infundibulum
Hirnblutleiter, venöser	Sinus venosus
Hirnhaut	Meninx
harte (Dura)	Dura mater encephali (Pachymeninx)
weiche (Pia)	Pia mater encephali (Arachnoidea + Pia = Leptomeninx)
Hirnhäute	Meninges
Hirnkammer (Ventrikel)	Ventriculus
dritte	Ventriculus tertius
vierte	Ventriculus quartus
Hirnkammern, seitliche (I. und II. Ventrikel)	Ventriculi laterales (I. und II.)
Hirnnerven	Nervi craniales
Hirnrinde	Cortex cerebri
Hirn-Rückenmarksflüssigkeit	Liquor cerebrospinalis
Hirnschädel	Neurocranium
His-Bündel	Truncus fasciculi atrioventricularis
linker Schenkel	Crus sinistrum fasciculi atrioventricularis
rechter Schenkel	Crus dextrum fasciculi atrioventricularis
Höcker, grauer, (d. Hypothalamus)	Tuber cinereum
Höcker, großer, d. Oberarmbeins	Tuberculum majus humeri
Höcker, kleiner, d. Oberarmbeins	Tuberculum minus humeri
Höcker, netzseitiger	Tuber omentale
Höckerchen	Tuberculum
Hoden	Testis
Hodengeflecht	Plexus testicularis
Hodenkanälchen	Tubuli seminiferi (testis)
Hodenläppchen	Lobuli testis
Hodennetz	Rete testis
Hodensack	Scrotum
Hodenschlagader	Arteria testicularis
linke	Arteria testicularis sinistra
rechte	Arteria testicularis dextra
Hodenvene	Vena testicularis
linke	Vena testicularis sinistra
rechte	Vena testicularis dextra
Hohlhandbänder	Ligamenta palmaria
Hohlhandsehnenplatte	Aponeurosis palmaris
Hohlhandsehnenspanner, langer	Musculus palmaris longus
Hohlvene	Vena cava
obere	Vena cava superior
untere	Vena cava inferior
Hohlvenenband	Ligamentum venae cavae
Hör- und Gleichgewichtsnerv (VIII. Hirnnerv)	Nervus vestibulocochlearis
Hörnerv	Nervus cochlearis
Hornhaut d. Auges	Cornea
Außenhaut	Epithelium anterius
Bowman-Membran	Lamina limitans anterior
Descemet-Membran	Lamina limitans posterior
Innenhaut	Epithelium posterius
Hornhautbindegewebe	Substantia propria corneae
Hornhautepithel	Epithlium corneae anterius
Hornschicht	Stratum corneum
Hornschicht d. Nagelwalls	Eponychium
Hörsinn	Auditus
Hüftbein	Os coxae
Fläche zur Schambeinfuge	Facies symphysialis
Hüfte	Coxa
Hüftgrube	Fossa acetabuli
Hüftkopf	Caput femoris
Hüftloch	Foramen obturatorium
Hüftlochnerv	Nervus obturatorius
Hüftpfanne	Acetabulum
Hüllen d. Sehnervs (Dura, Arachnoidea, Pia)	Vaginae externa et interna nervi optici

I

Innenhaut	Endothelium
Innenknöchel	Malleolus medialis
Innenmembran (Crista-Typ)	Cristae mitochondriales
Innenohr	Auris interna
Innenschicht	Tunica intima
Intermediusnerv	Nervus intermedius
Intraparietalfurche	Sulcus interparietalis
Ischiasnerv	Nervus ischiadicus

J

Jochbein	Os zygomaticum
Jochbeinmuskel	Musculus zygomaticus
großer	Musculus zygomaticus major
kleiner	Musculus zygomaticus minor
Jochbeinregion	Regio zygomatica
Jochbogen	Arcus cygomaticus
Jungfernhäutchen	Hymen

K

Kahnbein d. Fußes	Os naviculare
Kahnbein d. Hand	Os scaphoideum
Kamm	Crista, Pecten
d. Hinterhauptsbeins, äußerer	Crista occipitalis externa
Kammerscheidewand	Septum interventriculare
membranöser Teil	Pars membranacea septi interventricularis
muskulöser Teil	Pars muscularis septi interventricularis
Kammerwasser	Humor aquosus
Kammerwinkel	Angulus iridocornealis
Kamm-Muskel	Musculus pectineus

Kanälchen, abführende, d. Hodens	Ductuli efferentes testis
Kante	Margo
hintere, d. Elle	Margo posterior ulnae
Kapsel d. Gefäßknäules	Capsula glomeruli (Bowman)
Kaumuskel	Musculus masseter
Kehldeckel	Epiglottis
Kehlkopf	Larynx
Kehlkopfeingang	Aditus laryngis
Kehlkopfkammer	Ventriculus laryngis
Kehlkopfvorhof	Vestibulum laryngis
Keilbein	Os sphenoidale
äußeres	Os cuneiforme laterale
inneres	Os cuneiforme mediale
mittleres	Os cuneiforme intermedius
Keilbeinflügel, großer	Ala major ossis sphenoidalis
Keilbeinhöhle	Sinus sphenoidalis
Kernhülle	Membrana nuclearis
Kernkörperchen	Nucleolus
Kernmembran	Membrana nuclearis
Kernplasma	Karyoplasma, Nucleoplasma
Kernpore	Porus nuclearis
Kieferanzieher	Musculi adductorii (Musculus masseterei)
Kieferhöhle	Sinus maxillaris
Kieferwinkel	Angulus mandibulae
Kinn	Mentum
Kinnloch	Foramen mentale
Kinnmuskel	Musculus mentalis
Kinn-Nerv	Nervus mentalis
Kinnregion	Regio mentalis
Kinn-Zungen-Muskel	Musculus genioglossus
Kinn-Zungenbein-Muskel	Musculus geniohyoideus
Kitzler	Clitoris
Kitzlereichel	Glans clitoridis
Kitzlerschaft	Corpus clitoridis
Kitzlervorhaut	Praeputium clitoridis
Kleinfingerabspreizer	Musculus abductor digiti minimi
Kleinfingerbeuger	Musculus flexor digiti minimi
Kleinfingerstrecker	Musculus extensor digiti minimi
Kleinhirn	Cerebellum
Kleinhirnhälfte	Hemisphaerium cerebelli
Kleinzehenabspreizer	Musculus abductor digiti (pedis) minimi
Knie	Genu
Kniegelenk	Articulatio genus
Kniehöcker	Corpus geniculatum
äußerer	Corpus geniculatum laterale
innerer	Corpus geniculatum mediale
Kniekehle	Fossa poplitea
Kniekehlenschlagader	Arteria poplitea
Kniekehlenvene	Vena poplitea
Knieregion	Regio genus
hintere	Regio genus posterior
vordere	Regio genus anterior
Kniescheibe	Patella
Außenrand	Margo lateralis patellae
Basis	Basis patellae
Gelenkfläche (Hinterseite)	Facies articularis patellae
Innenrand	Margo medialis patellae
Spitze	Apex patellae
Vorderseite	Facies anterior patellae
Kniescheibenband	Ligamentum patellae
Knöchel d. Fußes	Malleolus
Knochen d. Fußes	Ossa pedis
Fußwurzelknochen	Ossa tarsi
Mittelfußknochen	Ossa metatarsi (Metatarsalia)
Zehenknochen	Phalanges pedis
Knochen d. Hand	Ossa manus
Fingerknochen	Phalanges manus (Ossa digitorum)
Handwurzelknochen	Ossa carpi
Mittelhandknochen	Ossa metacarpi (Metacarpalia)
Knochen d. Kopfes (Schädelknochen)	Ossa cranii
Knochenleiste	Crista
unter d. kleinen Höcker d. Oberarmbeins	Crista tuberculi minoris (humeri)
zwischen den Rollhügeln d. Oberschenkelbeins	Crista intertrochanterica (femoris)
Knorpel	Cartilago
Knorrenmuskel	Musculus anconeus
Kopf	Caput
d. Bauchspeicheldrüse	Caput pancreatis
d. Oberarmbeins	Caput humeri
d. Samenfadens	Caput spermii
Kopfbein	Os capitatum
Kopffalte	Plica cephalica
Kopfgelenk, oberes	Articulatio atlantooccipitalis
Kopfhaar	Capilli
Kopfkappe	Acrosoma
Kopfschlagader	Arteria cephalica
Kopfwender	Musculus sternocleidomastoideus
Kopfwenderregion	Regio sternocleidomastoidea
Körnerschicht d. Netzhaut	Stratum plexiforme retinae
äußere	Stratum plexiforme externum
innere	Stratum plexiforme internum
Kranzfurche	Sulcus coronarius
Kranznaht	Sutura coronalis
Kreuzbein	Os sacrum
Gelenkfläche für d. Darmbein	Facies auricularis
Gelenkfortsatz, oberer	Processus articularis superior
Mittelleiste	Crista sacralis mediana
Promontorium	Promontorium
Querleisten (Beckenfläche)	Lineae transversae (Facies pelvica)
Rauhigkeit	Tuberositas sacralis
Seitenteil	Pars lateralis ossis sacri
Kreuzbeinbasis	Basis ossis sacri
Kreuzbeingeflecht	Plexus sacralis
Kreuzbeinlöcher, vordere	Foramina sacralia anteriora
Kreuzbeinnerven	Nervi sacrales
Kreuzbeinrauhigkeit	Tuberositas sacralis
Kreuzbeinregion	Regio sacralis
Kreuzbeinspitze	Apex ossis sacri
Kreuzbeinwirbel	Vertebrae sacrales
Krone	Corona dentis
Kronenband	Ligamentum coronarium
Kronenfortsatz d. Elle	Processus coronoideus ulnae
Krummdarm	Ileum
Kurzschlußleitungsbahnen	Fasciculi internodales
Kurzsichtigkeit (Myopie)	Myopia

L

Labyrinth, häutiges	Labyrinthus membranaceus
Lachmuskel	Musculus risorius
Lambdanaht	Sutura lambdoidea
Längsmuskel	Musculus longitudinalis
oberer	Musculus longitudinalis superior
unterer	Musculus longitudinalis inferior

Längsmuskelschicht	Stratum longitudinale tunicae muscularis
Längsmuskelstreifen d. Dickdarmwand	Taenia
netzseitiger	Taenia libera
	Taenia omentalis
Längsspalt zwischen den Endhirnen	Fissura longitudinalis cerebri
Längsvene, rechte hintere	Vena azygos
Lappenbronch(i)en	Bronchi lobares
Lappenbronchus	Bronchus lobaris
Leber	Hepar
Leberband, rundes	Ligamentum teres hepatis
Lebergallengang, gemeinsamer	Ductus hepaticus communis
Lebergallengang	Ductus hepaticus
linker	Ductus hepaticus sinister
Lebergallengang, rechter	Ductus hepaticus dexter
Leberlappen	Lobus hepatis
geschwänzter	Lobus caudatus
linker	Lobus hepatis sinister
linker, Zwerchfellseite	Lobus hepatis sinister, Facies diaphragmatica
quadratischer	Lobus quadratus
rechter	Lobus hepatis dexter
rechter, Zwerchfellseite	Lobus hepatis dexter, Facies diaphragmatica
Leberrand	Margo hepatis
unterer	Margo inferior hepatis
Leberschlagader	Arteria hepatica
eigentliche	Arteria hepatica propria
gemeinsame	Arteria hepatica communis
Lebervene, linke	Vena hepatica sinistra
Leberzellen (Hepatozyten)	Hepatozyten
Lederhaut	Dermis (Corium)
Lederhaut d. Auges	Sclera
Lederhautsiebplatte	Lamina cribrosa sclerae
Leerdarm	Jejunum
Leistenbeuge	Regio subinguinalis
Leistenregion	Regio inguinalis
Leistensichel	Falx inguinalis
Lendengeflecht	Plexus lumbalis
Lenden-Kreuzbeingeflecht	Plexus lumbosacralis
Lenden-Kreuzbein-Knick	Promontorium
Lendennerven	Nervi lumbales
Lendenregion	Regio lumbalis
Lendenwirbel (L_1-L_5)	Vertebrae lumbales (L_1-L_5)
Lendenwirbel, 4.	Vertebra lumbalis IV (L IV)
Deckplatte	Facies intervertebralis corporis vertebrae
Fortsatz, zusätzlicher	Processus accessorius
Mamilarfortsatz	Processus mamillaris
Rippenfortsatz	Processus costalis
Schlußstück d. Wirbelbogens	Lamina arcus vertebrae
Wirbelloch	Foramen vertebrale
Lichtung d. Samenkanälchens	Lumen tubuli seminiferi
Lidplatte d. Unterlids	Tarsus palpebrae inferioris
Lidschließmuskel	Pars palpebralis musculi orbicularis oculi
Lingulasegment	Segmentum lingulare
oberes	Segmentum lingulare superius
unteres	Segmentum lingulare inferius
Linie, weiße	Linea alba
Linse	Lens
Luftröhre	Trachea
Luftröhrengabel	Bifurcatio tracheae
Luftröhrenknorpel	Cartilagines tracheales
Luftröhrenknorpelspangen	Cartilagines tracheales
Lunge	Pulmo
linke	Pulmo sinister
rechte	Pulmo dexter
Lungenarterie, rechte	Arteria pulmonalis dextra
Lungenbasis	Basis pulmonis
Lungenbläschen	Alveolus pulmonis
Lungenbläschenscheidewand	Septum interalveolare
Lungenschlagader	Arteria pulmonalis
linke	Arteria pulmonalis sinistra
rechte	Arteria pulmonalis dextra
Lungenspitze	Apex pulmonis
Lungenvenen	Venae pulmonales
linke	Venae pulmonales sinistrae
rechte	Venae pulmonales dextrae
Lungenzipfel, zungenförmiger	Lingula pulmonis
Lymphfollikel, solitärer	Folliculus lymphaticus solitarius
Lymphgefäß, zentrales	Vas lymphaticum centrale
Lymphknötchen	Folliculus lymphaticus
solitäres	Folliculus lymphaticus solitarius
einzelne	Folliculi lymphatici solitarii
Lymphräume um d. Aderhaut	Spatium perichoroideale
Lysosom	Lysosoma

M

Magen	Ventriculus; Gaster
Magendrüsen	Glandulae gastricae propriae
Mageneingang	Ostium cardiacum (Cardia) ventriculi
Magengrübchen	Foveolae gastricae
Magengrube	Fundus ventriculi
Magengrundbereich	Fundus ventriculi
Magenkörper	Corpus ventriculi
Magenkörperbereich	Corpus ventriculi
Magenkrümmung	Curvatura ventriculi
große	Curvatura ventriculi major
kleine	Curvatura ventriculi minor
Magenmund	Cardia
Magenmundbereich	Pars cardiaca
Magenpförtner	Pylorus
Magenpförtnerbereich	Pars pylorica (mit Antrum pyloricum, Canalis pyloricus, Ostium pyloricum)
Magenpförtnerkanal	Canalis pyloricus
Magenpförtnermuskel	Musculus sphincter pyloricus
Magenschlagader	Arteria gastrica
Magenschleimhaut	Tunica mucosa
Magenschleimhautrelief	Plicae gastricae (Hochrelief), Areae gastricae (Flachrelief)
Magenvene	Vena gastrica
Magen-Zwölffingerdarm-Schlagader	Arteria gastroduodenalis
Magen-Zwölffingerdarm-Vene	Vena gastroduodenalis
Mahlzähne	Dentes molares
Mamillarkörper	Corpus mamillare
Mantelkante	Margo superior cerebri
Markscheide	Stratum myelini
Mastdarm	Rectum
Meibom-Drüse	Glandula tarsalis
Meißner-Körperchen (Berührungsempfindung)	Corpusculum tactus
Meißner-Tastkörperchen	Corpusculum tactus
Membran, elastische	Membrana elastica
äußere	Membrana elastica externa
innere	Membrana elastica interna

Membranteil d. Harnröhre	Pars membranacea urethrae
Menstruation (Monatsblutung)	Menses
Menstruationszyklus	Cyclus menstrualis
Blutmangelphase d. Schleimhaut, Ischämiephase	Phasis ischaemica
Sekretionsphase d. Schleimhaut, Gestagenphase	Phasis progestationalis
Wachstumsphase d. Schleimhaut, Proliferationsphase (Östrogenphase)	Phasis follicularis
Merkel-Tastscheibe	Meniscus tactus
Mikrofilamente	Microfilamentum
Mikrotubulus	Microtubulus
Mikrozotten	Microvilli
Milchgänge	Ductus lactiferi
Milchsäckchen	Sinus lactifer
Milchzähne	Dentes decidui
Milz	Splen; Lien
Dickdarmfläche	Facies colica
Magenfläche	Facies gastrica
Magen-Milz-Band	Ligamentum gastrolienale
Nierenfläche	Facies renalis
Organgewebe	Parenchyma
Pulpa, rote	Pulpa rubra
Pulpa, weiße	Pulpa alba
Unterrand	Margo inferior
Milzbalken	Trabeculae lienales
Balkenschlagadern	Arteriae trabeculares
Balkenvenen	Venae trabeculares
Milzfollikel (Malpighi-Körperchen)	Folliculi lymphatici splenici
Milzkapsel	Tunica fibrosa lienis
Milz-Nieren-Band	Ligamentum lienorenale
Milzpforte	Hilum lienale
Milzpol	Extremitas lienalis
hinterer	Extremitas lienalis posterior
vorderer	Extremitas lienalis anterior
Milzschlagader	Arteria lienalis (splenica)
Milzsinus	Sinus venulares
Milzvene	Vena lienalis (splenica)
Mitochondrion	Mitochondrium
Mittelarmnerv	Nervus medianus
Mittelfuß	Metatarsus
Mittelfußknochen (Metatarsalia)	Ossa metatarsi (metatarsalia)
Mittelfußknochen, 1.	Os metatarsi I
Mittelfußköpfchen	Caput metatarsale
Mittelhand	Metacarpus
Mittelhandknochen (Metacarpalia)	Ossa metacarpi (Metacarpalia)
Basis	Basis metacarpale
Kopf	Caput metacarpale
Körper	Corpus metacarpale
Mittelhirn	Mesencephalon (Nucleus parabrachialis medialis)
Mittelhirndach	Tectum mesencephalicum
Mittellappen d. rechten Lunge	Lobus medius
mittleres Segment	Segmentum mediale
seitliches Segment	Segmentum laterale
Mittellappenbronchus, rechter	Bronchus lobaris medius dexter
Mittelleiste d. Kreuzbeins	Crista sacralis mediana
Mittelohr	Auris media
Mittelrinne	Sulcus medianus linguae
Mittelschicht	Tunica media
Mittelstück	Pars media
Mittelstück, gerader Teil (Teil d. Henle-Schleife)	Tubulus proximalis, pars recta
Mittelstück, gewundener Teil (distales Tubuluskonvolut)	Tubulus proximalis, pars contorta
Mohrenheim-Grube	Trigonum clavipectorale
Mondbein	Os lunatum
Möndchen (weißliche Wachstumszone d. Nagels)	Lunula
Morula	Morula
Mund	Os
Mundbucht	Stomatodeum
Mundhöhle	Cavitas oris propria
Mundregion	Regio oralis
Mündung	Porus, Ostium
d. Ausführungsgangs einer Schweißdrüse	Porus sudorifer
d. Herzkranzbucht	Ostium sinus coronarii
d. Ohrtrompete	Ostium tympanicum tubae auditivae
d. Spritzkanälchens	Ostium ductus ejaculatorii
d. unteren Hohlvene	Ostium venae cavae inferioris
d. Wurmfortsatzes	Ostium appendicis vermiformis
d. Wurmfortsatzes	Ostium appendicis vermiformis
Mündungen d. Schleimdrüsen	Ostia glandularum para-urethralium
d. Vorsteherdrüsengänge	Ostia ductulorum prostaticorum
Mundwinkelheber	Musculus levator anguli oris
Mundwinkelsenker	Musculus depressor anguli oris
Muskel	Musculus
doppelt gefiederter	Musculus bipennatus
einbäuchiger, parallelfaseriger	Musculus fusiformis
flacher	Musculus planus
halbmembranöser	Musculus semimembranosus
halbsehniger	Musculus semitendinosus
kurzer	Musculus brevis
mehrbäuchiger, mit Zwischensehnen	Musculus intersectus
schlanker	Musculus gracilis
zweiköpfiger, parallelfaseriger	Musculus biceps
Muskelbalken	Trabeculae carneae
Muskel-Bindegewebsplatte (im Schambeinbogen verspannt)	Diaphragma urogenitale
Muskelfaserhaut (Sarkolemm)	Sarcolemma
Muskelfortsatz d. Unterkiefers (Kronenfortsatz)	Processus coronoideus mandibulae
Muskel-Haut-Nerv	Nervus musculocutaneus
Muskeln	Musculi
Muskelschicht	Tunica muscularis; Lamina muscularis
d. Schleimhaut	Lamina muscularis mucosae
d. Gebärmutter	Tunica muscularis uteri (Myometrium)
d. Speiseröhre	Tunica muscularis oesophagi
Muttermund	Ostium uteri (Portio vaginalis)
äußerer	Ostium uteri externum

N

Nabel	Umbilicus
Nabelarterie	Arteriae umbilicales
Nabelband, medianes	Ligamentum umbilicale medianum
Nabelfalte, mediane (mit medianem Nabelband)	Plica umbilicalis mediana
Nabelgefäße	Vasa umbilicales
Nabelregion	Regio umbilicalis
Nabelschlagader	Arteria umbilicalis
Nabelschnur	Funiculus umbilicalis
Nabelvene	Vena umbilicalis
Nacken	Nucha

Nackenlinie	Linea nuchae
obere	Linea nuchae superior
untere	Linea nuchae inferior
Nackenregion (hintere Halsregion)	Regio nuchalis, Regio cervicalis posterior
Nagel	Unguis
Nagelbett	Lectulus (Hyponychium)
Nagelplatte	Corpus unguis
Nagelrand, freier	Margo liber
Nagelwall	Vallum unguis
Nagelwurzel	Radix unguis
Nase	Nasus
Nasenbein-Oberkiefer-Naht	Sutura nasomaxillaris
Nasenbein	Os nasale
Nasenflügelknorpel	Cartilago alaris
großer	Cartilago alaris major
kleiner	Cartilago alaris minor
Nasengang	Meatus nasi
mittlerer	Meatus nasi medialis
oberer	Meatus nasi superior
unterer	Meatus nasi inferior
Nasenhöhle	Cavitas nasi (nasalis)
Nasenknorpel	Cartilagines nasi
Knorpel d. Nasenscheidewand	Cartilago septi nasi
Nasenflügelknorpel, großer	Cartilago alaris major, Crus laterale
Nasenflügelknorpel, kleiner	Cartilago alaris minor
Nasenknorpel, seitlicher	Cartilago nasi lateralis
Nasenmuschel	Concha nasalis
mittlere	Concha nasalis media
obere	Concha nasalis superior
untere	Concha nasalis inferior
Nasenmuskel	Musculus nasalis
Nasenregion	Regio nasalis
Nasenscheidewand, knöcherne	Septum nasi osseum
Nasenscheidewandsenker	Musculus depressor septi
Nasenstachel, vorderer	Spina nasalis anterior
Nasenvorhof	Vestibulum nasi
Nebenbauchspeicheldrüsengang	Ductus pancreaticus accessorius
Nebenhodenkopf	Caput epididymidis
Nebenhodenkörper	Corpus epididymidis
Nebenhodenläppchen	Lobulus epididymis
Nebenhodenschwanz (-schweif)	Cauda epididymidis
Nebenniere	Glandula suprarenalis
linke	Glandula suprarenalis sinistra
rechte	Glandula suprarenalis dextra
Nebennierenvene	Vena suprarenalis (adrenalis)
Nephron (Nierenkörperchen u. harnbereitendes Nierenröhrchen)	Nephronum
Nerv	Nervus
Nerv d. hinteren Bogengangerweiterung	Nervus ampullaris posterior
Nerv zu Geschlechtsorganen und Oberschenkel	Nervus genitofemoralis
Nerven d. äußeren und hinteren Bogengangerweiterung	Nervi ampullaris anterior et lateralis
Nervenäste, hintere, d. Oberkieferasts	Rami alveolares superiores posteriores
Nervenendigung, freie, in d. Oberhaut (Schmerzempfindung)	Terminatio nervi libera
Nervenendigungen	Terminationes nervorum
Nervenfaser	Neurofibra
Nervenfasern, sensible	Neurofibrae sensoriae
Nervengeflecht	Plexus (nervosus)
d. Unterkieferzähne	Plexus dentalis inferior

Nervenstamm	Truncus (nervosus)
mittlerer	Truncus medialis (C_7)
oberer	Truncus superior ($C_{5,6}$)
unterer	Truncus inferior (C_8, Th_1)
Nervenzelle	Neuronum; Neurocytus
Kernkörperchen	Nucleolus
Nissl-Scholle (granuläres endoplasmatisches Retikulum, Ribosomen)	Substantia chromatophilica
Ursprungskegel	Colliculus axonalis
Zelleib	Perikaryon (Corpus neurocyti)
Zellkern	Nucleus (Karyon)
Nervenzellenfortsatz, vom Zelleib leitender (Achsenzylinder, Neurit)	Axon (Neuritum)
Nervenzellenfortsatz, zum Zelleib leitender (Dendrit)	Dendritum
Netzhaut	Retina
äußere Grenzmembran	Membrana limitans externa
äußere Körnerschicht	Stratum nucleare externum
äußere Netzschicht	Stratum plexiforme externum
innere Grenzmembran	Membrana limitans interna
innere Körnerschicht	Stratum nucleare internum
innere Netzschicht	Stratum plexiforme internum
Pigmenthaut-Teil	Pars pigmentosa
Schicht d. Sehnervenfasern	Stratum neurofibrarum
Schicht d. Sehnervenzellen	Stratum ganglionare
Schicht d. Stäbchen und Zapfen	Stratum photosensorium
Netzhaut, nervöser Teil	Pars nervosa retinae
Schicht d. Lichtrezeptoren	Stratum neuroepitheliale retinae
Schicht d. Netzhautganglienzellen	Stratum ganglionare retinae
Schicht d. Sehnervganglienzellen	Stratum ganglionare nervi optici
Netzhaut, Strahlenkörperteil	Pars ciliaris retinae (Epithelium ciliare)
Netzhautgefäße	Vasa sanguineae retinae
Netzhautschlagader, zentrale	Arteria centralis retinae
Netzhautvene, zentrale	Vena centralis retinae
Neurit	Neuritum
Niere	Ren (griech.: Nephros)
Außenrand	Margo lateralis
Innenrand (Medialrand)	Margo medialis
linke	Ren sinister
Organkapsel	Capsula fibrosa
rechte	Ren dexter
Nierenbecken	Pelvis renalis
Nierenbucht	Sinus renalis
Nierenkelch	Calix renalis
großer	Calix renalis major
kleiner	Calix renalis minor
Nierenkörperchen	Corpusculum renale
Nierenmark	Medulla renalis
Nierenpapille	Papilla renalis
Nierenpforte	Hilum renale
Nierenpol	Extremitas renalis
oberer	Extremitas renalis superior
unterer	Extremitas renalis inferior
Nierenpyramide	Pyramis renalis
Nierenrinde	Cortex renalis
Nierensäulen (Bertini-Säulen)	Columnae renales
Nierenschlagader	Arteria renalis
linke	Arteria renalis sinistra
rechte	Arteria renalis dextra
vorderer Ast	Ramus anterior arteriae renalis

Nierenvene	Vena renalis
linke	Vena renalis sinistra
rechte	Vena renalis dextra
Nissl-Scholle	Substantia chromatophilica

O

Oberarm	Brachium
Oberarmbein (-knochen)	Humerus
Gelenkrolle	Trochlea humeri
Höcker, großer	Tuberculum majus
Höcker, kleiner	Tuberculum minus
Knochenleiste unter d. kleinen Höcker	Crista tuberculi minoris
Kopf	Caput humeri
Kochenleiste unterhalb d. großen Höckers	Crista tuberculi majoris
Obergelenkknorren	Epicondylus humeri
Obergelenkknorren, äußerer	Epicondylus humeri lateralis
Obergelenkknorren, innerer	Epicondylus humeri medialis
Oberknorrenleiste, mittlere	Crista supraepicondylaris medialis
Oberknorrenleiste, seitliche	Crista supraepicondylaris lateralis
Rauhigkeit d. Deltamuskels	Tuberositas deltoidea
Schaft	Corpus humeri
Vorderfläche, innere	Facies anterior medialis humeri
Vorderfläche, seitliche	Facies anterior lateralis humeri
Zwischenhöckerfurche	Sulcus intertubercularis
Oberarmmuskel (Armstrecker), dreiköpfiger (Trizeps)	Musculus triceps brachii
Oberarmmuskel, zweiköpfiger (Bizeps)	Musculus biceps brachii
Oberarmregion	Regio brachialis
hintere	Regio brachialis posterior
vordere	Regio brachialis anterior
Oberarmschlagader	Arteria brachialis
Oberarm-Speichen-Muskel	Musculus brachioradialis
Oberaugenhöhlenloch	Incisura supraorbitalis
Oberbauchregion	Regio epigastrica (Epigastrium)
Obergelenkknorren d. Oberarmbeins	Epicondylus humeri
äußerer	Epicondylus lateralis humeri
innerer	Epicondylus medialis humeri
Obergelenkknorren d. Oberschenkelbeins	Epicondylus femoris
äußerer	Epicondylus femoris lateralis
innerer	Epicondulus medialis femoris
Oberhaut	Epidermis
Oberhäutchen d. Haares	Cuticula pili
Oberkiefer	Maxilla
Oberkiefer,	Maxilla
Alveolarfortsatz	Processus alveolaris maxillae
Stirnfortsatz	Processus nasalis maxillae
Oberkiefernerv (Oberkieferast d. Drillingsnervs)	Nervus maxillaris
Oberlappen d. rechten Lunge	Lobus superior dexter
hinteres Segment	Segmentum posterius
oberes Segment	Segmentum apicale (superius)
vorderes Segment	Segmentum anterius
Oberlappenbronchus	Bronchus lobaris superior
linker	Bronchus lobaris superior sinister
rechter	Bronchus lobaris superior dexter
Oberlid	Palpebra superior
Oberlidbindehaut (mit Meibom-Drüsen)	Tunica conjunctiva palpebrae superioris
Oberlidheber	Musculus levator palpebrae superioris
Oberlippen- und Nasenflügelheber	Musculus levator labii superioris alaeque nasi
Oberlippenheber	Musculus levator labii superioris
Oberrandwindung	Gyrus supramarginalis
Oberschenkelbein (-knochen)	Femur
Gelenkfläche für d. Kniescheibe	Facies patellaris
Höckerchen für d. Anzieher-muskeln	Tuberculum adductorium
Obergelenkknorren, äußerer	Epicondylus lateralis femoris
Obergelenkknorren, innerer	Epicondylus femoris medialis
Oberschenkelkopf (Hüftkopf)	Caput femoris
Rollhügel, großer	Trochanter major
Rollhügel, kleiner	Trochanter minor
Rollhügelgrube	Fossa trochanterica
Schaft	Corpus ossis femoris
Schenkelhals	Collum ossis femoris
Oberschenkeldreieck	Trigonum femorale
Oberschenkelhautnerv, äußerer	Nervus cutaneus femoralis lateralis
Oberschenkelkopf (Hüftkopf)	Caput femoris
Oberschenkelmuskel	Musculus vastus
äußerer	Musculus vastus lateralis
gerader	Musculus rectus femoris
innerer	Musculus vastus medialis
plumper äußerer	Musculus vastus lateralis
plumper innerer	Musculus vastus medialis
Oberschenkelmuskel, zweiköpfiger	Musculus biceps femoris
kurzer Kopf	Musculus biceps femoris, Caput breve
langer Kopf	Musculus biceps femoris, Caput longum
Oberschenkelnerv	Nervus femoralis
Oberschenkelregion	Regio femoralis
hintere	Regio femoralis posterior
vordere	Regio femoralis anterior
Oberschenkelschlagader	Arteria femoralis
tiefe	Arteria profunda femoris
Oberschenkelvene	Vena femoralis
tiefe	Vena femoris profunda
Ohr	Auris
Ohrbläschen	Vesicula otica
Ohrknorpel	Cartilago auricularis
Ohrläppchen	Lobulus auricularis
Ohrleiste	Helix
unteres Ende	Cauda helicis
Ohrleistengraben	Scapha
Ohrleistenschenkel	Crus helicis
Ohrmuschel	Concha auricularis
Ohrmuschelhöhle	Cavitus conchalis
kleinerer oberer Teil	Cymba conchalis
Ohrmuschelmuskel	Musculus auricularis
hinterer	Musculus auricularis posterior
oberer	Musculus auricularis superior
vorderer	Musculus auricularis anterior
Ohrtrompete	Tuba auditiva (Eustachii)
Olekranon	Olecranon
Organkapsel	Capsula fibrosa
Ovoplasma	Ovoplasma

P

Papillarmuskel	Musculus papillaris
hinterer	Musculus papillaris posterior
vorderer	Musculus papillaris anterior
Papille (Bindegewebspapille d. Lederhaut)	Papilla dermalis

Paukenhöhle	Cavitas tympanica
mediale Wand	Cavitas tympanica, paries labyrinthicus
obere Etage	Recessus epitympanicus
obere Etage, Kuppelteil	Recessus epitympanicus, Pars cupularis
Paukenhöhlenfuche	Sulcus tympanicus
Paukenhöhlenzellen	Cellulae tympanicae
Paukensaite	Chorda tympani
Paukentreppe	Scala tympani
Penis (männl. Glied)	Penis
Pfannenrand	Limbus acetabuli
Pfeilnaht	Sutura sagittalis
Pflugscharbein	Vomer, Septum nasi osseum
Pfortader	Vena portae hepatis
Pigmenthautteil	Pars pigmentosa
Pigmentzelle	Melanocytus
Pilzpapillen	Papillae fungiformes
Pinozytosebläschen	Vesicula pinocytotica
Plazenta (Mutterkuchen)	Placenta
Plazentascheidewand	Septum placentae
Polkissen	Endocrinocyti myoidei (ephiteloide Zellen d. Vas efferens)
Postzentralwindung	Gyrus postcentralis
Präokzipitaleinschnitt	Incisura praeoccipitalis
Präzentralfurche	Sulcus praecentralis
Präzentralwindung	Gyrus praecentralis
Promontorium	Promontorium
Pulmonalklappe	Valva trunci pulmonalis
Pupillarrand	Margo pupillaris
Pupille	Pupilla
Purkinje-Fasern	Myofibrae conducentes purkinjienses
Pyramide d. verlängerten Rückenmarks	Pyramis medullae oblongatae
Pyramidenbasis	Basis pyramidis
Pyramidenkreuzung	Decussatio pyramidum

Q

Querfalten d. Scheidenschleimhaut	Rugae vaginales
Querfortsatz	Processus transversus

R

Rabenschnabelfortsatz	Processus coracoideus
Rabenschnabelfortsatz-Oberarm-Muskel	Musculus coracobrachialis
Rachenmandel	Tonsilla pharyngealis
Rachenöffnung d. Ohrtrompete	Ostium pharyngeum tubae auditivae
Rachenraum	Cavitas pharyngis
Kehlkopfteil	Pars laryngea pharyngis
Mundteil (Mesopharynx)	Pars oralis pharyngis
Randarterie, rechte	Arteria marginalis dextra
Randleiste d. Wirbelkörpers	Apophysis annularis corporis vertebrae
Randlinie, gezackte (Übergang von lichtunempfindlicher zu empfindlicher Netzhaut)	Ora serrata
Randvene, rechte	Vena marginalis dextra
Randzone (Lissauer)	Zona terminalis
Rauhigkeit	Tuberositas
an d. Basis d. 5. Mittelfußknochens	Tuberositas ossis metatarsalis V
d. Elle	Tuberositas ulnae
d. Speiche	Tuberositas radii
Raum, mit mütterlichem Blut gefüllter	Spatium intervillosum
Rautenmuskel, großer	Musculus rhomboideus major
Regenbogenhaut	Iris
Hinterfläche	Facies posterior iridis
Regenwurmmuskeln	Musculi lumbricales
Reißner-Membran	Membrana vestibularis
Rektusscheide	Vagina musculi recti abdominis
Retikulum, endoplasmatisches, glattes (agranuläres)	Reticulum endoplasmicum nongranulosum
Retikulum, endoplasmatisches, rauhes (granuläres)	Reticulum endoplasmicum granulosum
Retikulum, sarkoplasmatisches (Zisternensystem, intrazellares)	Reticulum sarcoplasmicum
Retzius-Raum	Spatium retrocubicum
Ribosom	Ribosoma
Riechdreieck	Trigonum olfactorium
Riechdrüse	Glandula olfactoria
Riechfäden	Fila olfactoria
Riechfurche	Sulcus olfactorius
Riechkolben	Bulbus olfactorius
Riechnerv (I. Hirnnerv)	Nervus olfactorius
Riechorgan	Organum olfactus
Riechschleimhaut	Regio olfactoria tunica mucosae
Riechstrang	Tractus olfactorius
Riemenmuskel d. Kopfes	Musculus splenius capitis
Rindenknochen d. Unterkiefers	Corticalis mandibulae
Rindenzone d. Eierstocks	Cortex ovarii (Zona parenchymatosa)
Ringbänder d. Luftröhre	Ligamenta anularia trachealia
Ringfalten d. Dünndarmschleimhaut (Kerckring-Falten)	Plicae circulares
Ringknorpel	Cartilago cricoidea
Ringknorpelplatte	Lamina cartilaginis cricoideae
Ringknorpelspange	Arcus cartilaginis cricoideae
Ringmuskel d. Auges	Musculus orbicularis oculi
Augenhöhlenteil	Musculus orbicularis oculi, Pars orbitalis
Lidteil	Musculus orbicularis oculi, Pars palpebralis
Ringmuskel d. Mundes	Musculus orbicularis oris
Ringmuskelschicht	Stratum circulare
Rippen (1. - 12.)	Costae (I - XII)
Rippenbogenregion (Leberregion)	Regio hypochondrica (Hypochondrium)
Rippenfläche	Facies costalis
Rolle d. Oberarmbeins	Trochlea humeri
Rollhügel	Trochanter
großer	Trochanter major
kleiner	Trochanter minor
Rosenvene	Vena saphena
große	Vena saphena magna
kleine	Vena saphena parva
Rücken	Dorsum
Rücken-Lenden-Faszie	Fascia thoracolumbalis
Rückenmark	Medulla spinalis
Hinterhorn	Cornu dorsale
Hinterstrang	Funiculus dorsalis
Seitenstrang	Funiculus lateralis (substantiae albae)
Vorderhorn	Cornu ventrale
Rückenmark, verlängertes	Medulla oblongata; Bulbus; Myelencephalon
Rückenmarksfurche, hintere mediane	Sulcus medianus dorsalis

Rückenmarksganglion, sensibles (sensibles Neuron)	Ganglion spinale
Rückenmarkskanal	Canalis vertebralis
Rückenmarkspalte, vordere	Fissura mediana ventralis
Rückenmarkswurzeln d. XI. Hirnnervs	Radices spinales (n. accessorii)
Rückenmuskel, breitester	Musculus latissimus dorsi
Ruffini-Körperchen (Dehnungsempfindung)	Corpusculum Ruffini
Rundmuskel	Musculus teres
großer	Musculus teres major
kleiner	Musculus teres minor

S

Sägemuskel	Musculus serratus
vorderer	Musculus serratus anterior
Samenbläschen (Bläschendrüse)	Vesicula seminalis
Samenfaden	Spermium
Samenkanälchen	Tubuli seminiferi
Samenleiter	Ductus deferens
Samenleitergeflecht	Plexus deferentialis
Samenzellbildung, Stadien (Spermatogenese)	Spermatogenesis
Samenzelle	Spermium
Sammelrohr	Tubulus renalis colligens
Schädeldach, knöchernes	Calvaria
Schädelknochen	Ossa cranii
Schafshaut	Amnion
Schambein	Os pubis
Schambeinast	Ramus ossis pubis
oberer	Ramus superior ossis pubis
unterer	Ramus inferior ossis pubis
Schambeinfuge	Symphysis pubica
Schambeinhöckerchen	Tuberculum pubicum
Schambeinkamm	Pecten ossis pubis
Schambeinkörper	Corpus ossis pubis
Schambein-Vorsteherdrüsenband	Ligamentum puboprostaticum
Schamberg	Mons pubis
Schamhaare	Pubes
Schamlippe	Labium pudendi
große	Labium majus pudendi
kleine	Labium minus pudendi
Schamnerv	Nervus pudendus
Schamregion	Regio pubica
Scheide	Vagina
Scheidenmündung	Ostium vaginae
Scheidennerv	Nervus vaginalis
Scheidenöffnung	Ostium vaginae
Scheidenvorhof	Vestibulum vaginae
Scheidewand zwischen Mastdarm und Scheide	Septum rectovaginale
Scheidewand, mediane	Septum linguale
Scheitelbein	Os parietale
Scheitelbeinhöcker	Tuber parietale
Scheitel-Hinterhirnfurche	Sulcus parietooccipitalis
Scheitelregion	Regio parietalis
Schenkel (d. Chromosoms), lang/kurz	Crus (chromosomatis) longum/breve
Schenkelhals	Collum ossis femoris
Schicht d. Lichtrezeptoren	Stratum neuroepitheliale
Schicht, helle	Stratum lucidum
Schienbein	Tibia
Außenseite	Facies lateralis tibiae
Gelenkfläche am Innenknöchel	Facies articularis malleoli
Gelenkfläche zum Wadenbein	Incisura fibularis tibiae
Gelenkfläche, obere	Facies articularis superior
Gelenkfläche, untere	Facies articularis inferior
Gelenkknorren, äußerer	Condylus lateralis tibiae
Gelenkknorren, innerer	Condylus medialis tibiae
Innenkante	Margo medialis tibiae
Innenknöchel	Malleolus medialis
Innenseite	Facies medialis tibiae
Schaft	Corpus tibiae
Schienbeinhöcker	Tuberositas tibiae
Vorderkante	Margo anterior tibiae
Zwischenknorrenfläche, vordere	Area intercondylaris anterior
Schienbeinhöcker	Tuberositas tibiae
Schienbeinmuskel, vorderer	Musculus tibialis anterior
Schienbeinnerv	Nervus tibialis
Schienbeinschlagader	Arteria tibialis
hintere	Arteria tibialis posterior
vordere	Arteria tibialis anterior
Schienbeinvene, vordere	Vena tibialis anterior
Schiffergrube	Fossa navicularis urethrae
Schildknorpel- und Ringknorpelband	Ligamentum cricothyroideum medianum
Schildknorpel	Cartilago thyroidea
Schildknorpel-Ringknorpelband, mittleres	Ligamentum cricothyroideum medianum
Schläfenbein	Os temporale
Schläfenfurche	Sulcus temporalis
obere	Sulcus temporalis superior
untere	Sulcus temporalis inferior
Schläfengrube	Fossa temporalis
Schläfenlappen	Lobus temporalis
Schläfenlinie	Linea temporalis
obere	Linea temporalis superior
untere	Linea temporalis inferior
Schläfenmuskel	Musculus temporalis
Schläfenregion	Regio temporalis
Schläfenwindung	Gyrus temporalis
mittlere	Gyrus temporalis medius
obere	Gyrus temporalis superior
untere	Gyrus temporalis inferior
Schlagader (Arterie)	Arteria
Schlagadern zum Leerdarm und Krummdarm	Arteriae jejunales et ileales
Schleim	Mucus
Schleimdrüse	Glandula mucosa
Schleimhaut d. Gebärmutter von Schwangeren (Dezidua)	Decidua basalis
Schleimhautfalte	
an d. Hinterwand d. Harnröhre	Crista urethralis
zwischen d. Harnleitermündungen	Plica interureterica
mittlere, zwischen Zungengrund und Kehldeckel	Plica glosso-epiglottica mediana
seitliche, zwischen Zungengrund und Kehldeckel	Plica glosso-epiglottica lateralis
Schleimhautschicht	Tunica mucosa
Schlemm-Kanal	Sinus venosus sclerae
Schließmuskel d. Pupille	Musculus sphincter pupillae
Schlinge, bindegewebige, d. oberen schrägen Augenmuskels	Trochlea musculi obliqui superioris
Schlundbögen (Kiemenbögen)	Arcus pharyngeales (Arcus branchiales)
Schlüsselbein	Clavicula
Ende zum Brustbein	Extremitas sternalis

Ende zur Schulterhöhe	Extremitas acromialis
Gelenkfläche zum Brustbein	Facies articularis sternalis
Körper	Corpus claviculae
Schlüsselbein-Brust-Faszie	Fascia clavipectoralis
Schlüsselbeinschlagader, linke	Arteria subclavia
Schlußring (hinteres Zentriol)	Annulus terminalis
Schlußstück d. Wirbelbogens	Lamina arcus vertebrae
Schnecke	Cochlea
Schneckenbasis	Basis cochleae
Schneckengang	Canalis spiralis cochleae
häutiger	Ductus cochlearis
Schneckenkuppel	Cupula cochleae
Schneckennerv	Nervus cochlearis
Schneidermuskel	Musculus sartorius
Schneidezähne	Dentes incisivi
Schnürring	Nodus neurofibrae (Ranvier)
Schollenmuskel	Musculus soleus
Schulterblatt	Scapula
Einschnitt im oberen Rand	Incisura scapulae
Fläche zum Schultereckgelenk	Facies articularis acromii
Pfanne d. Schultergelenks	Cavitas glenoidalis
Rand, äußerer	Margo lateralis scapulae
Rand, innerer	Margo medialis scapulae
Rand, oberer	Margo superior scapulae
Winkel, äußerer	Angulus lateralis scapulae
Winkel, oberer	Angulus superior scapulae
Winkel, unterer	Angulus inferior scapulae
Schulterblattgräte	Spina scapulae
Schulterblatthals	Collum scapulae
Schulterblattheber	Musculus levator scapulae
Schulterblattregion	Regio scapularis
Schulterblattwinkel, unterer	Angulus inferior scapulae
Schulterblatt-Zungenbein-Muskel	Musculus omohyoideus
unterer Bauch	Venter inferior musculi omohyoidei
Schulterhöhe	Acromion
Schuppennaht	Sutura squamosa
Schwammknochen d. Unterkiefers	Spongiosa mandibulae
Schwammzone	Zona spongiosa (Zona marginalis = Lamina I)
Schwann-Zelle	Neurolemmocytus
Schwanz d. Bauchspeicheldrüse	Cauda pancreatis
Schwanz	Cauda, Pars principalis und Flagellum
Schwanzfalte	Plica caudalis
Schweißdrüse	Glandula sudorifera
apokrine	Glandula sudorifera apocrina
ekkrine	Glandula sudorifera eccrina
Schwellkörper d. Vorhofs	Bulbus vestibuli
Schwellkörperschenkel	Crus pubis
Schwellkörperteil d. Harnröhre	Pars spongiosa urethrae
Schwertfortsatz	Processus xiphoideus
Segel	Cuspis
an d. Kammerscheidewandseite	Cuspis septalis
d. linken Vorhof-Kammer-Klappe	Cuspis valvae atrioventricularis sinistrae
d. rechten Vorhof-Kammer-Klappe	Cuspis valvae atrioventricularis dextrae
hinteres	Cuspis posterior
vorderes	Cuspis anterior
Segment, bronchopulmonales	Segmentum bronchopulmonale
hinteres	Segmentum posterius
mediales	Segmentum mediale
mittleres	Segmentum mediale
oberes	Segmentum apicale (superius)
seitliches	Segmentum laterale
vorderes	Segmentum anterius
Segmentbronchus	Bronchus segmentalis
Segmente d. Leber	Segmenta hepatis
Sehbahn	Tractus retino-geniculo-corticalis
Sehgrube (Zentralgrube)	Fovea centralis retinae
Sehhügel	Thalamus
Sehloch (Pupille)	Pupilla
Hinterfläche d. Hornhaut	Pupilla, Facies posterior corneae
Vorderfläche d. Linse	Facies anterior lentis
Sehne (Sehnen)	Tendo (Tendines)
d. Armstreckers	Tendo musculi tricipitis brachii
d. dritten Wadenbeinmuskels	Tendo musculi peronaei (fibularis) tertii
d. Fingerstreckers	Tendo musculi extensoris digitorum
d. Kleinfingerstreckers	Tendo musculi extensoris digiti minimi
d. kurzen Daumenstreckers	Tendo musculi extensoris pollicis brevis
d. kurzen Großzehenstreckers	Tendo musculi extensoris hallucis brevis
d. kurzen Wadenbeinmuskels	Tendo musculi peronaei brevis
d. langen Daumenabspreizers	Tendo musculi abductoris pollicis longi
d. langen Daumenstreckers	Tendo musculi extensoris pollicis longi
d. langen Großzehenstreckers	Tendo musculi extensoris hallucis longi
d. langen Wadenbeinmuskels	Tendo musculi peronaei longi
d. langen Zehenstreckers	Tendo musculi extensoris digitorum longi
d. Nasenmuskels	Pars transversa musculi nasalis
d. Trommelfellspanners	Tendo musculi tensoris tympani
d. vorderen Schienbeinmuskels	Tendo musculi tibialis anterioris
Sehnen	Tendines
d. kurzen Zehenstreckers	Tendines musculi extensoris digitorum brevis
d. langen Zehenstreckers	Tendines musculi extensoris digitorum longi
Sehnenfäden	Chordae tendineae
Sehnenhaube	Galea aponeurotica (Aponeurosis epicranialis)
Sehnenhaubenmuskel	Musculus epicranius
Hinterhauptsabschnitt	Venter occipitalis musculi epicranii
seitlicher	Musculus temporoparietalis
Stirnabschnitt	Venter frontalis musculi epicranii
Sehnenplatte	Aponeurosis
d. äußeren schrägen Bauchmuskels	Aponeurosis musculi obliqui externi abdominis
unter d. Schleimhaut	Aponeurosis linguae
Sehnenscheide	Vagina tendinis
d. Fingerstreckers	Vagina tendinis musculi entensoris digitorum
d. Kleinfingerstreckers	Vagina tendinis musculi extensoris digiti minimi
d. kurzen Daumenstreckers	Vagina tendinis musculi extensoris pollicis brevis
d. langen Daumenstreckers	Vagina tendinis musculi extensoris pollicis longus
Sehnerv (II. Hirnnerv)	Nervus opticus
Sehnervenkreuzung	Chiasma opticum
Sehnervenstrang	Tractus opticus
Sehnervpapille	Papilla nervi optici
Sehnervscheibe (mit zentraler Höhle)	Discus nervi optici (Excavatio disci)
Sehrinde (im Hinterhauptslappen)	Area striata (in lobo occipitale cerebri)
Sehstrahlung (Gratiolet-Strahlung)	Radiatio optica
Sehstrang	Tractus opticus
äußere Wurzel	Radix lateralis tractus optici
innere Wurzel	Radix medialis tractus optici

Sehzentrum	Area striata
Seitenfurche	Sulcus lateralis (Fissura Sylvii)
Seitenleiste d. Kreuzbeins	Crista sacralis lateralis
Seitenplatte d. Schildknorpels	Lamina cartilaginis thyroideae
Seitenstrang d. Rückenmarks	Funiculus lateralis medullae spinalis
Sekretgranula (-körnchen)	Granula secretoria
Sesambein	Os sesamoideum
Sichelband d. Leber	Ligamentum falciforme hepatis
Siebbein	Os ethmoidale
Siebbeinplatte	Lamina cribrosa (ossis ethmoidalis)
Sinnesorgane	Organa sensoria
Sitzbein	Os ischii
Sitzbeinast	Ramus ossis ischii
Sitzbeinhöcker	Tuber ischiadicum
Sitzbeinkörper	Corpus ossis ischii
Sitzbeinstachel	Spina ischiadica
Sohlenmuskel	Musculus plantaris
Spalte	Fissura
horizontale d. rechten Lunge	Fissura horizontalis pulmonis dextri
schräge d. rechten Lunge	Fissura obliqua
Spanner d. Oberschenkelfaszie	Musculus tensor fasciae latae
Speiche	Radius
Griffelfortsatz	Processus styloideus radii
Hals	Collum radii
Kante, vordere	Margo anterior radii
Rauhigkeit	Tuberositas radii
Schaft	Corpus radii
Speichenkopf	Caput radii
Vorderfläche	Facies anterior radii
Zwischenknochenkante	Margo interosseus radii
Speichennerv	Nervus radialis
oberflächlicher Ast	Ramus superficialis nervi radialis
tiefer Ast	Ramus profundus nervi radialis
Speichenschlagader	Arteria radialis
Speiseröhre	Oesophagus
unteres Ende	Pars abdominalis oesophagi
Spermatide	Spermatidium
Spermatozyt	Spermatocytus
I. Ordnung	Spermatocytus primarius
II. Ordnung	Spermatocytus secundarius
Spinalganglion	Ganglion spinale
Spinalnerv	Nervus spinalis
Ast, hinterer	Ramus posterior nervi spinalis
Ast, vorderer	Ramus anterior
Hirnhautast	Ramus meningeus
Verbindungsast, grauer	Ramus communicans griseus
Verbindungsast, weißer	Ramus communicans albus
Wurzel, hintere (afferente)	Radix dorsalis (afferens)
Wurzel, vordere (efferente)	Radix ventralis (efferens)
Spinalnerven (Rückenmarknerven)	Nervi spinales
Spinnwebhaut (Arachnoidea)	Arachnoidea mater encephali
Spiralfalte	Plica spiralis (Hister Klappe)
Spitzenknorpel	Cartilago corniculata
Sprungbein	Talus
Gelenkfläche für den Waden-beinknöchel	Facies malleolaris lateralis tali
Sprungbeinhals	Collum tali
Sprungbeinkopf	Caput tali
Sprungbeinrolle	Trochlea tali
Sprunggelenk, oberes	Articulatio talocruralis
Spüldrüse, seröse	v. Ebner-Spüldrüse
Stabkranz	Corona radiata
Stachelzellschicht	Stratum spinosum (Stratum spinocellulare)

Stamm	Truncus
d. Lungenschlagadern	Truncus pulmonalis
gemeinsamer, d. Arm-Kopf-Schlagadern	Truncus brachiocephalicus
gemeinsamer, d. Magen-, Leber- und Milzschlagader	Truncus coeliacus
gemeinsamer, d. rechten Hals- und Armschlagader	Truncus brachiocephalicus
Steigbügel	Stapes
Fußplatte	Basis stapedis
Schenkel, hinterer	Crus posterior stapedis
Schenkel, vorderer	Crus anterior stapedis
Steißbein	Os coccygis (Coccyx)
Steißbeinnerv	Nervus coccygeus
Steißwirbel	Vertebrae coccygeales
Stellknorpel	Cartilago arytenoidea
Stimmfalten	Ligamenta vocalia
Stimmritze	Glottis
Stirn	Frons
Stirnbein	Os frontale
Stirnbeinhöcker	Tuber frontale
Stirnbein-Nasenbeinnaht	Sutura fronto nasalis
Stirnbein-Oberkiefernaht	Sutura fronto maxillaris
Stirnfortsatz d. Oberkiefers	Processus frontalis maxillae
Stirnfurche	Sulcus frontalis
obere	Sulcus frontalis superior
untere	Sulcus frontalis inferior
Stirnhautherabzieher	Musculus procerus
Stirnhöhle	Sinus frontalis
Stirnlappen	Lobus frontalis
Stirnmuskel	Musculus frontalis
Stirnnerv	Nervus frontalis
Stirnpol	Polus frontalis
Stirnregion	Regio frontalis
Stirnwindung	Gyrus frontalis
mittlere	Gyrus frontalis medius
obere	Gyrus frontalis superior
untere	Gyrus frontalis inferior
Strahlenkörper (Ziliarkörper)	Corpus ciliare
hinterer planer Teil	Orbiculus ciliaris
Strahlenkörperarterie	Arteria ciliaris
hintere	Arteria ciliaris posterior
kurze hintere	Arteria ciliaris posterior brevis
lange hintere	Arteria ciliaris posterior longa
Strahlenkörpermuskel (Linsen-muskel)	Musculus ciliaris
Strahlenkörpernerven	Nervi ciliares
Strahlenkörperschlagader	Arteria ciliaris
vordere	Arteria ciliaris anterior
hintere	Arteriae ciliares posteriores
Strahlenkörpervene, vordere	Vena ciliaris anterior
Strahlenzone	Zonula ciliaris
Subarachnoidealraum	Cavitas subarachnoidea
Substanz, gelatinöse (Roland)	Substantia gelatinosa dorsalis (Lamina II)
Substanz	Substantia
graue	Substantia grisea
weiße	Substantia alba
zentrale graue	Substantia (grisea) intermedia centralis
Synapse	Synapsis
am Axon	Synapsis interneuralis
am Dendrit	Synapsis axodendritica
am Zelleib	Synapsis axosomatica

T

Talgdrüse	Glandula sebacea
Taschen, halbmondförmige	Valvulae semilunares
d. Aortenklappe	Valvulae semilunares valvae aortae
d. Pulmonalklappe	Valvulae semilunares valvae trunci pulmonalis
Taschenfalten	Plicae vestibulares
Taschenklappe	Valva semilunaris
Teil	Pars
schlaffer, d. Trommelfells	Pars flaccida membranae tympanicae
straffer, d. Trommelfells	Pars tensa membranae tympanicae
Thalamus	Thalamus (Nucleus ventralis posteromedialis, pars parvocellularis)
Tragus	Tragus
Tränenapparat	Apparatus lacrimalis
Tränenbein	Os lacrimale
Tränendrüse	Glandula lacrimalis
Tränennasengang	Ductus nasolacrimalis
Tränennerv	Nervus lacrimalis
Tränenpunkt	Punctum lacrimale
Tränenröhrchen	Canaliculus lacrimalis
Tränensack	Saccus lacrimalis
Tränenwärzchen	Caruncula lacrimalis
Trapezmuskel (Kappenmuskel)	Musculus trapezius
Trizeps *siehe auch* Oberarmmuskel, dreiköpfiger	Musculus triceps brachii
Trommelfell	Membrana tympani (tympanica)
schlaffer Teil	Pars flaccida (Shrapnell-Membran)
straffer Teil	Pars tensa membranae tympanicae
Trommelfellnabel	Umbo membranae tympanicae
Trommelfellring	Anulus tympanicus
Trommelfellspanner	Musculus tensor tympani
Trophoblast	Trophoblastus
Tubenwulst	Torus tubarius
Türkensattel	Fossa hypophysialis; Sella turcica

U

Überleitungsstück (Teil d. Henle-Schleife)	Tubulus attenuatus
Unterarm	Antebrachium
Unterarm-Hautnerv, äußerer	Nervus cutaneus antebrachii lateralis
Unterarmregion	Regio antebrachialis
hintere	Regio antebrachialis posterior
vordere	Regio antebrachialis anterior
Unteraugenhöhlenkanal	Canalis infraorbitalis
Unteraugenhöhlenloch	Foramen infraorbitale
Unteraugenhöhlennerv	Nervus infraorbitalis
Unterbrustdrüsenregion	Regio inframammaria
Untergrätenmuskel	Musculus infraspinatus
Unterhaut	Tela subcutanea
Unterkehlkopfraum	Cavitas infraglottica
Unterkiefer	Mandibula
Unterkieferast	Ramus mandibulae
Unterkieferkanal	Canalis mandibulae
Unterkieferknochen	Mandibula
Unterkieferkörper	Corpus mandibulae
Unterkiefernerv	Nervus alvoelaris inferior
Unterkiefernerv	Nervus mandibularis
Unterkieferschlagader	Arteria alveolaris inferior
Unterkiefervene	Vena alveolaris inferior
Unterkiefer-Zungenbein-Muskel	Musculus mylohyoideus
Unterlappen	Lobus inferior
d. linken Lunge	Lobus inferior sinister
d. rechten Lunge	Lobus inferior dexter
Unterlappenbronchus	Bronchus lobaris
linker	Bronchus lobaris inferior sinister
rechter	Bronchus lobaris inferior dexter
Unterlid	Palpebra inferior
Unterlidbindehaut (mit Meibom-Drüsen)	Tunica conjunctiva palpebrae inferioris
Unterlippe	Labium inferius
Unterlippensenker	Musculus depressor labii inferioris
Unterrand d. knöchernen Augenhöhle	Margo infraorbitalis
Unterrand d. rechten Lunge	Margo inferior pulmonis dextri
Unterschenkel	Crus
Unterschenkelhautnerv, vorderer	Nervus saphenus
Unterschenkelregion	Regio cruralis
hintere	Regio cruralis posterior
vordere	Regio cruralis anterior
Unterschlüsselbeingrube	Fossa infraclavicularis
Unterschlüsselbeinschlagader	Arteria subclavia
Unterschlüsselbeinschlagader	
linke	Arteria subclavia sinistra
rechte	Arteria subclavia dextra
Unterschlüsselbeinvene	Vena subclavia
linke	Vena subclavia sinistra
rechte	Vena subclavia dextra
Unterschulterblattgrube	Fossa subscapularis
Unterschulterblattregion	Regio infrascapularis
Unter-Unterkiefer-Dreieck	Trigonum submandibulare
Urogenitalregion	Regio urogenitalis
Urothel (Übergangsepithel)	Epithelium transitionale

V

Vagus (X. Hirnnerv)	Nervus vagus
Vakuolen	Vacuolae
Vater-Pacini-Körperchen (Druck- und Vibrationsempfindung)	Corpusculum lamellosum
Vene (Venen)	Vena (Venae)
Achselvene	Vena axillaris
Arm-Kopf-Vene	Vena brachiocephalica
Armvene, ellenseitige	Vena basilica
Beckenvene	Vena iliaca
Brustkorbvene	Vena thoracica
Dickdarmvene	Vena colica
Drosselvene	Vena jugularis
Eierstockvene	Vena ovarica
Ellenbeugenvene	Vena intermedia cubiti
Gekrösevene	Vena mesenterica
Gliedrückenvene	Vena dorsalis penis
hintere, d. linken Kammer	Vena posterior ventriculi sinistri
Hodenvene	Vena testicularis
Hohlvene, obere	Vena cava superior
Hohlvene, untere	Vena cava inferior
Kniekehlenvene	Vena poplitea
Magen-Zwölffingerdarm-Vene	Vena gastroduodenalis
Milzvene	Vena lienalis (splenica)
Nebennierenvene	Vena suprarenalis (adrenalis)
Netzhautvene, zentrale	Vena centralis retinae
Nierenvene	Vena renalis
Oberschenkelvene	Vena femoralis
Pfortader	Vena portae hepatis
Rosenvene	Vena saphena

Schienbeinvene, vordere	Vena tibialis anterior
Strahlenkörpervene	Vena ciliaris
Unterkiefervene	Vena alveolaris inferior
Unterschlüsselbeinvene	Vena subclavia
Vorhofvene	Vena atrii
Wirbelvene	Vena vorticosa
Zahnvene	Vena alveolaris
Venengeflecht d. Augenhöhle	Plexus venosus orbitalis
Venenklappe (Taschenklappe)	Valvula venosa
Verdickung d. Harnröhrenschwellkörpers	Bulbus penis
Vereinigung d. großen Schamlippen	Commissura labiorum
hintere,	Commissura labiorum posterior
vordere	Commissura labiorum anterior
Vieleckbein, großes	Os trapezium
Vieleckbein, kleines	Os trapezoideum
Vorderhorn d. Rückenmarks	Cornu anterius, Columna anterior medullae spinalis
Vorhaut	Praeputium penis
Vorhof	Antrum; Atrium; Vestibulum
d. Mundhöhle	Vestibulum oris
d. Warzenfortsatzzellen	Antrum mastoideum
d. Labyrinths	Vestibulum (labyrinthicus)
linker (d. Herzens)	Atrium sinistrum
rechter (d. Herzens)	Atrium dextrum
Vorhof-Kammer-Klappe	Valva atrioventricularis
linke (Zweisegelklappe)	Valva atrioventricularis sinistra (Valva mitralis)
rechte (Dreisegelklappe)	Valva atrioventricularis dextra (Valva tricuspidalis)
Vorhofkammerknoten (Aschoff-Tawara-Knoten)	Nodus atrioventricularis (Aschoff-Tawara)
Vorhofknoten (Keith-Flack-Knoten)	Nodus sinu-atrialis (Keith-Flack)
Vorhofnerv	Nervus vestibularis
Vorhofsäckchen	Utriculus et Sacculus
Vorhofsäckchennerv (d. Sacculus)	Nervus saccularis
Vorhofsäckchennerv (d. Utriculus)	Nervus utricularis
Vorhoftreppe	Scala vestibuli
Vorhofvene, schräge linke	Vena obliqua atrii sinistri
Vorsprung d. Hammerfortsatzes	Prominentia mallearis
Vorsteherdrüse	Prostata
Vorsteherdrüsengeflecht	Plexus prostaticus
Vorwölbung	Prominenta; Promontorium
durch d. Gesichtsnervkanal	Prominentia canalis facialis
durch d. seitlichen Bogengang	Prominenta canalis semicircularis lateralis
Vorwölbungsfurche	Sulcus promontorii
Vulva	Vulva

W

Wadenbein	Fibula
Außenknöchel	Malleolus lateralis
Außenseite	Facies lateralis fibulae
Grube am Außenknöchel	Fossa malleoli lateralis
Hinterkante	Margo posterior fibulae
Schaft	Corpus fibulae
Spitze d. Wadenbeinkopfs	Apex capitis fibulae
Vorderkante	Margo anterior fibulae
Wadenbeinhals	Collum fibulae
Wadenbeinkopf	Caput fibulae
Wadenbeinmuskel	Musculus peronaeus
dritter	Musculus peronaeus tertius
kurzer	Musculus peronaeus brevis
langer	Musculus peronaeus longus
Wadenbeinnerv	Nervus fibularis
gemeinsamer	Nervus fibularis communis
oberflächlicher	Nervus fibularis superficialis
tiefer	Nervus fibularis profundus
Wadenbeinschlagader	Arteria fibularis
Waden-Hautnerv	Nervus cutaneus surae
äußerer	Nervus cutaneus surae lateralis
medialer	Nervus cutaneus surae medialis
Wadenmuskel	Musculus gastrocnemius
äußerer Kopf	Caput laterale musculi gastrocnemii
bauchiger	Musculus gastrocnemius
innerer	Caput mediale musculi gastrocnemii
Wadenmuskelsehne	Tendo musculi gastrocnemii
Wallpapillen	Papillae vallatae
Wange	Gena; Bucca
Wangenmuskel (Trompetermuskel)	Musculus buccinator
Wangenregion	Regio buccalis
Warzenfortsatz	Processus mastoideus
Warzenfortsatzloch	Foramen mastoideum
Warzenfortsatzzellen	Cellulae mastoideae
Warzenhof	Areola mammae
Warzenhofdrüsen (Montgomery-Drüsen)	Glandulae areolares
Wasserleiter d. Mittelhirns	Aquaeductus mesencephali
Weitsichtigkeit (Hyperopie)	Hyperopia
Wimpern-Nasennerv	Nervus nasociliaris
Windung neben dem Ammonshorn	Gyrus parahippocampalis (hippocampi)
Winkelwindung	Gyrus angularis
Wirbel	Vertebrae
Brustwirbel	Vertebrae thoracales
Halswirbel	Vertebrae cervicales
Kreuzbeinwirbel	Vertebrae sacrales
Lendenwirbel	Vertebrae lumbales
Steißwirbel	Vertebrae coccygeales
Wirbelkörper	Corpus vertebrale
Wirbelloch	Foramen vertebrale
Wirbelsäule	Columna vertebralis
Wirbelsäulenregion	Regio vertebralis
Wirbelvene	Vena vorticosa
Würfelbein	Os cuboideum
Wurmfortsatz	Appendix vermiformis
Wurzel	Radix
hintere	Radix posterior
vordere	Radix anterior
Wurzelhaut	Periodontium (Parodontium)
Wurzelkanal d. Zahns	Canalis radicis dentis
Wurzelkanalöffnung	Foramen apicis dentis
Wurzelscheide, bindegewebige (Haarbalg)	Vagina dermalis radicularis (=Bursa pili)
Wurzelscheide, epitheliale	Vagina epithelialis radicularis
äußere	Vagina epithelialis radicularis externa
innere	Vagina epithelialis radicularis interna
Wurzelstück d. Wirbelbogens	Pediculus arcus vertebrae

Z

Zahn	Dens
Zahnbein	Dentinum
Zähne	Dentes
bleibende	Dentes permanentes

Zahnfach, knöchernes	Alveolus dentis
d. Oberkieferknochens	Alveolus dentis maxillae
d. Unterkieferknochens	Alveolus dentis mandibulae
Zahnfächer	Alveoli dentales
Zahnfleisch	Gingiva
Zahnfleischsaum	Margo gingivalis
Zahnhals	Cervix dentis
Zahnhöhle	Cavitas dentis
Zahnkrone	Corona dentis
Zahnmark	Pulpa dentis
Zahnnerv d. Unterkieferasts	Nervus alveolaris inferior
Zahnschlagader	Arteria alveolaris
Zahnschmelz	Substantia adamantina; Enamelum
Zahnvene	Vena alveolaris
Zahnwurzel	Radix dentis
Zahnzement	Cementum
Zehen	Digiti pedis
Zehenbeuger, langer	Musculus flexor digitorum longus
Zehenendgelenk	Articulatio interphalangealis distalis
Zehenendglied	Phalanx distalis
Zehengrundglied	Phalanx proximalis
Zehenknochen	Phalanges pedis
Zehenmittelgelenk	Articulatio interphalangealis proximalis
Zehenmittelglied	Phalanx media
Zehenstrecker	Musculus extensor digitorum
kurzer	Musculus extensor digitorum brevis
langer	Musculus extensor digitorum longus
Zeigefingerstrecker	Musculus extensor indicis
Zeis-Drüse	Glandula sebacea
Zelle	Cellula
Zellkern	Nucleus
Zellmembran	Membrana cellularis
Einstülpung	Invaginatio membranae cellularis
Zellteilung	Divisio cellularis
Zentralfurche	Sulcus centralis
Zentralkanal	Canalis centralis
Zentriol	Centriolum
Zentromer (Kinetochor)	Centromerus (Kinetochorus)
Ziliarfalten	Plicae ciliares
Zottenhaut	Chorion villosum
Zunge	Lingua
Zungenbälge	Folliculi linguales
Zungenbändchen	Frenulum linguae
Zungenbein	Os hyoideum
Zungenbein-Schildknorpelband	Ligamentum thyrohyoideum
Zungendrüse, vordere	Glandula lingualis anterior
Zungengrund	Radix linguae
Zungenkörper	Corpus linguae
Zungenloch, blindes	Foramen caecum linguae
Zungenmandel	Tonsilla lingualis
Zungenmuskel	Musculus transversus
querer	Musculus transversus linguae
vertikaler	Musculus verticalis linguae
Zungenmuskelnerv (XII. Hirnnerv)	Nervus hypoglossus
Zungennerv	Nervus lingualis
Zungenpapillen (Geschmacks-papillen)	Papillae linguales
Blattpapille	Papilla foliata
Fadenpapille	Papilla filiformis
Papille, konische	Papilla conica
Pilzpapille	Papilla fungiformis
Wallpapille	Papilla vallata
Zungen-Rachen-Nerv (IX. Hirnnerv)	Nervus glossopharyngeus
Zungenrand	Margo linguae
Zungenrücken	Dorsum linguae
Teil hinter d. Grenzfurche	Dorsum linguae, Pars postsulcalis
Teil vor d. Grenzfurche	Dorsum linguae, Pars presulcalis
Zungenschleimhaut	Tunica mucosa linguae
Zungenspitze	Apex linguae
Zungenunterseite	Facies inferior linguae
Zungenwurzel	Radix linguae
Zweisegelklappe	Valva atrioventicularis sinistra (Valva mitralis)
Zwerchfell	Diaphragma
Durchtrittsstelle für d. Aorta	Diaphragma (Hiatus aorticus)
Zwerchfellseite	Facies diaphragmatica
Zwischenkammerarterie	Arteria interventricularis
vordere	Arteria interventricularis anterior
hintere	Sulcus interventricularis posterior
Zwischenkammerloch	Foramen interventriculare (Monroi)
Zwischenknochenkante	Margo interosseus
Zwischenknochenmuskel, rückseitiger	Musculus interosseus dorsalis
Zwischenknochenmuskeln	Musculi interossei
hohlhandseitige	Musculi interossei palmares
rückseitige	Musculi interossei dorsales
Zwischenlappenfläche	Facies interlobaris
Zwischenschulterblattregion	Regio interscapularis
Zwischensehne	Intersectio tendinum
Zwischenwände d. Hodens	Septula testis
Zwischenwirbellöcher	Foramina intervertebralia
Zwölffingerdarm	Duodenum
absteigender Teil	Pars descendens duodeni
aufsteigender Teil	Pars ascendens duodeni
horizontaler Teil	Pars horizontalis duodeni
oberer (magennaher) Teil	Pars superior duodeni / Ampulla / Bulbus duodeni
Zwölffingerdarm-Leerdarm-Biegung	Flexura duodenojejunalis
Zwölffingerdarmpapille, große (Vater-Papille)	Papilla duodeni major, Papilla Vateri
Zwölffingerdarmpapille, kleine	Papilla duodeni minor
Zygote	Zygota
Zytoplasma	Cytoplasma